DES MESSAGES PORTÉS PAR LES NUAGES

Du même auteur

dans la collection Bouquins

La vie ne suffit pas, 2007
C'est l'amour que nous aimons, 2012

Jean d'ORMESSON
de l'Académie française

DES MESSAGES PORTÉS PAR LES NUAGES

Lettres à des amis

Préface de Jean-Luc Barré

Édition établie et présentée par Martin Veber

BOUQUINS
littérature

92, avenue de France 75013 Paris
ISBN 978-2-221-25005-1
Dépôt légal : mars 2021

« Je n'aime pas beaucoup les lettres, ni en recevoir, ni en envoyer. Sauf de toi et à toi – et quelques autres. C'est ce qu'on doit appeler l'amitié. »

Jean d'Ormesson,
lettre à Michel Déon, 1991.

« Demain, quand nous aurons quitté cette planète de beaux paysages et de passions vaines, je nous imaginerais bien dans un de ces lieux interstellaires avec vue sur la Méditerranée continuant à deviser, à nous écrire des petits billets, comme le jeudi pendant les séances du dictionnaire, nous adressant des messages portés par les nuages. »

Jean-Marie Rouart,
Nous ne savons pas aimer, 2002.

Jean, sa vie, son œuvre
par Jean-Luc Barré

Dans une époque de présumée transparence, Jean d'Ormesson s'est beaucoup raconté sans jamais se livrer. Principal protagoniste de son œuvre, il excella dans un genre devenu quelque peu anachronique : l'autoportrait sans confession. « Il y a deux façons de ne pas parler de soi, expliquait-il. Se taire ou parler tout le temps pour ne rien dire. » Il ne sacrifia ni à l'une ni à l'autre de manière abusive, mais fit un habile dosage des deux dans l'art de brouiller les pistes. Comme s'il n'avait écrit sur lui, en définitive, que pour mieux se cacher.

Dans ses livres et ses conversations, et plus encore sur la scène médiatique, lieu d'exhibition s'il en est, où il triompha sans se départir d'une réserve amusée, Jean d'Ormesson fut un virtuose de la confidence elliptique, un maître de l'aveu simulé ou esquivé. Économe de sa propre histoire, il fut prodigue en bons mots, anecdotes et citations dont le charme et l'éclat rendaient sa compagnie savoureuse sans l'obliger à se dévoiler. Il faisait illusion en paraissant facile d'accès et presque familier. Mais sous ses abords chaleureux subsistait une distance dictée par son caractère et son éducation, qu'il qualifiait lui-même, au prix d'un oxymore, d'« indifférence passionnée ».

Une courtoisie irréprochable semblait faite chez lui pour limiter l'expression des sentiments, préserver le sens de la mesure dans la relation avec qui ne figurait pas dans son cercle le plus étroit. Et vis-à-vis de la poignée d'élus auxquels il réservait son amitié ou témoignait son affection, toute proximité était indissociable d'une volonté farouche de s'appartenir. Qui mieux que lui sut se garder les moyens et toutes les chances d'une liberté absolue ? L'homme des convenances était aussi celui des transgressions discrètes. Prompt à se cabrer quand on s'intéressait de trop près à ses écarts ou ses évasions les plus intimes.

La célébrité se nourrit volontiers de clichés. Ceux que Jean d'Ormesson a laissés prospérer à son sujet ou qu'il entretenait à dessein lui servaient aussi de paravent et d'écran protecteur. Les châteaux de famille, les cyprès de Toscane, la passion du cosmos et des bains de mer, Venise et Chateaubriand, l'amour des femmes et la griserie des rivages ensoleillés… Jean d'Ormesson se satisfaisait de ce qu'on croyait connaître de lui et ne voyait aucun inconvénient à ce qu'une légende bien agencée s'exprime à sa place. Quant à la vérité de sa vie, il veillait avec la même application à ce qu'elle demeure la plus contrôlée qui soit.

Je revois son air un peu interloqué le jour où je lui ai avoué, comme s'il s'agissait d'un forfait, avoir découvert des lettres de lui dans les archives privées de l'un de nos amis communs. Une correspondance qui m'avait donné un avant-goût de toutes celles qu'il faudrait exhumer et qui mériteraient sans doute d'être publiées, ajoutai-je pour le provoquer. Il me regarda avec un mélange d'étonnement et de perplexité, comme si je venais déjà de franchir une ligne interdite. Il savait l'admiration que je lui portais et nous avions, sans être intimes, noué des liens d'amitié qui me semblaient de nature à lui inspirer confiance, à défaut de le rassurer tout à fait. Il ne me répondit ni oui ni non, sans acquiescer à mon idée ni chercher à m'en dissuader. Je compris que si ce projet devait aboutir, ce serait sans lui, qui avait mieux à faire, et en aucun cas de son vivant. Probablement parce qu'il en allait pour lui des secrets de l'amitié comme des secrets de famille : le mieux était de les dévoiler sans trop se hâter et le plus tard possible.

Jean d'Ormesson attachait à ces messages adressés aux uns et aux autres une importance si relative qu'il les avait dispersés au fil du temps sans se soucier d'en conserver la trace. « Je n'aime pas beaucoup les souvenirs : j'oublie. Je n'aime pas beaucoup les lettres : je les perds », affirme-t-il en préambule à ses entretiens avec Emmanuel Berl. D'Ormesson reconnaît, dans la seule de ses lettres qui ait été retrouvée, avoir entretenu avec l'ermite du Palais-Royal une « correspondance réglée », tout en prenant un malin plaisir à se déclarer réticent à ce genre d'exercice. « Je réponds assez vite aux jeunes filles et aux fous. J'ai du mal à répondre aux autres[1]. »

Il n'y avait pourtant rien de surprenant à imaginer qu'il ait pu entretenir des liens épistolaires avec nombre de ses contemporains. La plupart de ceux, dont je fus comme tant d'autres, qui avaient cru bon de lui envoyer une de leurs œuvres, recevaient en retour un de ces petits mots manuscrits dont il s'était fait une spécialité. Politesse de prince. Mais s'il consentait ainsi à gratifier de simples inconnus, qu'en était-il de correspondants plus illustres, ses amis, ses maîtres ou ses pairs ?

Le peu que j'en avais aperçu suffit à me convaincre qu'une partie de son œuvre se trouvait sans doute dans ce gisement encore inexploré. La correspondance d'un écrivain n'a jamais rien de fortuit. Même conçue sans arrière-pensée de publication, elle reste un acte littéraire en tant que tel, prémédité, concerté comme tout autre. Son auteur sait à qui il s'adresse, il prend la pose, ajuste le tir selon son interlocuteur, sans s'interdire de penser à la postérité. Y a-t-il une ligne de lui qu'il n'ait rédigée en connaissance de cause ?

Jean d'Ormesson ne fait pas exception à la règle, lui qui déploie dans l'art épistolaire autant de brio et de virtuosité stylistique que de talents de stratège et de séducteur. L'ensemble ici réuni, saisi sur le vif,

1. *Tant que vous penserez à moi*, Paris, Grasset, 1992.

au gré de ses humeurs, de ses engouements, comme de ses calculs ou de ses intérêts, offre la version la moins « autorisée » de son autobiographie. Jean d'Ormesson y laisse libre cours à un franc-parler, un « droit à la malice[1] » dont il ne craint pas de se flatter auprès de Raymond Aron, un goût de l'ironie, de la facétie et un sens de l'autodérision, rarement aussi débridés dans ses autres écrits. Probablement parce qu'il savait ces messages destinés à conserver durablement un caractère personnel, dénué de tout enjeu public immédiat.

Si la part intime et sentimentale se limite à l'évocation d'un premier grand amour, c'est tout l'arrière-plan de son parcours dans le siècle que l'on voit se dessiner au fil de ces échanges multiples, sous l'effet révélateur des amitiés et relations qui ont le plus compté dans son existence. « Jean a eu beaucoup d'amis. Mais beaucoup moins qu'il a pu en donner l'impression », tient à souligner l'un d'entre eux, Jean-Marie Rouart, dans le *Dictionnaire amoureux* qu'il lui a consacré. Tous, faute d'éléments, ne figurent pas dans ce panel de correspondants attitrés ou épisodiques. Mais une autre hiérarchie l'emporte ici sur le registre affectif : celle des affinités littéraires, intellectuelles et spirituelles. Sans doute la plus déterminante aux yeux de Jean d'Ormesson.

Ce qui frappe en premier lieu : l'éclectisme de ses liens épistolaires, gages de fidélité et d'admiration. De Georges Bidault, ancien grand résistant

1. Lettre à Raymond Aron, mai 1978.

devenu un antigaulliste acharné, à Michel Debré, le premier des Premiers ministres du Général, et de Jean Guéhenno, apôtre de la gauche laïque, à Paul Morand, icône de l'extrême droite vichyssoise, Jean d'Ormesson a l'art aussi de concilier l'inconciliable. C'est presque une philosophie de vie chez lui de ne s'interdire aucune fréquentation marquée du double sceau de l'intelligence et du talent. « Jamais des divergences ne m'ont séparé de personne[1] », lance-t-il à Alfred Fabre-Luce qui n'a rien, quant à lui, d'un exemple d'ouverture et de tolérance. D'Ormesson, qui aimait à se dire rarement de sa propre opinion, a le goût de la confrontation intellectuelle et un intérêt mêlé d'une irrésistible curiosité pour les idées et les hommes qu'il est censé combattre – quitte à préférer la compagnie d'un François Mitterrand à celle de son ancien condisciple Valéry Giscard d'Estaing.

Jean d'Ormesson, qui ne fut pas un homme de pouvoir à proprement parler, jugeait « méprisables entre tous » les mots mêmes de « carrière littéraire ». Il était loin de dédaigner pour autant les honneurs et les institutions, fût-ce pour mieux les railler une fois conquis. À le voir évoluer dans la première période de sa vie avant son entrée à l'Académie, on ne doute pas de son aptitude à maîtriser les jeux d'influence et les usages de cour afin de s'attirer les bonnes grâces de ses aînés et obtenir, le moment venu, leurs suffrages. Sa correspondance, à cet égard, est on ne

1. Lettre à Alfred Fabre-Luce, 1983.

peut plus explicite. L'héritier pétri de traditions, pas moins que le prétendant soucieux de réussite et de reconnaissance, ne lésine sur les moyens de s'imposer dans le Paris des lettres, longtemps rétif envers lui. François Mauriac, protecteur avisé des jeunes écrivains, a eu tôt fait de détecter chez celui-ci la part de cynisme dans son désir « de plaire et d'être aimé, qui l'emporte, bien sûr[1] ».

Lancé à l'assaut du quai Conti, il abreuve ses futurs électeurs d'éloges et de flatteries. Celles adressées en particulier à Jacques de Lacretelle, qui lui accordera son parrainage sans toujours le ménager, pourraient servir de modèle à tout autre postulant. Le nouvel élu considère alors la direction du *Figaro*, qu'il se voit proposer peu après, comme « une des plus grandes choses du monde – après l'Académie ». Il déchantera vite s'agissant de la première, mettant après coup sur le compte d'« un vertige romanesque » cette expérience d'autorité qui restera sans lendemain. Quant à l'Académie, elle ne lui causera aucun désagrément sans toujours suffire à le combler ou le divertir, conscient des limites d'un cénacle où les meilleurs ne sont pas toujours les plus désirés. « Toujours le même cirque[2] », lâche-t-il à Michel Déon, en déplorant que les mœurs de la tribu ne lui permettent d'y faire entrer un Jean Cau ou un Jean Delumeau. Mais c'est à sa ténacité et à son savoir-faire en matière de « stratégie académique »

1. *Le Bloc-Notes*, 8 juillet 1959.
2. Lettre à Michel Déon, 17 juin 1998.

qu'on devra l'élection de quelques autres susceptibles de redorer son blason – en particulier celle d'une femme, Marguerite Yourcenar, la première, grâce à lui, à pouvoir y siéger. Dans les longs messages qu'il lui adresse, il se défend, après l'avoir personnellement sollicitée, d'avoir « vraiment mené campagne » pour la faire élire, encore moins de s'être livré à « aucune manœuvre » ni « aucun marchandage ». Il estime simplement qu'« une réponse négative était impossible[1] ». Ce qui se vérifia non sans efforts. S'il finit par constater avec le temps que « les livres de M.Y. valent mieux que sa personne[2] », ce n'est pas pour regretter son choix mais souligner le seul critère qui devrait déterminer ceux de l'institution.

Le meilleur de sa correspondance, en dehors de ses grandes amitiés littéraires, gravite autour de quelques figures clés qui ont agi sur Jean d'Ormesson comme autant de maîtres et d'inspirateurs dans sa réflexion intellectuelle et philosophique et sur l'évolution de son œuvre. Des maîtres de « rigueur » et d'« intelligence du monde », à l'image de Raymond Aron. Un aîné prestigieux auquel il ne cesse de rendre hommage, jusqu'à se déclarer son « très fidèle serviteur », dans l'espoir inabouti de créer avec ce tuteur ombrageux et condescendant des « liens privilégiés[3] » – de maître à dis-

1. Lettre à Marguerite Yourcenar, 1980.
2. Lettre à Michel Déon, 6 février 1989.
3. Lettre à Raymond Aron, septembre 1983.

ciple, s'entend. C'est un magistère plus aisé que l'ancien élève de Jean Wahl et de Jean Hyppolite trouva du côté de Roger Caillois, fascinant intercesseur d'une mystique de l'univers, de la philosophe suisse Jeanne Hersch et de l'historien anglais Ronald Syme, ses références et amis à l'UNESCO, au sein du Conseil international de la philosophie et des sciences humaines, comme d'Henri Gouhier, Gabriel Marcel et Claude Lévi-Strauss, pour lui un des « très rares modèles de science et d'existence[1] ».

Auprès d'eux, Jean d'Ormesson se situe sur le terrain des « choses essentielles[2] ». En quête d'un nouveau genre romanesque, il s'interroge sur l'immortalité née du Big Bang et « l'imagination comme prolongement de la matière[3] ». Les thèmes récurrents de ses futurs livres, loin, pour la plupart, des limites du roman traditionnel, tel que continuent de le pratiquer deux de ses correspondants favoris, Michel Déon et François Nourissier.

Complicité paradoxale avec deux auteurs dont peu de choses le rapprochent et que tout distingue l'un de l'autre, si ce n'est un même amour fou de la littérature. « Les amitiés qui commencent par les livres sont peut-être les plus fortes[4] », estime-t-il. Mais cette explication ne suffit pas à donner la clé d'une entente si constante et singulière.

---

1. Lettre à Claude Lévi-Strauss, 1983.
2. Lettre à Jeanne Hersch, 1er juin 1986.
3. Lettre à Roger Caillois, 25 août 1975.
4. Lettre à José Cabanis, 1997.

Lors des obsèques de Déon, Jean d'Ormesson balaiera d'une phrase – « nos différences s'accordaient très bien » – tout ce qui aurait pu l'éloigner du romancier controversé des *Poneys sauvages*, réactionnaire et antigaulliste irréductible, disciple de Maurras et admirateur de Salazar, voué à un exil permanent dans un siècle qui lui paraît étranger. On ne trouve aucune allusion à tout cela dans les lettres de Jean à son ami. Non par souci d'esquiver le sujet, mais parce que ce qui les rattache est ailleurs. Un peu dans les plaisirs, vite émoussés, des jeux académiques, qui leur auront au moins permis de favoriser de concert l'intronisation de quelques amis chers, Michel Mohrt ou Jacques Laurent. Mais plus que tout dans les délices jamais taris de ce qu'ils ont vénéré l'un et l'autre : la Grèce, l'Italie, les livres et le soleil, célébrés entre eux avec une allégresse ludique et fraternelle. Fraternité des contraires dont l'attirance est si forte chez d'Ormesson qu'on la retrouve, de manière plus surprenante encore, dans sa relation avec François Nourissier.

L'auteur de *La Crève* et d'*Un petit bourgeois* n'était pas l'homme le plus facile à aimer. Mais Jean d'Ormesson paraît curieusement n'avoir eu aucun mal à le faire, lui si peu friand de personnalités taciturnes, sombres et tourmentées. Non seulement par gratitude envers un des critiques littéraires les plus influents et redoutés de son temps, dont les éloges lui firent rarement défaut. Admiration que Jean d'Ormesson ne laissait pas de lui exprimer, de son côté, pour chacun de ses livres, avec une sorte de ferveur inquiète et fascinée. Mais cette connivence tient là encore à ce qui rend ces deux hommes si dissemblables.

François va bien plus loin, et avec une lucidité sans répit, que Jean n'oserait aller dans la décortication de soi, la mise à sac de toute comédie humaine. Le premier se déteste et jouit de son propre martyre jusqu'à la complaisance. Le second ne s'interdit pas de s'aimer, quitte à embellir ou contourner ce qui pourrait le chagriner, la mélancolie changée en bonheur comme par une nécessité vitale et salvatrice.

C'est peut-être ce que Jean d'Ormesson s'est refusé à livrer de lui-même, sa propre part de souffrance et d'intranquillité, si soigneusement masquée, qui fit de François Nourissier, « ami merveilleux », son partenaire le moins rassurant et le plus nécessaire. Il se disait « enchanté » de le lire, mais non sans un mélange d'« effroi » et de stupéfaction devant le drame qui se jouait sous ses yeux. Lui à qui l'expression du pire, dans son œuvre et sa vie, semblait si étrangère qu'elle faisait l'objet, chez un autre, de toutes ses attentions.

Présentation
par Martin Veber

De sa mère, Jean d'Ormesson tenait un principe qui l'accompagna toute sa vie : ne jamais laisser une lettre sans réponse. Sollicité de toutes parts, il pouvait passer chaque jour plusieurs heures à traiter son courrier. Le fardeau était considérable et l'écrivain ne manquait pas d'en déplorer la lourdeur. Mais il ne dérogea jamais à son principe, montrant à tous ses correspondants des égards qui ne cessent d'étonner.

Ce recueil réunit des lettres à des proches, des amis ou des maîtres sur une période s'étendant de la jeunesse de Jean d'Ormesson aux dernières années de sa vie. Sa composition procède des aléas de la conservation des archives privées par leurs détenteurs. Certains gardent précieusement des lettres qui leur sont chères. D'autres ne jettent rien, conservant le moindre mot, même purement factuel, le moindre carton d'invitation. D'autres encore – et Jean d'Ormesson était de ceux-là – ne prêtent aucun soin ni intérêt à leurs papiers. Dès lors, il peut arriver qu'on ne retrouve aucune trace d'échanges épistolaires dont on sait par ailleurs qu'ils ont été nourris. Cela pourrait expliquer, par exemple, qu'une seule lettre à Emmanuel Berl ait été conservée alors que celui-ci a entretenu avec Jean d'Ormesson une « correspondance réglée[1] ».

Certains amis de l'auteur ne figurent pas ici. Leur absence peut surprendre. Elle tient dans certains cas à la nature si particulière des lettres dans la production littéraire d'un écrivain. Ce sont des textes privés destinés, à l'origine, à un lecteur unique ou à un lectorat restreint. Aussi certains correspondants choisissent-ils de préserver le secret de leurs échanges. Enfin, il est des proches avec lesquels l'intimité, la complicité et la profondeur de la relation ne s'expriment pas dans un échange épistolaire.

Les lettres présentées dans ce volume offrent un portrait kaléidoscopique de Jean d'Ormesson et évoquent, par petites touches, plusieurs époques de sa vie. Les plus anciennes sont l'œuvre d'un jeune homme passionné et fougueux. Ce sont les lettres à Nine de Montesquiou, cet amour de jeunesse évoqué à plusieurs reprises dans l'œuvre du romancier. Viennent ensuite les années 1950 et 1960 pendant lesquelles Jean d'Ormesson, normalien, agrégé de philosophie, commence sa carrière au Conseil international de la philosophie et des sciences humaines (CIPSH), institution sous l'égide de l'Unesco fondée en 1949. Il y fait la rencontre de figures intel-

1. Lettre à Emmanuel Berl, années 1960.

lectuelles importantes, devenues des amis chers – Ronald Syme, Roger Caillois, Jeanne Hersch –, et y accompagne les débuts de la revue internationale de sciences humaines *Diogène*, fondée par Roger Caillois. Jean d'Ormesson fut actif pendant plus de quatre décennies au sein du CIPSH dont il finit président (1992-1997). Les lettres à Gabriel Marcel, Henri Gouhier et Jean Guitton témoignent de sa participation à la vie intellectuelle à laquelle il a été initié au cours de ses études par des maîtres tels que Jean Hyppolite au lycée Henri IV et aux côtés, à l'École normale supérieure et à la Sorbonne, de condisciples comme Louis Althusser et Michel Foucault. L'œuvre de l'écrivain puise abondamment aux sources de ce qu'il appela plus tard avec un mélange de tendresse et d'ironie « ses chères études[1] ».

À cette époque, sa carrière proprement littéraire a déjà commencé. En 1956, il publie un premier roman chez Julliard, *L'amour est un plaisir*. Suivent quelques autres qui, comme celui-ci, sont remarqués mais peinent à trouver leurs lecteurs. Jean d'Ormesson écrit en outre des chroniques et des critiques dans des journaux et des revues littéraires, comme *La Parisienne* ou *Arts*. Sa plume est alerte, grinçante, intrépide. C'est celle d'un jeune auteur ambitieux qui ne doute pas de ses goûts, ni de son talent. Elle est aussi l'expression d'une posture, d'un rôle endossé par un romancier inquiet, que le succès boude. C'est ainsi que les lettres à François Mauriac,

1. Lettre à Jacques de Lacretelle, 1973.

André Maurois ou Jules Romains le montrent honoré et ravi d'être apprécié par ces écrivains installés que, souvent, il admire.

La Gloire de l'Empire, cinquième roman de Jean d'Ormesson et sans conteste le plus ambitieux jusque-là, est le grand tournant de sa carrière littéraire. Ce texte étonnant, où l'auteur « invente un autre passé à l'humanité[1] », lui apporte enfin le succès et la notoriété. À Michel Mohrt qui en est, chez Gallimard, le premier lecteur et qui en soutient la publication (le livre paraîtra en septembre 1971), il écrit, le 24 février 1971 :

« *Merci*, merci encore, de votre lettre et de votre coup de téléphone. Ils dépassent, et de loin, mes plus secrètes espérances. »

Fort de son nouveau statut, Jean d'Ormesson est élu académicien en 1973, au fauteuil de Jules Romains qu'il a lu passionnément dans sa jeunesse et dont, comme le veut la tradition, il prononce l'éloge. Dès lors, ses lettres offrent des aperçus savoureux de la vie de l'Académie, souvent décriée mais ardemment désirée, et laissent poindre son ambivalence vis-à-vis de la vénérable institution. Sa « campagne » avant l'élection prête à sourire tant on sent le candidat marcher sur une corde tendue entre exercice d'admiration et courtisanerie. Les élections de nouveaux membres donnent lieu à des déploiements d'habileté florentins pour rallier les suffrages nécessaires. Les lettres à Marguerite

1. Lettre à Max Horkheimer, 28 juillet 1971.

Yourcenar montrent aussi quel tact il a fallu à Jean d'Ormesson pour convaincre celle qui deviendrait, en 1980, la première femme admise à l'Académie de considérer l'opportunité d'une candidature.

Quelques mois après son élection quai Conti, Jean d'Ormesson se voit proposer la direction du *Figaro* par Jean Prouvost, alors propriétaire du quotidien. Une lettre étonnante à Jacques de Lacretelle témoigne de la stupéfaction de l'académicien, que cette offre prit comme par surprise. *Le Figaro* était traversé depuis des années par un conflit tenace entre les propriétaires, la direction et les journalistes. Aussi la tâche que Jean d'Ormesson s'empresse d'accepter se présente-t-elle d'emblée comme ardue. Mais un événement inattendu vient bousculer plus encore le journal : en juin 1975, celui-ci est racheté par Robert Hersant, en dépit des protestations vigoureuses de la rédaction qui s'oppose à l'arrivée de ce patron de presse très controversé. Plusieurs lettres témoignent des états d'âme et des hésitations du directeur du *Figaro* qui décide finalement de rester.

La cohabitation avec Robert Hersant durera deux ans. Les lettres à Raymond Aron éclairent le moment de la rupture. Le philosophe était depuis plusieurs décennies une plume emblématique du journal. Jean d'Ormesson, qui admirait son œuvre, noua avec lui une collaboration étroite et amicale, le décrivant même comme une figure paternelle. À ses yeux, face à Robert Hersant, leurs destins étaient liés. Le conflit se noue en 1977 autour du désir du propriétaire du journal d'écrire des éditoriaux politiques. Raymond Aron quitte alors définitivement *Le Figaro* tandis que Jean d'Ormesson démissionne mais en conservant des liens avec le quotidien tels qu'il continuera d'écrire pendant des décennies dans ses colonnes.

Les lettres ayant trait aux activités journalistiques de Jean d'Ormesson sont les plus politiques. Elles traduisent une affiliation gaulliste, scellée par un souci de loyauté souvent répété. L'écrivain n'en prend pas moins parfois certaines distances avec les grandes orientations gaulliennes. S'adressant à Michel Debré, il défend sans état d'âme l'idée européenne que récuse l'ancien Premier ministre. Plus surprenante encore est l'hostilité aux accords d'Évian qu'il révèle dans ses lettres à Georges Bidault et à Bernard Billaud. Au début des années 2000, il fait en outre part à Jean-Marie Messier d'un optimisme sans enthousiasme vis-à-vis de la mondialisation. Éditorialiste et critique littéraire au *Figaro* pendant des décennies, Jean d'Ormesson affiche un ancrage ferme à droite, se réjouissant dans ses lettres à Jacques Chirac et à Édouard Balladur de la fin de l'ère Mitterrand. Il reste toutefois étranger au sectarisme. En dépit de différences, dont il ne fait pas mystère, il conseille avec tact et sincérité l'ancien président Valéry Giscard d'Estaing auquel il était lié depuis l'enfance. Il dialogue avec le directeur du *Nouvel Observateur*, Jean Daniel, et exprime chaleureusement son amitié pour Jacques Julliard, historien spécialiste de la gauche et syndicaliste engagé.

Cependant, cette correspondance donne surtout à voir un Jean d'Ormesson lecteur, tant de littérature que de philosophie et de sciences humaines, comme le montrent par exemple les lettres à Claude Lévi-Strauss et à Roger Caillois. Les livres nouvellement publiés suscitent une production épistolaire abondante. Le genre appelle l'emphase, le compliment élégant, mais Jean d'Ormesson émet toujours un jugement saillant, même au détour d'une simple formule, exprimant son impression de lecture et la façon dont l'œuvre a résonné en lui. C'est sans doute sa correspondance avec son ami François Nourissier qui donne lieu aux analyses les plus poussées, comme si l'activité de critique de celui-ci suscitait entre eux une émulation qui, dans les premières années, prend la forme d'une rivalité feutrée. Jean d'Ormesson encourage aussi de jeunes auteurs en devenir : les lettres que reçut Philippe Delerm sur son chemin heurté vers la reconnaissance littéraire furent pour lui un signe enthousiasmant qui soutint sa détermination. Disposant d'une influence pour l'attribution de prix, Jean d'Ormesson défend l'œuvre d'auteurs tels que le poète Jean-Claude Renard, bien que les aléas et les péripéties qui entourent ces honneurs si appréciés conduisent l'académicien à en relativiser la valeur.

Sur sa propre démarche artistique, Jean d'Ormesson évoque souvent la question de la confusion entre fiction et réalité. L'écrivain a toujours voulu que ses livres soient qualifiés de romans, même ceux qui étaient le plus manifestement autobiographiques.

Cependant, la réalité rattrape le romancier lorsqu'il doit répondre aux reproches de Raymond Aron à propos de la rupture avec Robert Hersant racontée dans *Le vagabond qui passe sous une ombrelle trouée.* Inversement, il présente au même Raymond Aron *La Gloire de l'Empire* où il crée, dans le passé, un monde à part entière, comme « une espèce d'autobiographie[1] ». À Jean-Jacques Gautier, il explique le parti pris de sa biographie de Chateaubriand, *Mon dernier rêve sera pour vous* : « Au lieu de raconter, à la mode des romanciers, une fiction en la faisant passer pour vraie, j'ai raconté une histoire vraie comme si elle était fausse. » Le dialogue entre la correspondance et les romans de l'auteur permet un pas de côté mais ne saurait livrer les clés de l'œuvre, car les lettres elles-mêmes n'échappent pas à ce jeu constant entre réalité et fiction. Les divers visages de l'auteur qu'elles révèlent renforcent le sentiment que donne Jean d'Ormesson d'être insaisissable.

L'écrivain place à de nombreuses reprises la littérature au-dessus de la politique. C'est sans doute ce principe qui explique la relation tissée avec François Mitterrand auquel il s'est si vigoureusement opposé par ailleurs. Mais Jean d'Ormesson, plus encore, vénérait l'amitié, l'amour et la vie. Il met ainsi en garde Philippe Delerm : « Il ne faut pas que votre amour de la littérature vous rende malheureux. Vous avez une vie heureuse, ne laissez pas une hantise

1. Lettre à Raymond Aron, 1971.

l'empoisonner. Si vous pouvez poursuivre votre travail d'écriture sans en être esclave, je garde toute ma confiance dans votre succès[1]. »

Les lettres aux amis les plus intimes sont empreintes d'une franchise et d'une énergie désarmantes. Avec Michel Mohrt, l'écrivain est affectueux et fantaisiste ; avec Michel Déon, on le découvre sarcastique et mordant, désinvolte envers la vie littéraire et mondaine ; avec Jean Mauriac et Jean-Marie Rouart, il est direct, chaleureux et enthousiaste. La correspondance avec Stéphane Hoffmann est traversée d'une légèreté et d'une impertinence réjouissantes. Certaines amitiés anciennes ouvrent vers d'autres sentiments : des lettres à Jean-Paul Aron ressortent une nostalgie et une pudeur émouvantes. La longue correspondance avec François Nourissier raconte une relation personnelle et littéraire profonde, marquée dans les débuts par une liberté de ton et un enthousiasme juvéniles. Les années passant, elle s'assombrit et montre l'écrivain désemparé mais combatif face à un ami frappé par la vieillesse et la maladie.

Bien que dans les dernières décennies, la correspondance de Jean d'Ormesson se fasse plus sereine et parfois plus mélancolique, trahissant un sentiment aigu du passage du temps, il s'en dégage surtout une grande vitalité. Les lettres sont semblables à des instantanés saisis sur le vif. Elles portent la marque de l'énergie du moment, d'une spontanéité

1. Lettre à Philippe Delerm, début des années 1980.

née de la vitesse, et expriment l'esprit et le goût du paradoxe de leur auteur. Chaleureuses, élégantes et spirituelles, elles évoquent puissamment la personnalité de l'écrivain et sont autant de moments passés comme en sa compagnie.

À Jean-Paul Aron[1]

Paris, 20 novembre 1979,

Mon cher Jean-Paul,

Nous envisageons, Jean Starobinski et moi, de consacrer quelques articles d'un prochain numéro de *Diogène*[2] à une sorte de sémiologie appliquée où nous publierions, outre un texte sur « l'interprétation de la tenue d'autrui » et une étude sémiotique sur le roman libertin qui viennent de nous parvenir, quelques autres textes de même nature.

1. Agrégé de philosophie, chercheur au Centre national de la recherche scientifique (CNRS) puis à l'École des hautes études en sciences sociales (EHESS), Jean-Paul Aron (1925-1988) « était alsacien, charmant, juif, très doué et très drôle, homosexuel. » Il était, dit encore Jean d'Ormesson, « le premier de mes amis intimes » (*Je dirai malgré tout que cette vie fut belle*, Paris, Gallimard, 2015, p. 110). L'auteur avait rencontré Jean-Paul Aron au lycée Blaise Pascal de Clermont-Ferrand. Pendant l'été 1940, sa famille s'était installée non loin de cette ville, à Royat, après la nomination par Pétain de son père, André d'Ormesson comme président de la Croix-Rouge. Celui-ci démissionna au bout d'une semaine, notamment pour marquer son refus de livrer aux nazis les juifs allemands réfugiés en France.

2. Voir *infra*, p. 79, n. 4.

Je serais très heureux si nous pouvions compter sur une étude de toi. Qui pourrait mieux que toi figurer dans un tel ensemble ? Peut-être as-tu même dans tes papiers quelques pages sur la nourriture ? À moins que tu ne souhaites appliquer ton talent et ta méthode à un autre domaine qui te tenterait. J'espère beaucoup une réponse favorable de toi.

Aurais-tu, d'autre part, quelques noms à me suggérer pour des collaborations à ce numéro, notamment à l'étranger ?

À bientôt, mon cher Jean-Paul.

J'ai relu ton grand livre[1] il y a quinze jours, avec délice.

Affectueusement à toi.

Jean.

****

Paris, 30 janvier 1980,

Mon cher Jean-Paul,

Merci de ta lettre du 2 janvier. Pardonne-moi, à mon tour, mon retard à te répondre.

Je comprends bien que tes obligations t'empêchent de collaborer pour le moment à *Diogène*, mais je le regrette bien. On me dit que Barthes fait un cours au Collège de France où il parle des obstacles à la création – parmi lesquels toutes les tâches que tu énumères.

1. Jean-Paul Aron, *Le Mangeur du* XIX*e siècle,* Paris, Robert Laffont, 1973.

À Jean-Paul Aron

Le nom de Philippe Perrot[1] m'intéresse. Comment puis-je me mettre en rapport avec lui ?

Affectueusement à toi.

Jean.

****

Paris, 27 mars 1980,

Mon cher Jean-Paul,

Te souviens-tu – on dirait une correspondance des années 20 portant sur le Second Empire – de ce que tu disais, à la Sorbonne, d'un personnage sorti des *Caves du Vatican*[2] ? C'était Conil-Lacoste[3], qui te fascinait un peu, me semble-t-il, et dont tu parlais avec ironie et sympathie. Il parle, devant moi, à une réunion de l'Unesco, des lunettes sur le nez, toujours élégant, assez peu changé – avec trente ans de plus et quelques illusions de moins, comme nous tous. En l'écoutant, je pense à toi, et c'est nous, parlant de lui, que je vois en l'écoutant.

Tu parlais quelquefois de situations romanesques. Tout à coup, Gide, l'École normale, le monde d'où sort Conil-Lacoste, *L'Observateur* où tu écris, tout ce qui t'a touché et te touche ressurgissent de la voix et des paroles de Conil-Lacoste. Je voulais te

1. Historien né en 1950, élève de Jean-Paul Aron à l'EHESS, alors auteur d'une thèse de doctorat sous la direction de celui-ci intitulée « Pour une histoire des apparences : le vêtement de la bourgeoisie parisienne sous le Second Empire », 1980.

2. Roman d'André Gide, paru en 1914.

3. Critique d'art, notamment au journal *Le Monde*, Michel Conil-Lacoste était membre du secrétariat de l'Unesco.

le dire, d'un mot, en t'envoyant toute ma vieille et fidèle affection.

Jean d'Ormesson.

****

Automne 1987,

Je te félicite de tout cœur, mon cher Jean-Paul, et je pense à toi avec beaucoup d'affection. Te souviens-tu de notre jeunesse auvergnate et studieuse ? Notre amitié est déjà vieille, mon affection reste fidèle. Je t'ai lu, comme tout le monde, avec passion, et j'admire ton courage[1].

Je t'envoie mille vœux, mon cher Jean-Paul, et je t'embrasse.

Jean.

****

Juin 1988,

Mon cher Jean-Paul,

Tu as été merveilleux, l'autre jour[2], de courage, de dignité, d'allure.

Je suis fier d'être ton ami.

Je t'embrasse.

Jean.

---

1. Le 30 octobre 1987, Jean-Paul Aron annonce publiquement être atteint du sida dans un entretien accordé à Élisabeth Schemla du *Nouvel Observateur*. L'hebdomadaire lui consacre sa une. Cette annonce a un grand retentissement car Jean-Paul Aron est l'une des premières personnalités en France à rompre le silence dans lequel étaient enfermés les malades.

2. Le 21 juin 1988, Jean-Paul Aron accorde à Élisabeth Schemla un long entretien télévisé dans une émission intitulée *Sida : après l'aveu*, réalisée par Daniel Costelle et Nadine Lermite, sur Antenne 2.

À Raymond Aron[1]

Paris, décembre 1969,

Cher Monsieur et ami,

J'ai appris avec peine la mort de votre frère[2]. Vous m'avez toujours témoigné trop de bienveillance pour que je ne prenne pas part à votre chagrin : je le partage de tout cœur et vous prie de bien vouloir trouver ici l'expression de ma vive et respectueuse sympathie.

---

1. Les premiers liens entre Jean d'Ormesson et Raymond Aron (1905-1983) remontent aux années 1960. Le philosophe, auteur notamment d'*Introduction à la philosophie de l'histoire. Essai sur les limites de l'objectivité historique*, 1938, et de *Paix et guerre entre les nations*, 1965, est alors professeur à la Sorbonne. Ses *Dix-huit leçons sur la société industrielle*, publiées en 1962, l'ont fait connaître d'un large public. Mais c'est surtout au *Figaro* que Jean d'Ormesson côtoie Raymond Aron qui occupe au sein du quotidien la fonction d'éditorialiste depuis 1947. « Raymond Aron, que j'admirais depuis toujours, était devenu pour moi un ami un peu craint et presque un père un peu sévère » (*Le vagabond qui passe sous une ombrelle trouée,* Paris, Gallimard, 1978, p. 187).

2. Adrien Aron (1902-1969).

Comme des milliers ou des dizaines de milliers de téléspectateurs, j'ai été heureux de vous voir et de vous entendre l'autre jour à la télévision[1]. Je n'ai pas besoin de vous dire avec quel intérêt passionné je vous ai regardé et écouté. Je n'aurais peut-être pas posé exactement les mêmes questions, mais qu'importe : on n'entendait que les réponses.

Puis-je vous demander de transmettre mes très respectueux hommages à madame Raymond Aron ? Et veuillez agréer, je vous prie, cher Monsieur et ami, l'expression de mon bien fidèle attachement et tous mes vœux pour la nouvelle année.

Jean d'Ormesson.

Surtout, je vous en prie, ne me répondez pas : j'imagine ce qu'est pour vous la pression du courrier et du temps.

****

Paris, 1970,

Cher Monsieur,

Ai-je besoin de vous dire combien je me réjouis de votre élection au Collège de France[2] ? Permettez-moi de vous en féliciter de tout cœur – encore que je sois bien persuadé que je ferais mieux d'adresser ces félicitations au Collège de France.

---

1. Émission *Un certain regard* du 7 décembre 1969, au cours de laquelle Raymond Aron s'entretient avec le journaliste Georges Suffert des protestations et du mécontentement relatifs à la société de consommation, parmi les étudiants et les salariés, exprimés lors des événements de mai 1968.

2. Élu à la chaire de Sociologie de la civilisation moderne, Raymond Aron prononce sa leçon inaugurale le 1er décembre 1970.

Permettez-moi aussi de saisir cette occasion pour vous dire quel réconfort, non seulement moral mais intellectuel, m'apporte tout ce que vous écrivez et tout ce que vous dites. Dans le vide de la démission[1], il en reste bien peu vers qui on puisse se tourner sans rougir. Vous êtes évidemment au premier rang de ceux qui aident à respirer dans un air raréfié.

Pardonnez-moi de jouer à mon tour à ces vieilles dames que nous connaissons et dont l'approbation encombrante ne fait ni chaud ni froid. Et laissez-moi vous *supplier*, à ce propos, de vous épargner la pire corvée de ces correspondances – c'est-à-dire la réponse. Je ne voudrais pas vous écrire pour vous faire perdre votre temps.

Voulez-vous transmettre mes très respectueux hommages à madame Raymond Aron ? Et veuillez agréer, je vous prie, l'assurance de mes sentiments de très fidèle attachement et d'admiration pour votre œuvre.

Jean d'Ormesson.

****

Paris, automne 1971,

De toutes les lettres que j'ai reçues[2], c'est la vôtre, mon cher Maître et ami, qui m'a fait le plus grand plaisir : je vous en remercie de tout cœur.

---

1. Démission de Charles de Gaulle de la présidence de la République, le 27 avril 1969.

2. À l'occasion de la sortie de son roman, *La Gloire de l'Empire*, Paris, Gallimard, 1971.

À Raymond Aron

C'est la vôtre, évidemment, parce que je vous admire depuis toujours (et ce n'est pas un mot dont je suis tellement prodigue) pour cette combinaison si rare qu'on ne la trouve presque nulle part : l'intelligence et le courage. Elle fait que vous n'êtes pas un juge commode ni un bénisseur universel. C'est vous dire que votre indulgence pour Alexis[1] et ses compagnons m'est allée droit au cœur.

Oui, c'était une espèce de défi que mon entreprise. Et c'est, je crois, parce que je l'ai senti que je l'ai semée de canulars – et sans doute un peu trop : je me disais sottement que le canular ferait passer l'absurdité, la folie, l'ambition. Ambition démesurée puisque, en un autre sens, on pourrait voir dans le livre – outre une blague, une fantaisie, un opéra baroque, une typologie – une espèce (chut ! chut !) d'autobiographie – évidemment mythique, je l'accorde !

Je suis profondément heureux que le livre vous ait amusé et que vous ne l'ayez pas condamné : en vérité, me voilà récompensé.

Voulez-vous dire mes respectueux hommages à madame Raymond Aron ? Et voulez-vous accepter, je vous prie, l'assurance de mon bien fidèle, reconnaissant et respectueux attachement ?

Jean d'Ormesson.

****

1. Alexis le Grand, personnage principal de *La Gloire de l'Empire*.

À Raymond Aron

Paris, début 1973,

Mon cher Maître et ami,

Je vous dois bien de la gratitude. Mon bon tempérament me porte à admirer. Mais je trouve de moins en moins d'objets – et de sujets – pour assouvir mes besoins et mes tendances naturelles. Heureusement, dans un groupe qui se restreint chaque jour, vous êtes là : je reporte sur vous, et sur très peu d'autres, ce que je ne trouve plus à distribuer.

J'ai voulu vous écrire plusieurs fois depuis quelques mois pour vous exprimer ce sentiment (vous ne vous en moquerez pas, n'est-ce pas ? – car je connais les ravages de votre ironie) et puis je me suis abstenu, imaginant les flots de courrier qui doivent vous submerger. Je me suis rattrapé en parlant bien souvent – et il y a encore deux jours – de vous avec Jeanne Hersch.

Je vous remercie de m'avoir donné l'occasion – avec *Histoire et dialectique de la violence*[1] – de vous dire, brièvement, le réconfort que vous m'apportez. Trop souvent, les adversaires de ceux dont je ne partage pas les idées me découragent. Il m'est impossible de me sentir solidaire et des uns et des autres. On finit par préférer une intelligence qu'on a envie de combattre à des arguments qui vont dans le sens qu'on croit juste avec une maladresse et souvent une sottise qui déconcertent. Je ne vois guère que vous – et pas même moi-même ! – pour me mettre en paix avec moi. Depuis l'*Essai sur*

1. *Histoire et dialectique de la violence*, Paris, Gallimard, 1973.

les limites de l'objectivité historique avec lequel je me vois encore en train de me battre il y a... près de trente ans, hélas ! jusqu'à ce premier tome de votre critique de la raison historique, en passant par tant de livres et d'articles, vous semez la clarté, la profondeur, l'excitation intellectuelle et, je le crois, une espèce de lumière qui nous fait bien défaut.

Votre dédicace m'a fait un grand plaisir et je vous en remercie de tout cœur. Mais *Histoire et dialectique de la violence* apporte bien autre chose que des documents pour une histoire imaginaire : comme tout ce que vous écrivez, votre livre aide – enfin ! – à comprendre notre temps et à aller un peu aux racines des postulats d'aujourd'hui. Je ne jurerais pas que je vous aie toujours exactement compris, mais vous m'avez constamment éclairé, passionné, convaincu. Il y a de quoi, j'imagine, vous garder beaucoup de gratitude.

Il faudrait, évidemment, que vous soyez partout à la fois : dans les journaux, à l'université, dans les corps constitués... tout cela fait beaucoup pour un seul homme. Mais je ne crois pas que d'autres puissent accomplir facilement la tâche – ou le quart de la tâche – intellectuelle que vous accomplissez.

Voulez-vous dire mes très respectueux hommages à madame Raymond Aron ? Et veuillez agréer, je vous prie, mon cher Maître et ami, l'assurance des sentiments de fidèle attachement

de votre admirateur,

Jean d'Ormesson.

À Raymond Aron

****

Paris, octobre 1973,

Il n'y a pas de lettre[1], mon cher Maître et ami, qui m'ait fait plus de plaisir que la vôtre. Je vous en remercie de tout cœur.

Vous savez l'admiration que je vous porte. Elle n'a guère d'égale. C'est vous dire ma gratitude.

Je tâcherai d'éviter de m'endormir dans mon fauteuil.

Voulez-vous dire mes respectueux hommages à madame Raymond Aron ? Et veuillez agréer, je vous prie, mon cher Maître et ami, l'assurance de mes sentiments de chaleureux, fidèle et admiratif attachement.

Jean d'Ormesson.

****

Février 1974[2],

Ai-je besoin de vous dire, mon cher Maître et ami, combien j'ai été heureux de notre rencontre ? Nous avons, naturellement, à peine écorné nos problèmes. Et je me proposais, si vous voulez bien, de reprendre notre conversation.

Peut-être vous demanderai-je quelques jours. C'est actuellement un tourbillon. Peut-être ne se calmera-t-il plus, d'ailleurs ? Mais enfin, je verrai

1. Dans cette lettre, Raymond Aron félicitait Jean d'Ormesson pour son élection à l'Académie française le 15 octobre 1973.

2. Jean d'Ormesson débute alors dans ses fonctions de directeur du *Figaro* qu'il occupe depuis le 19 février 1974.

sans doute plus clair dans une dizaine de jours. Je serai alors à votre constante disposition.

J'ai été heureux de lire « Dans un mois[1]… » dont vous m'aviez parlé. Il faut dire que *Le Figaro* me paraît vide quand vous n'y êtes pas.

Voulez-vous me croire, je vous prie,

très fidèlement à vous ?

Jean d'Ormesson.

****

1975,

Mon bon Maître,

Mon cher Raymond,

Je pars dans un moment difficile – et j'en suis tourmenté. Mais je ne suis pas inquiet, puisque vous êtes là : le journal est en de bonnes mains – les meilleures. Vous savez que je le pense profondément, même si je ne vous le dis pas tous les jours ! Tout le monde sait d'ailleurs – parfois obscurément – que vous dominez la presse française et sans doute internationale. La vérité finit toujours par se savoir…

Jean.

****

Paris, mai 1978,

Mon bon Maître,

J'ai été très ému – et plus que je ne l'ai laissé paraître – de notre conversation de l'autre jour. Je

1. « Dans un mois, dans un an… », article de Raymond Aron sur la politique monétaire européenne publié dans *Le Figaro* le 6 février 1974.

lis et relis depuis lors mes propres pages[1]. Je ne me suis jamais tant lu ! Et je n'arrive à voir dans les lignes que je vous consacre que le reflet des sentiments que j'éprouve, que je ne cache à personne et que vous connaissez : l'affection et l'admiration.

Sur les deux points que vous me reprochez[2] – avec véhémence –, je me sens la conscience pure. Je ne reviendrai pas ici sur des problèmes que nous avons tant agités et sur mes souvenirs – dont je ne prétends

1. *Le vagabond qui passe sous une ombrelle trouée, op. cit.*

2. Raymond Aron et Jean d'Ormesson ont quitté le *Figaro* en juin 1977 après que son propriétaire, Robert Hersant, a déclaré son intention d'écrire dans le journal en tant qu'éditorialiste politique. Jean d'Ormesson fait le récit de cette rupture dans *Le vagabond qui passe sous une ombrelle trouée.* Dans une lettre du 24 mai 1978, Raymond Aron lui reproche d'avoir omis un épisode clé : « Il était impossible de raconter mon départ du *Figaro* sans partir du déjeuner chez vous [à Neuilly au printemps 1977] : j'y ai exprimé le désir d'exercer mes fonctions de directeur politique entre septembre [1977] et mars [1978]. Non seulement Hersant a répondu *non* mais il a déclaré qu'il jouerait lui-même ce rôle. Je lui ai laissé entendre qu'en ce cas je m'en irais. » Raymond Aron déplore également le portrait psychologique que fait de lui Jean d'Ormesson dans son livre. Ce dernier établit un parallèle entre l'éditorialiste et le propriétaire du *Figaro* dans les termes suivants : « Raymond Aron et Robert Hersant n'avaient qu'un point commun ; ils croyaient l'un et l'autre que les choses n'allaient pas bien parce qu'on ne les écoutait pas assez et qu'elles iraient sûrement mieux si on les écoutait davantage. Ils avaient l'un et l'autre – avec, il faut bien le dire, des apparences de raison –, des traits de mégalomanes et de paranoïaques. J'étais plutôt schizophrène et, en tout cas, cyclothymique. » (*Le vagabond qui passe sous une ombrelle trouée, op. cit.*, p. 222) Raymond Aron répond également à Jean d'Ormesson sur ce point dans sa lettre du 24 mai : « Il se peut que je sois attaqué par ces perversions que vous suggérez. Personnellement, je m'en attribue de tout autres. Arrogance intellectuelle ? Il se peut. Refus de voir ce qui ne m'intéresse pas ? Probablement. Aussi Malraux était un génie et aussi un paranoïaque. Malheureusement, je ne suis ni l'un ni l'autre. »

d'ailleurs pas qu'ils soient parole d'Évangile. Mais je prétends – et sur ce point, je reste inébranlable – qu'il n'y a pas intention de nuire, ni même malice.

Sur l'autre question, il y a malice, c'est clair. Eh bien ! je réclame le droit à la malice. Elle n'est exclusive ni de l'estime, ni du respect, ni de l'affection, ni de l'admiration. Elle n'a rien de dissimulé. Elle est ouverte. Il n'est pas vrai que je vous mette sur le même plan que Robert Hersant, avec moi en ange du ciel entre vous : je dis expressément le contraire. Il me semble impossible de lire les lignes où vous apparaissez sans voir – au-delà, bien sûr, d'une liberté et d'une vivacité sans quoi rien n'a de prix – les sentiments que je vous porte. Autant que personne. Et peut-être plus.

Ce serait un grand chagrin pour moi que vous ne sentiez plus ces sentiments qui sont les miens. Je resterais persuadé que je ne mérite pas cette désaffection. Mais je serais triste d'avoir, malgré moi, en dépit de moi, provoqué cet éloignement.

Dites, je vous prie, mes respectueux hommages à madame Raymond Aron. Et croyez-moi, comme toujours, votre très fidèle serviteur et admirateur.

Jean.

****

1978,

Je ne veux pas que vous appreniez autrement que par moi que je me suis décidé à donner un article au *Figaro*. Vous me connaissez : j'ai de nouveau passé des heures un peu pénibles, avec des avis opposés.

Le vôtre mis à part – et Dieu sait s'il compte pour moi ! –, il m'a semblé que je ne pouvais pas laisser les choses aller et m'endormir – comme j'en avais la tentation. Peut-être je me trompe. C'est possible. Ne m'en veuillez pas, en tout cas ; j'en serais très malheureux.

Je pars pour le Canada, pour l'Unesco. J'espère bien vous revoir à mon retour. Je guette *L'Express*[1] avec impatience.

Dites, je vous prie, mes respectueux hommages à madame Raymond Aron et croyez, je vous le demande, à mon fidèle et affectueux attachement.

Jean.

****

Paris, septembre 1983,

Mon bon Maître,

(Tout le monde ne peut pas être votre « petit camarade[2] » et j'essaie de me créer des liens privilégiés avec vous.)

Je ne vous dirai pas que j'ai lu d'un bout à l'autre votre livre[3] que je viens de recevoir et dont je vous remercie. Mais j'ai passé avec lui et avec vous une bonne partie de ma première nuit parisienne.

Non, je n'éprouve pas la moindre trace de « mauvaise humeur », mais de la gratitude et une

---

1. Après son départ du *Figaro* en 1977, Raymond Aron rejoint *L'Express* en tant que président du comité directeur.

2. Manière dont Raymond Aron désignait Jean-Paul Sartre, son ancien condisciple à l'École normale supérieure au sein de la promotion de 1924.

3. *Mémoires. 50 ans de réflexion politique*, Paris, Julliard, 1983.

affectueuse admiration qui ne se dément pas et se renouvelle toujours.

Faiblesse humaine : je me suis naturellement jeté sur les pages où vous parliez de moi. Eh bien ! tout ce que vous dites me paraît très équitable. Naturellement, j'aurais des foules de choses à vous dire. D'abord, ajouter de l'eau à votre moulin. Vous êtes très en-dessous de la vérité quand vous supposez qu'on a essayé de nous diviser. Vous ne pouvez pas savoir à quelles pressions de toute sorte j'ai été soumis et combien on cherchait, un peu partout, à me monter contre vous. Une de mes fiertés est d'avoir obstinément résisté, dans les formes, dans l'apparence, dans l'action pratique, bien entendu, mais surtout dans le fond et au plus profond de moi-même.

Sur l'affaire du déjeuner de Neuilly[1], je ne plaide ni innocent ni même coupable. Je n'ai jamais voulu donner un tableau rigoureusement exact des événe-

---

1. Dans ses *Mémoires,* Raymond Aron évoque l'attitude de Jean d'Ormesson au moment de son départ du *Figaro* et notamment ce déjeuner dont il lui avait reproché l'omission (voir *supra*, p. 43, n. 2) : « À l'en croire, il n'avait d'autre ambition que de faire travailler ensemble Robert Hersant et Raymond Aron. Mais la question ne se posait que depuis la conversation de Neuilly qui s'est mystérieusement évaporée de sa mémoire. Je demandai d'exercer une influence politique sur *Le Figaro* pour quelques mois, sans la moindre intention de m'imposer en permanence. Je n'avais jamais réclamé, comme il l'écrit, le fauteuil de président du directoire. Pourquoi l'aurais-je demandé à soixante-douze ans ? J'aurais été effectivement mégalomane si j'avais souhaité ou cru obtenir ce fauteuil. Ce que je voulais, c'était au moins une promesse de Robert Hersant qu'il ne rédigerait pas les éditoriaux politiques en alternance avec Jean et moi. » (*Mémoires. 50 ans de réflexion politique*, *op. cit.*, p. 546).

ments. Je me demande même si je crois beaucoup aux étapes successives d'une situation, aux conversations qui évoluent, aux décisions qui se prennent. Tout cela est plus profond et jaillit soudain des tempéraments et des esprits. Au fond, aujourd'hui, que reste-t-il de ces grands débats Prouvost[1]-Aron-Hersant-Goldsmith[2]-le pouvoir ? Une vague impression, que je crois juste : le pouvoir veut contrôler, sans trop se mouiller ; Hersant est un aventurier sympathique que les scrupules n'étouffent pas ; et Aron est un modèle d'intelligence du monde et de rigueur intellectuelle.

C'est en fin de compte la leçon – est-ce qu'il en est de plus haute ? – que je retire de ce premier contact : la rigueur. Dans votre pensée, dans votre vie, au sein d'un monde rendu laxiste tant par l'argent que par l'idéologie, la faiblesse intellectuelle, les facilités de toute nature, vous êtes une des incarnations de la rigueur. Rien ne me paraît plus admirable.

Ces quelques mots jetés en hâte, avant un départ pour l'Asie, ne tendent qu'à vous dire mes premiers sentiments et à vous remercier. Ce n'est pas en deux pages qu'on peut exprimer ce qu'on ressent à la lecture de cette somme où la philosophie devient vie

1. Jean Prouvost fut l'un des propriétaires du *Figaro* de 1950 à 1975. Son ambition d'écrire dans les colonnes de son journal provoque des conflits à répétition avec une partie de la rédaction après la mort de l'emblématique directeur du quotidien, Pierre Brisson, en 1964.

2. James Goldsmith, homme d'affaires et financier, propriétaire de *L'Express* de 1977 à 1987.

et où le monde devient cohérent. À défaut de vous envoyer des liasses de papier qui vous ennuyeraient [*sic*], j'espère bien pouvoir vous parler de tout ce que j'ai déjà marqué et que je marquerai au cours d'une lecture moins décousue.

Il m'a semblé qu'à aucun moment vous ne vous laissiez aller à la polémique. Vous dites ce qui est et ce que vous pensez sur le ton de la constatation – presque spinozienne. On peut différer d'opinion avec vous – mais il me semble que ce n'est pas commode.

Si un des symptômes de la « mégalomanie » ou de la « paranoïa » est de croire qu'on a toujours raison, aucun doute : vous êtes menacé. L'ennui est qu'on s'aperçoit assez vite que vous avez effectivement raison. Peut-on vous reprocher votre lucidité ? Et qu'elle s'exerce à votre propre égard comme elle s'exerce à l'égard du monde ?

Il y a une nouvelle de Somerset Maugham où une femme insupportable menace sans cesse de mourir du cœur à la moindre contrariété. Son fils la contrarie : elle meurt. Je pense à une nouvelle métaphysique, dans le genre plutôt de Borges que de Maugham. Un mégalomane, un paranoïaque oppose aux sceptiques, aux jouisseurs, aux malins imbéciles la vérité qu'il détient. Ils ricanent. Pas de chance : la vérité qu'il croit détenir, il la détient en effet.

J'irai un peu plus loin pour ne pas jouer le rôle du flatteur. Est-ce que vous détenez la vérité ? Je ne crois pas. Mais vous vous en approchez d'aussi près qu'il est donné aux hommes de le faire. Il faut forcément un peu de temps aux autres pour qu'ils puissent s'en apercevoir.

Dites, je vous prie, mes respectueux hommages à madame Raymond Aron dont j'ai retrouvé avec joie, dans vos pages, la lumineuse figure. Et croyez à l'affection et à l'admiration de

Jean d'O.

À Édouard Balladur[1]

Paris, 3 mai 1995,

Mon cher Premier ministre,

Permettez-moi de vous souhaiter, avec quelques heures de retard, un heureux anniversaire et de vous dire, en même temps, mes vœux, ma gratitude et mon fidèle attachement.

Vous n'avez pas cessé, durant tous ces mois, d'être présent dans mes pensées, comme dans celles de millions de Français. Après ces derniers jours, vos amis vous admirent encore plus – et vos adversaires se mettent, eux aussi, à vous admirer. Votre attitude n'a pas cessé d'être empreinte de dignité et de grandeur. Par un étrange retournement, au moment où tous les autres vont rencontrer évidem-

1. Premier ministre de François Mitterrand depuis 1993, Édouard Balladur venait d'être éliminé au premier tour de l'élection présidentielle de 1995 avec 18,5 % des voix contre 23,3 % au candidat socialiste, Lionel Jospin, et 20,8 % à Jacques Chirac. Malgré les réticences d'une partie de ses soutiens, il appelle à voter au second tour en faveur de son rival de droite.

ment de grandes difficultés, vous allez avoir derrière vous la majorité des Français.

Je regrette, bien entendu, comme beaucoup, de ne pas vous voir à la tête de l'État. En un sens, je vous l'avoue sincèrement, je m'en réjouis pour vous. Quelque chose me dit d'ailleurs que vous ne jouirez que peu de temps de ce calme et de ces loisirs que je mets au-dessus de tout. De grandes et lourdes tâches, hélas pour vous ! heureusement pour nous ! vous attendent encore. Vous êtes libre, mais cette liberté sera brève et très peuplée.

Je souhaite naturellement, comme vous, ne pas voir un troisième septennat – ou quinquennat – socialiste. Mais je tenais à vous dire aujourd'hui ma fidèle et reconnaissante admiration.

Dites, je vous prie, mes félicitations sincères et mes respectueux hommages à madame Balladur. Et croyez, je vous prie, mon cher Premier ministre, à la gratitude et aux vœux fervents de votre admirateur désolé et très confiant,

Jean d'Ormesson.

À Olivier Barrot[1]

19 mai 2008,

Quoi ! Soixante ans ! Comment as-tu réussi à avoir soixante ans en n'étant jamais là ? Est-ce qu'on a soixante ans quand on court comme un dératé de Sydney à San Francisco et de Marrakech à Bali ? C'est une chance inouïe que tu sois passé par Paris aujourd'hui pour te permettre d'avoir enfin soixante ans.

Pour fêter ces soixante ans, mon cher Olivier, Jules Renard t'aurait fait entrer dans son *Journal*, Tristan Bernard aurait inventé un mot d'esprit que nous aurions tous répété, André Gide aurait ajouté quelques lignes à *Paludes*, Sacha Guitry t'aurait consacré soixante vers éblouissants et Robert de

1. En 1996 et 1997, Jean d'Ormesson s'est entretenu chaque semaine avec le journaliste, écrivain et producteur de radio et de télévision Olivier Barrot dans l'émission *Histoire personnelle de la littérature* diffusée sur France 5. Les notes prises par Jean d'Ormesson pour préparer ce rendez-vous ont nourri la rédaction d'*Une autre histoire de la littérature française*, publiée en deux tomes chez Nil en 1997 et 1998.

À Olivier Barrot

Flers t'aurait écrit une pièce irrésistible que tu aurais pu jouer toi-même sous nos acclamations. Ils auraient tous reconnu en toi un esprit fraternel et ils t'auraient célébré comme un des leurs.

Un anniversaire, c'est du gâteau. Profite de ton adolescence, mon cher Olivier. Tes amis te doivent beaucoup. Voilà que tu leur rends encore le service de les réunir. Ils en profitent pour te remercier, pour te dire qu'ils t'aiment et pour t'embrasser de tout cœur sur ce tarmac parisien où tu es venu passer quelques instants avec eux.

Jean.

À Emmanuel Berl[1]

Paris, années 1960,

Cher ami,

Comment vous dire ma gratitude ? J'étais en train de lire calmement *Candide*[2] et attentivement, comme toujours, votre propre chronique, lorsque je me suis vu exalté soudain, en compagnie d'académiciens, au rôle de conseiller de la TV ! Je me suis mis à rêver alors à l'admirable télévision, aux programmes

---

1. Jean d'Ormesson et Emmanuel Berl (1892-1976) se sont connus dans les dernières années de la vie de celui-ci. L'essayiste et historien, ancien journaliste, recevait Jean d'Ormesson chez lui et, demeurant couché sur son lit, lui parlait de Proust, de Bergson, de Mme de Noailles, de Drieu La Rochelle, de Breton et de Malraux. « Il déroutait, il éclairait. Directeur de *Marianne,* hebdomadaire de gauche, il en vint à rédiger quelques-uns des plus beaux discours de Pétain. Juif et ami de Malraux, il hésitait au seuil de la Résistance. Antinazi convaincu, il fut aussi munichois. Pacifiste et tolérant, il comprenait presque tout. Il était d'une lucidité et d'une intelligence inébranlables. » (*Jean qui grogne et Jean qui rit*, Paris, Lattès, 1984, p. 295)

2. Conçu comme un concurrent gaulliste de *L'Express*, l'hebdomadaire *Le Nouveau Candide* paraît de 1961 à 1967.

fastueux que nous établirions ensemble... pour peu qu'on nous en confiât le soin ! Je tenais en tout cas à vous exprimer sans plus tarder ma vraie reconnaissance. Je vous assure que j'ai eu très grand plaisir, moins à voir reconnus des mérites qui n'existent pas, qu'à trouver le témoignage d'une amitié qui m'est bien précieuse. Dès à présent, je me considère comme investi, par vous, d'une mission – *in partibus* – auprès de la télévision : il ne restera plus qu'à faire admettre cette promotion, qui est chose entendue entre nous, par les autres – dont on se demande un peu de quoi ils se mêlent.

Sans avoir même le support de la télévision, je pense bien souvent à nous. J'ai votre dernière lettre sur mon bureau : hélas ! notre correspondance a été interrompue par les sottes migrations estivales. J'aurais grand plaisir et bénéfice à la reprendre mais je me dis surtout qu'il serait bien agréable pour moi de vous rencontrer. Si vous le permettez, je voudrais faire naître très bientôt une telle occasion.

Je crois que, sur le problème qui a été à l'origine de notre « correspondance réglée[1] » dont vous parlez si joliment – écrire pour soi ou pour les autres – nos points de vue se sont mutuellement éclairés. Pour ma part, en tout cas, je crois avoir beaucoup appris de ce que vous avez bien voulu m'écrire : les mots tracés sur le papier comme mise en ordre, psychanalyse, pensée réglée et pour ainsi dire déployée dans

1. Parmi les nombreuses lettres adressées par Jean d'Ormesson à Emmanuel Berl, une seule semble avoir été conservée.

un même temps (qu'il faut bien *parcourir*, telle la pensée même, dans un ordre *successif*, mais qui est *étalée* à votre disposition dans un ordre *simultané*).

Ce qu'il y a d'amusant, c'est que sans cesse des arguments ou des découvertes se sont offerts et s'offrent pour relancer le débat. Voilà maintenant que la mode intellectuelle (le structuralisme linguistique, Foucault[1] par exemple) nous propose l'idée du discours littéraire, de la littérature comme statut du langage. Au fond, c'est sans doute en ces termes-là que je pensais et le langage est bien dirigé vers quelqu'un. Vous pensiez en termes de réflexion et je pensais en termes de discours. C'est bien à ce carrefour que se situe – pour nous-mêmes, pour les autres – la littérature.

C'est certes à moi, non à vous, d'exprimer les plus vifs remerciements pour tout ce qui a ainsi servi d'aliment à notre débat et dont j'ai tiré tant de fruit et de plaisir. C'est avec beaucoup de gratitude que je vous prie de croire à mon bien fidèle et très amical attachement.

Jean d'Ormesson.

1. Ancien condisciple de Jean d'Ormesson à l'École normale supérieure.

À Georges Bidault[1]

Paris, 18 décembre 1946,

Monsieur le Président,

Au moment où vous quittez le ministère des Affaires étrangères, je tiens à vous témoigner mon

1. Président du Conseil national de la Résistance, président du Conseil et ministre des Affaires étrangères à plusieurs reprises sous la IVe République, Georges Bidault (1899-1983) était professeur d'histoire au lycée Louis-le-Grand en 1938, lorsque Jean d'Ormesson fit son entrée en classe de troisième. « Au sortir de mon enfance solitaire, Georges Bidault était pour moi le premier d'une longue série qui allait jouer un rôle immense dans ma vie : ces maîtres auxquels m'attacheraient l'affection et l'admiration. » (*Je dirai malgré tout que cette vie fut belle, op. cit.*, p. 150) En septembre 1944, le futur président du Mouvement républicain populaire (MRP, démocrate-chrétien), devient ministre des Affaires étrangères du gouvernement provisoire de la République française. À la grande joie de son père, Jean d'Ormesson obtient un poste subalterne à son cabinet en juillet 1945. Il ne l'occupe que deux mois : « Je n'avais pas tardé à comprendre que je préférais de très loin *Phèdre, Candide,* les *Fables* de La Fontaine, les lettres de Mme de Sévigné au travail de cabinet, et les études, si dures fussent-elles, aux fastes de la vie politique. » (*Je dirai malgré tout que cette vie fut belle, ibidem*)

plus fidèle et respectueux attachement et vous exprimer toute ma gratitude.

Lorsque j'ai quitté votre cabinet pour me présenter à l'École d'administration, j'ai éprouvé quelque scrupule, alors que tous vos instants étaient comptés, à venir vous déranger pour vous remercier de ce que vous aviez fait pour moi. Je veux aujourd'hui en même temps accomplir ce devoir de reconnaissance et vous prier d'agréer, monsieur le Président, l'expression de mon plus respectueux dévouement.

Jean d'Ormesson.

****

Paris, 1973,

Mon bon Maître et ami,

Il n'y a pas de lettre qui m'ait fait plus de plaisir que la vôtre parce qu'il n'y a personne pour qui je garde plus de fidèle attachement qu'à vous. Je vous remercie de tout cœur de votre pensée et de votre message d'amitié qui me va au cœur.

Comment vous oublierais-je ? Jamais, vous le savez, je n'ai renié les liens d'affectueuse et respectueuse gratitude qui m'unissent à vous[1]. C'est vous dire le prix que j'attache à votre amitié : elle m'a été, elle m'est, elle me restera précieuse et je vous en remercie.

Savez-vous qu'il est question de moi pour la direction du *Figaro* ? Voilà qui évoquera – chez

1. Partisan farouche de l'Algérie française, Georges Bidault s'est marginalisé politiquement par la radicalité de ses positions.

vous comme chez moi – bien des souvenirs… Je suis heureux, en tout cas, que vous ayez déjà remarqué que les « interdits » ne jouent pas en ce qui me concerne.

Je fais mille vœux pour votre santé que j'espère totalement rétablie et je vous demande de transmettre mes respectueux hommages à madame Georges Bidault.

Je vous prie de bien vouloir agréer, mon cher Président et ami, l'assurance de mes sentiments de très fidèle, affectueux et respectueux attachement et de ma gratitude.

Jean d'Ormesson.

****

Paris, années 1970,

Mon cher Président,

Votre lettre m'a fait un très grand plaisir : je vous en remercie de tout cœur. Je lirai avec passion le livre dont vous me parlez. J'ai voté souvent pour le Général. Mais savez-vous que, quand l'immense majorité des Français a voté pour lui – sur l'Algérie[1] –, j'ai voté contre ? De toute façon, je ne crois pas que ce que vous écrivez puisse jamais m'irriter.

Nous sommes restés sur l'échec de notre déjeuner avec Caillois. Si vous avez le temps, si vos « furies » vous en laissent le loisir, venez jusqu'à Neuilly.

1. Au référendum du 8 avril 1962 sur les accords d'Évian mettant fin à la guerre d'Algérie et accordant l'indépendance à ce pays la même année.

À Georges Bidault

Rien ne me ferait plus de plaisir et d'honneur. Je vous appelle, si vous voulez bien.

Voulez-vous dire mes très respectueux hommages à madame Georges Bidault ? Et veuillez agréer, je vous prie, mon cher Président, l'expression de mon bien fidèle, reconnaissant, affectueux et respectueux attachement.

Jean d'Ormesson.

À Bernard Billaud[1]

Paris, 24 février 1986,

Merci, cher ami, de votre lettre et de l'envoi du premier *Bulletin [de l'association des amis de] Georges Bidault*[2]. Ma contribution était bien modeste mais j'ai été heureux de pouvoir vous l'envoyer.

La lecture de la brochure m'a plongé, non seulement dans les souvenirs, mais dans des rêves sur l'histoire. Pourquoi et en quoi Évian n'est-il pas Munich[3] ? Je me suis souvenu tout à coup de plusieurs formules de Bidault et il m'a semblé que

---

1. Haut fonctionnaire, ancien collaborateur, à la mairie de Paris, de Jacques Chirac, à qui il a consacré un livre, Bernard Billaud était étroitement lié à Georges Bidault. C'est par son intermédiaire que Jean d'Ormesson a renoué dans les années 1970 avec l'ancien président du Conseil. Bernard Billaud a été président de l'association des amis de Georges Bidault.

2. Bulletin publié par l'association des amis de Georges Bidault, fondée en 1984.

3. Les accords d'Évian sont comparés ici avec les accords de Munich qui permirent à Hitler d'annexer les Sudètes aux dépens de la Tchécoslovaquie en 1938.

plusieurs années de notre histoire s'expliquaient dans un parallèle de Gaulle-Bidault – qui a fini par se changer en un face-à-face. Et au parallèle et au face-à-face il faudrait ajouter encore un chiasme : il y a toujours eu une ombre d'hostilité entre de Gaulle et Bidault mais le plus stupéfiant est qu'ils ont *inversé* leurs positions. Je me souviens très bien de Bidault dénonçant en de Gaulle un réactionnaire et un homme de droite. Il y a un troisième homme, absent et pourtant présent dans les relations de G.-B., c'est Pétain. Mais je m'égare…

Mille vœux affectueux.

Très cordialement.

J.

****

2 juin 1994,

Merci de votre pensée, mon cher ami, et de l'envoi de vos pages. Je les ai reçues au moment où je partais travailler au calme, en Corse[1], loin de Paris. J'ai pu ainsi les lire avec attention. Et avec un intérêt passionné.

Je m'inquiète d'abord de votre santé. Vous me parlez des soucis qu'elle vous cause. Je vous envoie mes vœux chaleureux. Je souhaite de tout cœur qu'elle ne vous tourmente pas et qu'elle ne vous empêche de poursuivre vos travaux.

---

1. Jean d'Ormesson avait en Corse une maison de famille où il aimait se rendre l'été.

À Bernard Billaud

Ce n'est pas assez dire que je vous ai lu avec intérêt. Une vraie émotion m'a saisi plus d'une fois à ma lecture. Vous savez mon attachement à Georges Bidault et à sa mémoire. Vous évoquez son courage, sa lucidité, son intelligence, son charme. J'y ai été sensible comme vous.

Quel est le drame qui court tout au long de vos pages ? C'est celui de la double fidélité : au général de Gaulle et à Georges Bidault. On pourrait parler de ce déchirement qui a été si cruel pendant des heures. Permettez-moi de relever deux ou trois passages de votre texte qui m'ont particulièrement frappé.

P. 24, vous citez Bidault : « Si nous ne faisons pas, alors qu'il est encore temps, l'intégration du nord au sud, un jour elle nous sera imposée du sud au nord ! » J'ai beaucoup rêvé sur ces mots qui prennent aujourd'hui un relief saisissant. Une vision de l'avenir sort de ces problèmes du passé.

Inversement, si l'on peut dire, la formule de Jean Letourneau que vous citez p. 33 – « La politique, Bernard, ne l'oubliez jamais, c'est l'art du possible ! » – mène à d'autres conclusions. Je n'irai pas jusqu'à me réfugier derrière la pensée de Hegel : « *Weltgeschichte ist Weltgericht*[1] », mais une autre politique que celle du Général était-elle possible ? Si les vues de Bidault avaient triomphé, échapperions-nous mieux aujourd'hui à cette « intégration du sud au nord » que redoutait Bidault lui-même ?

---

1. « L'histoire mondiale est le tribunal du monde », vers de Schiller cité par Hegel dans les *Principes de la philosophie du droit*, 1820.

À Bernard Billaud

Nous pourrions discuter longuement là-dessus, mais je ne veux pas vous lasser. Je voudrais seulement vous encourager dans votre projet. Là encore, je dois vous le dire, j'ai beaucoup d'estime et d'amitié pour Henri Amouroux dont vous parlez. C'est un bon historien à qui ne manquent ni le talent ni le courage. Mais vous avez bien le droit – et peut-être le devoir – de défendre vos vues. Et qu'importe le genre dans lequel on vous classera ! Saint-Simon, le duc atrabilaire, était-il un historien ? Il était mieux que cela.

J'ai vu avec peine combien les membres fondateurs de votre association avaient été éprouvés. « *Rari nantes*[1]... »

Laissez-moi vous rendre ma gratitude et mes vœux. Achevez votre travail. J'admire votre fidélité et votre courage.

À vous,

avec beaucoup d'affection.

Jean d'Ormesson.

---

1. Citation de l'*Énéide* de Virgile : « *Rari nantes in gurgite vasto* », « rares naufragés nageant sur le vaste abîme ».

À Christian Bourgois[1]

Paris, 3 mars 1971,

Mon cher Christian,

Voici le manuscrit[2] dont je t'ai parlé. Merci de bien vouloir jeter un coup d'œil dessus.

Enfin…

J'espère te revoir bientôt.

Affectueusement.

Jean d'Ormesson.

****

1. Christian Bourgois (1933-2007) fit ses débuts dans l'édition au côté de René Julliard, le premier éditeur de Jean d'Ormesson. En 1966, il fonda Christian Bourgois éditeur et dirigea parallèlement la collection 10/18 de 1968 à 1992. Il contribua à faire découvrir en France des auteurs étrangers importants tels que J.R.R. Tolkien, Gabriel García Márquez et Toni Morrison.

2. Ce manuscrit a été soumis à Jean d'Ormesson par Edmond Magnin, un professeur en poste à Moundou, au Tchad. Jean d'Ormesson accepte de le soumettre à plusieurs éditeurs de sa connaissance. Tous le refusent. Une dernière tentative est alors faite auprès de Christian Bourgois.

À Christian Bourgois

Paris, 31 mars 1971,

Merci, mon cher Christian, de ton mot et merci surtout de la lettre dactylographiée[1] : tu as deviné qu'elle me serait bien précieuse. Je serais détestable dans ton métier : les gens me font trop de peine.

Merci. J'espère bien te revoir bientôt. Affectueusement.

J.

Je passe finalement chez Gallimard ! C'est la faute à Queneau[2] !

---

1. Dans cette lettre dactylographiée du 26 mars 1971, Christian Bourgois notifiait à Jean d'Ormesson son refus du manuscrit d'Edmond Magnin. Le mot qui accompagnait la réponse de l'éditeur contenait le commentaire suivant : « Je ne sais quels sont tes liens avec ce monsieur Milly [*sic*] et j'ai préféré t'adresser un refus digne et soigné que tu pourras lui montrer. »

2. Le manuscrit de *La Gloire de l'Empire*, 1971, venait en effet d'être accepté par le comité de lecture des éditions Gallimard, où siégeait Raymond Queneau.

À Pierre Brisson[1]

Paris, 5 janvier 1959,

Monsieur le Directeur,

La lettre que vous m'avez adressée[2] est une mise au point. Je ne peux qu'en prendre acte.

Monsieur votre fils a cru bon, en revanche, de m'adresser une lettre d'insultes[3] qui me semble inutile

---

1. Pierre Brisson (1896-1964) était le directeur du *Figaro* depuis 1940. Il fut le principal maître d'œuvre de la renaissance du titre à la Libération. Il entretenait de mauvaises relations avec Jean d'Ormesson dont les livres n'avaient pas droit de cité dans les colonnes du quotidien. Ce conflit fut aiguisé par un article du 31 décembre 1958 paru dans la revue *Arts*, dont il est question ici. Le jeune critique ironisait sur les qualités littéraires de Pierre Brisson, qui venait de publier un roman intitulé *Doublecœur*, Gallimard, 1958. « Tout l'article tendait à démontrer, résuma plus tard son auteur, qu'il y avait tout de même une justice et qu'on ne pouvait pas, à la fois, être directeur du *Figaro* et avoir du talent. » (*Jean qui grogne et Jean qui rit*, *op. cit.*, p. 209)

2. À propos de l'article de la revue *Arts*.

3. Dans cette lettre du 2 janvier 1959, Jean-François Brisson s'en était pris sans ambages à Jean d'Ormesson, laissant entendre que l'article de celui-ci était dicté par la rancœur et le dépit : « Autant vous faire connaître sans délai ce que m'inspirent la suffisance et la lourdeur de

et peut-être – trouvant dans la conjonction de mes diplômes et de ma nullité un argument en faveur de… la réforme de l'enseignement ! – un peu bouffonne.

C'est donc à votre seule lettre que vous me permettrez de répondre ici. J'espère que vous voudrez bien ne pas y voir je ne sais quelle tentative de me concilier malgré toute la puissance que vous représentez : je m'y serais pris autrement.

Il n'était cependant pas dans mon intention d'écrire un article blessant. Il m'aurait été facile en recevant votre livre, en en parlant ou en n'en parlant pas (je reconnais très volontiers pour faire plaisir à votre fils que mon opinion n'a pas grosse importance) de me féliciter simplement de rapports renoués. C'était la solution la plus aisée. Si j'ai choisi de jouer avec le feu, c'est qu'un silence soulagé, une excessive humilité, peut-être une lâche reconnaissance me paraissaient également méprisables. Je le dis sans forfanterie comme (j'espère) sans pusillanimité : ce n'est pas ce que j'ai pu faire, je vous assure, que je traite avec légèreté, ce sont les conséquences qui peuvent en découler pour moi. Il n'est question là-dedans ni de cynisme ni de je ne sais quel *mea culpa*. Ce qui a été fait a été fait. Je ne songe ni à le dissimuler, ni certes à m'en vanter, ni même à le faire oublier. Je crois qu'aucun passé ne s'efface et je ne cherche certes pas à me battre contre les opinions qu'on peut avoir de moi.

---

vos pirouettes dans votre article de *Arts* qui met en cause la maison où vous espériez naguère pouvoir entrer. »

À Pierre Brisson

Ce que je voulais vous dire, c'est que mon article ne traduit pas un dépit ou une rancune, comme il n'exprime pas non plus une satisfaction injustifiée. Et s'il s'amuse, en vérité sans méchanceté, ce n'est pas d'événements privés qui ne prêtent pas à rire, mais de ce qu'ils entraînent pour moi et qui n'est grave pour personne.

Je vous prie de croire, Monsieur le Directeur, aux assurances de ma considération très distinguée.

Jean d'Ormesson.

À José Cabanis[1]

1998,

Un mot, mon cher José, pour vous dire que je pense à vous. Votre *Magnificat*[2] ne m'a pas quitté. Je l'avais dans ma poche et j'en parlais à tout le monde. Maurice Druon nous donne des nouvelles de vous et vos amis ne vous oublient pas.

J'ai beaucoup quitté Paris et je vous écris d'une terrasse en Corse. Bains et travail. J'essaie de finir le deuxième volume d'une petite histoire de la littérature – formule bien solennelle pour ce que c'est ! – parue il y a un an[3].

---

1. Jean d'Ormesson et José Cabanis (1922-2000) se sont côtoyés à l'Académie française dans les années 1990. Le romancier, auteur notamment des *Cartes du Temps*, Gallimard, 1962, et de *La Bataille de Toulouse*, Gallimard, 1966, a été élu quai Conti en 1990.

2. José Cabanis, *Magnificat*, Pin-Balma, Sables, 1997.

3. *Une autre histoire de la littérature française*, tome I, Paris, Nil, 1997 et tome II, 1998.

À José Cabanis

Vous savez les vœux que je forme pour vous. Les amitiés qui commencent par les livres sont peut-être les plus fortes. La mienne vous est acquise.

Je vous embrasse.

Jean (d'Ormesson).

****

1999,

Mon cher José,

J'ai passé quelques heures, quelques mois et cinquante-cinq ans avec vous[1]. L'émotion naissait de la simplicité. J'étais auprès de vous, en Forêt-Noire, il y a plus d'un demi-siècle. *Sie sind aber immer jung*[2].

À vous,

avec fidélité et affection.

Jean (d'Ormesson).

1. Jean d'Ormesson livre ainsi son impression de lecture de *Lettres de la Forêt-Noire. 1943-1998*, Paris, Gallimard, 1999, volume rassemblant la correspondance échangée entre José Cabanis et ses parents, lorsque le futur académicien, requis au titre du Service du travail obligatoire (STO), a travaillé comme ouvrier dans une usine d'armement en Allemagne, de 1943 à 1945.

2. « Mais vous êtes toujours jeune. »

À Roger Caillois[1]

Paris, 1970,

Mon cher Roger,

Je sais qu'on répond par avance aux auteurs des livres qu'on n'a pas encore lus lorsqu'on a quelque motif de se méfier de cette future lecture. Vous savez

1. Jean d'Ormesson a fait la connaissance de Roger Caillois (1913-1978) à l'Unesco où celui-ci était directeur de la division des Lettres puis du développement culturel. « La curiosité l'avait jeté successivement dans les études les plus brillantes, dans les recherches de pointe, dans l'histoire des religions, dans la création, avec Bataille, du Collège de sociologie, dans le surréalisme, dans des travaux sur la fête, sur les masques, sur les jeux, sur le rêve, sur le roman, dans le fantastique et dans l'imaginaire. La rigueur lui faisait obligation de ressaisir cette richesse prodigieuse et de l'organiser comme sur les cases d'un échiquier. » (*Jean qui grogne et Jean qui rit, op. cit.*, p. 301-303) Fondateur de la revue *Diogène,* il prend Jean d'Ormesson comme rédacteur en chef adjoint. « Cet esprit si haut et si fort était, dans la vie quotidienne qu'il ne négligeait pas, un compagnon sans égal. Pendant plus d'un quart de siècle, presque tous les jours, à la revue *Diogène* qu'il avait conçue et fondée et où je travaillais à ses côtés, je l'ai rencontré avec une joie et avec un émerveillement inaltérablement renouvelés. » Entré aux éditions Gallimard, Caillois avait fondé la collection « La Croix du Sud » qui introduisit en France de grands écrivains latino-américains, en particulier Jorge Luis Borges.

que ce n'est pas le cas et combien je me réjouis de parcourir votre *Échiquier*[1] – non au sens *courant* du verbe, mais case par case et ligne par ligne.

Si je vous remercie donc dès aujourd'hui, ce n'est pas du contenu du livre, mais de votre geste et de la dédicace. Ils m'ont fait un immense plaisir. Quoi de surprenant ? Le plaisir n'est que le reflet et l'image de celui que me donne un compagnonnage quotidien depuis tant d'années et qui m'a tant apporté. Ce sont des choses qu'on ne peut pas dire tous les jours. Je profite de cette occasion pour vous les dire – de tout cœur.

Avec ma gratitude et mon affection.

Jean.

****

Paris, 26 mai 1973,

Un mot, mon cher Roger, pour vous dire que j'ai beaucoup aimé *La Pieuvre*[2] – et je vois bien toute l'importance des dernières pages –, mais que la dissymétrie m'a époustouflé. Je revois cette soirée dans une *trattoria* vénitienne où s'élaboraient les « trois lois de la symétrie » et je retrouve ici dans une espèce de « science généralisée », symétrique peut-être de votre esthétique généralisée : le même travail d'établissement de concordances et de relations, ici depuis Darwin jusqu'à Carnot. L'audace du projet

1. Roger Caillois, *Cases d'un échiquier,* Paris, Gallimard, 1970.
2. Roger Caillois, *La Pieuvre. Essai sur la logique de l'imaginaire,* Paris, La Table ronde, 1973.

est stupéfiante. Et puis, sa rigueur aussi. Ce petit livre entre merveilleusement dans l'ensemble de vos travaux et en modifie en même temps l'économie générale par une ambition toujours croissante. Beaucoup de choses m'ont fait rêver : l'univers comme un être dont le complément en miroir n'existe pas, par exemple. Du coup, je repars pour Venise avec votre livre, pour voir si on peut établir une symétrie non plus dans l'espace, mais dans le temps. Enfin, tout m'a enchanté dans ce livre qui n'est petit que par la taille. Mais peut-on vraiment employer le mot « créditable » à la première page ? Je ne sais pas pourquoi, j'aurais plutôt imaginé créditible. Je dis ça pour ne pas avoir l'air de ne faire que des éloges.

Fidèlement.

Jean.

****

5 août 1975,

Merci de votre pensée et de votre lettre, mon cher Roger ! En dépit des apparences, elle n'est pas intempestive du tout – et elle n'est pas en retard, mais un peu en avance ! J'ai été furieusement empoisonné – mais, temporairement, je ne pouvais pas agir autrement.

Je suis bien touché, en tout cas, de votre amitié. Vous savez ce qu'elle représente pour moi. J'ai été embêté de « l'affaire Carré[1] » où j'étais vraiment

1. Allusion probable à l'élection du révérend père Robert-Ambroise-Marie Carré à l'Académie française, le 26 juin 1975.

mal pris : j'espère que vous ne m'en voulez pas ! J'ai sous les yeux *Pierres réfléchies*[1] que je lis avec délices, pendant ces deux jours, au soleil de Corse. J'espère bien vous en reparler bientôt et je vous envoie à tous deux ma plus fidèle et reconnaissante affection.

J.

****

Dimanche 25 août 1975,

J'ai lu deux livres admirables, mon cher Roger – et je vous dois l'un et l'autre, plus ou moins directement. L'un est *Mèmed le Mince*[2] qui m'a paru un chef-d'œuvre digne du Nobel (ou peut-être du prix Del Duca ?), l'autre est *Pierres réfléchies.* J'y vois – est-ce que je me trompe ? – la naissance de quelque chose de nouveau : une sorte de mystique, réaliste et minutieuse. On en trouverait déjà les traces et les racines dans votre œuvre antérieure. Mais elle se manifeste ici avec éclat.

Dès le prologue, l'idée de faire de l'étendue le milieu de la pensée, au lieu de les opposer classiquement, est foudroyante. Tous les essais qui suivent – je connaissais déjà l'un ou l'autre – tiennent ces promesses. « Jardins possibles » m'a fait penser au livre de Benoist Méchin sur les jardins. Le

1. Roger Caillois, *Pierres réfléchies,* Paris, Gallimard, 1975.
2. Roman de l'écrivain turc Yachar Kemal publié en 1955. Traduit du turc par Güzin Dino, éditions Del Duca, 1961, puis Gallimard, 1975.

connaissez-vous ? Il vous amusera peut-être, mais ne vous apprendra rien.

Je trouve dans « Exorde pour les minéraux » deux thèmes qui me paraissent fondamentaux : d'abord, pour le fond, l'imagination comme prolongement de la matière. Il ne s'agit pas seulement du développement de votre prologue – mais encore de l'idée, capitale et fréquente chez vous, de la limitation (au moins pour un dieu) des formes de l'univers, et, sans doute, de ses songes, ensuite, pour la forme, cette « référence laconique et intraitable » imposée par les jours à votre manière d'écrire. Peut-on mieux dire ?

Tout m'a émerveillé dans le livre. Il me donne de nouveaux motifs d'admiration. Ils viennent s'ajouter aux motifs de gratitude et d'affection que vous connaissez. Quelle chance pour moi !

J'ai lu aussi *Ada* qui m'a fait parfois penser à vous : Nabokov connaît les papillons presque aussi bien que vous !

Un dernier mot : celui de longévifs existe-t-il vraiment, ou l'avez-vous inventé ?

Je me réjouis bien de vous retrouver le mois prochain. Y a-t-il des pierres à Dubrovnik ? Pour Alena et pour vous, toute ma fidèle affection.

En annexe et post-scriptum, à propos surtout de « Signes mimés » et d'« Épars et sursitaires », je me demande si cette insertion de l'homme dans la nature, une de vos clés, je crois, n'est pas foncièrement antichrétienne. Est-ce que tout l'effort de l'Église n'a pas été de couper l'homme de la nature, de le soustraire à l'univers ? En ce sens, n'êtes-vous pas plus dangereux pour elle que tel ou tel anti-clérical affirmé ? Est-ce que je me trompe ? Je ne dis pas que cet ouvrage soit plus mystique que telle ou telle de vos expériences précédentes, mais enfin il est amusant de voir liés ces thèmes de la mystique, de l'intégration de l'homme dans la nature et de la mimétie réaliste, une sorte de mystique historique et géographique. Rien que la pierre ! rien que le rêve ! et la pierre est un rêve. Et le rêve naît de la pierre. À vous de tout cœur.

J.

****

7 juillet 1976,

Mon cher Roger,

J'ai lu avec passion « Trois légendes et des cailloux » et je vous suis bien reconnaissant de m'avoir donné votre texte. Il soulève mille questions et j'aimerais bien pouvoir en parler un jour avec vous. (Ne pourrait-on imaginer, par exemple, une « bombe à vibrations » qui détruirait la planète bien mieux que les bombes A ou H ? Je pense aussi qu'apparaît dans vos pages un thème nouveau : celui de la terre, ou de la mer, qui se *referment* pour *engloutir*. Ne faudrait-il pas le comparer à celui de la terre, ou de la mer, qui s'*ouvrent* pour *sauver :* la mer Rouge d'Israël ou le Sésame ouvre-toi ?) La logique de l'imaginaire se découvre de nouveaux chemins avec les ballets de la vibration et de l'escamotage. Vous voilà à la fois violoniste et illusionniste. Mais, d'ailleurs n'y a-t-il pas comme une parenté entre l'*archet* et la *baguette ?* Et peut-être la flûte ? Et naturellement tous les bâtons de commandement. Je divague.

Mais comment voulez-vous – hélas ! – que je présente vos pages aux malheureux lecteurs du *Figaro* ? D'abord, l'article est quatre fois trop long (il déborderait largement une page entière). Et puis, il est trop difficile, même les lecteurs du *Monde* (et ce *même* montre la différence entre eux et nous !) auraient peut-être du mal à le suivre. Je crois vraiment qu'il n'y a qu'une revue pour pouvoir le publier. Il passerait très loin au-dessus de la tête des lecteurs d'un quotidien.

Ne m'en veuillez pas de mes servitudes. Je préférerais publier un article comme celui-là plutôt que mille de notre tonneau journalier. Hélas !… Je vous souhaite un bon été bien frais.

Affectueusement à vous deux.

Jean.

****

4 octobre 1976,

Merci, mon cher Roger, de m'avoir permis de lire vos pages sur votre premier savoir. Elles sont passionnantes et elles éclairent la suite de vos aventures… Est-ce le début de quelque chose ? Je le souhaite…

Pour *Le Figaro*, toujours hélas ! le même problème : la longueur. Il n'est impossible de passer le tout. Mais peut-être pourrais-je en extraire deux pages ou deux pages et demie.

Seriez-vous d'accord ? Peut-être le début, jusqu'aux enfants de G., ignorants des étoiles ?...

Je pense souvent à vous et j'ai été content de vous revoir un peu. Véfour[1] m'est devenu mélancolique : j'y allais souvent avec Berl...

Très affectueusement à vous deux.

Jean.

****

14 décembre 1976,

Je suis bien content d'avoir, réunies en un seul volume, ces *Cohérences aventureuses*[2] que, de Venise à la rue Miollis[3] et de *Diogène*[4] à la

1. Restaurant luxueux situé dans le quartier du Palais-Royal à Paris, fréquenté par des écrivains tels que Jean Cocteau, Colette et Emmanuel Berl.

2. Roger Caillois, *Cohérences aventureuses,* Paris, Gallimard, 1976.

3. Site de l'Unesco où Roger Caillois et Jean d'Ormesson travaillaient ensemble.

4. Revue internationale et interdisciplinaire de sciences humaines, *Diogène* est fondée en 1951 à l'initiative de Roger Caillois qui en assure la direction jusqu'à sa mort en 1978. « Caillois croyait, bien entendu, à la division du travail intellectuel et aux vertus de l'analyse. Mais il pensait aussi que le temps d'une synthèse audacieuse et prudente était venu. Cette synthèse se devait d'éviter les généralités abusives et rester rigoureuse. Partisan d'une approche diagonale des différents domaines du savoir, le rêve de Caillois, qui avait longuement mûri son projet avant de le proposer et de l'imposer à l'Unesco, était de faire écrire un historien sur l'économie politique, un psychologue sur la grammaire, un historien de l'art sur la linguistique. » (*Je dirai malgré tout que cette vie fut belle, op. cit.*, p. 220) Jean d'Ormesson collabore avec Roger Caillois en tant que secrétaire de rédaction à partir de 1952. « À la revue *Diogène,* Caillois faisait presque tout. Je ne faisais presque rien. Mais, grâce à Dieu, j'étais aidé. » (*Je dirai malgré tout que cette vie fut belle*, *ibid.*) À la mort de Roger Caillois, en 1978, il en devient directeur de publication.

méduse et au narval, j'ai vu naître et se développer. Vous prenez place quelque part entre Carnot, Darwin et Mendeleïev – et vous restez entouré de masques et de papillons. C'est une joie et un honneur pour moi d'avoir vu s'édifier cet univers de science et d'imagination, de vérité et de fantastique.

Affectueusement.

Jean.

****

Paris, 11 juillet 1978,

Mon cher Roger,

J'ai été très ému par votre lettre à Jacqueline[1]. J'espère que tout s'arrange bien et que les troubles dont vous parlez ne sont plus qu'un mauvais souvenir. Peut-être devriez-vous tout de même être un peu plus prudent et ne pas trop forcer vos yeux. Je pars demain, pour trois semaines, en Turquie. Je suis sûr qu'à mon retour les nouvelles seront tout à fait bonnes. Soyez certain, en tout cas, que je pense bien à vous.

J'ai fait deux visites, la semaine dernière, dont je voudrais vous dire quelques mots.

La première, à Georges Dumézil[2]. Je ne voulais naturellement pas qu'il vienne me voir, et je suis allé chez lui. À la dernière séance de la mati-

1. Roger Caillois a écrit à l'historienne helléniste Jacqueline de Romilly, amie de Jean d'Ormesson.

2. L'historien et philologue était alors candidat à l'Académie française. Il sera élu le 26 octobre 1978.

née, plusieurs personnes – dont Mistler[1] – m'ont pressenti pour préparer le discours de réception de Dumézil. Voici mes sentiments à cet égard : d'abord, j'aimerais mieux recevoir Dumézil que tel ou tel autre qui risque d'être élu. En revanche, deux réserves sérieuses : en premier lieu, je me demande si je serai capable de m'avancer sur ce terrain que 90 % de nos estimables confrères ne connaissent pas du tout, mais que je connais, moi-même, assez mal ; ensuite et surtout, j'ai aussitôt dit que je ne voyais que deux personnes vraiment capables de recevoir dignement Dumézil : Lévi-Strauss et vous-même. Il faut que les choses soient bien claires. Je souhaiterais beaucoup que vous acceptiez de recevoir Dumézil mais je n'essaye pas, en disant cela, de me dérober – comme souvent... à une tâche. Il me semble que la préparation de ce discours vous revient tout légitimement et, encore une fois, j'espère que vous accepterez ; mais si vous pensiez que votre état de santé ne vous le permet pas, j'accepterais de m'y essayer – à condition que vous acceptiez, de votre côté, de m'aider de vos conseils[2].

J'espère donc que vous pourrez prendre la chose en main vous-même. Vous me direz votre sentiment là-dessus.

---

1. Secrétaire perpétuel de l'Académie française depuis le 15 novembre 1973, Jean Mistler devient secrétaire perpétuel honoraire en 1985.

2. C'est finalement Claude Lévi-Strauss qui prononcera le discours de réception de Georges Dumézil le 14 juin 1979.

D'autre part, Mme Rueff[1] m'a demandé de passer la voir, ce que j'ai fait la semaine dernière. Elle a différents projets de publications, de colloques, pour perpétuer le souvenir de son mari. J'essaye de ne pas me laisser embringuer là-dedans. Quelle que soit ma gratitude à l'égard de Jacques Rueff, je ne peux pas prendre en charge ce que Mme Rueff essayait de me faire accepter. Mais ce n'est pas de cela que je voulais vous parler.

Au cours de la conversation, et au milieu d'un certain nombre de suggestions, Mme Rueff m'a demandé s'il serait possible de faire figurer, dans chaque numéro de *Diogène*, le nom de Jacques Rueff comme fondateur de la revue. J'ai été, évidemment, plus que réservé. Autant que je sache, le fondateur de la revue, ce n'est pas Jacques Rueff, mais vous. À la rigueur, si l'on posait une plaque comme celle qui figure, par exemple, à Orly, on pourrait mettre : « La revue a été créée par M. Roger Caillois, M. Jacques Rueff étant président du CIPSH… » Mais, puisqu'il ne s'agit pas d'un bâtiment, je pense qu'on ne peut rien mettre du tout. Je voulais naturellement vous prévenir de cette petite affaire.

1. Épouse de l'économiste et haut fonctionnaire Jacques Rueff. Celui-ci avait recruté Jean d'Ormesson à l'Unesco en 1950. À l'époque, il avait été élu président du Conseil international de la philosophie et des sciences humaines (CIPSH) et cherchait l'aide d'un normalien pour assumer les tâches liées à cette fonction pendant quelques mois. Jean d'Ormesson passa finalement quatre décennies au CIPSH.

À Roger Caillois

Pardonnez-moi cette écriture mécanique, mais il me semble que les lettres écrites à la machine sont finalement plus lisibles que celles qu'on écrit à la main.

Je vous redis tous mes vœux très chaleureux.

Mille affections à vous deux.

Jean.

À Carlos Chagas[1]

Septembre 1994,

Mon cher Carlos,

Il y a beaucoup de monde pour fêter ta gloire, ton talent et ton éternelle jeunesse parce que tu as beaucoup d'amis et beaucoup d'admirateurs. Ils sont même si nombreux qu'ils ne peuvent pas tous être là, à Rio, autour du président de la République[2], de ta famille et de toi. Ils sont répandus à travers le monde entier et, de l'Académie

1. Médecin et biologiste brésilien, Carlos Chagas (1910-2000) était auréolé d'une prestigieuse carrière internationale. Vice-président de l'Académie des sciences du Brésil, président de 1965 à 1967, il fut nommé délégué et ambassadeur de son pays à l'Unesco en 1966. Il présida l'Académie des sciences pontificale au Vatican de 1972 à 1989. Aux Nations Unies, il fut également président du comité spécial pour l'application des sciences et des technologies au développement. Jean d'Ormesson lui adresse la lettre présentée ici à l'occasion de son 84e anniversaire. Les deux hommes avaient noué et entretenu des liens amicaux et chaleureux, se voyant à Paris, à Rio de Janeiro ou en Toscane.

2. Itamar Franco, lequel, étant auparavant vice-président du Brésil, avait remplacé le président Fernando Collor de Mello, destitué en 1992.

pontificale de Rome jusqu'aux grandes universités américaines, de l'ONU et de l'Unesco où ton souvenir est toujours vivant, jusqu'aux facultés de médecine et aux cercles littéraires de toutes les régions de la planète, montent vers toi l'affection et les vœux de tous ceux et de toutes celles qui auraient voulu aujourd'hui être à côté de toi. Je suis en quelque sorte leur interprète et, la modestie étant, comme tu le sais, une de mes qualités les plus charmantes – pour la modestie, je ne crains personne –, je me considère, pour quelques instants, comme l'ambassadeur de l'univers auprès de Carlos Chagas. Bon anniversaire, mon cher Carlos !

Personne n'était plus désigné que moi pour parler de toi, mon cher Carlos, et ta fille Silvia Amelia[1], qui règne sur Paris comme tu règnes sur le monde scientifique et littéraire, ne pouvait pas faire un meilleur choix pour t'adresser un message en ce jour solennel. Avant de parler de toi, comme il se doit, je vais parler un peu de moi.

J'aurais beaucoup aimé être toi. J'aurais été le mari d'Annah qui est une des femmes les plus merveilleuses que je connaisse. J'aurais été le père de quatre filles plus belles les unes que les autres. Et le jour de mon anniversaire les esprits les plus distingués et le président de la République du Brésil

1. Installée en France et mariée au baron Gérard de Waldner, Silvia Amelia Chagas a notamment été très liée à de grands couturiers comme Hubert de Givenchy et Yves Saint Laurent.

lui-même, qui est un homme très remarquable, m'auraient adressé des messages : quel rêve !

À défaut d'être toi, j'aurais adoré être ton gendre. J'ai dû mal m'y prendre. Aucune de tes filles n'a voulu de moi. Il faut dire que le choix, pour moi, était extrêmement difficile. J'ai toujours pensé que j'étais amoureux du clan Chagas dans sa totalité. Voilà que je me demande si, à défaut d'être ton gendre, je ne pourrais pas devenir ton petit-fils. Je crois qu'il faut que je m'arrête là. Il ne serait pas raisonnable de pousser jusqu'à la génération qui viendra ensuite. Je crains d'être atteint de ce qu'on appelle, je crois, la « maladie de Chagas[1] ».

Mon cher Carlos, tu es couvert d'honneurs, de distinctions, de diplômes, de prix, de doctorats *honoris causa* si nombreux que je renonce à les énumérer. Ils ne font que traduire l'estime où te tient le monde savant. Cette estime va au chercheur, au biologiste, au diplomate, à l'humaniste. Elle va aussi et surtout à l'homme. Il y a à travers le monde, une légende Chagas, un mythe Chagas. Et cette légende est vraie, ce mythe est une réalité. Je suis là, par la pensée, pour en témoigner.

Cette estime pour le savant, cette admiration pour l'humaniste et pour l'homme se teintent d'affection – je dirais volontiers de tendresse. Il y a des hommes qu'on respecte – et qu'on n'aime pas. Je suis chargé

1. Allusion détournée à la maladie tropicale parasitaire découverte par le père de Carlos Chagas, le médecin et bactériologiste Carlos Justiniano Ribeiro Chagas (1879-1934).

de te dire que nous sommes nombreux à travers le monde, et peut-être d'abord en France, à t'admirer et à t'aimer.

Mon cher Carlos, en ce jour de grande jeunesse et de grande gloire pour toi, nous ne sommes, Françoise et moi, que l'avant-garde militante de tes amis innombrables. Il faut que tu m'imagines, suivi d'une foule immense, en train de m'avancer vers toi pour te serrer dans mes bras et pour te dire, en brésilien, en français, dans toutes les langues du monde :

« Bon anniversaire, mon cher Carlos ! » de la part de tous ceux qui t'aiment.

À Jacques Chirac[1]

Paris, 9 mai 1995,

Monsieur le Président de la République,

C'est un grand bonheur pour moi comme pour des millions de Français de vous voir porté aujourd'hui par le suffrage universel à la plus haute magistrature de l'État. Après quatorze années dont le moins qu'on puisse dire est qu'elles laissent des sentiments et des souvenirs douteux, l'élection d'un gaulliste et d'un ami de Georges Pompidou à la présidence de la République est un soulagement et une joie. Permettez-moi de vous adresser mes très vives félicitations.

À ces félicitations, je joins des vœux chaleureux. La tâche est immense. Je sais qu'elle ne vous effraie pas. Vous avez donné des preuves de votre courage et de votre volonté. Il en faudra pour venir à

1. Après un échec en 1988 face à François Mitterrand, Jacques Chirac (1932-2019) venait d'être élu président de la République face au candidat socialiste, Lionel Jospin, le 7 mai 1995.

bout de problèmes – salaires et emploi, Europe et cohésion nationale, défense et éducation… – qui non seulement sont en eux-mêmes d'une complexité redoutable, mais qui semblent appeler des solutions contradictoires. Votre présence à la tête de l'État constituera, j'en suis sûr, la garantie d'un rassemblement, si nécessaire, des Français, d'une confiance retrouvée et d'un progrès pour tous.

Comme d'innombrables Français, je vous remercie d'avoir rendu possible un changement si longtemps attendu et espéré. Je vous adresse mes souhaits confiants et fervents pour votre haute et lourde charge. Et je vous prie de bien vouloir agréer, monsieur le Président de la République, l'assurance de mon vieil et fidèle attachement et de mon respect.

Jean d'Ormesson.

À Jean Daniel[1]

Septembre 1999,

Mon Dieu ! mon cher Jean, voilà déjà plusieurs semaines que je voulais t'écrire – et voilà plusieurs jours que je dois t'écrire. Pardonne-moi mon retard. Je suis un peu débordé. Marguerite Yourcenar m'a dit un jour qu'il ne fallait pas écrire de lettre quand il ne s'agissait pas de vraie lettre. Hélas pour toi, en voici une vraie.

Commençons par le commencement. J'ai lu ton remerciement pour le prix du Mémorial[2] avec un vrai bonheur. On voit ce qu'est un grand éditorialiste. C'est une leçon. Là où j'avais bredouillé quelques mots[3], tu as écrit un texte remarquable.

---

1. Journaliste et écrivain français, tel qu'il se définissait lui-même, Jean Daniel (1920-2020) a fondé *Le Nouvel Observateur.*

2. Jean Daniel a reçu le prix du Mémorial, grand prix littéraire d'Ajaccio, pour *Avec le temps. Carnets 1970-1988*, Grasset, 1999.

3. Jean d'Ormesson avait été récompensé par le même prix quelques années plus tôt pour *Garçon, de quoi écrire*, Gallimard, 1990, et l'ensemble de son œuvre.

Tout est bien. À la fin, tu dis quelque chose qui, je t'assure, m'a fait longtemps rêver : « J'en suis arrivé à penser que les civilisations se jaugent par la solidité de leurs traditions et progressent selon la façon dont les artistes et les réformateurs transgressent les traditions. »

J'ai jubilé en te lisant. Tu mettais en quelques mots lumineux deux tendances que je ressens si fort en moi, mais qui se combattaient obscurément. Ta distinction est extraordinairement éclairante et m'a enchanté. J'imagine le succès que tu as eu.

Oui, c'est vrai, ton article sur « Les deux surprises au Kosovo[1] » m'avait échappé. Merci de me l'avoir envoyé. C'est un texte capital. Je suis ennuyé de te dire que je suis en tout point d'accord avec toi, qui exprimes mieux que moi ce que je ressentais.

On pourrait en parler longuement, mais il ne faut pas exagérer dans le sens de tante Marguerite. Passons à mon troisième motif de gratitude.

Si un bienfait se mesure à l'étendue de ses retombées, il n'y a personne à qui je doive plus de reconnaissance qu'à toi. Qu'est-ce que nous n'avons pas déclenché, toi et moi[2] ! Je voudrais dire tout de suite

---

1. Paru le 22 juillet 1999 dans *Le Nouvel Observateur*.

2. Dans *Le Rapport Gabriel*, Paris, Gallimard, 1999, Jean d'Ormesson fait le récit d'une conversation privée avec François Mitterrand intervenue le 17 mai 1995 à l'Élysée quelques heures avant la passation de pouvoir. L'écrivain avait évoqué les reproches adressés au président à propos de ses liens avec René Bousquet, figure de la collaboration sous le régime de Vichy, nommé par Pierre Laval secrétaire général de la police en 1942, qui avait été le principal organisateur de la rafle du Vél' d'Hiv'. La réponse de François Mitterrand, révélée quatre ans plus tard par Jean d'Ormesson

que je suis entièrement d'accord avec toi et avec ta conclusion : il est clair, il est évident que Mitterrand n'était pas antisémite. Qui peut imaginer cela ? Il n'était pas non plus un ami des collaborateurs des nazis : il était ami de Bousquet au-delà des horreurs.

La querelle de l'antisémitisme de Mitterrand n'est pas venue de moi. Je n'ai fait que raconter ce que j'ai entendu. Un point, c'est tout.

L'intéressant est que pratiquement personne ne doute de la formule. Ce qu'on me reproche parfois – et parfois avec violence : la plaie est-elle si à vif ? –, c'est de l'avoir répétée. Et pourquoi ne l'aurais-je pas répétée ? Je n'avais pas fait vœu de ne pas la répéter. Et je la répète quand je veux comme l'ont fait de tout temps mémorialistes et écrivains.

On ne peut vraiment pas m'accuser d'avoir flatté Mitterrand de son vivant. Il me semble même aujourd'hui être allé parfois un peu trop loin. Le problème de savoir pourquoi Mitterrand m'a choisi comme dernier confident à l'Élysée n'est pas le mien. C'est un fait, comme sa formule est un fait. Et j'irai jusqu'à dire que je comprends sa formule comme l'explosion de quelqu'un qui a été soumis à une rude pression et qui laisse éclater sa lassitude ou sa colère.

---

dans son roman, suscita une vive émotion : « Vous constatez là, me dit-il, l'influence puissante et nocive du lobby juif. » (p. 347) À la sortie du livre, Jean Daniel publie le chapitre concerné dans *Le Nouvel Observateur* : « Si l'épisode Bousquet est pour moi inexcusable, il ne fait pas pour autant, à mes yeux, de Mitterrand un ami des collaborateurs des nazis, et moins encore un antisémite. »

À Jean Daniel

On pourrait parler des heures là-dessus. Et j'espère que nous le ferons un jour. Je voulais seulement ne plus tarder davantage à te remercier de l'attention que tu as portée à mon livre. C'est pourquoi je te griffonne ces quelques lignes. Elles te diront qu'à mes yeux c'est un bonheur pour notre époque de t'avoir pour témoin. Nous le savions déjà. Je le sais maintenant mieux encore.

Affectueusement.

Jean.

À Michel Debré[1]

Paris, 2 mars 1970,

Monsieur le Ministre,

Ai-je besoin de vous dire combien j'ai été touché de votre lettre si bienveillante ? Je vous remercie de tout cœur d'avoir bien voulu prendre la peine et le temps de l'écrire. Vous savez – n'est-ce pas ? – à quel point votre indulgente approbation m'est un encouragement.

Oui, je vois qu'il y a un certain nombre de choses que toute société, toute nation se doit de défendre, sous peine de suicide. Ce sont celles que vous défendez vous-même avec grandeur et courage. Vous donnez un exemple à l'écrivain ou au polémiste :

---

1. Gaulliste fervent, Michel Debré (1912-1996) se consacre au retour au pouvoir du Général sous la IVe République. Il devient garde des Sceaux dans le gouvernement de Gaulle en 1958 et participe à l'élaboration de la nouvelle Constitution. Il est Premier ministre de 1959 à 1962. Élu député de la Réunion en mai 1963, il revient au gouvernement en 1966 successivement comme ministre de l'Économie et des Finances (1966-1968), ministre des Affaires étrangères (1968-1969) et de la Défense nationale (1969-1973). Hostile à Valéry Giscard d'Estaing, il dénonce les dangers de l'inflation, de la dénatalité et l'idée d'une Europe supranationale.

défendre contre un conformisme bêlant une certaine idée du sacré. L'abandonner, c'est accepter de mourir ou de se déshonorer.

Avec l'expression renouvelée de ma très vive gratitude, je vous prie de bien vouloir agréer, monsieur le Ministre, les assurances de mes sentiments très respectueux.

Jean d'Ormesson.

****

Avril 1975,

Ne renversons pas les rôles, monsieur le Premier ministre : c'est à nous de vous remercier. Je sais par d'innombrables témoignages le retentissement qu'a connu votre série d'articles[1]. Je m'en réjouis pour vous, pour nous et pour la nation.

Nous traversons ici, au *Figaro*, des épreuves assez sérieuses[2] – et je mesure mes responsabilités. Je reste pourtant optimiste et je crois, je suis sûr que nous traverserons heureusement les tourmentes – et que, avec des aides telles que la vôtre, nous en sortirons plus forts.

1. En avril 1975, Michel Debré publie dans les colonnes du *Figaro* une série intitulée « Ami ou ennemi du peuple ? », composée de quatre articles, conçus comme autant d'« appels » à une prise de conscience et à une réaction populaires : « Inflation et croissance », « Dématernité, dénatalité », « Les grandes institutions menacées » et « Commander le prévisible ».

2. Jean Prouvost met en vente ses participations au *Figaro* au printemps 1975. Robert Hersant, député de l'Oise et patron de presse, se porte candidat à leur acquisition. Cette perspective suscite une vive réaction parmi les journalistes qui lui reprochent son engagement de jeunesse vichyssois et rappellent sa condamnation à l'indignité nationale pour collaboration.

Je vous redis ma gratitude et je vous prie d'agréer, monsieur le Premier ministre, l'assurance de mon fidèle et admiratif attachement.

Jean d'Ormesson.

****

28 juillet 1975,

Je vous suis profondément reconnaissant de votre lettre et de votre aide, monsieur le Premier ministre. J'ai passé des journées difficiles, parfois cruelles, et j'avoue que j'étais déchiré par l'indécision. Mais les conditions dont vous me parlez si bien n'ont pas été remplies. Je ne vois pas d'autre solution que de me retirer.

Je ne le fais pas de gaieté de cœur et je suis très inquiet de l'avenir du journal. Mais l'expérience nous apprend que la formule du « moindre mal » et le « mieux vaut moi qu'un autre » sont redoutables et risquent de mal finir…

Puisque vous avez la bonté de m'apporter votre puissant secours, j'oserai encore en abuser. Je sais que vous me comprenez, mais je crains de décevoir profondément le Premier ministre qui voulait bien sembler attacher de l'importance à mon maintien. Dans les conditions actuelles, il me paraît franchement impossible. Si vous aviez l'occasion de dire, d'un mot, votre sentiment à monsieur Jacques Chirac, vous m'aideriez, une fois de plus, de façon décisive.

Pardonnez-moi, je vous prie, de vous ennuyer avec ce qui n'est, en fin de compte, qu'une péripétie mineure. Mais – sincèrement – je m'inquiète beaucoup moins en ce moment de mon sort que du destin du journal : oui, ce destin me tourmente.

Si *Le Figaro* changeait (en mal...), s'il baissait de qualité, s'il se ratatinait, ce serait un malheur. Je mesure ma responsabilité. Mais les choses sont engagées de telle façon que je ne peux prêter la main à un risque de déclin ou de détérioration[1].

Je vous exprime de tout cœur ma gratitude, monsieur le Premier ministre, et je vous prie de me croire

votre fidèle et reconnaissant serviteur,

Jean d'Ormesson.

J'ai été très heureux de recevoir votre brochure sur la rue Jacob[2]. Je l'ai lue avec beaucoup d'intérêt. Elle éveille en moi des remords !... Elle règle, en

---

1. Jean d'Ormesson choisit finalement de conserver la direction du *Figaro*. « J'avais déjà préparé un article où je faisais mes adieux. Et puis, de tous côtés, le téléphone se mit à sonner et les messages affluèrent. Ils venaient de partout, de l'intérieur du journal et de l'extérieur, de droite et de gauche, et parfois de haut. On me faisait honte : est-ce que je pouvais abandonner le navire à la première difficulté ? C'était le moment, bien au contraire, d'attacher les ceintures et d'affronter les turbulences, les trous d'air, les coups de vent. *Le Figaro*, la presse française, le sort de la démocratie libérale se mettaient, tout à coup, à reposer sur mes frêles épaules. Quelle surprise ! Je découvrais mon importance avec un peu d'étonnement – et avec ironie. » (*Le vagabond qui passe sous une ombrelle trouée*, *op. cit.*, p. 214)

2. Michel Debré avait obtenu en 1972 un permis de construire pour la « mise en état » du temple de l'Amitié, petit vestige de l'architecture maçonnique du XVIIIe siècle, situé à Paris dans le jardin de l'immeuble du 20 rue Jacob, dont il était copropriétaire. L'ancien Premier ministre fut

tout cas, à mes yeux, la question et elle fait justice des calomnies.

****

16 décembre 1976,

Merci, Monsieur le Premier ministre et cher ami, de votre lettre du 12 décembre que j'ai lue avec une attention et, je dirais presque, avec une passion constantes.

Tout ce que vous dites est naturellement l'expression d'un attachement à tout ce qui nous est cher et je n'essaierai même pas de m'engager avec vous, ou contre vous, sur le terrain juridique et constitutionnel.

Ce que je me dis parfois, c'est qu'il n'y a le choix qu'entre deux grandes politiques : ou nous nous lions à l'une des deux superpuissances – et le souhaitons-nous ? – ou nous essayons de rester indépendants. Mais comment ne pas voir que l'indépendance est liée à la puissance et que l'Europe entière est seule assez puissante – tout juste assez puissante, mais assez puissante – pour tenir tête à l'un ou à l'autre bloc.

Ne croyez-vous pas qu'il y a tout de même là – sans rien renier de nos traditions nationales – comme une grande espérance ? Mais il faut que des hommes comme vous veillent à ce que rien d'essentiel ne soit sacrifié.

---

accusé d'avoir dénaturé l'édifice, classé à l'inventaire supplémentaire des monuments historiques.

À Michel Debré

Il est bien hardi de ma part d'avancer des arguments dans un combat que vous connaissez tellement mieux que moi. Soyez sûr en tout cas que tout ce que vous m'écrivez me touche et me frappe.

Merci de votre article. Je serai heureux de le publier.

Je serai aussi très heureux de voir votre fils François dès qu'il le voudra. Ma secrétaire se met en rapport avec la vôtre.

Je vous prie d'agréer, monsieur le Premier ministre, cher ami, l'assurance de mon très fidèle, admiratif et, si vous le permettez, très affectueux attachement.

Jean d'Ormesson.

****

8 mars 1978,

Monsieur le Premier ministre,

Vous m'avez écrit, il y a déjà de longues semaines, une lettre[1] qui a retenu, je vous assure, toute mon

1. Dans une lettre du 14 janvier 1978, Michel Debré exprime à Jean d'Ormesson sa « petite déception » d'avoir lu, sous la plume de celui-ci, que « les divisions de la majorité étaient dues, avant tout, à des querelles de personnes ». Selon lui, il existe au contraire au sein de celle-ci de profondes divergences : « Alors que l'appel à l'effort serait l'exigence première, on ne parle que loisirs, distraction, facilités de vie. Alors que la compétition internationale est plus vive que jamais, on ne parle jamais de la patrie et on évoque pour la France la gloire de la Grèce après la défaite ! Il n'y a plus de fermeté vis-à-vis des États-Unis : on cède à toutes leurs exigences, au moins à celles qui ont trait à l'essentiel, et dans moins de cinq ans notre force de dissuasion sera suffisamment affaiblie par les mesures déjà prises qu'elle ne sera plus crédible [...]. Il faut à la France une grande ambition pour demeurer elle-même. »

attention et parce que je voulais y répondre plus calmement je l'ai – comme trop souvent dans ce cas – laissée de côté. Pardonnez-moi.

Soyez sûr que je comprends ce que vous me disiez de l'ambition nécessaire à la France. Ce que j'essayais de faire, c'était de réduire le plus possible les divisions de la majorité et je l'avoue, s'il le fallait, les occulter.

Mais aujourd'hui où je vous réponds, est-ce que tout cela n'est pas dépassé ? J'essaie de rester optimiste et je me demande quels sont vos sentiments. J'aurais bien besoin de me retremper à vos sources vives.

Je vous prie d'agréer, monsieur le Premier ministre, avec mes excuses renouvelées pour mon retard, l'assurance de mes sentiments de très fidèle et toujours reconnaissant attachement.

Jean d'Ormesson.

Je signe cette lettre avec retard : l'optimisme était justifié ! Merci de votre autre lettre. Je me réjouirais beaucoup de vous revoir.

****

Paris, 28 avril 1980,

Je vous remercie, mon cher Premier ministre, d'avoir bien voulu me prévenir de la conférence que vous prononcerez le 9 mai au Collège de France. J'aurais été heureux d'y assister.

Malheureusement, je ne serai pas à Paris. Je le regrette d'autant plus que je suis sûr d'avance de l'intérêt de ce que vous direz : la rencontre entre

À Michel Debré

Renan[1] et vous sur le thème de la nation promet d'être passionnante.

Vous êtes l'un des très rares, je le dis sans flatterie, qui, dans les drames que nous allons vivre, pourra maintenir debout un certain nombre de vérités sapées, minées, détruites, et représenter quelque chose. Je crains qu'à côté de ce que nous verrons, le passé, comme dit Retz, ne soit que « verdures et pastourelles ».

Ah ! si nous avions une Europe unie – vous connaissez mes manies ! – avec vous à sa tête !

Je vous prie d'agréer, mon cher Premier ministre, l'assurance de mon très fidèle attachement.

Jean d'Ormesson.

1. Michel Debré citait souvent Ernest Renan et sa conférence « Qu'est-ce qu'une nation ? », donnée à la Sorbonne en 1882 et publiée en 1887.

À Philippe Delerm[1]

Fin des années 1970,

Merci de votre lettre qui me fait plaisir. Je suis enchanté d'apprendre la sortie de *Patiences*[2]. Je vous en félicite et je me réjouis de vous lire. Je sais le courage qu'il faut pour écrire un livre, comme vous l'avez fait, le matin, avant son travail...

Ce que vous me dites des « grands » sujets m'a bien intéressé. Vous avez raison en un sens, mais

1. Écrivain révélé à un large public en 1997 par *La Première Gorgée de bière et autres plaisirs minuscules*, publié chez Gallimard, Philippe Delerm écrivit à Jean d'Ormesson dès les années 1970 lorsque, jeune romancier en quête d'un éditeur, il s'astreignait à travailler ses textes le matin de cinq à sept heures avant de se rendre dans le collège normand où il enseignait les Lettres. L'académicien suivit les débuts du jeune auteur, faits d'espoirs et de déceptions, jusqu'à la parution au Rocher d'un premier roman en 1983, *La Cinquième Saison.* Ce n'est que vingt ans après leurs premiers échanges épistolaires que les deux écrivains se rencontrèrent pour la première fois, par hasard, lors d'un salon littéraire.

2. Ce roman de Philippe Delerm ne fut toutefois jamais publié car l'éditeur, qui ne cessait d'en repousser la sortie, fit finalement faillite.

peut-être tort dans l'autre : il faut fuir toute pompe – mais *Guerre et Paix* – ou *La Recherche* – est un grand sujet.

Je préfère naturellement Toulet[1] à Paul Bourget[2], mais je pense qu'il ne faut pas se réfugier systématiquement dans le refus du grand dessein. L'horreur, c'est le « dossier », la mode, tout ce qui est soufflé, mais il n'est pas défendu de parler de l'Empire romain – si on est Marguerite Yourcenar.

Avec tous mes vœux, fidèlement et cordialement à vous.

J.O.

****

Début des années 1980,

Merci de vos souhaits qui me touchent beaucoup. Vous savez tout ce que je vous souhaite. J'étais au courant de l'intérêt de Gallimard pour votre manuscrit et j'ai fait ce que j'ai pu[3]. Les

1. Paul-Jean Toulet (1867-1920), écrivain et poète « léger comme de la cendre », dont les œuvres complètes ont été réunies en 1986 dans un volume de la collection « Bouquins » (Robert Laffont). « Moins connu que Hugo, que Baudelaire, qu'Apollinaire ou Aragon, Paul-Jean Toulet était un poète mineur, béarnais et drogué, qui traînait dans les cafés, qui n'avait pas fait carrière et que j'aimais entre tous. » (Jean d'Ormesson, *Le Rapport Gabriel*, *op. cit.*, p. 268)

2. Paul Bourget, écrivain et essayiste (1852-1935).

3. Philippe Delerm n'avait pas encore été publié à cette date et avait soumis au comité de lecture de Gallimard un troisième roman, soutenu par J.M.G. Le Clézio. Le comité statua cependant en l'absence de celui-ci et le texte fut écarté à l'initiative de Claude Gallimard qui le jugeait trop éloigné de la ligne éditoriale de la maison.

choses deviennent de plus en plus difficiles dans le domaine de l'édition et les programmes de publication ont été sérieusement restreints. Je voudrais à la fois vous empêcher d'être découragé et d'être déçu. Il ne faut pas que votre amour de la littérature vous rende malheureux. Vous avez une vie heureuse, ne laissez pas une hantise l'empoisonner. Si vous pouvez poursuivre votre travail d'écriture sans en être esclave, je garde toute ma confiance dans votre succès.

Bonne année à vous trois !

Cordialement.

Jean d'Ormesson.

****

Paris, 1995,

Mon cher Philippe,

Vous m'avez écrit une lettre que je n'oublierai pas et qui suffit à justifier une existence d'(apprenti) écrivain. Si j'ai mérité une lettre comme la vôtre, je n'ai pas tout à fait perdu mon temps.

Si je me souviens !...

Comme je me suis réjoui de votre succès ! Je crois vraiment l'avoir deviné.

À Philippe Delerm

Les liens entre nous me sont très chers. Les filets rouge et noir..., le début du Midi[1]..., presque rien..., et presque tout[2] !

Que vous associiez votre fils[3] à votre lettre m'enchante. Dites-lui tous mes vœux.

Vous avez raison : ce dont on a besoin au début, ce dont j'avais besoin moi-même, c'est de confiance. Qu'elle se soit entre nous transformée en affection me fait le plus grand plaisir.

Bonne année à vous deux !

Je vous embrasse.

Jean d'Ormesson.

---

1. En direction duquel Jean d'Ormesson partait souvent en voiture dans sa jeunesse pour échapper au quotidien. « Le bonheur n'est peut-être rien d'autre qu'un état de passage. J'ai été heureux, en sortant des brumes, à la rencontre du soleil. Le seuil de Valence, la traversée du Mont-Cenis ou du Grand-Saint-Bernard, la descente sur Florence ou sur Portofino, la vallée d'Aoste surtout, lorsqu'elle était tout en fleurs, entre ses vieux châteaux, au tournant du printemps, me laissent des souvenirs d'emportement et de jubilation où j'étais près de crier. » (*Le vagabond qui passe sous une ombrelle trouée*, *op. cit.*, p. 54)

2. Allusion au titre du roman de Jean d'Ormesson *Presque rien sur presque tout*, Gallimard, 1996, formule par laquelle il caractérisait son œuvre non sans humour. Dans ses lettres à l'académicien, Philippe Delerm affirmait au contraire ambitionner de dire « presque tout sur presque rien ».

3. Vincent Delerm, alors âgé de 19 ans, quelques années avant le début de sa carrière de musicien.

À Frédérique Deniau[1]

2003,

Mon chérie,

Si j'étais juif, je te donnerais des *mezouzahs* pour protéger ta maison et te protéger contre elle,

si j'étais jardinier, je te donnerais des roses pour l'embellir et la parfumer,

si j'étais poète, je te donnerais des vers pour te faire rire et pleurer,

n'étant ni poète ni juif ni jardinier,

je t'embrasse tendrement.

Jean.

---

1. Avec son mari, Jean-François, dont elle fut la deuxième épouse, Frédérique Deniau était une amie très proche de Jean d'Ormesson. En 1995, elle fut élue premier adjoint au maire à Bourges, ville où elle achète en 2003 la maison dont il est question ici.

À Jean-François Deniau[1]

Décembre 1978,

Mon cher Jean-François,

J'apprends avec une immense satisfaction que tu viens nous rejoindre de l'autre côté de la barrière : je n'aimais pas te voir traîner, tout seul, sans surveillance, dans le premier demi-siècle. Il faudra toutefois te restreindre un peu : le vieux bateau[2], les jeunes femmes ne sont plus vraiment de notre âge. De toute façon, tu n'as plus le temps. Mais ne t'inquiète pas trop : il te restera le cassoulet, la pétanque, le bridge. Et puis, une bonne nouvelle : les dîners-débats ne sont pas interdits aux hommes de plus de cinquante ans.

J'imagine que tu penses, comme moi, à ton âge, au Christ, à Alexandre, à Jeanne d'Arc, à Pascal, à

1. Haut fonctionnaire, diplomate et homme politique, Jean-François Deniau (1928-2007) était un ami proche de Jean d'Ormesson. À l'époque de cette lettre, qui lui fut adressée à l'occasion de ses 50 ans, il était ministre chargé du Commerce extérieur dans le gouvernement Barre après avoir été secrétaire d'État dans les gouvernements de Pierre Messmer et de Jacques Chirac.

2. Jean-François Deniau était passionné de navigation.

Évariste Galois. Ah ! évidemment... mais n'oublie pas Michel-Ange, Clemenceau, de Gaulle. Dieu le père – dont je m'occupe un peu en ce moment[1] – a beaucoup plus de cinquante ans. Et je connais très peu de premiers ministres qui soient plus jeunes que toi.

Ne pleure pas. Vieillir est le seul moyen de ne pas mourir. Pense à ton avenir. Dans dix ans, dans vingt ans, de jeunes femmes se retourneront sur ton passage et murmureront, l'air rêveur : « on dit qu'il était si bien quand il avait cinquante ans ! »

Les fantômes aiment les vieillards tout autant que les jeunes gens : tu n'auras pas besoin de renoncer à raconter leurs aventures dans les cimetières irlandais. Et, rien que pour te faire de la peine, j'exagérais un peu, tout à l'heure, quand je te disais qu'il fallait oublier les bateaux : les vieux hommes ont toujours fait excellent ménage avec la mer.

Parce que tu as cinquante ans aujourd'hui, tous tes amis pensent à toi avec affection et attendrissement. C'est comme s'ils venaient tous de Bourges[2] et de ses environs : ils te vénèrent et ils t'applaudissent.

Bon anniversaire mon cher Jean-François.

Ne t'en fais pas trop : un anniversaire, c'est du gâteau !

Je t'embrasse.

Jean.

---

1. Jean d'Ormesson travaillait alors au roman qui paraîtra deux ans plus tard sous le titre *Dieu, sa vie, son œuvre*, Paris, Gallimard, 1981.

2. Au printemps précédent, Jean-François Deniau avait été élu député de la première circonscription du Cher dont fait partie la ville de Bourges.

À Michel Déon[1]

Paris, 1971,

Mon cher Michel,

J'ai été très touché de ton mot et je t'en remercie de tout cœur. Ah ! que tu es sage de renoncer à la

1. Jean d'Ormesson et Michel Déon (1919-2016) se sont rencontrés au tournant des années 1960, lorsque tous deux prêtaient leur plume à la revue *Arts*. Michel Déon faisait alors partie de ce groupe d'écrivains et d'intellectuels surnommés les « hussards » aux côtés de Roger Nimier, Antoine Blondin et Jacques Laurent. « À une époque dominée par la pensée de gauche, raconte Jean d'Ormesson dans l'oraison funèbre qu'il prononça en hommage à son ami, par la toute-puissance de Sartre, par l'engagement, par l'absurde, par le Nouveau Roman, par de petits rebelles de pacotille, de routine et d'intérêts, tu étais très exactement le contraire d'un conformiste. Tu étais l'indépendance même. Tu étais un rebelle. » Jean d'Ormesson l'a souvent dit : tout n'est pas politique. L'art n'est pas politique, l'amour n'est pas politique, l'amitié pas davantage : « J'étais attaché à la République, à de Gaulle, à l'Europe. Tu étais nationaliste et monarchiste, tu ne portais dans ton cœur ni de Gaulle ni l'Europe. Et nos différences s'accordaient très bien. » Michel Déon a longtemps vécu en Grèce et en Irlande après avoir quitté la France « comme un homme amoureux quitte une femme trop aimée qui l'a fait souffrir ». Exilé volontaire dans ces îles

radio et autres fariboles ! Je suis content que tu aies reçu mon livre[1] que j'avais envoyé un peu au hasard mais je vois qu'il a su te trouver.

Je crois que j'avais quelques chances pour l'Interallié, mais je suis très content du quai Conti ! Je rêve tout de même à tes centaines de milliers de lecteurs... Mais de toute façon, je ne les aurais pas atteints !

Je me suis replongé avec grand plaisir dans tes *Poneys*[2] ces jours-ci, chez Kléber Haedens[3].

Je me réjouirais de vous revoir et je vous embrasse tous les deux.

Jean.

****

---

qu'il aimait passionnément, il était beaucoup plus sauvage que son ami Jean d'Ormesson : « Ce qu'il y avait de plus clair en toi, c'était ton charme. Irrésistible. Tu étais plutôt solitaire, plutôt rugueux, peu porté aux révérences, aux momeries, à la modernité. Tu n'étais ni Valmont ni Casanova. Tu étais plus proche de Lord Jim que des personnages de Marivaux. »

1. *La Gloire de l'Empire*, récompensé par le grand prix du roman de l'Académie française en 1971.

2. Michel Déon, *Les Poneys sauvages*, Paris, Gallimard, 1970.

3. Kléber Haedens (1913-1976) était un journaliste, un critique dramatique et un romancier souvent associé aux écrivains hussards. « Dans ce corps de géant battait le cœur le plus généreux, brillait l'esprit le plus délié. Il était gai. Il savait tout. Loin de la mode meurtrière, il aimait les livres et les écrivains. Il avait écrit une merveilleuse *Histoire de la littérature française,* d'une partialité révoltante, où Hugo et Péguy, que j'admire et vénère, étaient traînés dans la boue. J'ai passé avec lui des nuits inoubliables. » (*Le Rapport Gabriel*, *op. cit.*, p. 212)

1977,

Merci de ta lettre, mon cher Michel ! Je suis très content que mon film[1] ne t'ait pas déplu, plus content encore de savoir que tu vas en faire un avec Michèle A[2]. Elle a beaucoup de talent, je crois, et vous ferez ensemble quelque chose de très bien – de quoi satisfaire le gouvernement qui réclame de la qualité à la TV !...

Je tourne la dernière page de *Je ne veux jamais l'oublier*[3] avec une mélancolie qui succède à un immense plaisir. Je le dis sans flagornerie ni sans fard : c'est un livre merveilleux. Je me méfierais quand même un peu de cette petite Olivia... Qui est Guillaume ? À bientôt. Je t'envoie toute ma fidèle affection.

Jean.

****

Paris, 1978,

Merci, mon cher Michel !

Ta lettre me fait bien plaisir. Je n'ai pas besoin de te dire combien je me suis réjoui de l'heureuse issue de l'affaire[4] – qu'il faut se dépêcher d'oublier dans

1. Vraisemblablement l'adaptation à la télévision par Paul Savatier du roman de Jean d'Ormesson *Au plaisir de Dieu,* réalisée par Robert Mazoyer, 1977.

2. Sans doute Michèle Armand qui réalisa en 1982 avec Christian Giudicelli un documentaire sur Michel Déon dans la collection « La Part de vérité ».

3. Roman de Michel Déon paru chez Plon en 1950.

4. Le 8 juin 1978, Michel Déon a été élu à l'Académie française au fauteuil de l'écrivain, biologiste et historien des sciences Jean Rostand. Cette élection a été vivement critiquée pour des raisons politiques.

les flots grecs ou turcs ! Ne rêve pas de J.G., mais ne m'oublie pas au milieu de ta gloire et de tes délices. J'ai peur de ne pas croiser dans tes parages cette année, mais les côtes ennemies résonneront de ton nom.

Partage mon affection avec Chantal, travaille Rostand[1] d'arrache-pied, relis son père[2] par la même occasion et crois, mon cher Michel, à toute ma très vive et fidèle amitié.

Jean.

****

Paris, 23 août 1978,

Merci de ta lettre du 19 juillet, mon cher Michel, et pardon d'y répondre avec tant de retard. Mais elle m'est parvenue pendant mon absence et je viens seulement de la trouver à Paris.

Comité de l'épée[3] : bien sûr : quel honneur ! Je serai ravi de t'assister dans ce chemin de croix et de médailles que tu as maintenant à parcourir ! Je ris, d'un rire d'hyène, à la pensée des corvées qui t'attendent : discours, lettres, réceptions et flots d'invitations. Le niveau d'âge de tes admiratrices va s'élever d'un seul coup : c'est ça le plus dur.

Je ne t'ai pas encore félicité du ruban qui t'est tombé sur le paletot. Je te vois d'ici ! Ne t'en fais

---

1. Par tradition, les nouveaux élus doivent, le jour de leur réception sous la coupole, faire l'éloge de l'immortel auquel ils succèdent.

2. Edmond Rostand, l'auteur de *Cyrano de Bergerac*.

3. Traditionnellement, au sein de ce comité, se rassemblent les amis, les proches et les admirateurs du nouvel académicien, pour lui offrir une épée, attribut des membres de l'Académie française.

pas trop. Le plus difficile, dans les honneurs, c'est les débuts. Après, c'est du gâteau : on en redemande. D'abord, c'est un peu tarte, et ensuite on s'en lèche les babines.

Turquie : échec, mais délicieux. Mistou[1] s'est cassé un doigt, le capitaine avait la chaude-pisse et le bateau une voie d'eau. Mais Kekova et Castellorizo étaient délicieux. Tu auras peut-être su pour la Corse : boum[2] ! J'ai commencé un livre un peu fou et qui épouvante ma dactylo : une biographie de Dieu[3].

(xx–xx) : ce sont les dates de Dieu.

Je vous embrasse.

Jean.

****

Février 1979,

Merci de ta lettre, mon cher Michel. Chastenet[4], Seigneur ! Et celui qui succédera à Leprince-Ringuet[5] ? Ce sera un sauve-qui-peut général et il faudra organiser une rafle pour trouver un successeur. S'il y a quelqu'un que tu n'aimes pas, oriente-le

---

1. Épouse de Francis Fabre, président de la compagnie aérienne UTA de 1969 à 1981.

2. Le 10 août 1978, la résidence estivale des Ormesson à Fornali où se réunissent chaque année famille et amis, est plastiquée par un groupe indépendantiste corse.

3. *Dieu, sa vie, son œuvre, op. cit.*

4. Le fauteuil de l'académicien Jacques Chastenet était vacant depuis la mort de celui-ci le 7 février 1978. Dans une lettre précédente, Michel Déon a sans doute ironisé sur les difficultés que devrait connaître le successeur de cet immortel pour en faire l'éloge.

5. Louis Leprince-Ringuet, physicien élu à l'Académie française en 1966.

de ce côté : quelle punition ! Rostand, tu pourras au moins réciter *Cyrano*.

Je vois que tu te sens ligoté par ton ruban et que le rouge t'en monte de la boutonnière au front. Allons ! ne te frappe pas trop : dans quinze jours personne n'y pensera plus, ni toi. Je te ferai donner le *Saint-Esprit*.

Le bouquin de Robert Aron sur Dieu portait un titre admirable. J'ai même hésité à le reprendre : *Histoire de Dieu*[1]. Mais le livre était très faible. Je trouvais Robert Aron plutôt sympathique, et l'*Histoire de la libération*[2] honnête. Mais ce livre-là, non. Peut-être pourrais-tu me donner le titre du livre d'Audiberti ? Je ne le connais pas.

Plus de croisière sans ton aval, juré.

Arrives-tu ? Tes admirateurs(trices) te réclament.

Je t'embrasse.

Jean.

****

Paris, 31 janvier 1980,

Mon cher Michel,

Merci de tes lettres, qui m'ont fait bien plaisir. Pardonne-moi de répondre mécaniquement[3], mais peut-on vraiment taxer d'impolitesse une méthode qui est bien plus facile à déchiffrer ?...

---

1. Robert Aron, *Histoire de Dieu. Le Dieu des origines. Des cavernes au Sinaï*, Paris, Perrin, 1964.

2. *Histoire de la libération de la France. Juin 1944-mai 1945*, Paris, Fayard, 1959.

3. Cette lettre dactylographiée a été dictée. Elle a été complétée à la main à partir de « Seigneur ! ».

À Michel Déon

Désolé pour Cioran[1]. C'était une excellente idée. J'ai parlé de la question à Maurice Rheims. Je dois dire que l'attitude de Cioran m'épate. Quelle leçon ! Laurent[2] : je serais d'accord, s'il l'est.

Téléphone-moi, si tu veux bien, à ton retour à Paris. Nous parlerons d'Indira et de Jorge Luis, de Jean-Edern, de Michel, de Pierre et des autres. Seigneur !

À vous tous, heureux et sages îliens[3], toute ma fidèle affection.

Jean.

****

18 novembre 1983,

Je ne t'ai pas remercié, mon cher Michel, de ta lettre du 6, qui m'a fait beaucoup rire. La démocratie et le régime parlementaire sont des catastrophes. Mais imagine que Leprince-Ringard[4] ou Marchais[5] prennent le pouvoir pour de bon… ? Je me suis dit que Guignabodet ferait peut-être un malheur sentimental et bulgare[6]. Ça n'en prend pas le che-

---

1. Écrivain, philosophe et poète roumain, Emil Cioran a vraisemblablement refusé la suggestion qui lui avait été faite de présenter sa candidature à l'Académie française. Quelques années plus tard, en 1988, il refusa également le grand prix de littérature Paul-Morand.

2. Journaliste, romancier considéré à l'instar de Michel Déon comme un « hussard », Jacques Laurent est élu à l'Académie française en 1986.

3. Michel Déon a longtemps vécu dans des îles grecques et en Irlande.

4. Surnom moqueur de l'académicien Louis Leprince-Ringuet, président du Mouvement européen France (1973-1990).

5. Georges Marchais, secrétaire général du PCF.

6. Auteure de *Natalia,* grand prix du roman de l'Académie française en 1983, Liliane Guignabodet a vécu une partie de son enfance à Sofia, en Bulgarie.

min… Je suis comme toi un peu cassé par nos bons vieillards. Appelle-moi quand tu reviens et viens fumer un cigare pour que les autres n'en aient plus. Dommage ! Le prix du roman était sur une bonne voie. Encore quelques choix comme celui-ci, et c'en sera fait de lui, beaucoup d'affections à vous tous et toutes.

Jean.

****

18 janvier 1985,

Bonne année, mon cher Michel !

J'espère qu'elle a commencé pour toi sous les fleurs et les baisers. J'aimerais qu'elle se poursuive par une bonne action : jumelons Michel Mohrt et Hamburger pour les fauteuils Emmanuel et Brion[1]. Je pense que M.M. a une douzaine de voix : toi, moi, Maurice Rh., Dutourd, Marceau, le père Carré, Castries, Bourbon B., Troyat, Roussin, Moinot, Maulnier[2]. Si nous réussissions à ajouter quatre ou cinq voix d'Hamburger au lot, l'affaire serait bouclée[3].

1. Jean d'Ormesson propose à Michel Déon de soutenir la candidature à l'Académie française de Michel Mohrt et de Jean Hamburger aux fauteuils de Pierre Emmanuel (4e) et Marcel Brion (33e) devenus vacants après la mort de ces derniers.

2. Pour faire élire Michel Mohrt quai Conti, Jean d'Ormesson pense pouvoir compter sur les voix des académiciens Maurice Rheims, Jean Dutourd, Félicien Marceau, Robert-Ambroise-Marie Carré, René de Castries, Jacques de Bourbon Busset, Henri Troyat, André Roussin, Pierre Moinot et Thierry Maulnier.

3. En tenant compte des fauteuils d'académiciens alors vacants, la majorité absolue des membres de l'Académie s'élevait à 16 voix. Le projet

On pourrait penser alors, pour le fauteuil Lacretelle, à Jacques Laurent ou à Curtis[1]. M'aideras-tu ? Ce serait bien. Qu'en penses-tu ? Reviens-nous vite. L'Académie part en lambeaux sans toi et il fait un froid de gueux. Viens réchauffer tout ça. Je t'embrasse.

J.

****

11 septembre 1985,

Mon cher Michel,

Il y a dans ce que tu écris un charme inexprimable. On m'aurait lu trois lignes de *Bagages pour Vancouver*[2] que j'aurais deviné qu'elles étaient de toi. Sur Sartre comme sur Blondin – je ne connaissais pas : « Occupe-toi d'homélies ! » –, sur Chateaubriand comme sur Toulet, tu dis des choses qui aident à supporter la rentrée dans l'atmosphère après deux mois de vide délicieux. Les carottes que tu dis cuites refleurissent sous ta main. Je suis bien content d'être ton ami.

J.

****

de Jean d'Ormesson est couronné de succès le 18 avril 1985 avec l'élection, le même jour, de Michel Mohrt et de Jean Hamburger.

1. Si Jacques Laurent et Jean-Louis Curtis sont bien élus académiciens en 1986, c'est Bertrand Poirot-Delpech qui succéda à Jacques de Lacretelle la même année.

2. Récits publiés en 1985.

À Michel Déon

Paris, 24 janvier 1986,

Mon cher Michel,

J'espère te revoir bientôt et j'imagine que tu viendras d'ici un mois pour la réception de M.M[1]. Par parenthèse, il n'est pas dans une très grande forme et je crois qu'il est très angoissé à l'idée des cérémonies qui l'attendent. Voilà bien le sort des grands nerveux. Si on leur refuse ce qu'ils désirent, ils tombent malades. Et si on le leur accorde, aussi. Après tout, j'imagine que c'est ce qu'on appelle des artistes. Par parenthèse aussi, je n'ai pas encore commencé le discours. Inutile de te dire que ce retard n'ajoute pas à la bonne santé de Michel. Mais, tu me connais, il ne compromet pas la mienne.

Je t'écris surtout ce mot pour te tenir au courant d'une affaire qui m'a un peu irrité.

Tu sais que notre ami Gunzburg a financé un autre prix qui est un prix de journalistes[2].

L'année dernière – première année du prix – Fontaine avait larmoyé en disant que *Le Monde* se

---

1. Michel Mohrt, élu à l'Académie française le 18 avril 1985 et reçu le 27 février 1986. Jean d'Ormesson prononça la réponse au discours de réception du nouveau membre.

2. Le prix de journalisme de la Fondation Mumm, présidée par le banquier et mécène Alain de Gunzburg, est créé en 1985. Outre Jean d'Ormesson, qui représente *Le Figaro Magazine*, le jury est composé de Françoise Giroud et Jean Daniel (*Le Nouvel Observateur*), André Fontaine (*Le Monde*), Alain Genestar (*L'Écho républicain*), Claude Imbert (*Le Point*), Ivan Levaï (*Europe 1*), Bernard Pivot (*Lire*), Patrick Poivre d'Arvor (*Le Journal du dimanche*), Philippe Tesson (*Le Quotidien de Paris*) et Roger Thérond (*Paris Match*).

portait si mal et qu'il fallait l'aider. Nous avions couronné un article du *Monde*[1].

Cette année, Fontaine a larmoyé et dit que *Le Monde* était si admirable et si remarquable et qu'il redevenait si fort qu'il fallait l'aider aussi. Et on a, de nouveau, couronné un article du *Monde* sur Greenpeace[2].

Alain, dans sa générosité, avait doublé le prix pour : première catégorie – reportages, deuxième catégorie – dessins et chroniques.

Le Monde ayant été couronné deux fois de suite, j'ai poussé beaucoup Faizant[3] qui me paraissait ne

---

1. « Le diable et le bon Dieu » de Pierre Georges, article consacré aux champions d'athlétisme Carl Lewis et Edwin Moses pendant les Jeux olympiques de Los Angeles (1984).

2. Bertrand Le Gendre et Edwy Plenel ont été distingués en 1986 pour l'ensemble de leurs enquêtes et reportages. Ils ont notamment écrit sur l'attentat ayant ciblé le *Rainbow Warrior*, navire de l'organisation Greenpeace, et révélé que l'attaque n'avait pas été perpétrée par l'une des deux équipes des services spéciaux français dont la présence sur les lieux fut rapidement connue, mais par une troisième.

3. Jacques Faizant (1918-2006) fut pendant quarante-cinq ans dessinateur politique au *Figaro* où il était entré en 1960. « Plusieurs de ses dessins, souvent sur le général de Gaulle, étaient devenus célèbres. Les jeunes turcs de la réforme voulaient sa peau. Ils me harcelaient pour l'obtenir. De Forain ou Sennep à Plantu et à *Charlie Hebdo,* j'ai toujours su l'importance des dessinateurs de presse. Je n'ai pas cédé. Faizant a continué longtemps à faire le bonheur des "fidèles abonnés". Un soir, au détour d'une conversation avec Raymond Aron, je me laissais aller à un mouvement d'optimisme :

"Ce journal a bien de la chance d'avoir deux éditorialistes que tout le monde lui envie."

Aron me lança un regard suspicieux et me demanda avec simplicité :

"Qui est l'autre ?

— Mais Faizant", lui répondis-je. » (*Je dirai malgré tout que cette vie fut belle, op. cit.*, p. 330)

faire aucun pli. On lui a opposé successivement Claude Sarraute – que j'aime bien d'ailleurs –, Plantu, et enfin, pour faire obstacle à Faizant, Schifres, du *Nouvel Observateur*, qui a été couronné.

Comme dit ma fidèle assistante qui tape ces quelques lignes, ça va bien comme ça.

Tout cela n'aurait été qu'irritant si je ne m'étais remis à penser à l'échange de lettres entre Alain et toi. Je trouve un peu fort qu'Alain de Gunzburg veuille rétablir l'équilibre politique dans un jury d'écrivains qui a marqué son indépendance en couronnant, par exemple, un communiste (de beaucoup de talent) et qu'il maintienne un déséquilibre flagrant dans un jury de journalistes qui n'est mû que par des idéologies politiques. Je crois que j'ai été le seul à prononcer le nom de gens qui n'appartenaient pas au journal où j'écris. Mais Fontaine, Levaï, Daniel et Patrick Poivre d'Arvor – qui m'a un peu surpris, je dois le dire – n'ont plaidé que pour les saints de leur chapelle.

Il me semble qu'Alain, si sourcilleux sur l'équilibre droite-gauche, devrait bien balayer devant la porte de son deuxième jury. Qu'en penses-tu ?

Il serait assez bien que tu sois parti d'un jury parce qu'on voulait t'imposer des gens, et que je parte de l'autre parce que je n'arrive pas à imposer les miens.

L'Académie est tout agitée par le nouveau Perpétuel[1]. Il est tout à fait gentil et charmant, mais il occupe la totalité de nos séances – et au-delà – à

1. Maurice Druon est élu en 1985 secrétaire perpétuel de l'Académie française, fonction qu'il occupera jusqu'à sa démission en 1999.

parler sans interruption de choses et d'autres. Nous ne touchons plus au dictionnaire. Une sourde fureur couve sous les têtes chenues.

Pardonne cette écriture mécanique !

À bientôt, mon cher Michel. Embrasse Chantal pour moi.

Affectueusement.

Jean.

****

Paris, 29 mai 1986,

Mon cher Michel,

Merci de ta lettre et merci du pélican qui m'a fait bien rire.

Je t'envie beaucoup d'être un peu à l'écart de tout ce qui agite notre microcosme et dont je m'éloigne le plus possible. Tu manques ici, mais j'approuve avec envie ta sagesse.

Je me demande comment tu t'organises pour récupérer le courrier qui te parvient à Paris. Il me semble parfois que ton organisation est aussi puissante et efficace que celle de Druon ou de Peyrefitte !

J'espère bien que tu nous reviendras avant l'été. Je t'attends, en tout cas, en Corse.

À bientôt, mon cher Michel.

Je t'embrasse.

Jean.

Je viens de voir Hoffmann[1], de Nantes, que j'aime bien. Nous avons parlé de Blondin et de toi…

1. Stéphane Hoffmann, voir *infra*, p. 210, n. 1.

À Michel Déon

****

18 août 1987,

Nous avons pensé à toi tout l'été, mon cher Michel. J'ai parlé de toi avec Maurice R., avec l'autre Michel (M.), avec Roselyne[1] qui est ici, avec beaucoup d'autres. Nous t'imaginions dans ton île, à ta table ou en bateau. Tu nous manques. C'est embêtant de ne nous voir que dans nos garderies du jeudi. J'aimerais mieux me promener avec toi en Irlande ou en Grèce.

J'ai remarqué que, plus tes admiratrices étaient jeunes, plus elles protestaient avec vigueur contre la prétendue montée du soir. Ah ! elles trouvent ça épatant, mais si injuste... Je ne peux pas en dire plus ici, mais l'émotion règne.

Merci encore pour FR3. On ne pouvait parler avec plus d'amitié, d'intelligence ni de sensibilité. J'étais très fier et je te reste très reconnaissant.

J'attends tes instructions pour nos différents prix... à bientôt. Mille affections de nous deux à vous deux.

Je t'embrasse.

Jean d'O.

****

Paris, 6 février 1989,

Mon cher Michel,

J'avais déjà lu – je lis peu, mais il m'arrive de relâcher mon inattention – le deuxième volume de

1. Il est ici question de Maurice Rheims, Michel Mohrt et de la sœur aînée de Françoise d'Ormesson, l'épouse de Jean.

M. G[1]. J'y ai vu comme toi la tante Marguerite. À vrai dire, je n'ai jamais aimé que ses livres. Après tout, nous sommes tous des partisans du *Contre Sainte-Beuve*[2] et il y a bien des écrivains dont on ne devrait connaître que les œuvres. Le drame à l'Académie, et le délice, c'est qu'on finit par connaître les hommes – et les femmes – autant et mieux que les œuvres. Disons d'un mot que les livres de M.Y. valent mieux que sa personne. Et on peut, après, discuter sur son œuvre. Je l'ai beaucoup aimée mais durera-t-elle autant que Toulet, que Sacha Guitry, que Barrès ? Mystère. Je ne parierais guère que sur Aragon, Montherlant, une partie de Giraudoux, quelques autres, tout de même !… Entre nous, Genevoix, Lacretelle, Troyat[3], tant d'autres, presque tous, sont déjà tombés dans l'oubli. Druon a parlé (il paraît, je n'y étais pas) jeudi de *La Gouvernante française*[4] (j'aime bien le titre, mais c'est tout) comme si c'était un chef-d'œuvre impérissable. C'est : rien.

---

1. Deuxième volume du *Journal (1974-1986)* de Matthieu Galey, paru en 1989 et réédité dans son intégralité en 2017 dans la collections Bouquins. Mort en 1986, le critique littéraire a publié en 1980 *Les Yeux ouverts. Entretiens avec Marguerite Yourcenar*. Dans son *Journal*, il raconte ses démêlés avec l'écrivaine lors de la sortie de ce livre.

2. Recueil de textes de Marcel Proust publié à titre posthume, en 1954, où le romancier expose ses conceptions de la création littéraire. Il y critique Sainte-Beuve (1804-1869) qui entendait expliquer les œuvres comme des reflets de la vie de leur auteur.

3. Tous trois académiciens. Maurice Genevoix est mort en 1980, Jacques de Lacretelle en 1985. Le propos est ironique vis-à-vis d'Henri Troyat qui était alors encore vivant et actif.

4. Henri Troyat, *La Gouvernante française*, Paris, Flammarion, 1989.

À Michel Déon

As-tu lu *Le Télésiège*[1] de Michel Mohrt ? J'ai trouvé le livre charmant, très réussi, plein de grâce. Jardin[2] pulvérise tous les records. Il n'est dépassé que par... Minc[3] !

Merci de ta lettre. Elle m'a fait grand plaisir.

Deniau, tu le connais, est persuadé qu'il aura vingt voix. Je me suis égosillé à le détromper. Je lui ai déconseillé de se présenter au fauteuil Yourcenar : trop près de l'élection Debré[4] qui nuira (politique) à Deniau. Il s'obstine. Bon. Il faut dire que Mallet me paraît pire. Raspail m'a dit qu'il renonçait au fauteuil Y. Je l'ai félicité. On verra bien. Une blanche, j'imagine[5].

L'Académie m'ennuie à un point inimaginable. Je finis par me demander s'il n'y a pas une pollution intellectuelle de l'ennui, de l'inutilité, au pire, de la médiocrité. Tout est mis sur le même plan et on ne

---

1. Michel Mohrt, *Le Télésiège*, Paris, Gallimard, 1989.

2. Alexandre Jardin, dont le roman, *Le Zèbre,* publié en 1988, a reçu le prix Femina.

3. Alain Minc, *La Grande Illusion*, Paris, Grasset, 1989.

4. Michel Debré, l'ancien Premier ministre de Charles de Gaulle, avait été élu à l'Académie française le 24 mars 1988.

5. Élection au cours de laquelle aucun candidat n'atteint la majorité requise pour être élu. Le fauteuil de Marguerite Yourcenar était vacant depuis le décès de l'écrivaine le 17 décembre 1987. C'est finalement Jean-Denis Bredin qui lui succéda le 15 juin 1989. Jean-François Deniau, ancien ministre, commissaire européen et haut fonctionnaire, fut élu le 9 avril 1992 au fauteuil de Jacques Soustelle. Jean Raspail se porta candidat à la succession de Jean Guitton en 2000, sans succès, mais il reçut le grand prix de littérature de l'Académie française en 2003. Grand prix de poésie de l'Académie française en 1977, Robert Mallet échoua comme Jean Raspail à en être élu membre.

sait plus s'il est plus important de lire un bon livre ou de recevoir le prince Rainier.

J'ai lu avec enchantement un Giono que je n'avais jamais lu : *Pour saluer Melville*[1].

Morand : dire qu'il n'a pas de légende !... Avec Aragon et Drieu, il a construit une légende mieux que personne. Une grande œuvre ? Je ne sais pas. Mais qui ne voudrait avoir écrit *Parfaite de Saligny*[2] ?

Reviens vite. Tu nous manques.

Je t'embrasse.

Jean.

****

Paris, 7 novembre 1989,

Quelle chance, mon cher Michel, d'avoir des nouvelles de toi, au milieu du flot d'inepties inutiles qui constitue le gros de notre courrier ! Merci de ta lettre. Comme je te comprends ! Écrire un livre est déjà dur. S'en occuper après la parution est une des choses les plus abjectes qu'on puisse concevoir. Moi aussi, je voudrais respirer un peu – à défaut de tirer des bécasses que je raterais sûrement. Grâce à Dieu, même si on ne les tue pas, les bécasses ne manquent pas.

Je ne peux pas te reprocher de ne pas venir à la Vallée-aux-Loups[3]. J'avais pensé moi-même

1. Essai paru chez Gallimard en 1941.
2. Nouvelle de Paul Morand parue en 1947 à La Table ronde.
3. Fondé en 1987 par le conseil départemental des Hauts-de-Seine, le prix Chateaubriand, qui récompense un travail historique ou d'histoire littéraire, était alors remis au domaine de la Vallée-aux-Loups.

à Beurdeley[1]. Et Cellard[2] serait un bon choix. Nous ferons pour le mieux.

L'Académie. Qui nous en débarrassera ? J'ai beaucoup de sympathie pour Cau[3]. Sais-tu que sur le fauteuil Faure s'affronteront Dabadie (que j'aime bien, mais...) et Gabriel de Broglie[4] ? Tu sais la situation pour la succession de T.M.[5]. Où s'insère Cau ? Il est à cent coudées au-dessus de la plupart des candidats, mais je suis fatigué de ces problèmes de stratégie académique. Surtout, n'être pas un grand électeur, comme ils disent ! Pour les Broglie, de Louis, et même de Maurice, à Gabriel, quelle chute ! Enfin, comme d'habitude, tu me diras quoi faire...

Jette les lettres – y compris la mienne. Promène-toi. Refais-toi une santé. Tue des petits bêtes innocentes.

Je vous embrasse tous les deux.

Jean.

****

Paris, 9 avril 1990,

Eh bien, mon cher Michel, il n'y a plus de goutte, il n'y a plus d'hypertension, et le soir se

1. Michel Beurdeley, auteur de *La France à l'encan 1789-1799. Exode des objets d'art sous la Révolution*, paru chez Tallandier en 1981 et qui fut d'ailleurs primé en 1989 selon le vœu de Jean d'Ormesson.

2. Jacques Cellard, journaliste, linguiste et romancier, auteur notamment d'une « Chronique du langage » dans le quotidien *Le Monde*.

3. Jean Cau, écrivain et journaliste, notamment au *Figaro littéraire*.

4. Finalement, c'est Michel Serres qui succéda à Edgar Faure en 1990. Jean-Loup Dabadie fut élu en 2008 au fauteuil de Pierre Moinot et Gabriel de Broglie en 2001 comme successeur d'Alain Peyrefitte.

5. L'académicien Thierry Maulnier, mort le 9 janvier 1988.

met à redescendre. Un souvenir a balayé tout cela. Merci de ton livre[1]. Je l'ai lu avec beaucoup de bonheur et juste ce qu'il faut de mélancolie. Pour parler comme ton chauffeur, tu fais mieux que « distraire les retraités ». Peut-être les passions ne prennent-elles cette force et cette douceur que par la mémoire et dans les livres. Dans les tiens, en tout cas.

Ils rachètent le reste. Découragement devant la nullité de ce que j'ai lu. Sauf le Guibert, sur le sida[2]. Terrifiant. Le dernier Rouart[3] est son meilleur livre, je crois, avec *Ils ont choisi la nuit*[4]. Je vais presque tous les jours voir J.-F.D.[5]. L'opération n'a pas complètement réussi. Il a beaucoup souffert et il est découragé – et pourtant toujours courageux.

Reviens nous voir. Nous parlerons de Ted et de Sheila[6] plutôt que de l'Académie.

Je t'embrasse.

Jean.

****

Fribourg, 26 août 1991,

Quelle joie, mon cher Michel, de recevoir une lettre de toi ! Je n'aime pas beaucoup les lettres, ni

---

1. Michel Déon, *Un souvenir*, Paris, Gallimard, 1990.
2. Hervé Guibert, *À l'ami qui ne m'a pas sauvé la vie*, Paris, Gallimard, 1990.
3. Jean-Marie Rouart, *Le Voleur de jeunesse*, Paris, Grasset, 1990.
4. Paru chez Grasset en 1984.
5. Jean-François Deniau.
6. Personnages principaux d'*Un souvenir*.

en recevoir, ni en envoyer. Sauf de toi et à toi – et quelques autres. C'est ce qu'on doit appeler l'amitié.

Je viens d'échanger une correspondance, qui te fera rire quand je te la montrerai, avec notre Perpétuel[1]. J'ai aussi lu, il y a déjà quinze jours ou trois semaines, le livre[2] éblouissant de Fumaroli. J'aime beaucoup Fumaroli et son livre m'a enchanté. C'est lui qu'on devrait nommer ministre de la Culture. Et il serait le dernier !...

Quelle idée merveilleuse d'écrire une biographie de saint Benoît en latin ! Et on en ferait un opéra qui serait interprété par les bénédictins, par Sureau, par Michel Mohrt et par toi. Mais non, Sureau n'est pas ∴[3] ! Il est hyper-tala[4] – et plus marqué que tu ne crois par l'A.F.[5].

Sartre – plus encore que la pauvre Simone – était une ordure. Je l'ai écrit à Giscard qui en fait – avec Maupassant et Louis XV – un des trois « héros » de son livre[6]. Quelle honte !

Bon anniversaire – rétrospective mon cher Michel ! Franchement, je ne crois pas que tu aies perdu ta vie. Ils sont nombreux, ceux qui aiment te lire et te voir. T'avoir en Corse – où Rinaldi (tout de

1. Maurice Druon, alors secrétaire perpétuel de l'Académie française.

2. Marc Fumaroli, *L'État culturel : une religion moderne*, Paris, Fallois, 1991.

3. Triangle formé de trois points symbolisant la franc-maçonnerie.

4. Mot familier dérivé de « ceux qui vont à la messe », c'est-à-dire les catholiques pratiquants.

5. L'Action française.

6. Valéry Giscard d'Estaing, *L'Affrontement*, Paris, Cie 12, 1991, tome II de ses mémoires intitulés *Le Pouvoir et la Vie.*

même) n'est pas venu – était un bonheur pour nous tous. En revanche, je crois que tout ce que j'ai fait cet été est à jeter à la corbeille. Je vous embrasse tous les deux.

Jean.

****

19 mai 1992,

Tes nouvelles[1] sont merveilleuses, mon cher Michel. Je les ai lues avec enchantement. Une grâce les habite et je n'ai cessé d'entendre ta voix.

Il y a, là-dedans, de la tragédie en miniature, une irrésistible mélancolie et un désespoir qui sait se tenir. « Ne dites plus un mot », « Mademoiselle Hanna », « La dame », je t'en parlerais pendant des heures. As-tu inventé, dans « une rouge auto » (ou voiture !) la rue de l'Amiral-Deniau ? Je suis consterné de n'avoir pas aperçu d'impasse d'Ormesson.

Je t'embrasse.

Jean.

****

18 mai 1993,

Ton livre[2] m'a enchanté, mon cher Michel. Il est réussi d'un bout à l'autre – et ta collaboratrice a bien du talent. Jusqu'à Héloïse[3] – le cas est à noter – qui s'est inclinée. Bravo !

---

1. Michel Déon, *Le Prix de l'amour*, Paris, Gallimard, 1992.
2. Michel Déon, *Parlons-en...*, Paris, Gallimard, 1993 ; conversations avec Alice Déon.
3. Héloïse d'Ormesson, la fille de Jean.

Je t'ai appelé tout le week-end. Samedi de bonne heure : occupé. Ensuite, plus personne. Ai-je le bon numéro ? Ai-je la bonne adresse ? Je t'écris chez le gars[1]. J'ai tremblé en lisant que tu voyais d'un mauvais œil les livres, même de tes amis, de plus de 500 pages…

Je suis plongé dans ta Grèce[2]. Évidemment, en deux morceaux, ça fait bien 500 pages !…

Je te félicite et je t'embrasse.

Jean.

****

Paris, 31 janvier 1994,

Il n'y a pas de lettre[3], mon cher Michel, tu le sais bien, qui m'ait fait plus de plaisir que la tienne. Tu es un lecteur et un ami merveilleux et je te suis bien reconnaissant. C'est une grande chance d'être ton contemporain et ton ami. Même absent, tu ne me quittes pas beaucoup. Je t'ai cité deux fois – pardonne-moi ! – à la radio et à l'horrible télévision. J'ai surtout lu avec un vrai plaisir le joli livre de Neuhoff[4]. Il y a un charme inexprimable dans ce qu'il écrit, et tu l'as inspiré. Je ne suis pas le seul à penser que c'est une réussite. Je sais que Malcy[5] a lu le livre avec le même enchantement que moi.

---

1. Surnom donné à Claude Gallimard par Michel Mohrt.
2. Michel Déon, *Pages grecques*, Paris, Gallimard, 1993.
3. Dans cette lettre, Michel Déon livrait ses impressions sur *La Douane de mer*, roman de Jean d'Ormesson paru chez Gallimard en 1993.
4. Éric Neuhoff, *Michel Déon*, Monaco, Le Rocher, 1994.
5. Éditrice et amie de l'auteur.

À Michel Déon

Les nouvelles de Paris ? La pauvre Bianca[1] ne va pas bien, il a plu beaucoup, j'ai remis la L.H.[2]. successivement à Bertrand du B. et à Michel M[3]. Je suis rodé. J'ai bu, je dois le dire, même si ça ne fait pas plaisir à Maurice Rheims, des vins exquis chez l'autre Maurice – Druon. Un château-la-conseillante 1982, à tomber.

J'ai honte : je pars pour Nice, Bordeaux, Toulouse et tout le reste... Quinze jours de cauchemar en perspective. Je te vois libre, entouré de chevaux, la pipe à la bouche, vêtu de tweed. Je prends l'avion pour aller voir de vieilles dames et il ne manque que l'attaché-case.

Embrasse pour moi tes deux dames, la mère et la fille.

Je t'embrasse de tout cœur.

Jean.

****

Paris, 1996,

Merci, mon cher Michel !

Ta lettre me fait un immense plaisir. Si mon pavé[4] ne t'a pas déplu, je n'ai pas tout à fait perdu mon temps.

Je rentre de Roumanie où je suis allé passer deux jours – sur les lieux de mon enfance[5]. Discours et mélancolie. Celui de Fumaroli sur Ionesco est

---

1. Épouse de l'académicien Félicien Marceau, proche de Jean d'Ormesson.
2. Légion d'honneur.
3. Bertrand du Breuil, beau-frère de Jean d'Ormesson, et Michel Mohrt.
4. *Presque rien sur presque tout*, *op. cit.*
5. De 1933 à 1936, Jean d'Ormesson a vécu à Bucarest où son père était en poste en tant que ministre plénipotentiaire.

superbe[1]. Bianciotti a été élu, comme tu le sais. L'imposteur irrésistible a été, pendant une semaine, en voie de canonisation jusqu'à ce qu'il fût, une fois de plus, convaincu de mensonge. Voilà, à peu près, la chronique du jour.

Quand te revoyons-nous ? Fais signe quand tu débarques. Je vous embrasse tendrement tous les deux.

Jean.

****

13 septembre 1996,

Peut-être te souviens-tu, mon cher Michel, que tu m'as dit un jour qu'il était trop tard pour écrire encore un roman ? Paroles imprudentes. *La Cour des grands*[2] t'apporte un cinglant démenti. Je t'ai lu avec un vrai bonheur et j'ai vécu avec Augusta et avec Elizabeth. Dès le début, sur le pont du bateau, j'ai préféré Elizabeth. Bien des tourments m'auraient été épargnés… mais tous les goûts sont dans la nature et on peut comprendre le jeune Arthur… D'un bout à l'autre du livre, on est emporté par une mélancolie déchirante et on retrouve tout ce charme qui est ta marque de fabrique. C'est évidemment à *La Cour des grands* qu'il faudrait donner le prix du roman : ça me paraît difficile. Mais c'est le meilleur roman de l'année sous aucun doute.

---

1. Élu le 2 mars 1995, Marc Fumaroli prononce l'éloge d'Eugène Ionesco à qui il succède le 25 janvier 1996.
2. Michel Déon, *La Cour des grands*, Paris, Gallimard, 1996.

À Michel Déon

Pardonne-moi de t'écrire avec retard. Je dois te dire que je n'ai pas reçu ton livre. Je suis sûr que tu me l'as envoyé. Mais il a dû se perdre. Ce n'est pas la première fois, mais j'étais irrité que ça tombe sur ton livre. Peut-être le facteur est-il un de tes lecteurs ?

Le livre d'Enthoven[1] – des portraits d'écrivains, chez Grasset – m'a paru assez bon. Et j'ai lu avec plaisir, au Seuil, le livre de voyage de la femme, ou ex-femme, de Bernard Frank, Claudine Vernier-Palliez[2]. Sans ça... la rentrée est loin d'être éblouissante. Et s'il n'y avait pas *La Cour des grands*, on s'ennuierait.

Mon cher Michel, je pense à vous deux avec beaucoup d'affection. J'ai été désolé de ne pas vous voir cet été. À bientôt.

Je t'embrasse.

Jean.

****

17 juin 1998,

Mon cher Michel,

On peut dire que je ne te quitte pas. Je suis passé, dans l'ordre inverse de la fameuse flèche du temps, de *Madame Rose*[3] à Patmos et à Spetsai[4]. Et, je vais te dire, avec le même plaisir.

Je t'ai retrouvé identique dans les deux livres, l'ancien et le nouveau, avec ce voile, évidemment, du temps qui passe et de la mélancolie dans le por-

1. Jean-Paul Enthoven, *Les Enfants de Saturne*, Paris, Grasset, 1996.
2. Claudine Vernier-Palliez, *Je veux rentrer chez moi*, Paris, Seuil, 1996.
3. Roman de Michel Déon paru chez Albin Michel en 1998.
4. Îles grecques évoquées par Michel Déon dans *Pages grecques*, *op. cit.*

trait de la dame – surgie d'une époque évanouie. Mais c'est le même charme un peu distant, la même tendre ironie. Lucile fait rêver autant que les ombres de la mer Égée. Lucile ou Lucie ? Je crois que Chateaubriand m'égare !

Je ne t'ai pas vu beaucoup à ton dernier passage, et je m'en veux : nous aurions parlé de Mme Volpi et de Maggie Van Zuylen[1] qui sont des espèces de madame Rose de grand luxe. Mais j'étais abruti par la fin de mon deuxième volume[2].

Nous avons reçu Revel à travers Fumaroli[3]. Toujours le même cirque. Quand reviens-tu ? Nous étouffons sous le Mondial[4] et sous des flots ininterrompus de fêtes et de commentaires. Est-ce la même chose en Irlande ?

Je suis bien impatient maintenant du roman historique[5]. Je t'imagine à ta table, en train de travailler, avant de coiffer ta tête bouillonnante d'une casquette pour aller te promener…

Je vous embrasse tous les deux.

Jean.

---

1. Personnalités mondaines. Mme Volpi était réputée posséder la plus belle maison de Venise. D'origine égyptienne, Maggie Van Zuylen a été une amie proche de Coco Chanel.

2. *Une autre histoire de la littérature française*, tome II, *op. cit.*

3. Élu le 19 juin 1997, Jean-François Revel est reçu à l'Académie française le 11 juin 1998. Son discours de réception est suivi d'un discours en réponse, prononcé par Marc Fumaroli.

4. Organisée en France, la Coupe du monde de football de 1998 suscite un grand enthousiasme populaire et médiatique. Elle est remportée par l'équipe de France.

5. Ce projet n'a vraisemblablement pas abouti.

À Michel Déon

****

20 mai 1999,

S'il faut, en Albanie,
Régler le sort des tueurs,
Envoyons canards plongeurs
Et milouins[1] au dos gris.
À Michel,
Son ami Kosovar,

Jean.

****

15 juin 1999,

Merci, mon cher Michel ! Quel bonheur de retrouver, après tes pages grecques, ces souvenirs français[2] que j'avais aimés en leur temps ! Tu as bien fait de les reprendre : ils n'ont pas pris une ride.

Les passages sur Maurras, sur Haedens, sur Stendhal, sur tant d'autres, sont superbes. Et le *Post-scriptum* poursuit et renouvelle l'aventure.

J'ai passé avec toi des heures délicieuses en Corse où j'étais seul : je me baignais et je te lisais. Un rêve !

Il y a un charme irrésistible dans tout ce que tu es. On croit que ça vient de la Grèce, des voyages, des souvenirs d'Italie. Pas du tout. Ça vient de toi. Et le charme imprègne toutes les pages de ton livre, les portraits, les décors, et les amorces de romans.

Si tu as l'occasion de venir en France au mois de juillet, pousse jusqu'en Corse. Nous serions enchantés

1. Espèce de canards plongeurs.
2. Michel Déon, *Pages françaises*, Paris, Gallimard, 1999.

de t'accueillir mais j'imagine que tu vas travailler en Irlande cet été.

À bientôt en tout cas, mon cher Michel. Je vous embrasse tendrement tous les deux.

Jean.

****

2001,

Merci, mon cher Michel !

C'est délicieux de se voir si bien habillé ! Dis, je te prie, ma gratitude à ton amie relieur – ou relieuse.

Hélas ! Je ne verrai pas jeudi. Tu verras Bianciotti. Je serai en train (chut !) de faire du ski.

Restes-tu encore quelques jours à Paris ? Je serai là l'autre jeudi.

Je t'embrasse.

Jean.

****

2004,

Ton livre, mon cher Michel, je t'en ai déjà parlé au téléphone, mais je voudrais t'en dire encore quelques mots.

Ce qui rend tes pages si émouvantes, c'est qu'on a toujours l'impression de frôler des secrets. Le charme du mystère, tu le manies dans ton enfance comme tu l'as toujours manié dans *Les Poneys sauvages* ou dans le *Taxi mauve*[1]. Et, dans le cas de

1. Roman paru chez Gallimard en 1973.

ces « récits[1] » où la confidence l'emporte évidemment sur la fiction, avec une réserve et une pudeur merveilleuses.

Toute la fin est déchirante. Il y a un grand art dans la simplicité et le refus de l'emphase. Tu entraînes le lecteur avec la grâce souveraine qui est ta marque propre.

On en sait un peu plus sur toi après avoir fermé le livre. Tu n'as pas besoin de recourir aux élucubrations de la psychanalyse – « cette maladie, disait Karl Kraus, qui se prend pour son remède » : à petits coups de souvenirs et de notations, comme distraits, tu en dis beaucoup plus.

Souvent, je me demande s'il est encore nécessaire d'écrire. Tu réponds à la question en donnant à qui te lit un grand plaisir de lecture.

Je t'attends la semaine prochaine et je vous embrasse tendrement tous les deux.

Jean.

****

20 décembre 2012,

Merci de ton mot, mon cher Michel ! Tu me manques. Les séances quai Conti – où je ne vais pas trop souvent – sont longues sans toi.

L'article du *Nouvel Obs* que tu m'envoies n'est pas gai.

Mais tant de choses vont disparaître et changer autour de nous !… Je suis devenu quelque chose

1. Sans doute *La Chambre de ton père,* Gallimard, 2004.

entre sagesse et indifférence. J'espère te voir et parler un peu avec toi en janvier.

Bon Noël pour vous deux !

Bonne année !

Je vous embrasse tous les deux.

Jean.

****

12 juillet 2013,

Ai-je besoin de te dire, mon cher Michel, combien je te suis reconnaissant de ta lettre ? Tu es un des très rares aujourd'hui dont l'opinion compte pour moi.

Tu as raison : notre siècle a été abominable. Heureusement, il y a l'amitié. La tienne m'est très précieuse.

Je te remercie et je vous embrasse tous les deux, Chantal et toi, de tout cœur.

Jean.

À Georges Dethan[1]

Paris, août 1974,

Cher Monsieur,

Je suis bien touché de votre lettre[2] si intéressante. Je vous en remercie de tout cœur.

Venant de vous, vos félicitations, vous le savez, me sont précieuses. Vous êtes orfèvre en la matière ! J'ose espérer, d'après ce que vous voulez bien me dire, que mon prochain livre[3] vous amusera. Il se situe – de nos jours – à peu près à mi-chemin de *La Gloire de l'Empire* et du début d'*Au revoir et merci*.

---

1. Historien et archiviste, Georges Dethan (1923-1999) fit carrière au ministère des Affaires étrangères. À l'époque où il écrit à Jean d'Ormesson, il est secrétaire général de la *Revue d'histoire diplomatique* et chargé de la bibliothèque du département des archives.

2. Du 6 août 1974, à propos du roman *Au plaisir de Dieu*, paru chez Gallimard cette année-là.

3. Vraisemblablement *Le vagabond qui passe sous une ombrelle trouée*, *op. cit.*

À Georges Dethan

Nous avons bien d'autres liens, avec Ascoli Piceno[1] ! Quelle merveille – n'est-ce pas ? – et presque inconnue.

Et ce n'est pas le pauvre Paul Guth[2] qui nous séparera ! Il me fait un peu pitié. J'avais lu, avec des délices qui étaient très désintéressées, la belle et sévère recension de la *Revue d'histoire diplomatique*…

Oui, vous avez raison en ce qui concerne la réserve de mon oncle Wladimir[3] qui souhaitait mon succès, mais me trouvait un peu emballé… Notre ami P. G. en avait conclu que… mon oncle voterait pour lui !! Le duc de Castries, en tout cas, a voté contre moi et le duc de Levis-Mirepoix ne s'était pas dérangé…

Je me souviens très bien de l'attachement de mon père[4] pour la Commission des archives diplomatiques.

Je l'entends encore me parler de ces réunions…

---

1. Petite ville italienne des Marches, à quelques kilomètres de la côte adriatique, à laquelle Jean d'Ormesson fait allusion dans *Au plaisir de Dieu*. Dans sa lettre, Georges Dethan dit avoir pris cette allusion pour « un clin d'œil amical » à son attention.

2. Romancier et essayiste, Paul Guth a été candidat à l'Académie française au fauteuil de Jules Romains contre Jean d'Ormesson.

3. Membre de l'Académie française, Wladimir d'Ormesson meurt subitement le 15 septembre 1973, un mois avant l'élection de Jean.

4. André d'Ormesson, le père de Jean, comme son frère Wladimir et son propre père Olivier, a fait carrière dans la diplomatie. Pendant son enfance, Jean d'Ormesson a vécu successivement à Munich (1925-1933), Bucarest (1933-1936) et Rio de Janeiro (1936-1940) au gré des postes occupés par son père, ministre plénipotentiaire, puis ambassadeur de France au Brésil.

À Georges Dethan

Tout cela fait que j'attache un prix tout particulier à votre lettre. Je vous redis ma profonde gratitude et je vous prie d'agréer, cher Monsieur, l'assurance de mon très fidèle et reconnaissant attachement.

Jean d'Ormesson.

À Guy Dumur[1]

28 juillet 1977,

Mon cher Guy,

Merci de ta lettre[2] qui m'a fait plaisir. Et pardon de mon retard à te répondre. Retard qui rend peut-être ces lignes inutiles ? Je te les envoie en tout cas.

Plutôt que tel ou tel livre parisien qui aurait échappé par miracle à la vigilance et au goût de nos critiques, je voudrais attirer l'attention sur un livre étranger. J'aurais volontiers choisi le dernier livre de Yachar Kemal[3], presque aussi beau que *Mèmed le*

1. Écrivain et critique dramatique, en particulier au *Nouvel Observateur,* Guy Dumur (1921-1991) fut aussi critique d'art, publiant plusieurs ouvrages sur Eugène Delacroix et Nicolas de Staël.

2. Dans cette lettre, Guy Dumur proposait à Jean d'Ormesson de contribuer à une enquête conduite par la rédaction du *Nouvel Observateur* sur les livres parus dans l'année qu'avaient préférés les critiques littéraires des journaux et magazines concurrents.

3. Sans doute *Terre de fer, Ciel de cuivre*, Gallimard, 1978, qui paraît en traduction française dans la collection « Du monde entier » et reçoit le prix du meilleur roman étranger du Syndicat des critiques littéraires français. L'édition originale en turc avait été publiée en 1963.

mince[1]. Mais on ne peut pas dire qu'il soit passé inaperçu et on a souligné de tout côté combien l'œuvre de Yachar Kemal était digne d'admiration – et, par parenthèse, du Nobel.

Mais il y a un autre écrivain, bien moins connu des Français, qui me paraît, dans un genre très différent d'une stature comparable : c'est Isaac B. Singer. Son nom ne dit presque rien au public français. Il jouit pourtant aux États-Unis d'une grande réputation. Elle me paraît très méritée. Et cette différence de perspective illustre, une fois de plus, le caractère de provincialisme croissant de la culture française.

Le livre de Singer auquel je pense plus particulièrement a paru en France il y a quelques mois sous le titre *La Couronne de plumes*[2]. C'est un recueil de nouvelles. Lisez. Il y a quelque chose de bouleversant dans la simplicité de cet art.

Isaac Singer appartient à l'école juive polonaise de New York. Son œuvre est toute imprégnée des traditions talmudiques, elle est toute pleine de rabbins et de coutumes juives, elle a toute l'humilité de la vie quotidienne qu'elle transfigure de l'intérieur. Roger Caillois a parlé, à propos, je crois, de M.-Á. Asturias ou de Gabriel García Márquez, de « réalisme halluciné ». Isaac Singer incarnerait plutôt un réalisme quotidien et tout à coup fantastique.

---

1. Voir p. 75 n. 2.
2. Isaac Bashevis Singer, *La Couronne de plumes et autres nouvelles*, traduit de l'anglais par Marie-Pierre Castelnau et Jacqueline Chneour, Paris, Stock, 1976.

À Guy Dumur

Je crains que *La Couronne de plumes* ne fasse paraître soudain frivoles, futiles et vains beaucoup de ces bibelots baroques que nous admirons à Paris. Est-ce que quelque chose comme ça t'irait ? Je pars pour la Turquie lundi matin. Tu peux couper ce que tu veux : je te fais toute confiance. Tu peux aussi rouler le tout en boule[1].

À bientôt.

Affectueusement à toi.

Jean d'Ormesson.

****

Paris, 9 janvier 1979,

Merci, mon cher Guy, de ta pensée et de ton mot qui me vont droit au cœur. Oui, la mort de Caillois[2] – après Berl, après Morand[3] – est un coup très dur pour moi. Il était, plus que personne, celui à qui je m'adressais quand il y avait un choix difficile à faire. Il ne me reste plus qu'Aron. Et puis, nous serons en première ligne et livrés à nous-mêmes.

Tu me parles de Susana Soca[4]. J'ai vu son nom en rangeant des papiers de Caillois, qui m'en avait

1. De fait, cet éloge de Singer arriva malheureusement trop tard et ne fut pas publié dans l'enquête du *Nouvel Observateur*.

2. La mort de Roger Caillois est intervenue quelques jours plus tôt, le 21 décembre 1978.

3. Emmanuel Berl et Paul Morand sont décédés en 1976.

4. Poétesse et mécène uruguayenne proche de Roger Caillois, Susana Soca avait contribué en 1948 à l'organisation à Montevideo de la première grande exposition rétrospective sur Nicolas de Staël au sujet duquel Guy Dumur a publié une monographie en 1975.

souvent parlé. Mais je m'imaginais dur comme fer que son nom s'écrivait Suzanne Asoka ou Asocca.

Voilà que, comme tu le dis, je pense à moi devant la disparition de Caillois… Laisse-moi te dire, en tout cas, combien ton amitié m'est précieuse. Je t'en remercie, je t'envoie mille vœux chaleureux pour cette année où j'espère te revoir souvent et je te quitte pour finir un article sur Caillois pour la *NRF* de Lambrichs[1] – dont Roger m'avait souvent parlé… mais cela nous entraînerait un peu loin.

Très affectueusement à toi.

Jean d'O.

1. Écrivain, critique et éditeur, Georges Lambrichs a dirigé la *Nouvelle Revue française* de 1977 à 1987.

À Alfred Fabre-Luce[1]

Paris, 1968,

Merci, cher ami, de votre si gentille lettre. Je me suis demandé si je ne devais pas l'écrire plutôt à votre secrétaire. Mais peut-être avez-vous beaucoup besoin d'elle en ce moment : je ne voudrais pas trop la distraire !

Je ne sais pas si la jeune personne si douée du ministère des Armées a bien fait d'ouvrir les yeux, mais elle a sûrement eu raison de fermer ses oreilles et de mettre sa mémoire en veilleuse. Nous avons à

1. Essayiste anticonformiste, Alfred Fabre-Luce (1899-1983) se fit connaître dès son premier livre, *La Victoire,* Gallimard, 1924, dans lequel il dénonçait les responsables du déclenchement de la Première Guerre mondiale, notamment Raymond Poincaré. Observateur cinglant de la vie politique et littéraire, il publie son *Journal de la France* qui lui vaut d'être arrêté successivement par la Gestapo en juin 1943 et par un juge d'instruction à la Libération. Profondément antigaulliste, il est politiquement proche de Valéry Giscard d'Estaing, qui est son neveu par alliance. Il se lie d'amitié avec Jean d'Ormesson et François Nourissier lorsque ceux-ci sont encore de jeunes auteurs en quête de célébrité.

peu près tiré au sort avant l'émission[1] qui défendrait Mazarin et qui l'attaquerait. Plus sérieusement, ce qui me séparait de Maurice Schumann, ce n'est pas évidemment l'appréciation de la stature de Mazarin – qui la nierait ? Mais il y voyait déjà la naissance du sentiment national – et il est tout de même paradoxal de chercher pour cette belle tâche un cardinal mi-sicilien mi-romain. Je défendais l'idée que Mazarin était simplement fidèle au patron – au « padrone » – qu'il s'était choisi. Ce n'était déjà pas si mal. Il faut ajouter qu'il ne s'oubliait pas. Le mot « intégrité » dans la bouche de Schumann m'a tout de même agité !

Maintenant que je me sais télégéniquement irrésistible, puis-je vous demander de ne pas m'oublier auprès de toutes les dames de la maison et de me mettre à leurs pieds ? Et veuillez me croire, je vous prie, cher ami, votre toujours bien fidèle et reconnaissant serviteur,

Jean d'Ormesson.

****

Août 1976,

Merci de votre lettre du 29 juillet, mon cher Alfred. J'ai en vérité peu de mérites. Sur l'affaire d'Entebbe[2],

---

1. Jean d'Ormesson avait pris part à l'émission *Les Dossiers de l'écran* du 25 février 1968 consacrée au film de Marc de Gastyne *Sur les traces de Mazarin,* 1963. Il avait débattu avec Maurice Schumann, André Castelot et Pierre Goubert.

2. Allusion au raid organisé par Israël à l'aéroport international d'Entebbe en Ouganda dans la nuit du 3 au 4 juillet 1976 pour libérer les passagers d'un avion détourné par un commando palestinien.

je n'ai fait que dire – mais vite ! – ce que tout le monde a pensé. Sur Paul Morand[1], je n'ai pas eu à me forcer : je l'admirais et je l'aimais. Votre approbation m'est très précieuse : d'abord parce que votre opinion compte toujours pour moi, ensuite parce que vous avez très bien connu Paul.

Raymond Aron m'a reproché mon article. Il pense que j'ai été trop élogieux. Lui ne pardonne pas. J'ai repensé à mon père, à Wladimir, qui étaient si sévères pour Morand. Et puis, je persiste. Je me rappelle qu'à vingt ans, je m'étais disputé avec une tante qui pensait que les sentiments l'emportent sur les idées... Je vieillis. Vous avez d'ailleurs sûrement raison : les idées politiques venaient d'Hélène[2]. D'ailleurs, je l'aimais bien aussi...

Je vous envie d'être entré dans votre livre. Nous mourrons tous, comme dit Bossuet avec originalité. Il ne nous restera que nos plaisirs et nos livres. Morand l'avait compris et Montherlant aussi, et vous également.

Je vous remercie de votre dialogue, toujours si stimulant. Je finis par être très seul à force de voir du monde et de m'agiter parmi des foules.

Fidèlement et affectueusement.

Jean.

****

1. Décédé quelques jours plus tôt, le 24 juillet 1976.
2. Épouse de Paul Morand, riche Roumaine d'origine grecque née Hélène Chrissoveloni, princesse Soutzo.

À Alfred Fabre-Luce

Paris, 1983,

Mon cher ami,
Mon cher Alfred,

Vous le savez, je lis toujours vos livres avec plaisir et intérêt. La lecture de votre *Journal secret*[1] – dont je vous remercie – m'a ému, et même bouleversé. Non, vous n'avez pas perdu en moi un ami. Je sais... – et je plaide coupable. Je sais que j'ai été silencieux et lointain. Je vais tâcher de m'expliquer. Mais je ne voudrais pas que vous puissiez croire que j'aie été ingrat. Vous ouvrez et vous fermez votre livre sur des lignes très belles où vous évoquez la fin de votre vie. Voilà des perspectives encore bien lointaines ! Mais je me suis dit tout à coup que vous aviez raison et que je m'étais tu trop longtemps. Je vous remercie de m'avoir donné l'occasion, par les lignes d'ailleurs gaies et, en ce qui me concerne, (à peu près) équitables de *Francesco et Juanito*[2], de rompre ce silence.

L'essentiel d'abord : non, je n'oublie rien de Séville ni de nos conversations de La Rivière[3] ou de l'avenue Foch. Et vous avez raison : rien ne

1. Alfred Fabre-Luce, *Journal secret*, Paris, Julliard, 1982.

2. Chapitre du *Journal secret* où Alfred Fabre-Luce évoque ses relations avec François Nourissier et Jean d'Ormesson dans les termes d'une amitié déçue : « J'avais cru que nous mettions au-dessus de tout une certaine fraternité littéraire, des goûts partagés, l'attention réciproque, une amitié critique mais sûre. Juanito et Francesco n'habitent plus avec moi ce paradis. Ils appartiennent maintenant à la grande famille de la publicité. »

3. Propriété d'Alfred Fabre-Luce.

prévaudra contre ces souvenirs, rien ne nous séparera jamais. Vous parlez de la « bienveillance » que vous auraient témoignée les deux odieux jeunes gens. C'était plus que de la bienveillance. C'était de l'affection, c'est toujours de l'affection et de la gratitude.

« Que s'est-il donc passé ? » Vous prononcez le mot de « divergences ». Jamais des divergences ne m'ont séparé de personne. J'étais probablement plus gaulliste que vous. Et alors ? Non, en ce qui me concerne, encore une fois, il faut chercher ailleurs. Chercher quoi ? Je n'ai jamais eu le sentiment d'être « brouillé » avec vous. Mais la vérité est que vous l'avez sans doute et que je savais que vous l'aviez. Mais l'hypothèse « résistentialiste[1] » (attardée) ne tient pas. Quoi ! La « résistance » ne m'aurait pas gêné après la guerre, quand j'étais jeune – et elle se serait mise à me gêner plus tard (de Gaulle revenu !) quand j'étais plus âgé ! Alfred, mon cher Alfred, faites-moi un peu de crédit : est-ce que vous auriez pu vous tromper jusqu'à avoir de l'amitié pour quelqu'un de si bas ?

Ici, un point de polémique.

Le fond de votre argumentation est que Francesco et moi suivons la mode. Je ne suis pas tout à fait

1. Thèse selon laquelle les Français auraient soutenu la Résistance dans leur immense majorité dès 1940. Selon Fabre-Luce, cette idée, fortement ancrée à la Libération et dans les décennies suivantes, est toujours prégnante au début des années 1980, au point que « dire que les Français ont toujours été et restent, dans leur majorité, favorables à l'armistice de 1940 [...] est imprudent ».

sûr d'avoir suivi la mode depuis deux ans[1]. Il me semble m'être placé franchement à contre-courant. Mais c'est une parenthèse un peu vaniteuse. Ce n'est pas du côté des « divergences » ni de la politique qu'il faut chercher ce qui a pu « se passer ». C'est, je crois, ailleurs. Et cela vous intéressera davantage. C'est du côté de la littérature.

Contrairement à beaucoup qui m'imaginent encore « mondain », vous avez noté que vous ne me voyiez plus dans les « cocktails » – sauf à l'ambassade de Suède ! (Non ! non ! je ne suis pas candidat au Nobel !) Vous me croirez si vous voulez, Alfred, mais je n'ai plus voulu sortir, plus voulu aller chez les ambassadeurs, *je n'ai plus voulu avoir de ces conversations* où il m'arrivait, dites-vous, de « briller ». Comme, malheureusement, je suis sensible au succès, j'ai continué à aller à la radio et à la télévision, mais le reste du temps – qu'ai-je fait ? J'ai travaillé, j'ai honte de le dire. J'ai un bureau à l'Unesco (dont je pourrais parler pendant des heures) où, malgré Peyrefitte, je vais assez souvent, j'ai et j'ai eu, sous des formes diverses, *Le Figaro*, j'ai tout le tintouin ridicule, que vous connaissez, de l'ignoble courrier, des infectes conférences, des abjects séminaires – et j'ai écrit au moins trois gros livres et quelques-uns moins gros. Vous en avez écrit plus que moi. Peut-

1. « Ce que je lui reproche [à Francesco], et ce que je reproche aussi à Juanito, c'est d'avoir trop cédé aux modes et aux copineries de la gauche culturelle. Ils lui ont fourni une opposition de complaisance. »

être ai-je moins de facilité que vous – et moins que l'on ne croit.

Bref, j'ai cessé de voir mes amis. Je me suis consacré – et trop peu – à essayer d'écrire dans mes heures libres. Je ne me suis occupé – et vous me comprendrez mieux que personne – que de ma vie sentimentale et de littérature. Et si c'était à refaire, je referais la même chose – mais beaucoup plus tôt et beaucoup plus radicalement. Il me semble qu'il ne reste de ma vie que quelques lignes et quelques visages de femmes.

Voilà ma part de vérité. Elle est probablement incomplète et peut-être ridicule. Mais l'idée que je ne vous ai pas vu parce que je participais à je ne sais quelle « mode » « résistentialiste » me paraît insensée. L'idée de la « grande famille de la publicité » est probablement (hélas !) moins inexacte. Je m'en veux souvent de ces faiblesses. La prochaine étape sera – on m'y aidera – de renoncer à la télévision, à la radio, à la publicité – et peut-être de profiter du temps gagné pour revoir mes amis ; voulez-vous ?

Je vous ai trouvé trop dur pour Francesco. Équitable pour Juanito, vous êtes bien sévère pour Francesco. Je crois que tout problème juif relève de la psychanalyse. Ce n'est pas par hasard que son fondateur est juif. Il ne faut toucher à tout cela qu'avec d'infinies précautions – non par mode ou par prudence, mais parce que des secrets insondables sont cachés au fond de ces choses.

Ai-je reçu un « prix littéraire juif » ? Je me demande bien lequel.

Deux points encore, l'un minuscule, l'autre (pour moi) important. Page 155, *chao* ne signifie pas du tout *oui*, mais *au revoir*. C'est en vérité *ciao* – qui se prononce en effet *chao*.

Je dois vous dire enfin combien j'ai été enchanté (toujours la publicité ? Mais, cette fois, elle se brûle d'amitié) et fier de voir un texte de moi dans votre merveilleuse anthologie[1]. Et comme j'ai été heureux de me voir rattaché, via Giraudoux, au surréalisme ! Merci.

J'ai aimé tous vos textes. Vous auriez pu citer tout le poème, si beau, qui précède le vers de Pierre Louÿs :

« Plus tard, ô ma beauté, quand des nuits étrangères

Auront passé sur vous qui ne m'attendez plus.

Quand d'autres, s'il se peut, amie aux mains légères,

Jaloux de mon prénom toucheront vos pieds nus… »

Pardonnez cette lettre si ridiculement longue. Elle vaut pour toutes celles que je ne vous ai pas écrites. Dites mes affectueux hommages à Charlotte.

Je vous embrasse.

Juanito.

---

1. Alfred Fabre-Luce, *L'Incendiaire. Autobiographie et textes choisis*, Paris, Fabre-Luce, 1982.

À Jean-Jacques Gautier[1]

Paris, 2 juin 1973,

Mon cher Maître,

et, si vous le permettez, mon cher ami,

Vous m'avez toujours témoigné – avec beaucoup d'imprudence ! – trop d'indulgente bienveillance pour que je ne vienne pas aujourd'hui vous entretenir parmi les tout premiers d'un projet que je caresse avec beaucoup d'audace et un peu de folie : vous avez déjà deviné qu'il s'agit du quai Conti.

Je m'empresse de vous dire que je n'ai fait encore aucune démarche « officielle » : je ne voulais, justement, faire aucun geste avant d'obtenir, je ne dis pas votre appui, que je ne me permettrais pas de solliciter, mais votre agrément et vos conseils. Mais j'ai eu quelques conversations avec

1. Journaliste, critique littéraire et dramatique, romancier, Jean-Jacques Gautier (1908-1986) était selon Jean d'Ormesson « le dernier critique théâtral à remplir ou à vider une salle à Paris » (*Je dirai malgré tout que cette vie fut belle*, *op. cit.*, p. 345). Il a été élu à l'Académie française en 1972.

monsieur Maurice Genevoix et avec quelques-uns de vos confrères qui me sont très proches, et je ne voudrais pas que l'écho de ces conversations revienne à vos oreilles avant que je ne vous aie moi-même consulté.

Il n'est pas indiscret, je crois, de vous confier que l'Académie des sciences morales m'avait fait, il y a déjà plusieurs mois, des offres assez pressantes. J'avais pris alors l'avis de mon oncle Wladimir et de quelques autres qui m'avaient conseillé assez fermement de « me réserver ». Je n'avais pas l'intention, je vous l'avoue, de bouger avant quelque deux ans. Mais tout récemment, l'oncle Wladimir et d'autres, qui étaient jusqu'alors d'avis d'attendre, m'ont encouragé à ne plus trop tarder.

Voilà donc le but de cette lettre. J'ose espérer que vous ne la trouverez pas indiscrète. Mais il m'était impossible d'envisager cette aventure sans me mettre d'abord à votre ombre protectrice.

Cette hardiesse m'est au moins l'occasion de mettre aux pieds de madame Jean-Jacques Gautier les respectueux hommages que je vous demande de lui transmettre. Et de vous prier d'agréer, mon cher Maître et ami, l'assurance des sentiments de très fidèle et reconnaissant attachement que professe depuis longtemps

votre lecteur admiratif et votre dévoué serviteur,

Jean d'Ormesson.

****

À Jean-Jacques Gautier

Saint-Florent, années 1970,

Mon cher Jean-Jacques,

(Vous me permettez, n'est-ce pas, de vous appeler ainsi ?) Ne m'en veuillez pas, je vous prie, de mon retard à vous répondre. Pendant des semaines et des semaines, mon courrier parisien s'est accumulé sur mes tables, dans mes poches, sur mon tapis. Je l'ai apporté ici avec moi en Corse pour tâcher de le maîtriser enfin. Un certain nombre de lettres sont venues s'y ajouter. La vôtre, parmi elles, m'a fait un immense plaisir : je vous en remercie de tout cœur.

Comme je vous comprends, comme je comprends votre recul devant les comités ! Les comités, les commissions, les conférences et les conseils m'inspirent une sainte horreur. Je ne vous en suis que plus reconnaissant d'avoir bien voulu accepter de faire partie du comité J.R[1]. Je vous promets qu'il s'inspirera plus de la gaieté des *Copains*[2] – et, à la rigueur, du silence pascalien – que d'une vaine métaphysique de l'agitation stérile. En tout cas, merci de votre aide.

Ce que vous me dites, avec trop d'indulgence, de *Du côté de chez Jean*[3] (quel titre !) m'a été au cœur. Je fais la part de l'amitié : ce n'est qu'un motif de gratitude de plus.

Oh ! je ne prétends pas que mes quatre ou cinq premiers livres étaient des chefs-d'œuvre !... mais je

1. Jules Romains.
2. Roman de Jules Romains paru chez Figuière et Cie en 1913.
3. Jean d'Ormesson, *Du côté de chez Jean*, Paris, Julliard, 1959.

finissais par m'agacer un peu quand on me parlait de *La Gloire de l'Empire* comme de mon premier livre. Un jour, si vous me le permettez, je vous infligerai un *pensum* et je vous enverrai *Au revoir et merci*[1].

Comme vous parlez bien de *Du côté de chez Jean !* C'est une musique délicieuse de vous entendre ! Mais je crains d'être partial…

Vous savez, n'est-ce pas, combien votre amitié m'est précieuse. Je ne peux pas vous dire combien je vous en suis reconnaissant. J'aimerais bien, si vous me le permettez, venir vous voir cet automne. J'aurai beaucoup de choses à vous dire et de conseils à vous demander. Il y a des moments où je suis submergé par des problèmes d'organisation de vie…

Merci encore de tout cœur – et pour tout. Je vous souhaite un très heureux été. Mettez-moi, je vous prie aux pieds de madame Jean-Jacques Gautier et croyez-moi

votre fidèle et reconnaissant serviteur,

Jean d'O.

****

1975,

Mon cher Jean-Jacques,

Je sais que c'est à vous que je dois ce dernier prix[2] de ma carrière littéraire ! Laissez-moi vous dire, de tout cœur, ma gratitude.

---

1. Jean d'Ormesson, *Au revoir et merci*, Paris, Julliard, 1966.
2. En 1975, Jean d'Ormesson a reçu le prix Balzac pour *Au plaisir de Dieu*, Gallimard, 1974.

À Jean-Jacques Gautier

Les prix sont comme les femmes : c'est le premier qui compte – ou le dernier. C'est vous dire combien je vous suis reconnaissant.

Dites, je vous prie, mes hommages respectueux à Gladys et croyez-moi votre fidèle serviteur.

J.

****

Paris, 12 mars 1980,

Merci de votre mot, mon cher Jean-Jacques. Vous rappelez-vous ces quelques instants chez vous où le monde a basculé – enfin : la Coupole[1]... ? Il faudrait un Maxime Du Camp[2], un Saint-Simon[3], les *Mémoires*[4] de Dumas pour que le souvenir ne s'en efface pas. On pourrait aussi, en pensant à la suite, récrire *Le Lutrin*[5].

Je ne vous redis pas que votre amitié m'est précieuse : vous le savez. Mais, après ce qui peut apparaître comme un succès, un sentiment bizarre s'empare de moi. Je me dis que nous l'avons emporté à la pointe de l'épée. Je suis un peu fatigué de ces luttes. Un peu pessimiste aussi. L'envie me vient de me retirer, sans téléphone, sans manœuvres, pour

1. Marguerite Yourcenar a été élue à l'Académie française six jours plus tôt, le 6 mars 1980.

2. Maxime Du Camp (1822-1894), auteur de *Souvenirs littéraires*, publiés chez Hachette en 1882 et 1883, qui lui furent reprochés.

3. Dont les *Mémoires*, qui se déploient de 1691 à 1723, portent sur la fin du règne de Louis XIV et sur l'époque de la Régence.

4. Alexandre Dumas, *Mes Mémoires*, publiées entre 1852 et 1856.

5. Poème « héroï-comique » de Nicolas Boileau publié entre 1672 et 1683.

essayer de faire la seule chose en quoi je croie : écrire des livres. Le reste, y compris les articles...

J'ai rendu visite aux Dutourd[1]. Quel courage ! Et quel malheur !

Très affectueusement.

Jean d'O.

****

24 août 1982,

Mon cher Jean-Jacques,

Vous m'avez, de nouveau, écrit une lettre merveilleuse. Je vous en remercie de tout cœur. Pardonnez-moi de le faire avec trop de retard. Votre lettre est de celles que j'ai gardées pour la fin, comme l'enfant conserve pour la soirée un peu de la confiture de son goûter. Je vous écris sous un soleil de plomb, entre mer et oliviers, et je pense à notre amitié.

J'aurais dû pourtant vous écrire plus tôt pour vous demander de vos nouvelles. J'ai été ému d'apprendre que vous aviez glissé à Porquerolles. J'espère que la chute n'a pas eu de conséquences sérieuses. Vous me dites tout de même que vous n'avez plus pu bouger pendant quelques jours. Même pour lire mon livre[2] (vous connaissez la vanité inhumaine des auteurs !), c'est trop. Je souhaite que toute trace se soit vite effacée.

---

1. Jean Dutourd, écrivain membre de l'Académie française, et son épouse Camille qui viennent de perdre un de leurs enfants.

2. Il s'agit de *Mon dernier rêve sera pour vous*, paru chez Lattès en 1982, récit de la vie sentimentale, politique et littéraire de Chateaubriand.

À Jean-Jacques Gautier

Vous êtes trop élogieux pour moi, mon cher Jean-Jacques. Je n'ai eu qu'à aimer le Vicomte[1] et à le regarder vivre. Le seul mérite que je me reconnaisse, c'est en effet de l'aimer. Malgré ses défauts, sa duplicité, son orgueil. Et au lieu de raconter, à la mode des romanciers, une fiction en la faisant passer pour vraie, j'ai raconté une histoire vraie comme si elle était fausse.

J'ai bien des progrès à faire, mon cher Jean-Jacques, pour me hisser aux hauteurs où me situe votre indulgente amitié. Elle m'y aidera. Je vous l'ai dit déjà et je vous le redis : rien ne m'est plus précieux quai Conti, peu de choses me sont plus précieuses en général que notre amitié. Elle me fait un immense plaisir, elle me fait un très grand honneur. Je vous en remercie avec une profonde sincérité.

Quelle joie de vous revoir à l'automne ! C'est un des rares agréments auxquels je pense en évoquant la rentrée. L'été a été si calme pour moi, si loin de tout, des nouvelles, des journaux, que je m'inquiète du retour parmi tant de vacarmes. Il faudra que je vous parle de notre vacarme du Quai et de ce que nous aurons à faire. Vous me direz.

Mettez-moi aux pieds de Gladys, partagez ma gratitude avec elle et transmettez-lui mes affectueux hommages.

De nous deux à vous deux, mille et mille amitiés.

Jean.

---

1. Chateaubriand.

À Jean-Jacques Gautier

****

31 mai 1985

Merci de vos deux lettres[1], mon cher Jean-Jacques. J'ai lu la première sans « hausser les épaules », la seconde avec une vraie émotion. Avec l'intelligence et avec le cœur – avec l'indulgence de l'amitié surtout, je le crains – vous parlez merveilleusement des livres de vos amis. Vous le savez, Jean-Jacques : grâce à Dieu, on a (encore et toujours) un peu peur quand un livre naît. C'est délicieux d'avoir avec soi des mots comme les vôtres. On se dit qu'on est compris, qu'on n'a pas travaillé pour rien. Je fais la part de cette amitié qui m'est si claire, si précieuse. Alors, pour tout, et pour l'amitié, merci, merci.

Je vous embrasse.

J.

---

1. À propos du roman de Jean d'Ormesson, *Le Vent du soir*, Paris, Lattès, 1985.

À Françoise Giroud[1]

3 janvier 1977,

Merci de votre lettre[2], ma chère Françoise.

Vous avez raison de souligner que vous êtes l'une des rares – et la seule femme – du baromètre dont le score n'a pas varié.

Je ne crois pas, sincèrement, qu'il faille voir des intentions dans la formule que vous relevez. Mais de toute façon le signifié cache du signifiant…

---

1. Françoise Giroud (1916-2003), fondatrice de *L'Express* en 1953 avec Jean-Jacques Servan-Schreiber, est politiquement active à l'époque où Jean d'Ormesson dirige *Le Figaro.* Journaliste et écrivaine, elle appartient successivement aux gouvernements Chirac, où elle occupe le poste de secrétaire d'État chargée de la Condition féminine (juillet 1974-août 1976), et Barre, en tant que secrétaire d'État à la Culture (août 1976-mars 1977).

2. Dans une lettre datée du 31 décembre 1976, Françoise Giroud déplorait, non sans humour, le traitement que lui réservait le service politique du *Figaro* :

« Mon cher Jean,

L'attitude constante du service politique du *Figaro* à mon égard (attitude dont je ne vous tiens personnellement nulle rigueur, dois-je le dire ?) a un caractère assez comique dans son expression pour que je me donne tout de même le plaisir de le relever.

Je ferai le meilleur usage de votre lettre.

Voulez-vous accepter, avec mes vœux chaleureux, l'expression de mes fidèles et affectueux hommages ?

Jean.

****

1977 ?

Ma chère Françoise,

Je dois vous dire combien j'ai été indigné et attristé de la lettre que j'ai reçue d'Alex. Ses sentiments à votre égard lui font honneur, mais il devrait contrôler les insultes qu'il lance à tort et à travers. Je n'ai pas le sentiment de m'être mal conduit à votre égard – même (et surtout) si je suis aussi insulté du côté opposé à celui d'Alex[1].

En tout cas, il ne sert pas votre cause et, surtout après le coup de téléphone que vous m'avez donné, j'imagine qu'il doit ressentir des regrets.

Ainsi, dans le commentaire qui assortit le dernier baromètre Sofres, je lis :

"… Effritement aussi des personnalités – hommes et femmes ce qui est nouveau – de la majorité. Même Simone Veil n'est pas épargnée."

Or, il se trouve que justement – et pour des raisons obscures – je le suis, épargnée. Qu'est-ce que vos lecteurs doivent en conclure ? Que je ne suis pas une femme ? Je laisse l'académicien trancher.

Ces messieurs devraient apprendre à faire moins "voyant", ne croyez-vous pas ? Dans l'intérêt même de ceux qu'ils servent.

Tout cela est bien drôle. Bonne année.

Françoise Giroud. »

1. Alex Grall, directeur des éditions Fayard, alors compagnon de Françoise Giroud.

Je vous prie d'agréer, ma chère Françoise, l'expression de mes sentiments attristés et de mes affectueux hommages.

J.

****

Paris, le 23 juin 1982,

Merci de votre mot[1], ma chère Françoise. Il m'a fait grand plaisir.

Mais non, il[2] n'aimait pas tellement les rois ! En tout cas, beaucoup moins que les femmes et en tout cas – comme tous les Français – tombés, déchus, malheureux. Alors, oui, cet anarchiste romain que je soupçonne un peu d'avoir été républicain se laissait aller à cette fidélité qu'il réservait (voir Pauline) au seul malheur.

Ne m'oubliez pas auprès d'Alex.

Affectueux et respectueux hommages.

Jean.

****

Années 1980,

Ma chère Françoise,

Laissez-moi d'abord vous remercier, c'était délicieux pour moi de pouvoir parler avec vous. Je vous suis profondément reconnaissant d'avoir bien voulu accepter cette corvée. J'en garde, pour ma part, le meilleur souvenir. Merci de tout cœur.

---

1. Le mot de Françoise Giroud portait sur *Mon dernier rêve sera pour vous*, *op. cit.*
2. Chateaubriand.

Je vous prie de trouver ci-joint un article de Cournot[1] qui me plaît bien. Qu'en pensez-vous pour notre prix[2] ? J'aimerais qu'il vous plût...

Bon Noël, chère Françoise ! Bonne année ! Fidèles, reconnaissants et affectueux hommages.

Jean.

****

1987,

Ma chère Françoise,

Je vous dois bien de la gratitude. Pour votre livre[3], d'abord. Je l'ai lu d'une traite, avec passion. C'est un destin étonnant. Vous le retracez superbement.

Pour l'émission[4], ensuite. Je n'ai pas besoin de vous redire combien j'ai été heureux de votre présence. Mais je vous dois aussi, je le crains, des excuses. J'ai trop parlé. J'aurais mieux fait de vous laisser la parole beaucoup plus. C'est peut-être une espèce de trac qui m'a jeté dans le discours. Ne m'en veuillez pas, je vous prie.

Avec toute ma reconnaissance, je vous prie d'agréer, ma chère Françoise, l'expression de mes bien fidèles et affectueux hommages.

Jean.

---

1. Michel Cournot, critique cinématographique et dramatique au *Nouvel Observateur* (jusqu'en 1973) puis au *Monde*.

2. Jean d'Ormesson et Françoise Giroud figuraient tous deux au jury du prix de journalisme de la fondation Mumm.

3. Françoise Giroud, *Alma Mahler ou l'art d'être aimée*, Paris, Robert Laffont, 1987.

4. Dans l'émission de télévision *Parlez-moi d'histoire* du 20 janvier 1988, Jean d'Ormesson s'est longuement entretenu avec Françoise Giroud à propos de Catherine de Médicis.

À Françoise Giroud

****

Paris, 1994,

Merci, ma chère Françoise !

Vous parlez de l'amour[1] aussi bien que de la politique – mais je préfère l'amour.

Hommages reconnaissants, respectueux et affectueux.

Jean d'Ormesson.

****

Paris, 1995,

Merci, ma chère Françoise !

Peut-être êtes-vous vous-même une espèce de tigresse : après avoir lu votre beau « Clemenceau[2] », ce n'est pas un mince éloge.

Hommages respectueux et amicaux.

Jean d'Ormesson.

---

1. Françoise Giroud a publié chez Grasset en 1994 le roman *Mon très cher amour*.

2. Françoise Giroud, *Cœur de tigre,* Paris, Fayard, 1995.

À Valéry Giscard d'Estaing[1]

Paris, 16 septembre 1981,

Monsieur le Président,

Je vous prie de bien vouloir trouver ci-joint les quelques pages dont je vous ai parlé ce matin. Par ma faute certainement, elles ne me donnent pas satisfaction : je les trouve, en vérité, impubliables. Il y a presque un effet comique à vouloir expliquer un silence par la parole, le tout étant aggravé par une amorce d'analyse.

1. Jean d'Ormesson et Valéry Giscard d'Estaing (1926-2020) avaient l'un pour l'autre une amitié très ancienne. Leurs familles se fréquentaient lorsqu'ils étaient enfants, leurs mères en particulier. À la veille de l'entrée de Valéry Giscard d'Estaing à l'Académie française, le 15 décembre 2004, Jean d'Ormesson évoquait encore avec humour et tendresse cette période de leur vie dans un discours improvisé : « Ma mère et ta mère étaient très liées, elles s'aimaient beaucoup. Je crois qu'elles parlaient du destin, si contrasté, de leurs deux enfants qui, à leurs yeux, s'étaient partagé le monde. J'imagine que ta mère là-haut est bien contente de voir que non seulement tu as l'Élysée mais que tu as aussi l'Académie. "Maman ?" – il me semble que ma mère me parle – "Maman, parle plus fort, je ne suis pas seul, il y a du monde. Tu me dis ?" Ah ! Pardon, c'est ma mère qui me dit "Et toi, maintenant, à l'Élysée !" »

À Valéry Giscard d'Estaing

Je ne crois pas, après avoir réfléchi – presque douloureusement ! – une partie de la nuit à la question, que vous puissiez avoir avantage à sortir du silence[1] par une conversation qui serait rapportée par moi – ou par qui que ce soit d'autre : c'est trop ou trop peu. Il faut une analyse exhaustive de la défaite, de ses causes, de la situation actuelle, de ses perspectives, de ses risques, etc. – ou rien.

Puisque vous avez bien voulu faire appel à moi, je dois vous livrer ma pensée. Dès le début de notre entretien, j'avais exprimé mes réserves sur une manifestation prématurée. En vous écoutant, naturellement, j'ai été saisi par ce que vous disiez. En me relisant, je reviens avec force à ma première position. Il ne faut pas expliquer un silence. Si on le rompt, il faut le rompre avec un grand éclat, non pas le biais d'une conversation rapportée, où il est dit que rien ne sera dit et où quelque chose, mais peu de chose, est pourtant dit tout de même.

Si, au-delà de ce jugement sur ces quelques pages qui, encore une fois, me paraissent impubliables, je me permettais avec audace un conseil, ce serait celui-ci : votre force, actuellement, vient de votre silence ; ne le rompez pas ; attendez ; il est trop tôt pour agir utilement.

Je reste naturellement à votre disposition. Je ne crois pas pouvoir vous être utile aujourd'hui – au

1. Valéry Giscard d'Estaing ne s'était pas exprimé publiquement depuis sa défaite à l'élection présidentielle du printemps 1981 contre François Mitterrand et son départ de l'Élysée.

contraire… – en vous servant de porte-parole. Mais si, dans l'avenir, par mes écrits, je peux servir l'idée d'un regroupement libéral et de la coexistence des Français, je le ferais avec joie.

Je vous prie d'agréer, monsieur le Président, l'assurance de mes sentiments de très fidèle et très respectueux attachement.

Jean d'Ormesson.

****

Paris, 9 avril 1984,

Mon cher Président,

J'ai lu plusieurs fois, avec beaucoup d'attention et d'intérêt, le livre[1] que vous avez eu la bonté de m'envoyer avec une dédicace dont je vous remercie de tout cœur.

Je n'ai pas besoin de vous dire que je me sens d'accord avec tout ce que vous écrivez. Vous l'écrivez avec une force et une simplicité qui feront évidemment le grand succès du livre.

Je l'ai trouvé plus riche, plus excitant, plus touchant aussi, que *Démocratie française*[2]. J'ai été touché, dès la page de garde, par votre choix d'une épigraphe tirée du *Livre d'Isaïe*[3] : j'ai adopté la

---

1. Valéry Giscard d'Estaing, *Deux Français sur trois*, Paris, Flammarion, 1984.

2. Valéry Giscard d'Estaing, *Démocratie française*, Paris, Fayard, 1976.

3. « Ne vous souvenez plus d'autrefois, ne songez plus aux choses passées, voici que va se faire du nouveau qui apparaît déjà. Ne le voyez-vous pas ? » (*Livre d'Isaïe*, XLIII, 18 et 19).

même pour *Au plaisir de Dieu*[1]. Tout change toujours – et rien ne change. Il est assez frappant que nous nous servions d'un texte vieux de plus de deux millénaires et demi pour annoncer du nouveau. Dans un autre domaine, mais de façon un peu comparable, Hegel écrivait que l'histoire nous enseigne qu'il n'y a pas de leçon de l'histoire.

Vous faites très bien justice d'un certain nombre d'attaques dont il ne reste rien. Je pense, par exemple, au tollé – dont je me souviens – soulevé par le 1 % de Français dans le monde. Ne faut-il pas dire les vérités les plus évidentes ? Le coq français se mettrait vite à ressembler à une autruche.

Ce qui me frappe, en lisant vos analyses si justes et si modérées de ce qui s'est passé et de ce qui se passe, c'est la place de l'irrationnel. Vous faites constamment appel à l'intelligence de vos lecteurs et de vos électeurs – et je ne crois pas être victime de l'esprit partisan en soutenant que vous êtes convaincant. Mais il y a comme un entraînement de l'histoire qui reste rebelle aux analyses et qui les emporte. C'était le cas du marxisme pendant de longues années où tous les désaveux étaient impuissants contre lui. Il n'est d'ailleurs pas impossible que le mouvement se renverse et que le socialisme se mette à souffrir des mêmes pulsions irrationnelles qui ont fait sa fortune.

---

1. Cette épigraphe fut en réalité placée en tête de *La Gloire de l'Empire*, *op. cit.*

L'analyse devient alors si fine qu'elle est pratiquement impossible et que les conclusions les mieux charpentées perdent leurs sens. C'est ce qui s'est passé, je crois avec les « signes » dont vous parlez et qui ont été constamment perçus, je crois, à contresens de vos intentions.

J'ai été particulièrement frappé par votre évocation des « sociétés sans objet ». La fin de votre livre rejoint le début et le problème, si sérieux, de la décadence. Je me demande parfois si nous ne tournons pas en rond dans un problème dont nous ne pouvons pas trouver la solution parce qu'elle est contradictoire et si l'autre nom de la décadence n'est pas le bonheur.

Sur le problème central de l'éducation et sur son absence au centre de nos préoccupations historiques, il y avait beaucoup à dire. J'ai pensé à un grand livre – le connaissez-vous ? – de Werner Jaeger, *Paideia*[1].

Pardonnez-moi de vous faire perdre votre temps et ne voyez dans ces propos qu'une manifestation de l'intérêt que j'ai pris à votre livre qui se situe à une hauteur exceptionnelle de nos jours. Je joins beaucoup de vœux confiants à ma vive gratitude et je vous prie d'agréer, mon cher Président, l'assurance de mon très fidèle et respectueux attachement.

Jean d'Ormesson.

****

1. Werner Jaeger, *Paideia : la formation de l'homme grec. La Grèce archaïque, le génie d'Athènes*, Paris, Gallimard, 1964 (traduit de l'allemand par André et Simonne Devyver).

À Valéry Giscard d'Estaing

Paris, 15 juin 1991,

Monsieur le Président,
Mon cher Valéry,

J'ai été très touché de votre pensée et j'ai lu votre livre[1] avec passion. Ai-je besoin de vous dire que j'y ai retrouvé l'intelligence, le charme, la hauteur de vues, le talent auxquels nous sommes habitués ? J'ai été particulièrement sensible au mélange de la vie privée et de la vie publique dont vous jouez admirablement. En lisant le début du chapitre intitulé « Le choc du pouvoir sur la vie » : « C'est pendant que j'étais président de la République que j'ai commencé à enlaidir », je me suis dit que nous avions perdu un romancier. Et je l'ai regretté. Car vous savez que je mets les écrivains plus haut que les hommes d'État.

Je n'ai pas besoin de vous dire non plus combien vous m'avez convaincu – si j'avais besoin de l'être – sur un certain nombre de points. J'ai revécu l'indignation qui m'avait emporté au moment de la honteuse « affaire des diamants[2] ». Je suis moins tolérant que vous : je ne pardonne pas à vos adversaires.

Les éloges ne sont jamais très intéressants. Sur un certain nombre de points, je me sens – mais quelle importance ? – en désaccord avec vous.

1. Valéry Giscard d'Estaing, *L'Affrontement*, *op. cit.*

2. Scandale né de la révélation par *Le Canard enchaîné* en octobre 1979 de la remise de diamants à Valéry Giscard d'Estaing par Jean-Bedel Bokassa, à l'époque où celui-ci était président de la République centrafricaine.

À Valéry Giscard d'Estaing

En matière nucléaire, comme en tant d'autres, je brille par l'ignorance. Mais la parenthèse à la fin du chapitre sur « l'ère du nucléaire » m'a étonné au moins autant que ces excellents militaires qui sont si loin de moi et dont vous dépeignez si bien l'éberluement. Est-ce que le jeu nucléaire – est-on sûr qu'il est fini ? – ne consiste pas justement à ne pas exprimer ce qui peut être caché en nous-mêmes ? Comme le poker, comme les échecs est-ce qu'il n'exige pas un cœur impitoyable – ou au moins si secret que personne ne peut deviner quel sera le prochain trait ?

Sur les héros aussi, je me sens loin de vous. J'aime beaucoup Maupassant. Malgré les apparences XVIIIe, je ne mettrais sûrement pas Louis XV dans ma galerie de héros. Mais ce qui m'a le plus surpris, c'est Sartre. Il a du talent. Mais de là, à le mettre au nombre des héros… ! Le dernier de nos maîtres à penser n'a enseigné que l'erreur. Tout ce qu'il a dit, notamment sur la vie publique, a été balayé par l'histoire même dont il se réclamait. Romancier médiocre, philosophe de deuxième rayon, auteur de théâtre voué à l'oubli, il a écrit un joli livre : *Les Mots*[1]. C'est peu pour passer à la postérité et pour figurer dans votre panthéon personnel. Je crains qu'il ne reste dans l'avenir que pour avoir proféré sur l'histoire contemporaine quelques-unes des bourdes – et des infamies – les plus retentissantes de notre temps.

---

1. Jean-Paul Sartre, *Les Mots*, Paris, Gallimard, 1964.

À Valéry Giscard d'Estaing

Roger Caillois m'a appris que ce qu'il y avait de plus irritant pour un auteur, c'est de recevoir des éloges vagues. J'ai lu votre livre avec attention, avec amitié, en admirant qu'un homme d'État entre de lui-même dans un domaine qui est, par excellence, celui de la « critique » : un livre. Je n'en connais pas beaucoup qui auraient eu autant de courage – ni autant de succès.

Vous savez les vœux que je forme pour vous. Je pense, comme beaucoup, que les fameuses échéances de 1993[1] seront peut-être avancées. Je me demande si vous aurez le temps de terminer *L'Éloignement*[2].

Avec beaucoup de gratitude, je vous prie d'agréer, monsieur le Président, mon cher Valéry, l'expression de mon très fidèle et très affectueux attachement.

Jean d'Ormesson.

---

1. Les élections législatives qui eurent finalement lieu en mars 1993.

2. Sans doute le titre provisoire d'un ouvrage auquel travaillait Valéry Giscard d'Estaing, vraisemblablement le troisième volume de ses *Mémoires*, finalement publié sous le titre *Choisir*, Paris, Compagnie 12, 2006.

À Henri Gouhier[1]

Paris, 8 décembre 1967,

Mon cher Maître,

Merci de votre lettre du 3 décembre[2]. Pardonnez-moi d'y répondre avec cette écriture mécanique, mais je pars dans quelques heures pour le Brésil.

---

1. Philosophe inspiré par Bergson, préoccupé en particulier par la relation entre philosophie et religion, Henri Gouhier (1898-1994) a produit une œuvre ample et très diverse inaugurée par *La Pensée religieuse de Descartes*, Vrin, 1924. Il est également un historien de la philosophie, un critique théâtral éminent et écrit sur Malebranche, Pascal, Fénelon, Rousseau et Voltaire. Il est professeur à la Sorbonne de 1941 à 1968.

2. Henri Gouhier avait écrit à Jean d'Ormesson le 3 décembre 1967 pour le remercier d'un article récemment publié dans la *NRF* : « On ne pouvait, je crois, exposer plus clairement les idées de Michel Foucault : votre *récit* – je ne trouve pas de mot plus juste – est limpide : vous nous racontez vraiment ce livre, qui n'est pourtant pas un conte. J'aurais voulu vous écrire plus longuement, car je n'arrive pas à *réaliser* ce que vous me faites si bien comprendre quand on en arrive à la "fin de l'homme", mais la Sorbonne nous condamne à une vie assez peu propice à la réflexion… » Henri Gouhier propose ensuite à Jean d'Ormesson de collaborer à un numéro de la *Revue internationale de philosophie* « consacré à la crise actuelle de l'humanisme ».

À Henri Gouhier

À la réflexion je me demande si la fin de l'homme n'est pas finalement plaquée sur le système de Foucault. L'essentiel, je crois, est sa conception de l'histoire – ou de l'absence d'histoire : ces niveaux différents et successifs dont chacun est imperméable à l'autre, et qui éliminent en tout cas l'idée de progrès. Peut-être l'*épistémé* dans laquelle nous sommes est-elle – à cause de Nietzsche – hostile à l'humanisme et à l'homme. Mais dans le système même de Foucault, comment peut-on préjuger l'*épistémé* à venir ? Nous ne pouvons déjà rien dire de celles qui nous ont précédés et que nous ne pouvons comprendre que de l'extérieur. Comment imaginer alors ce que sera la place de l'homme dans l'avenir ? Sans doute toutes les philosophies, tous les systèmes, ont extrapolé vers l'avenir, mais au moins c'était dans la logique de leur développement, tandis que la succession d'images, type lanterne magique de Foucault, ne permet absolument pas des anticipations sur l'avenir.

Pardonnez ces réflexions beaucoup trop rapides.

Je serai bien content de collaborer à la *Revue internationale de philosophie*, et je vous remercie d'avoir pensé à moi. Ce qui m'inquiète, c'est le temps. Je serai absent presque tout le temps au cours du premier trimestre, et j'ai très peur de ne pouvoir répondre convenablement à votre offre si flatteuse. Je vous en remercie en tout cas de tout cœur. Si vous me le permettez, je vous écrirai ou vous téléphonerai à mon premier retour à Paris en janvier prochain.

Je vous prie d'agréer, mon cher Maître, l'expression de mes sentiments toujours bien fidèles, très reconnaissants et très respectueux.

Jean d'Ormesson.

À Jean Guéhenno[1]

Paris, 12 juin 1973,

Mon cher Maître,

Permettez-moi de vous féliciter de tout cœur de la grande et belle distinction[2] dont vous avez été l'objet. Je n'ai vu autour de moi que des admirateurs de votre œuvre qui s'en réjouissaient. Laissez-moi me compter parmi eux.

Je voudrais aussi profiter de cette occasion pour éviter que vous n'appreniez par une autre source que par moi une nouvelle un peu audacieuse : je me propose de me présenter aux suffrages de votre compagnie.

---

1. Écrivain humaniste, laïc, politiquement engagé à gauche dans l'entre-deux-guerres, professeur de littérature, Jean Guéhenno (1890-1978) est l'auteur d'une œuvre caractérisée par une forte inclination autobiographique tant dans ses essais que dans les journaux et carnets qu'il publie. Critique littéraire, il écrit notamment sur Rousseau. Élu à l'Académie française en 1962, il publie des chroniques dans divers journaux, notamment *Le Monde* et *Le Figaro.*

2. En 1973, Jean Guéhenno a reçu le prix mondial Cino Del Duca qui récompense un auteur de langue française « dont l'œuvre constitue, sous forme scientifique ou littéraire, un message d'humanisme ».

J'ai beaucoup hésité, je vous assure, à me lancer dans cette aventure. Me permettriez-vous de venir vous rendre visite pour obtenir – non pas votre appui, que je ne me permettrais pas de solliciter – mais des conseils qui me seraient extrêmement précieux ?

Voulez-vous dire mes très respectueux hommages à madame Jean Guéhenno ? Et veuillez agréer, je vous prie, mon cher Maître, l'assurance de mes sentiments de très respectueux et très admiratif attachement.

Jean d'Ormesson.

****

Saint-Florent, juillet 1974,

Ah ! mon bon Maître, quel émerveillement de trouver ce matin votre texte enchanteur dans *Le Figaro*[1] ! Comment vous remercier, vous dire ma joie et ma gratitude ? Tout m'a ébloui dans votre chronique. Il me semble – mais la part est si difficile à faire !... – que même si je n'y étais pas directement intéressé, elle me paraîtrait passionnante.

J'essaie donc de la lire et de la relire d'un œil étranger. Mais impossible. Elle me touche au plus profond de moi-même, et trop vivement pour que je la considère d'un regard impassible. Vous me croyez, n'est-ce pas ? Il n'y a pas d'article sur *Au plaisir de Dieu* qui m'ait fait plus de plaisir parce qu'il n'y en pas qui ait été aussi loin dans ce que j'ai tenté de faire – et dans le sens même des pers-

1. Jean Guéhenno avait consacré sa chronique au roman de l'auteur *Au plaisir de Dieu*, paru la même année.

pectives intérieures que je m'étais fixées. Si je vous disais que je lisais un livre de vous quand je faisais naître le personnage de Jean-Christophe Comte, vous... je m'arrête donc. Et pourtant !...

Je vous redis ma profonde gratitude. Je vous demande de la partager, avec mes hommages et mes vœux, avec madame Jean Guéhenno. Et je vous prie d'accepter l'assurance de mon respectueux et affectueux attachement.

Jean d'Ormesson.

****

Été 1975,

Je réponds en hâte, mon bon Maître, à votre lettre dont je vous remercie : vous aurez vu que, finalement, j'ai cru devoir rester[1] – mais à contrecœur.

Pour vous, en tout cas, laissez-moi vous assurer que rien n'est changé. Grâce à Dieu, *Le Figaro* est encore libre, et il le sera tant que j'y serai. Je crois donc, en conscience, que vous pouvez continuer à y écrire. Et je n'ai pas besoin d'ajouter que je le souhaite.

Je vis des jours difficiles...

Voulez-vous dire mes respectueux hommages à madame Jean Guéhenno ? Et me croire, je vous prie, votre fidèle admirateur ?

J.O.

****

1. Sur la réaction de la rédaction et de Jean d'Ormesson au rachat du *Figaro* par Robert Hersant, voir *supra*, p. 95, n. 2 et p. 97, n. 1.

À Jean Guéhenno

14 août 1975,

Comme j'ai aimé vos chroniques ! J'y ai retrouvé l'odeur des livres et de mon enfance, cette impatience mêlée d'ardeur et cette admiration un peu inquiète... Merci.

Je suis bien content pour vous et je vous souhaite bon voyage en Grèce : vous voyez l'immense influence des chroniques du *Figaro !* Vous me direz à votre retour ce que vous aura murmuré l'oracle de Delphes.

Je vous félicite d'aller retrouver tant de souvenirs qui nous font encore battre le cœur et je vous envie.

Voulez-vous dire mes affectueux et respectueux hommages à madame Jean Guéhenno ? Et croire à l'attachement de votre admirateur ?

J.O.

****

Septembre 1975,

Je suis ravi de votre chronique, mon cher Maître et confrère ! Car je suis un grand admirateur d'Anatole France, malgré nos surréalistes !... J'avais pensé écrire une chronique à propos de l'Exposition[1] : Elle est bien meilleure faite par vous !...

Je doute que nous soyons suivis pour Ajar[2] ! Mais il aura alors le Goncourt !...

---

1. « Anatole France dans la vie sociale de son temps », exposition itinérante.

2. En 1975, Romain Gary publie *La Vie devant soi,* son deuxième roman sous le pseudonyme Émile Ajar. Comme le pressent Jean d'Ormes-

À Jean Guéhenno

Je suis très tourmenté : ma mère est très, très souffrante. Je suis sûr que vous me comprenez : Il y a tant de choses que vous sentez et que je sens aussi...

Voulez-vous me mettre aux pieds de madame Guéhenno ?

Et me croire votre fidèle serviteur et admirateur.

J.

****

Novembre 1975,

Merci, mon bon Maître ! Vous savez avec quelles délices – renouvelées – je lis toujours vos textes.

Merci aussi de ce que vous me dites à propos du jeune Ferrat[1] ! Votre avis m'est précieux. Je ne

---

son, ce roman reçoit le prix Goncourt. La véritable identité d'Émile Ajar ne fut connue qu'en 1981.

1. Le 2 mai 1975, Jean d'Ormesson publie dans *Le Figaro* un éditorial intitulé « Silence sur Saigon » à propos de la chute de la ville. « La morale et l'histoire sont toujours plus volontiers du côté des vainqueurs. Mais, enfin, force est de reconnaître que, face à l'austérité et à la rigueur implacable de l'idéologie communiste, forgée dans les maquis et dans les écoles du parti, Phnom Penh et Saigon représentaient des régimes de corruption et, en tout cas, de facilité. Seulement, sur tous les excès et sur toutes les bavures soufflait encore un air de liberté. Une liberté viciée, sans doute, mais une liberté. On dénonçait volontiers, un peu partout, les abus réels et les crimes manifestes des adversaires de Hanoï. Voici qu'à Phnom Penh et à Saigon personne ne dénoncera plus rien. Il ne s'agira plus que d'approuver. À l'évidence des faux pas, des erreurs, des scandales succède toute la pureté menaçante du silence le plus écrasant. » Jean Ferrat répond à ce texte dans la chanson *Un air de liberté*, 1975 :

Ah Monsieur d'Ormesson
Vous osez déclarer
Qu'un air de liberté

lui en veux pas et j'ai beaucoup hésité à agir... Mais quelle époque ! Je reçois, comme vous, des insultes très équitablement réparties entre les deux extrêmes !...

Toujours très fidèlement à vous.

J.

****

Années 1970,

Mais il me semble, mon bon Maître, que bien peu ont appris à vivre aussi bien que vous-même ! J'entends évidemment par « bonne vie » quelque chose de l'idéal antique, non l'ignoble formule des profiteurs des temps modernes.

La chronique que vous venez de m'envoyer – et je vous en remercie – est une des plus jolies que

---

Flottait sur Saigon
Avant que cette ville s'appelle Ville Ho Chi Minh.
Allongés sur les rails nous arrêtions les trains
Pour vous et vos pareils nous étions la vermine
Sur qui vos policiers pouvaient taper sans frein
Mais les rues résonnaient de paix en Indochine
Nous disions que la guerre était perdue d'avance
Et cent mille Français allaient mourir en vain
Contre un peuple luttant pour son indépendance
Oui vous avez un peu de ce sang sur les mains

Le 14 novembre 1975, Jean d'Ormesson intervient auprès d'Antenne 2 pour que la chanson de Jean Ferrat ne soit pas diffusée au cours d'une émission consacrée au chanteur, pour le motif qu'elle « constitue une atteinte injurieuse à son égard et à celui de tous les collaborateurs de son journal ». Une grève s'ensuit à Antenne 2 pour dénoncer cette coupe comme un acte de censure de la part de la chaîne. L'affaire conduit Jean d'Ormesson à rappeler son attachement à la liberté de création, précisant que, s'il était opposé à l'interdiction de la chanson, elle n'en était pas moins diffamatoire.

vous ayez écrites. J'aime beaucoup le pauvre Joubert[1]. Ses relations avec Chateaubriand et madame de Beaumont me désolent un peu pour lui et m'enchantent. Voulez-vous me mettre aux pieds de madame Jean Guéhenno et me croire votre toujours fidèle et reconnaissant admirateur ?

J.

1. Moraliste et essayiste, Joseph Joubert (1754-1824) rencontre Pauline de Beaumont en 1794 et l'accueille chez lui alors qu'elle est victime, avec sa famille, de la Terreur. Joubert tombe amoureux de la jeune femme qui lui préfère toutefois Chateaubriand, rencontré l'année suivante. L'écrivain la délaisse finalement après quelques années et elle meurt en 1802 à Rome à l'âge de trente-cinq ans. Jean d'Ormesson évoquera ce trio amoureux dans *Mon dernier rêve sera pour vous*, publié chez Lattès en 1982.

À Annie Guéhenno[1]

Paris, 2 février 1979,

Vous le savez, Madame et chère Annie, j'avais pour Jean Guéhenno beaucoup d'affection et d'admiration. Il y avait en lui quelque chose d'irremplaçable. On répète que les cimetières sont pleins d'hommes irremplaçables. C'est sans doute vrai. Ce qui est vrai aussi, c'est qu'ils ne sont pas remplacés. Aujourd'hui surtout, où règnent partout tant de choses que Jean Guéhenno n'aimait guère – l'argent, par exemple –, sa voix, son jugement, ses indignations nous manquent.

Beaucoup de gens ont du talent. Il arrive que d'autres gens aient une conscience. Ce qui est très rare, c'est la conjonction du talent et de la conscience. C'est cette rencontre que, mieux que personne, illustrait Jean Guéhenno. Rien n'est plus juste que de célébrer sa mémoire. C'est celle d'un juste qui trouvait les mots nécessaires pour entraîner

1. Épouse de l'écrivain Jean Guéhenno.

les jeunes gens qui aiment l'indépendance d'esprit et le refus de toutes les routines.

Pendant de longues années, Jean Guéhenno s'est librement exprimé dans *Le Figaro* dont il ne partageait pas toutes les idées. C'est tout à l'honneur du *Figaro* et de Jean Guéhenno. J'aime ceux qui sont un peu décalés par rapport à l'endroit d'où ils parlent – comme on dit aujourd'hui. C'est une garantie contre l'intolérance. Dans ses chroniques, Jean Guéhenno n'a jamais rien cédé ni sur ses idées ni sur les mots qui les traduisaient. Il était un esprit rigoureux, un écrivain indépendant, un artiste libre et en même temps exigeant.

Caliban[1] aujourd'hui aurait beaucoup à dire. Mais personne ne saurait le faire parler comme Jean Guéhenno. Nous pouvons au moins essayer de nous souvenir de ce qu'il nous a laissé, Jean Guéhenno a été un universitaire, un écrivain, un journaliste. Il s'est intéressé aux problèmes de son temps. Le temps passe, sans doute. Mais, parce qu'il était aussi un artiste, Jean Guéhenno ne répond heureusement pas à la fameuse définition du journalisme : ce qui sera moins intéressant demain qu'aujourd'hui.

C'est vous dire, ma chère Annie, que j'aurais été heureux de venir fêter avec vous le souvenir de Jean Guéhenno, que je revois encore, assis non loin de

1. Personnage de *La Tempête* de William Shakespeare fréquemment évoqué par Jean Guéhenno dans son œuvre, notamment dans *Caliban parle*, Grasset, 1928, et dans *Caliban et Prospero*, Gallimard, 1969.

moi quai Conti et me regardant, j'ose le croire – lui qui, m'avait-il dit, n'avait pas voté pour moi – avec une amitié indulgente qui m'était très précieuse. Et qui me reste très précieuse.

Si je suis à Paris, je viendrai au colloque. Mais, comme je l'ai dit à Jean Sirinelli[1], je ne crois pas que je pourrai. Je serai bref sur ces points sans intérêt : je suis accablé, comme tout le monde, de tâches souvent tentantes et séduisantes, souvent honorables et nécessaires, mais qu'il faut hélas ! écarter ; je suis fatigué des débats et des conférences, je vous l'avoue ; les années passent ; il faut travailler un peu. J'avais décidé d'aller travailler au calme au début de mai et j'ai, peut-être à tort, le sentiment que je dois me tenir à cette décision.

Qui pouvait parler de Jean Guéhenno au *Figaro* ? J'hésite. *Le Figaro* a beaucoup changé. Je pense peut-être à Jean Griot[2], à Raoul Ergmann[3], à Jean-François Brisson[4], le fils de Pierre, qui a, j'imagine, fait entrer Jean Guéhenno au *Figaro*.

---

1. Ancien élève de Jean Guéhenno en classe préparatoire à l'École normale supérieure pendant l'Occupation.

2. Directeur de la rédaction du *Figaro* de 1971 à 1974 avant l'arrivée de Jean d'Ormesson.

3. Administrateur général du *Figaro* de 1971 à 1975.

4. Entré au *Figaro* en 1945, il en devient le rédacteur en chef en 1965, puis directeur adjoint. Il quitte le journal en 1976 après le rachat du titre par Robert Hersant.

À Annie Guéhenno

Pardonnez cette lettre trop longue et pardonnez-moi. Et veuillez agréer, chère Annie, mes très respectueux et très affectueux hommages.

Jean d'Ormesson.

En annexe à ma lettre précédente, ma chère Annie, j'ai pensé à différents noms, dont l'un ou l'autre vous séduira peut-être :

Jean Guitton, à l'Académie, pourrait tracer un portrait séduisant. Il a évoqué à plusieurs reprises avec justesse et charme les figures de ceux qu'il aimait.

André Frossard jette un pont entre l'Académie et *Le Figaro*. Il pourrait faire quelque chose de très bien.

Il y a, naturellement, Michel Droit. Il y a Alain Peyrefitte, qui peut parler, lui aussi, au confluent de l'Académie et du journal. Et aussi Maurice Schumann, qui parle merveilleusement des événements et des hommes.

Enfin, au *Figaro*, j'aurais dû penser tout de suite à André Brincourt. Il est plus libre depuis qu'il a quitté la direction du *Figaro littéraire*, mais rien de ce qui touche le journal ne lui est étranger.

Mille vœux, ma chère Annie. Et toute ma respectueuse affection.

Jean.

À Jean Guitton[1]

Paris, février 1973,

Mon cher Maître,

Comme j'ai été touché de votre lettre ! Je vous en remercie de tout cœur. Elle s'est croisée avec la mienne (que j'avais écrite au moment de quitter Paris pour quelques jours) et je ne l'ai trouvée qu'à mon retour. Je ne voudrais plus tarder à vous dire ma gratitude.

Oui, naturellement, multiplicité et unité se conjuguent merveilleusement chez vous. Et toutes voies d'accès si diverses convergent vers un même but essentiel. Je le comprends encore mieux en lisant

1. Jean Guitton (1901-1999) est un philosophe catholique dont les premiers travaux portent sur le temps et l'éternité chez Plotin et saint Augustin. Politiquement controversé en raison de son adhésion à la Révolution nationale du maréchal Pétain (bien qu'il n'en partage pas l'antisémitisme), il eut des liens étroits avec le philosophe marxiste Louis Althusser, qui fut son étudiant et un camarade de Jean d'Ormesson à l'École normale supérieure. Jean Guitton est élu à l'Académie française en 1961.

les admirables textes que vous avez eu la pensée de me remettre et dans lesquels je suis plongé. Oui, le mot *vinculum* a un sens chez vous. Je l'avais senti dès vos premières paroles. Et la lecture de vos œuvres le confirme constamment.

Je crois bien n'avoir jamais écrit une lettre après une de ces émissions de radio[1]. Mais il m'était impossible de ne pas le faire après votre accueil qui m'a, vraiment, profondément touché. C'est vous dire les sentiments que j'ai éprouvés en trouvant en outre votre lettre. *Merci.*

Bêtement, j'ai oublié de vous demander un mot sur les livres que vous m'avez donnés. Mais j'espère bien avoir l'occasion bientôt de réparer cet oubli.

Vous m'avez fait rêver à bien des choses, en quelques minutes, mais pour longtemps : l'unité et la multiplicité, le mystère et l'absurde, la simplicité et la profondeur… Comment ne pas vous exprimer une sincère gratitude ?

Je vous prie de bien vouloir agréer, mon cher Maître, l'assurance de mon très respectueux, très fidèle, très reconnaissant attachement.

Jean d'Ormesson.

****

1. Jean d'Ormesson avait reçu Jean Guitton le 14 février 1973 pour l'enregistrement de l'émission de radio *Pour comprendre la pensée de* qui fut diffusée sur France Culture le 21 mars 1973.

À Jean Guitton

Paris, 26 octobre 1973,

Mon cher Maître,

J'ai été profondément touché de votre lettre. Je vous en remercie de tout cœur. Pardonnez-moi, je vous prie, de vous répondre avec trop de retard : j'ai été écrasé sous les messages et les signes d'amitié. Soyez assuré que j'attache un prix particulier à vos lignes si charmantes et qui me vont au cœur. C'est à cause de cette importance qu'elles ont à mes yeux que je les ai mises de côté pour y répondre un peu plus attentivement. Ce qui fait que j'ai répondu en hâte à des inconnus, d'un mot, et que j'ai tardé à écrire à ceux qui comptent beaucoup pour moi. C'est si absurde que ce ne peut être que vrai !

Ai-je besoin de vous dire – ce sont, je crois, des choses qui se sentent – combien, dès notre première rencontre, j'ai éprouvé à votre égard des sentiments de confiance et de gratitude qui venaient rejoindre l'admiration que j'avais depuis longtemps pour votre œuvre. Quand je parle de confiance et de gratitude, je ne pense – et ne pensais – nullement, vous me faites, j'en suis sûr, l'honneur de me croire, à je ne sais quel décompte de voix ! Je pense à quelque chose d'autrement profond.

Il reste que j'étais candidat au quai Conti et que la seule chose qui m'ait un peu gêné dans cette période d'ailleurs charmante des visites et de l'attente, c'est la suspicion jetée sur tous les rapports humains : le candidat a toujours l'air de pêcher des voix. Aussi suis-je bien heureux d'être plus libre, après mon élection, pour vous dire mon vrai attachement et ma reconnaissance. Ce sera une grande joie pour moi d'être autorisé à vous voir plus souvent.

J'aurais bien des choses à vous dire. Je voudrais vous remercier des mots si charmants que vous consacrez à ma mère. Je vous assure que la torture même ne m'aurait pas arraché avant l'élection cet aveu qui aurait pris des allures de chantage sentimental ; mais je peux bien le dire après l'élection : je suis bien content que ma mère soit encore là pour voir ces honneurs qui fondent sur son fils.

Mon cher Maître, les journaux disent n'importe quoi. Mais si les quelques mots qu'ils ont rapportés de vous sont exacts, ils m'ont, je vous assure, profondément touché. Oui, la justification de mon élection, qui me fait tant d'honneur, est dans une œuvre encore à venir. Je ne dis pas que cette pensée ne me donne pas un peu d'angoisse. Mais elle me remplit d'enthousiasme. Ce que je suis capable de faire, qui le sait ? Moi moins que les autres. Mais ce que je sais, c'est que je suis encore brûlé, et plus que jamais, de cette espèce d'ardeur douloureuse et exquise qui pousse à aller un peu plus loin que les limites déjà atteintes.

Je vous avoue que mon problème, pour le moment, me paraît être bien matériel : sauver du temps. Du temps pour écrire. Depuis huit jours, les offres de présidences, de conférences, de conseils et de comités me pleuvent sur la tête comme des orages. Je refuse tout ce que je peux refuser. Je suis, je crois, capable de travail, mais il me faut du calme ! Le discours sur Jules Romains, en revanche, m'enchante.

Ce que je redoute comme la peste, c'est l'administration et les pertes de temps en pures cérémonies.

Pardonnez-moi ce bavardage après le silence. Vous me permettez, n'est-ce pas, de solliciter vos conseils et vos encouragements ? J'en ai bien besoin. Mais le but de cette lettre n'était que de vous dire, mais du fond du cœur, la profonde gratitude et le très fidèle attachement que je vous garde. Voulez-vous être mon interprète auprès de madame Jean Guitton et lui transmettre mes très respectueux hommages ? Et veuillez agréer, je vous prie, mon cher Maître, l'assurance des sentiments de gratitude et de fidélité que vous porte.

Votre serviteur et admirateur,

Jean d'Ormesson.

Je viens d'aller voir ma tante Yolande qui est hélas ! dans un état de grande fatigue. Mais son visage s'illumine quand je lui parle de vous. Elle m'a expressément chargé de beaucoup de choses pour vous.

****

Paris, 21 janvier 1974,

Mon cher Maître,

J'apprends avec une peine profonde le grand malheur qui vous frappe. Laissez-moi vous dire, de tout cœur, combien je partage votre chagrin.

Je ne connaissais pas beaucoup madame Jean Guitton. Mais elle m'avait toujours accueilli avec bonté et je me réjouissais de la revoir plus souvent. Je suis triste pour vous et avec vous, avec tous ceux qui l'aimaient et qui vous aiment.

À Jean Guitton

Que de deuils dans ces mois récents ! Nous savons bien, vous et moi, que ceux qui nous quittent ne meurent pas tout entiers et qu'il y a dans notre douleur quelque chose d'égoïste. Mais c'est un égoïsme sacré et contre lequel il est vain de lutter. Car la présence de ceux qu'on aime est le plus beau don de Dieu et leur départ est un déchirement.

Nous pensons à vous, Françoise et moi, et nos prières sont fidèles. Veuillez agréer, je vous prie, mon cher Maître, avec nos condoléances très sincères, l'assurance de mon très respectueux et très attristé attachement.

Jean d'Ormesson.

****

Paris, 1978,

Peu de lettres m'ont donné autant de joie que la vôtre, mon bon Maître. Parce que – peut-être l'avez-vous déjà deviné ? – j'ai pour vous beaucoup de respectueuse affection et d'admiration. Je peux bien vous le dire maintenant, puisque je ne suis plus candidat à l'Académie !

Merci de tout cœur pour tout ce que vous me dites. Mais je m'en voudrais de vous empêcher de dormir ! Oui, l'indifférence – mais sûrement passionnée et, j'espère, un peu généreuse – est une des clés (secrètes) de mon trousseau. Est-ce un début de sainteté ? Seigneur ! j'en doute un peu… mais puisque vous me le dites…

Deux femmes, peut-être, règnent sur nos relations, qui me sont si chères : madame Jean Guitton, que je regrette sincèrement d'avoir trop peu connue, et ma mère, qui me parlait si souvent de vous, que je ne connaissais pas encore. Je me cache derrière elles pour solliciter votre indulgence.

Je suis heureux que vous soyez-là. Je vous remercie de l'amitié que vous voulez bien me témoigner, et je me proclame votre fidèle et reconnaissant admirateur.

Jean d'Ormesson.

****

Mon bon Maître,

Je voudrais vous demander quelque chose.

« Pourquoi y a-t-il quelque chose plutôt que rien ? » est, je crois, une formule de Heidegger.

Sous sa forme latine « *Cur aliquid potius nihil ?* », est-ce une formule de Leibniz ? Ou de Duns Scot ?

Merci de votre aide.

Votre affectionné admirateur,

Jean d'Ormesson.

****

Une fois de plus, votre lettre me touche, m'émeut, me retient plus que toute autre. « Un peu plus d'éternité pour que l'œuvre soit éternelle »… Il me semble, parfois, que je redoute cette part d'éternité qui pourtant, je le sais, est seule à avoir du prix…

Merci de votre amitié indulgente, merci de votre Aurore. Je conserve en moi, n'en doutez pas, l'écho de ce que vous me dites.

À vous, de tout cœur.

J.

À Jean-Yves Haberer[1]

Paris, 3 mars 1993,

Merci de votre lettre, monsieur le Président. Je l'ai lue avec beaucoup d'intérêt. Je suis tout à fait persuadé que le président de la République ou le Premier ministre ne vous ont jamais parlé d'Adidas. N'ai-je pas écrit quelque part que je ne mettais pas en doute l'honnêteté des transactions ?

Ce qui continue à m'étonner, psychose électorale ou non, c'est qu'il y ait un ministre, qui en quelque sorte incarne donc l'État, pour vendre une affaire à une société dont l'État est propriétaire, me dites-vous, à 51 %. À la limite, je comprends fort bien que le Crédit Lyonnais investisse une participation

1. De 1988 à 1993, Jean-Yves Haberer fut le président du Crédit Lyonnais qui était alors un établissement financier public. Devenu ministre de la Ville dans le gouvernement Bérégovoy en décembre 1992, l'homme d'affaires Bernard Tapie chargea la banque de vendre pour son compte Adidas. La publication du schéma financier de reprise de la société, le 15 février 1993, déclenche une controverse politique, l'opposition de droite accusant le Crédit Lyonnais de conflit d'intérêts.

dans une bonne affaire. Ce qui me chipote – et, je le crains, chipote les Français –, c'est qu'un ministre vous la cède. On dirait une affaire de famille – où la famille serait l'État.

Peut-être ai-je tort. J'ai été mal habitué. Quand mon père, avant d'être nommé ambassadeur par Léon Blum, a été nommé en Roumanie, il a vendu ses quelques actions pétrolières. Vous me direz : « c'est ce qu'a fait Tapie ! » Pas de chance : il est ministre et il vend à une société où l'État est majoritaire. Imaginez ce qu'on aurait dit, dans l'opposition, si Bettencourt avait vendu L'Oréal, en étant ministre, à une société nationalisée ? Beau thème pour « l'argent corrupteur » ! Est-ce que je me trompe ?

Mais là encore, vous avez sans doute raison : Mitterrand n'aurait peut-être rien dit. N'avait-il pas des liens avec L'Oréal ?

Je vous prie d'agréer, monsieur le Président, l'expression de mes sentiments les plus respectueusement dévoués.

Jean d'Ormesson.

À Jean-Edern Hallier[1]

28 janvier 1993,

Tu es le Dr Jekill de la littérature, mon cher Jean-Edern, le phénix d'un art sans cesse en train de mourir, le vrai héritier de ce qu'il y avait hier de plus grand – et le M. Hyde des médias. Je peux te le dire puisque je suis soumis moi-même aux mêmes abjectes tentations. Tu es un enchanteur pourrissant. Les autres pourrissent tout court.

Tes lettres m'émerveillent. Il faut, toi et moi, nous retirer de tout, cesser de nous égosiller avec les animaux de basse-cour et regarder un peu plus haut que les déjections contagieuses.

Je t'appelle ou tu m'appelles.

Je t'embrasse.

Jean.

---

1. Éditeur et écrivain, journaliste, pamphlétaire, présentateur d'émissions littéraires et culturelles à la télévision, Jean-Edern Hallier (1936-1997) était une figure controversée, adversaire farouche de la gauche au pouvoir et de François Mitterrand.

À Jacques Havet[1]

Paris, 12 octobre 1967,

Cher Jacques,

Pardon de te déranger encore. J'ai eu un coup de téléphone de Duméry, qui m'appelait de la part de Ricœur, actuellement au Canada, pour savoir ma réponse en ce qui concerne Nanterre[2]. Il m'a du même coup demandé si je connaissais ta propre réaction. J'ai dit que je croyais me souvenir que tu étais obligé de répondre négativement. Mais Duméry m'a demandé de vérifier la chose auprès de toi pour que je puisse lui confirmer ta position.

---

1. Normalien et agrégé de philosophie né en 1919, Jacques Havet est alors le directeur de la section philosophie et sciences humaines du département des activités culturelles de l'Unesco.

2. Les philosophes Paul Ricœur (1913-2005) et Henry Duméry (1920-2012) étaient tous deux professeurs à l'université de Nanterre, alors une section délocalisée de la Sorbonne, fondée en 1964. Paul Ricœur dirigeait le département de philosophie dans cet établissement d'un nouveau type, inspiré des campus américains, où la distance entre professeurs et étudiants devait être réduite. C'est de Nanterre que partit la révolte étudiante de 1968 avec le mouvement du 22 mars.

À Jacques Havet

Peux-tu me donner un coup de téléphone ? Je vois Hyppolite et Duméry lundi après-midi. Merci.

Tu auras vu dans les journaux la situation quasi angoissante de Nanterre. Le travail ne doit pas y être drôle et je pense que Ricœur et Duméry cherchent de l'aide !… J'avoue que moi-même, bien que très tenté, je crains d'être bientôt débordé si je cède à la tentation.

Jean d'Ormesson.

À Jeanne Hersch[1]

Paris, 21 avril 1971,

Chère Jeanne,

Comment ne pas penser à vous en lisant le document que je vous envoie, ci-joint[2] ? Mes collaboratrices trouvent que les contre-maîtresses, les aides-contre-maîtresses et même les chefs d'équipe ne sont pas si mal payés. Elles échangeraient bien

---

1. Jean d'Ormesson a rencontré Jeanne Hersch (1910-2000) lorsqu'il était en poste à l'Unesco où elle fut nommée chef de la division de philosophie. Suisse d'origine polonaise, juive, communiste, disciple de Jaspers, elle enseignait la philosophie à Genève. Elle est l'auteure d'une quinzaine d'ouvrages dont *Éclairer l'obscur*, L'Âge d'homme, 1986, et *L'Étonnement philosophique*, Gallimard, 1993, version française de cours radiophoniques en allemand sur l'histoire de la philosophie que Jean d'Ormesson l'encouragea à faire paraître en français, convainquant les éditions Gallimard de les publier dans la collection de poche Folio. « L'eau du savoir était si claire avec elle que vous vous y plongiez avec bonheur jusqu'à toucher le fond. » (*Je dirai malgré tout que cette vie fut belle*, *op. cit.*, p. 244)

2. Ce document est un rapport sur « les conditions d'emploi du personnel contractuel d'entretien » de l'Unesco.

leurs traitements contre les leurs. Voilà une nouvelle croisade que je vous suggère.

Ah ! que je suis désolé de n'avoir pu être des vôtres à Venise ! Mais le moyen de m'y rendre ? Je ne mettrai plus les pieds à Venise ni ailleurs tant que je ne serai pas venu vous voir à Genève. C'est dit.

Je vous embrasse.

Jean.

Voulez-vous participer à un colloque sur la violence à Philadelphie en juin 1972 ? J'ai donné votre nom aux organisateurs. À tous, je ne parle d'ailleurs que de vous…

****

Paris, 2 septembre 1971,

Ma chère Jeanne,

À qui écrirais-je, dans un moment de trouble, sinon à vous ? Pardonnez-moi de venir vous ennuyer sous le soleil corse, mais vos conseils me feront du bien.

Une série d'événements presque concomitants semblent montrer que l'empire des gouvernements devient de plus en plus fort : à la limite, on peut se demander si la notion d'organisation *non* gouvernementale a encore un sens. Voici les faits :

1) Je viens de recevoir, pour tous les membres du bureau du CIPSH[1] une série de lettres déchirantes de notre vice-président, le prof. Průšek[2], à qui l'autorisation de se rendre à Salzbourg est

1. Comité international de la philosophie et des sciences humaines.
2. Jaroslav Průšek (1906-1980), éminent sinologue tchèque.

refusée. Il a été démis de son poste de directeur de l'Institut oriental de Prague et je pense qu'on peut craindre, sinon pour sa vie, du moins pour sa sécurité.

2) J'avais désigné un observateur du CIPSH pour une réunion de l'Unesco sur *Culture et Science :* le prof. Amsterdamski[1], de nationalité polonaise, prof. à l'univ. de Lodz, de passage à Paris. Un coup de téléphone embarrassé de Habachi[2] vient de m'annoncer que la commission nationale polonaise, via le délégué permanent, s'opposait à cette désignation. Son nom a été barré sur les documents déjà prêts. De quel droit, ce regard des gouvernements sur les experts d'une ONG ?

3) Les attaques soviétiques et cubaines, assorties de menaces, se multiplient contre *Diogène*[3], pour des motifs politiques nullement déguisés.

Cet ensemble de faits commence à constituer un faisceau qui m'inquiète. Un professeur sud-vietnamien a été empêché de se rendre à un congrès à Budapest. Je ne pense pas qu'un Nord-Vietnamien ait jamais été empêché de se rendre à une manifes-

1. Juif, directeur du département de philosophie de l'université de Lodz, Stefan Amsterdamski avait cessé d'exercer ces fonctions et été exclu du parti communiste polonais en 1968 pour le motif que les principaux dirigeants des révoltes étudiantes à Lodz venaient de son département. En 1970, Amsterdamski rejoint le département d'histoire des sciences et des technologies de l'Académie des sciences polonaises.

2. René Marc Habachi, philosophe syro-libanais né en Égypte, président de la section philosophie de l'Unesco.

3. Sur *Diogène*, voir *supra*, p. 79, n. 4.

tation scientifique en Europe occidentale. Caillois lui-même commence à être ébranlé par tout cela.

Mes secrétaires, heureusement, sont françaises par mariage. Si elles étaient restées roumaines, je m'inquiéterais pour elles. N'est-il pas incroyable que l'Unesco tolère sans ciller qu'on mette des bâtons dans les roues non pas même à des émigrés, mais simplement à des ressortissants nationaux qui ne sont peut-être pas tout à fait dans la ligne ? Pendant ce temps, j'entends régulièrement des Américains traîner littéralement l'Amérique dans la boue à des réunions de l'Unesco et je crois que personne n'a jamais empêché des Français ou des Italiens ou des Anglais par exemple communistes de s'exprimer très librement dans des réunions officielles. Tout cela est truqué et abominable de complaisance partiale et de lâcheté. Au moins que la balance soit égale pour tous et qu'à l'Unesco au moins on respecte un semblant de droits de l'homme.

Pardon de vous ennuyer avec toutes ces difficultés, mais je crains que ce ne soit pas des broutilles et elles me tourmentent.

Je viens d'en parler à Caillois. Pour me consoler peut-être, il m'a dit, au détour d'une phrase, que mon livre[1] était probablement le meilleur qu'il avait lu depuis vingt-cinq ans ! J'en tombais des nues ! Je vous dis ça parce que vous m'aviez demandé quelle était l'opinion de Caillois (et qu'il n'avait jamais été

1. *La Gloire de l'Empire, op. cit.*

aussi loin !) et pour que cette lettre se termine tout de même sur une note plus gaie !

Je vous souhaite la mer et le soleil et je vous embrasse.

Jean.

****

1er juin 1986,

Chère Jeanne,

Grand merci de m'avoir donné votre livre[1] que j'ai lu de bout en bout, parce qu'il permet de mieux comprendre, vous, votre trajet, vos lignes essentielles et votre pensée, ses sources, son évolution, sa portée.

Sur toute la partie politique, accord parfait : critique du totalitarisme, distinction entre dictatures autoritaires et dictatures idéologico-totalitaires, problèmes de la guerre et de la paix, inquiétude sur les fléchissements de l'Occident en même temps qu'espoir qu'il « tiendra » quand même. C'est là où nous en sommes. Et je crois que ce que nous avons pu faire les uns et les autres, pour tracer cette piste, reste et restera puisque *ce qui a été, est*, selon la formule de Péguy : « On ne démissionne pas du titre d'ancien élève de l'École polytechnique. »

Sur les choses essentielles, je nous savais proches mais je me demande si nous ne le sommes pas plus que je ne le croyais, à moins que ce ne soit moins.

1. Jeanne Hersch, *Éclairer l'obscur. Entretiens avec Gabrielle et Alfred Dufour*, Lausanne, L'Âge d'homme, 1986.

En bref, quand Jaspers dit, parlant de la transcendance, « on peut aussi l'appeler Dieu », que dit-il ? Que la transcendance est le nom rationnel de Dieu, ou que le mot *Gott* peut désigner la transcendance qui est plus vaste que Lui ? Je crois qu'il n'y a pas de réponse nette à cette question.

Mais il y a autre chose. L'âme (l'esprit) est-elle immortelle ou non ? Sinon, à quoi sert tout ce que nous faisons, racontons ou chantons ? Si oui, comment l'immortel naît-il du Big Bang ? Là-dessus, votre livre ne donne pas de réponse. Mais sa force, sa droiture, l'air intellectuellement pur qu'on y respire, font qu'on ne peut pas croire, après vous avoir lue, que le monde et l'homme soient dépourvus de sens. Donc que leur destinée est au-delà des choses visibles.

Vous me direz un jour comment vous voyez cela. Moi, je vous dis ce qu'en dit saint Augustin, que vous connaissez bien : « *Quam magnam rationalem creaturam fecisti, cui nullo modo sufficit quidquid minus te est ac, per hoc, nec ipsa sibi*[1] ». Ces trois mots je voudrais les avoir comme devise : « *Non ipsa sibi* ». Ne pas se suffire à soi-même ! Dès lors, c'est l'océan, l'immensité. « L'homme n'a pas besoin de voyager pour s'agrandir, il porte avec lui l'immensité » (Chateaubriand).

Votre livre aussi, et vous aussi.

En toute affection.

Votre Jean.

1. « Tu as fait ta créature rationnelle d'une grandeur telle que rien de moindre que Toi ne lui suffit, pas même elle-même », citation adaptée par l'auteur des *Confessions* de saint Augustin, XIII, 8 (9).

À Jeanne Hersch

P. 215. « Je savais que l'abbé J. était un redoutable convertisseur », etc.

Dans une réédition, ne pourriez-vous écrire : « On m'avait présenté l'abbé J. comme… »

Car il ne l'était pas.

****

Paris, 20 janvier 1989,

Ma chère Jeanne,

En repensant au colloque de Berne du mois d'octobre, et à votre remarquable intervention lors du débat qui a eu lieu le dernier après-midi autour du sujet si passionnant du « profane et [du] sacré aujourd'hui » dont l'aspect le plus actuel, celui qui nous touche de plus près a été, hélas, peu traité, je me suis demandé si vous accepteriez de mettre par écrit les réflexions que les auteurs et les interventions du public vous ont inspirées. Vos mots nous ont apparu à tous comme les plus profonds de ce débat, les plus justes, ceux qui ouvraient la discussion vers des horizons les plus vastes.

Vous savez depuis longtemps combien je souhaite publier un texte de vous dans *Diogène*. N'y aurait-il pas là une occasion toute trouvée ?

Je ne sais pas si vous trouverez le temps de répondre à ce vœu. J'essaie.

Je vous embrasse.

Jean.

****

À Jeanne Hersch

1990,

J'ai encore pensé à vous – je ne cesse pas, ma chère Jeanne – en apprenant l'issue du procès[1]. Il y a donc encore des juges à Berne. J'imagine que la *vox clamantis in deserto*[2] a dû être heureuse – et vos journaux, un peu honteux. (Ce n'est même pas sûr !...)

Je pars pour le Maroc : assemblée générale du CIPSH. Déjà ! Vous souvenez-vous de Berne ? C'était hier – il y a deux ans.

Je vous embrasse.

Jean.

****

1993,

Ma chère Jeanne,

Je vous ai appelée, mais en vain, en Suisse, puis en Corse. Suisse : absente. Corse : pas de réponse.

Je voulais vous dire ce que vous savez déjà : le grand succès de *L'Étonnement*[3]. Pas d'étonnement devant le succès. Mais une grande joie pour moi. Vous êtes dans la liste des best-sellers, avec les

---

1. Au cours duquel Élisabeth Kopp, ancienne conseillère fédérale suisse, a été acquittée d'une accusation de violation du secret de fonction. En 1989, elle avait été poussée à la démission après avoir averti son mari que la société de celui-ci était sous le coup d'une enquête pour blanchiment d'argent. Jeanne Hersch s'était insurgée contre la campagne médiatique virulente dont elle avait été la cible.

2. La « voix criant seule dans le désert » était Jeanne Hersch.

3. Jeanne Hersch, *L'Étonnement philosophique. Une histoire de la philosophie*, sorti dans la collection de poche « Folio » en 1993.

géants : Djian, Jardin, Cyril Collard… et les autres ! Ils pâlissent devant vous.

Quel bonheur ! Bon été !

Je vous embrasse.

Jean.

Plus sérieusement : ce livre est, je crois, très bien accueilli par tous ceux qui le lisent – et beaucoup m'en parlent.

À Stéphane Hoffmann[1]

Années 1970,

Moi aussi – pardonnez-moi ! – voilà plusieurs semaines (ou mois) que je veux vous écrire et vous remercier de votre lettre qui m'a fait grand plaisir.

Vous avez bien raison de ne pas aimer *Les Illusions de la mer*[2] : c'est un navet. Pour le reste... votre indulgence me va au cœur et m'encourage ! J'espère bien n'être devenu ni important ni respectable et je vous assure que je tiens beaucoup plus à votre sympathie qu'à tous ces honneurs de pacotille. Merci !

---

1. Écrivain et critique littéraire né en 1958, auteur de *Château Bougon*, publié chez Albin Michel en 1990, et d'*Un enfant plein d'angoisse et très sage*, chez le même éditeur en 2016, Stéphane Hoffmann est encore tout jeune homme lorsqu'il écrit pour la première fois à Jean d'Ormesson, alors académicien et directeur du *Figaro*. Devenus amis, les deux écrivains se virent régulièrement à Paris et à Nantes où Stéphane Hoffmann organisait des rencontres littéraires.

2. Roman de Jean d'Ormesson paru chez Julliard en 1968.

Je vous envoie mille vœux et je vous serre la main.
J.O.

Impossible de me souvenir de votre prénom – ni de le déchiffrer.

****

Paris, 3 octobre 1977,

Merci de vos deux lettres, cher ami. Et merci de la précieuse citation de Maurois. Non, je n'ai pas déchiré votre seconde lettre et je serai ravi de vous trouver une – ou deux ? – place pour la formidable cérémonie Peyrefitte[1]. Voulez-vous seulement me rappeler l'affaire, pour que je n'oublie pas, une quinzaine de jours avant la date fixée ?

Savez-vous que vous commencez à m'intriguer avec la jeune fille dont vous me parlez ? Est-elle si exceptionnelle ? Oui, sans doute, puisque vous l'avez remarquée et que j'aurais mauvaise grâce à contester la sûreté de vos jugements et de vos choix…

En tout cas, vous avez raison de préférer Morand à Lartéguy. Tâchez de la persuader.

Vous avez bien fait de m'écrire. Je vous envoie mille vœux et toute ma fidèle sympathie.

Jean d'Ormesson.

Il fallait lui dire, je crois, que Morand était très pressé, qu'il aimait les moyens de communication

1. La lettre de Jean d'Ormesson était accompagnée de deux invitations pour la réception d'Alain Peyrefitte à l'Académie française.

– les chevaux, les voitures, les trains – mais qu'il se servait mal (comme vous, me dites-vous) de ceux qui rapprochent des autres et que, comme Aragon, mais par bien d'autres voies, il était – et il sera – un classique du monde moderne.

****

Paris, 19 septembre 1978,

Cher ami,

Je lis et relis votre texte[1]. C'est peu dire que je vous en suis reconnaissant : il m'a amusé, enchanté et ému. Je n'y vois pas seulement tout le passé de J.O., mais l'avenir d'un critique qui a bien du talent : Bertrand Schmitt – ou Stéphane Hoffmann.

Je fais naturellement, dans cet éloge académique, la part des circonstances : on ne tape jamais très fort sur un mort – ni sur un disparu. Je fais aussi la part de l'indulgence et de l'amitié. Mais tout m'a paru vif, pertinent, fabuleusement informé.

Mais, dites-moi, mon cher confrère, mon cher Stéphane, est-ce que vous avez d'autres occupations que de vous occuper de moi, de me lire, de m'écouter ? Vous savez tout. Et ce que vous ne savez pas, vous l'inventez. Et c'est vrai !

Je vous dois une gratitude particulière pour m'avoir évité le triste sort de celui dont on fait l'éloge sous

1. Stéphane Hoffmann avait rédigé un texte d'une vingtaine de pages sur l'œuvre et la vie de Jean d'Ormesson. Ce texte prenait la forme du discours de réception à l'Académie française d'un immortel fictif, Bertrand Schmitt, qui aurait succédé à Jean d'Ormesson après la démission de celui-ci.

la Coupole : vous m'avez épargné et seulement éloigné, vous ne m'avez pas fait mourir, vous m'avez fait démissionner. C'est une bonne idée.

Bref, contrairement à ce que vous dites, votre texte ne me paraît pas raté du tout. Je l'ai lu non seulement avec l'intérêt passionné et l'amusement que vous imaginez en ce qui me concerne, mais aussi en me disant qu'il y avait là, pour vous-même, comme une espèce de prémonition. Quelle mine que ce texte pour celui qui, dans trente ou trente-cinq ans – ou peut-être avant, pourquoi pas ? – vous recevra vous-même sous la Coupole ! Je garde précieusement ces pages à cette fin.

Dites-moi, en attendant, ce que vous devenez, ce que vous faites. Il faut que je vous envoie la réponse de Marguerite Yourcenar et il me faut des détails pour la préparer… !

Merci de ce travail, cher ami. C'est un cadeau somptueux, et quand vous me parliez, il y a quelque temps, d'une surprise, eh bien, elle a dépassé mon attente ! J'espère pouvoir un jour vous remercier de vive voix. Je le fais avec joie par écrit. Je joins mille vœux sincères à ma gratitude et je vous serre la main.

Jean d'Ormesson.

****

Paris, 16 septembre 1982,

Mon cher ami,

C'est plutôt à moi d'avoir honte de ne vous remercier qu'aujourd'hui de votre merveilleuse lettre de cet été. Elle m'a fait le plus grand plaisir. Je suis d'autant plus confus de vous écrire avec tant de semaines de retard que ce n'est pas la première fois que je me sens, vous le savez, coupable à votre égard. Gardez-moi votre indulgence !

J'ai eu peu de mérite à ne pas ennuyer mon lecteur avec mes 400 pages[1] : Chateaubriand s'arrange toujours, même quand il est rasant (ça lui arrive !), pour rattraper notre intérêt, non seulement par ses formules admirables mais par ses actions imprévisibles.

Quelle chance si les lecteurs de *Mon dernier rêve sera pour vous* se jettent dans les *Mémoires d'outre-tombe* ! Je parle de façon désintéressée car, une fois qu'ils auront lu Chateaubriand, ils renonceront à me lire.

Vous me dites que ce n'est pas tout à fait votre cas – et à certains égards je vous comprends : certaines pages des *M.O.T.* finissent un peu par lasser.

Vous me parlez de Wodehouse[2]. Quelle rencontre ! J'ai englouti quatre *Jeeves* à la suite cet été. J'en suis proprement fou. Je sais bien que, dans la trilogie Waugh-Mitford[3]-Wodehouse, il occupe la dernière place, mais il est irrésistible de drôlerie.

---

1. Que compte *Mon dernier rêve sera pour vous.*

2. Pelham Grenville Wodehouse (1881-1975), auteur humoriste britannique, naturalisé américain, créateur du valet de chambre Jeeves et de son maître Bertram Wooster, tous deux protagonistes de onze romans et trente-six nouvelles.

3. Outre Wodehouse, les écrivains britanniques Evelyn Waugh (1903-1966) et Nancy Mitford (1904-1973) forment cette trilogie.

À Stéphane Hoffmann

Vous me classez parmi les commentateurs. J'en serais très fier. La glose m'a toujours enchanté.

Oui, bien sûr, littérature et échec est un sujet qui me fascine. Vous voyez très bien le lien avec l'indifférence passionnée.

Vous y allez sans doute un peu fort en assurant que *Mon dernier rêve sera pour vous* « n'est peut-être pas mon meilleur livre mais, à coup sûr, le meilleur livre de Chateaubriand ». Je me demande où vous placez mes meilleurs livres par rapport à ceux de l'auteur d'*Atala*. Mais enfin ! à la réflexion…

Inutile, d'ailleurs, d'attendre La Pléiade ou les classiques Vaubourdolle[1] puisque j'ai déjà, rédigées par vos soins, les paroles qui seront prononcées, un jour, sous la coupole…

À bientôt.

Très cordialement à vous.

Jean d'Ormesson.

****

Paris, 29 mars 1984,

Hélas, oui, mon cher Stéphane : mon bureau a échappé aux flammes. Il y aurait pourtant eu une belle matière pour un beau feu.

Je suis enchanté des nouvelles que vous me donnez. Mais attention à Thomas l'Imposteur : vous savez qu'il meurt à force de faire croire qu'il est mort…

1. Collections éditées respectivement chez Gallimard et chez Hachette.

Vous me parlez gentiment de mes projets mais vous ne me dites rien des vôtres. J'espère qu'ils sont brillants ?

Je viendrais volontiers à Nantes. Merci de votre invitation.

J'ai naturellement lu Neuhoff[1]. Je lui ai même écrit une lettre et j'aime beaucoup le dernier livre de Déon[2].

Quant à Mohrt, vous savez mes relations étroites avec lui. Je vois en lui un écrivain de premier plan et il souffre, je crois, de n'être pas reconnu.

Vos livres : surtout ne vous découragez pas. Il est trop clair que les éditeurs se pendront à vos basques. Mais le difficile est de faire démarrer le moteur dans les petits matins.

Affectueusement.

Jean d'Ormesson.

****

Paris, 12 avril 1984,

Mon cher Stéphane,

Merci de votre lettre du 4 avril. J'ai essayé de vous téléphoner, mais on m'a aimablement informé que votre numéro n'était plus en service.

Que l'asthme soit psychologique, aucun proustien n'en doute, mais pour la sciatique c'est une grande première que je me réjouis, si j'ose dire, d'avoir devinée !

1. Éric Neuhoff, *Nos amies les lettres*, Paris, Olivier Orban, 1984.
2. Michel Déon, *Je vous écris d'Italie*, Paris, Gallimard, 1984.

Les lettres de Flaubert sont superbes. J'ai plein de bottes et de bretelles. C'est une chance pour vous que vos amours tournent mal. Voilà la marque du vrai écrivain.

J'ai été enchanté par votre lettre. Il est impossible qu'avec de telles promesses vous n'approchiez pas de très près Michel de Saint-Pierre[1].

J'ai été enchanté aussi des bleus dont vous vous couvrirez. Voulez-vous que nous fixions la date du mardi 5 juin ? Est-ce que ça vous convient ? Ce serait parfait. Sinon le 29 mai, le 6 juin et le 13 juin m'iraient également. Je vous donne le numéro de téléphone, que vous connaissez peut-être déjà, de Dominique Hamelle, chez Lattès, qui connaît mieux que moi tous mes déplacements dans les semaines qui viennent (634 03 10). Je crois bien que vous avez déjà été en contact avec elle ou avec Françoise Six. Tout ce que vous me proposez me va très bien et je me réjouis de bavarder (gaiement) avec vous. Le texte de Maurois m'a enchanté. Corvées, oui, mais ce n'en sont pas avec vous.

À vous, cordialement.

Jean d'Ormesson.

****

Paris, 7 mars 1988,

Mon cher Stéphane,

Merci de votre lettre du 16 février qui a retenu toute mon attention.

---

1. Michel de Saint-Pierre (1916-1987), romancier et essayiste.

À Stéphane Hoffmann

Rien ne me ferait plus d'honneur que d'entrer aux Beurrés nantais[1]. L'article 9[2] m'a beaucoup séduit et, de même, plusieurs des rubriques de l'article 8. J'ai peu fait construire, je ne montre pas souvent des photos de ma fille, je ne sais pas jouer *Jeux interdits* à la guitare, je ne suis pas actionnaire de *L'Événement du jeudi* et je n'ai jamais gagné la Valise RTL[3].

Je n'ai pas besoin de vous préciser que je ne me considère pas – et que personne ne me considère – comme un battant, et que je prends beaucoup de vacances.

À tous ces titres, j'ose espérer que les Beurrés nantais me reconnaîtront comme un des leurs – encore qu'il m'arrive de boire de l'eau pure et de parler d'argent[4]. Bref, vous jugerez de mes mérites et de mes indignités. Je me recommanderais volontiers des articles 22 et 23[5] qui donnent l'image la plus exacte de ma personnalité si attachante.

Peut-être, d'ailleurs, l'Académie n'arrivera-t-elle à aucune décision me concernant. Je lui recommande

1. Académie fantaisiste fondée par un comité de sept membres, dont Stéphane Hoffmann.

2. « L'activité de l'Académie a pour unique souci le bon plaisir de ses membres, sans aucune préoccupation généreuse ou caritative. »

3. Cette conduite vertueuse de Jean d'Ormesson lui évite de s'exposer à une radiation de l'Académie des Beurrés nantais dont les causes sont énoncées à l'article 8 des statuts.

4. Motifs de radiation selon l'article 8 des statuts.

5. L'article 22 prévoit que les académiciens résidant à Nantes seront « férocement tenus » d'assister aux séances à la différence des autres, désignés comme « académiciens correspondants ». Selon l'article 23, « le cri de guerre de l'Académie est "O-ï-O" ».

la formule de Jules Renard : « Une fois que ma décision est prise, je balance longuement », et encore la devise de Tzara : « L'absence de système est encore un système, mais le plus sympathique. »

Je forme beaucoup de vœux pour les Beurrés nantais et vous demande d'être mon intermédiaire auprès d'eux.

Je vous envoie tout spécialement à Nantes une jeune femme à qui j'ai beaucoup parlé de vous. Elle s'appelle Béatrice Dominioni et, séduite par les traits de votre caractère, et par l'Académie des Beurrés, elle compte s'installer à Nantes au mois de juin. J'ai pensé que cette contribution à l'Académie me vaudrait sa bienveillance.

À bientôt, mon cher Stéphane.

Je suis sûr que Chateaubriand et Déon m'accompagneraient bien volontiers.

Affectueusement.

Jean.

****

Paris, 20 avril 1989,

Qu'est-ce que vous voulez que je vous dise, mon cher Stéphane ? Après Marguerite Yourcenar, il n'y a plus moyen d'arrêter l'invasion des « Filles de Lulu à courtes jupes[1] » !

Après lecture du si remarquable factum de Mlle Clémentine Dabadie et de Mlle Violette Petit

1. En l'occurrence, Clémentine Dabadie et Violette Petit de Mirbeck, citées plus bas, qui ont rejoint ensuite l'Académie des Beurrés nantais.

de Mirbeck, je voudrais porter à leur connaissance – et à celle de l'Académie – le texte d'une pancarte que j'ai vue dans une église de Vérone et qui portait ces mots remarquables :

« NON ! NON PETITS PANTALONS »

Il me semble qu'à côté des grands principes de l'Académie, ce cri de guerre devrait être retenu.

Il me semble aussi – mais peut-être m'aveuglé-je ? – que même s'il s'agissait de ma seule contribution aux travaux de l'Académie, elle ne serait pas tout à fait négligeable.

Mes respectueux hommages aux Filles de Lulu à courtes jupes, et une claque dans le dos au Maître chambreur[1] et autres académiciens.

Cordialement.

Jean d'Ormesson.

****

Paris, 5 février 1990,

Merci de votre lettre, mon cher Stéphane. Vous savez tous les vœux que je forme pour vous.

Je ne vous ai pas assez remercié pour *Tranche de cake*[2]. J'ai trouvé ce que vous disiez tout à fait bien – et vos commentaires dans votre dernière lettre, itou.

Je trouve tout cela si juste que je suis entré dans une phase de repli – et presque d'exil – ; à la stu-

1. Stéphane Hoffmann dont le titre est « président chambreur ».

2. Émission de télévision d'Antenne 2, présentée par Bernard Rapp, dont un numéro fut consacré à Jean d'Ormesson. Stéphane Hoffmann y avait participé sur suggestion de Jean d'Ormesson.

peur générale, je refuse presque tout – et je termine mon livre.

Ne vous découragez pas pour votre dernier roman. Malraux disait qu'il y avait deux stades nobles : l'écriture et l'imprimerie, et un stade décourageant : la dactylographie. C'est vrai qu'on compare parfois ce qu'on a fait avec l'idée vague qu'on en avait au début. À la déception éventuelle, je ne vois qu'un seul remède : soit retravailler le texte même, soit faire autre chose. Et ne mourez pas !

Je suis allé voir le *Cercle des P. D.*[1]. La fin m'a touché. L'acteur est fameux. Les scènes dans la grotte sont grotesques.

Affectueusement, mon cher Stéphane.

Jean.

****

14 février 1994,

Quelle idée enchanteresse, mon cher Stéphane[2] ! Quand on établissait, quai Conti, des salles Maurice Genevoix et Édouard Bonnefous, j'avais demandé qu'on donne mon nom aux cabinets.

Je renonce (solennellement) aux lieux d'aisances pour une boisson de rêve.

Oserais-je, mon cher Stéphane, vous confier ce vœu un peu fou comme à un ami plus jeune sur qui s'appuie l'âge qui vient ?

1. *Le Cercle des poètes disparus*, film de Peter Weir, avec Robin Williams, 1989.

2. Stéphane Hoffmann parlait alors de créer un cocktail appelé « le Jean d'O ».

À Stéphane Hoffmann

Vous me rendrez cette justice que j'ai toujours cru à votre talent. Ah ! si, au lieu de livres que personne ne lira plus*, votre activité amicale et vos dons m'offraient une boisson un peu forte aux lèvres des jeunes femmes, quel bonheur – et quel orgueil !

Elles n'auraient même pas besoin d'avoir des amants. L'essentiel serait qu'elles boivent mon nom.

Merci, mon cher Stéphane !

Ne négligez pas cette belle tâche.

Beaucoup d'affections fidèles et pleines d'espérances dans un avenir bien frappé.

« Jean d'O »

(avec un zeste de citron).

* je parle des miens, bien sûr ! Pas de confusion ! vous auriez le droit, en marge, de continuer à écrire pour la postérité.

****

27 mars 1995,

Ce n'est pas parce que j'ai les yeux bleus, mon cher Stéphane, mais j'ai beaucoup aimé votre livre sur Mallaury Nataf – non, sur cette enflure de Gaillot[1]. Tout m'a paru juste, drôle, vif – et même vrai. La citation de Chateaubriand est superbe. La vôtre n'est pas mal non plus : « Que faites-vous pour les autres ? – Rien, mais je leur fous la paix. »

---

1. Stéphane Hoffmann a rédigé en 1995 une brochure intitulée *Gaillot, l'imposteur*, pamphlet contre l'évêque d'Évreux, Jacques Gaillot, déchargé de ses fonctions en raison de sa contestation des prises de position de l'Église catholique.

À Stéphane Hoffmann

Vous avez bien fait de laisser, pour une fois, la passion l'emporter sur l'indifférence passionnée.

Mille vœux affectueux.

Jean d'Ormesson.

****

20 décembre 1998,

De Gaulle devrait vous en vouloir, mon cher Stéphane : grâce à vous, le grand Charles, ce n'est plus lui, c'est Trenet.

Votre livre[1] est diablement réussi. Il m'a fait plaisir. Si vous étiez – ce qu'à Dieu ne plaise ! – un cheval ou un lévrier, j'aurais parié sur vous. Vous me donnez raison. Je me tresse des lauriers à travers vous.

Les « Trenetania » m'ont enchanté. Je ne savais pas que Trenet avait tellement d'esprit. Je soupçonne plutôt que c'est vous. Votre biographie est un roman.

Quand Trenet s'est présenté à l'Académie, je n'ai pas voté pour lui. Michel Mohrt se présentait contre lui et *La Prison maritime*[2] était sacrée à mes yeux.

Je vous félicite, mon cher Stéphane. Je joins beaucoup de vœux à mes félicitations. Et beaucoup d'amitiés fidèles à mes vœux.

Affectueusement.

Jean (d'Ormesson).

****

1. Stéphane Hoffmann, *Le Grand Charles ou En écoutant Trenet chanter*, Paris, Albin Michel, 1998.

2. Roman de Michel Mohrt paru chez Gallimard en 1961.

À Stéphane Hoffmann

6 mars 2001,

Merci, mon cher Stéphane !

Non seulement je vous ai lu[1] (contrairement à votre recommandation), mais je me suis beaucoup amusé.

Je ne suis mécontent ni de vous ni de moi. Je crois que je me conforme à plusieurs de vos préceptes. Et d'abord à une de vos injonctions aux écrivains : fondamentalement (avec l'accent de Chirac), je m'en fous.

Comme je vous ai lu, je voudrais bien savoir qui est l'écrivain de la rentrée [19]76[2]. Dites-le-moi, s'il vous plaît.

Avez-vous lu le *Journal*[3] de Morand ? Il vous plaira, je pense. J'ai vu avec indignation le titre de l'article de Nourissier dans *Le Point* : « L'abject Morand ». Il s'en est expliqué dans *Le Figaro* d'hier.

Beaucoup de vœux, mon cher Stéphane, et beaucoup d'amitiés fidèles.

Jean (d'Ormesson).
Cachalot repenti.

---

1. L'ouvrage dont il est question est *La Gloire des cachalots, 312 conseils pour prendre le pouvoir, et le garde*, Monaco, Le Rocher, 2001.

2. Il s'agit de Marc Cholodenko, qui a obtenu le prix Médicis en 1976 pour le roman *Les États du désert*, paru chez Flammarion.

3. Le *Journal inutile*, paru en 2001, porte sur les années 1968-1972 et 1973-1976.

À Max Horkheimer[1]

Paris, 28 juillet 1971,

Cher Professeur Horkheimer,

C'est toujours avec joie que je reçois des nouvelles de vous. Vous me permettez, j'espère, de vous écrire de temps en temps pour vous dire que je pense toujours à vous avec fidélité et gratitude.

Je savais que vous aviez reçu, vers le début de l'année, la haute distinction du prix Lessing, et je m'en suis réjoui.

J'espère de tout cœur que vous passez un été aussi agréable que possible. Je caresse toujours l'espoir de venir vous voir à Lugano. Hélas, vous le voyez, je n'ai pas encore pu mettre ce projet à exécution. J'ai eu pas mal de travail ces derniers temps : je suis notamment en train de mettre la toute dernière

1. Max Horkheimer (1895-1973) est un philosophe et un sociologue allemand de l'école de Francfort. Dans les années 1930, il contribua au développement de la « théorie critique », aux côtés de Theodor W. Adorno et Herbert Marcuse et fut un des grands inspirateurs des révoltes étudiantes de 1968.

main à un assez gros roman[1] qui va paraître chez Gallimard, en septembre prochain : il s'agit d'un livre d'histoire – mais tout est inventé. Ce n'est pas de l'histoire romancée, c'est plutôt une « histoire fiction » ou une « culture fiction » comme il y a une « science-fiction ». Mais au lieu d'inventer un avenir j'invente un autre passé à l'humanité. Haute ambition ! J'espère qu'elle ne sera pas trop imprudente !...

Avec tous mes vœux toujours très chaleureux, je vous prie d'agréer, cher Professeur Horkheimer, l'expression de mes sentiments très respectueux et très fidèles.

Jean d'Ormesson.

1. *La Gloire de l'Empire.*

À Jean Hyppolite[1]

Paris, décembre 1966,

Mon cher Maître,

J'ai été très touché de votre pensée et de votre dédicace : je vous en remercie de tout cœur. Que de souvenirs éveille en moi cette préface à la *Phénoménologie*[2] que vous avez bien voulu m'adresser ! Je l'ai relue – ou lue –, il m'a même semblé que j'en comprenais encore quelque chose et je me suis rappelé à nouveau tout ce que je vous dois et

1. « La foudre me tomba dessus avec Jean Hyppolite » (*Qu'ai-je donc fait ?*, Paris, Robert Laffont, 2008, p. 225). Ainsi, Jean d'Ormesson relate-t-il la découverte de l'enseignement du philosophe suivi sous l'Occupation au lycée Henri-IV où il préparait le concours d'entrée à l'École normale supérieure. « J'écoutais bouche bée, dans une espèce de sommeil hypnotique, mon maître bien-aimé. » Jean Hyppolite (1907-1968) est l'auteur de *Genèse et structure de la philosophie de l'esprit de Hegel*, 1946, et d'une *Introduction à la philosophie de l'histoire de Hegel*, 1948. Il fut élu professeur au Collège de France en 1963 à la chaire d'Histoire de la pensée philosophique.

2. Jean Hyppolite a réalisé la première traduction française de la *Phénoménologie de l'esprit* de Hegel.

dont, sans vous, je n'aurais eu aucune idée (« *Keine Ahnung* », pour imiter les habitudes des traducteurs de Heidegger – ou de Hegel !).

Je pars dans quelques instants pour Athènes où se tient une de nos réunions[1]. Je n'aurais pas voulu quitter Paris sans vous dire ma gratitude. J'espère surtout pouvoir vous voir un peu plus longuement en janvier.

Puis-je vous demander de partager avec madame Hyppolite mes vœux les plus fidèles et chaleureux pour 1967 ? Et veuillez agréer, mon cher Maître, l'expression de mes sentiments de toujours très fidèle, très respectueux, très cordial attachement.

Jean d'Ormesson.

Je me donne le ridicule de publier, dans le numéro de janvier de la *NRF*[2] un articulet (le cinq ou six centième, j'imagine !) sur *Les Mots et les Choses*[3]. Je ne manquerai pas de vous l'envoyer.

---

1. Du CIPSH dont Jean d'Ormesson était alors secrétaire général adjoint.

2. *Nouvelle Revue française*.

3. Essai de Michel Foucault sous-titré *Une archéologie des sciences humaines*, paru chez Gallimard en 1966.

À Michel Déon, 26 août 1991

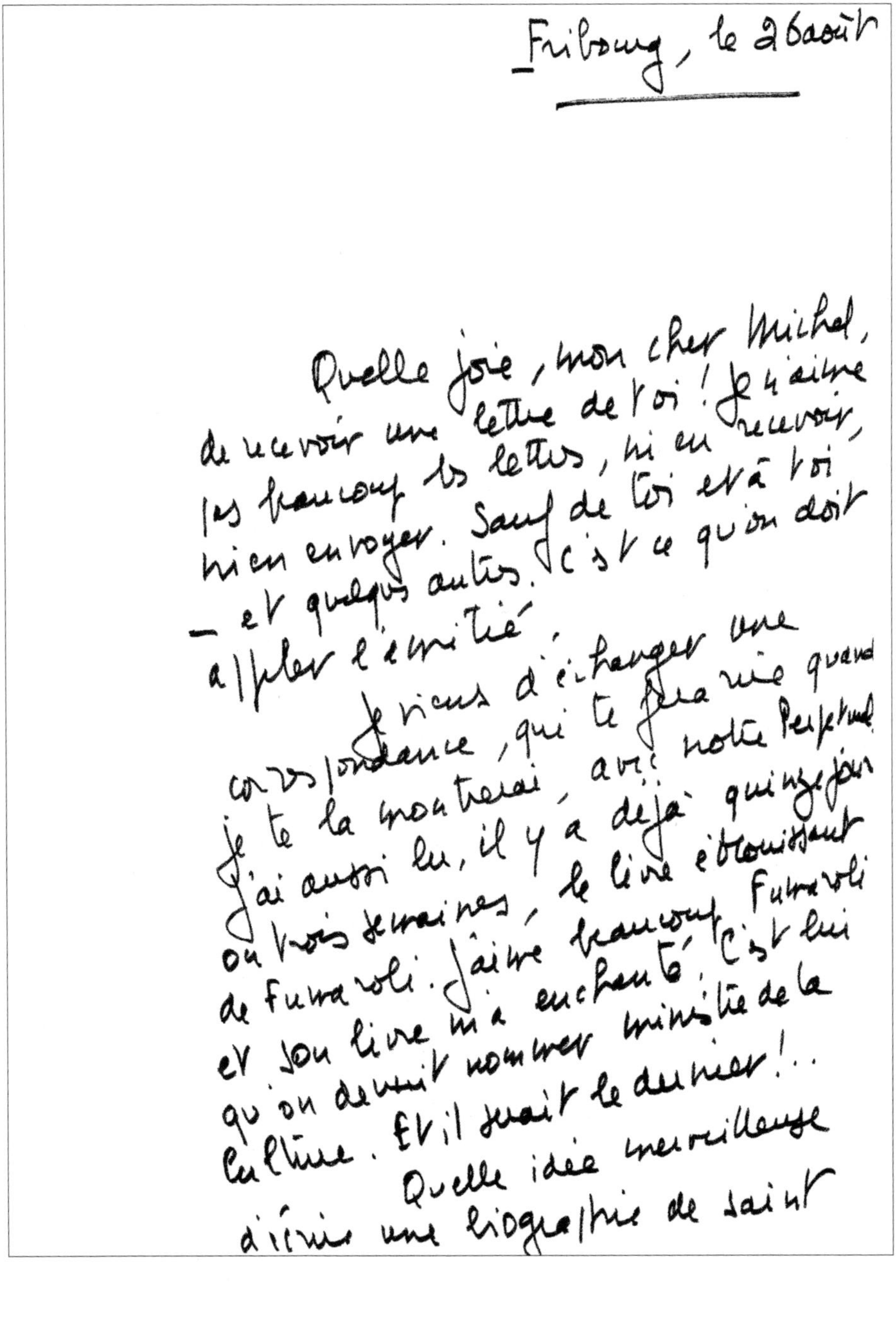
Fribourg, le 26 août

Quelle joie, mon cher Michel, de recevoir une lettre de toi ! Je n'aime pas beaucoup les lettres, ni en recevoir, ni en envoyer. Sauf de toi et à toi – et quelques autres. C'est ce qu'on doit appeler l'amitié.

Je viens d'échanger une correspondance, qui te fera rire quand je te la montrerai, avec notre Perpétuel. J'ai aussi lu, il y a déjà quinze jours ou trois semaines, le livre éblouissant de Fumaroli. J'aime beaucoup Fumaroli et son livre m'a enchanté. C'est lui qu'on devrait nommer ministre de la culture. Et il serait le dernier !...

Quelle idée merveilleuse d'écrire une biographie de saint

À François Nourissier

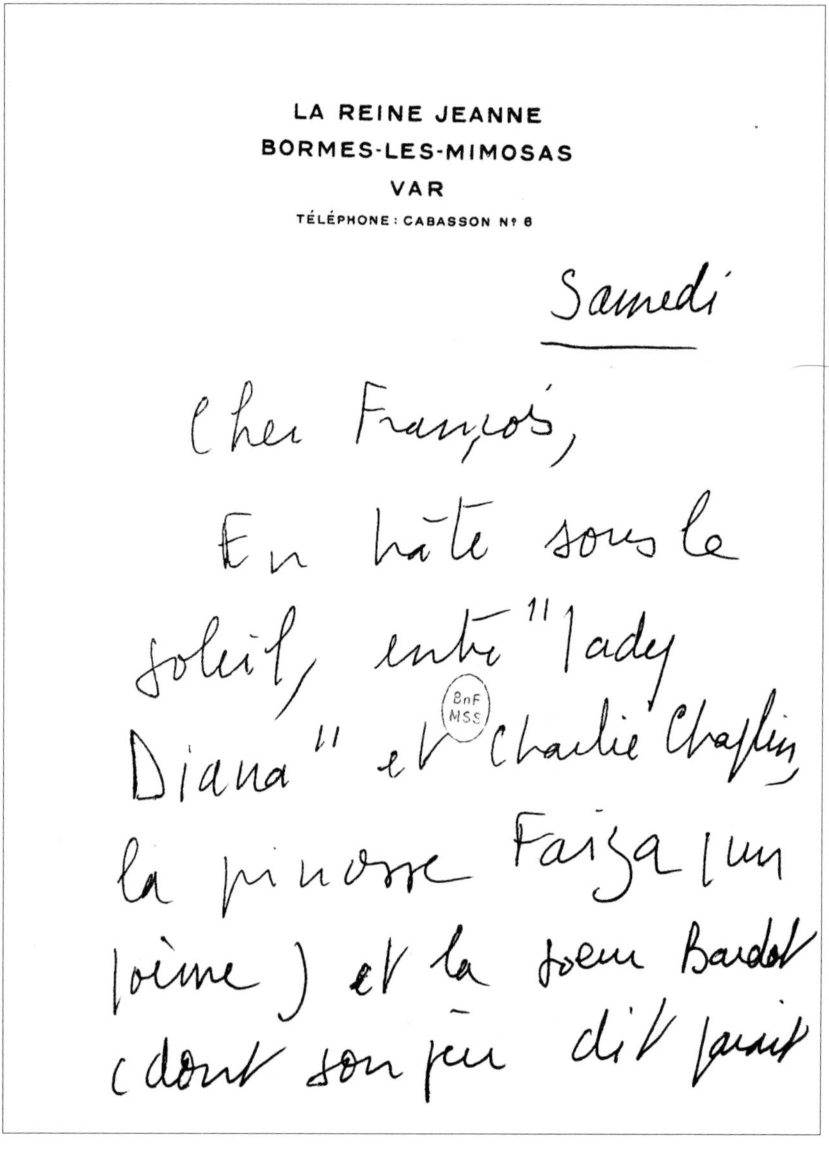

LA REINE JEANNE
BORMES-LES-MIMOSAS
VAR
TÉLÉPHONE : CABASSON N° 6

Samedi

Cher François,

En hâte sous le soleil, entre "Lady Diana" et Charlie Chaplin (la princesse Faiza lui-même) et la sœur Bardot (dont son père dit jamais

il quitte est un peu
plus putain que sa sœur)
voici les pages que
tu m'as arrachées. Je
pars pour Rhodes.
affectueusement
Jean

Corrige s'il te plaît, ce qu'il
y aurait à corriger. Merci

À Claude Lévi-Strauss, 29 octobre 1973

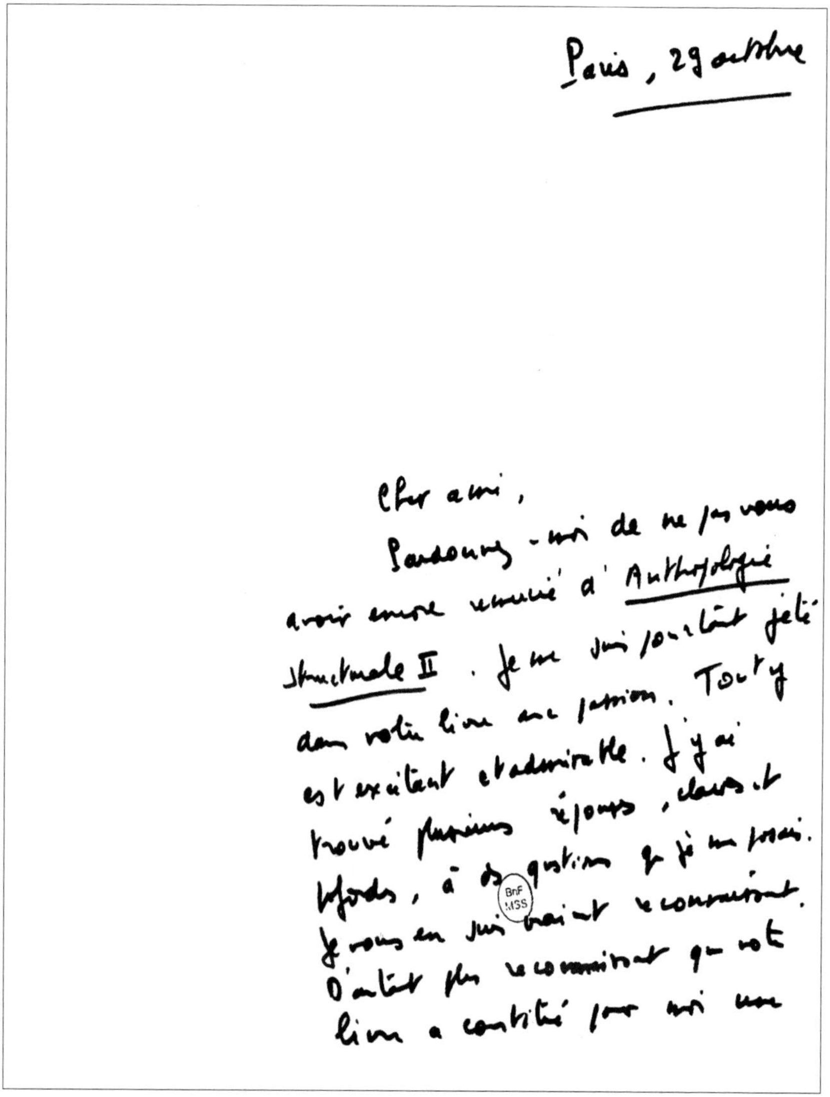

Paris, 29 octobre

Cher ami,

Pardonnez-moi de ne pas vous avoir encore remercié d'*Anthropologie structurale II*. Je me suis pourtant jeté dans votre livre avec passion. Tout y est excitant et admirable. J'y ai trouvé plusieurs réponses, claires et profondes, à des questions que je me posais. Je vous en suis vraiment reconnaissant. D'autant plus reconnaissant que votre livre a constitué pour moi une

espèce d'oasis dans le désert assez aride
des félicitations à répondre et des offres
(flatteurs*) de toute sorte qui me tombent
sur la tête comme pluies d'orage.
Les pluies dans un désert font une
image un peu baroque mais qui ne
mène pas très loin de la dépression !..

Je voulais aussi vous dire ma
vraie gratitude pour votre présence
l'autre soir : vous savez, n'est-ce pas ?
le grand plaisir que vous m'avez
ainsi donné.

Voulez-vous dire mes
affectueux et respectueux hommages
à Madame Claude Lévi-Strauss ?
Et veuillez agréer, je vous prie,
cher ami, l'assurance de mes
sentiments de très fidèle et très
reconnaissant attachement.

Jean Dausset

* mais je les refuse !

À Jean Mauriac, 2 juin 1977

LE FIGARO

LE PRÉSIDENT DU DIRECTOIRE
DIRECTEUR DU JOURNAL

le 2 juin 1977

Monsieur Jean Mauriac
72 rue La Fontaine
75016 Paris

a démissionné
le 6 juin.

Mon cher Jean,

Viens.

Quand tu veux.

affectueusement

Jean

Jean d'ORMESSON.

37, RUE DU LOUVRE — 887-52-00

À Michel Mohrt, 1990

ACADÉMIE FRANÇAISE

23, QUAI DE CONTI
PARIS VIe
43-26-85-15

Mon cher Michel,
un petit poème pour toi,
qui es si loin.
affectueusement.

Vois où la tradition se niche :
Là où siégeait un Rabutin
Qui faisait comme un lapin,
Siège aujourd'hui un Cabaniche

À Eugène Ionesco, 11 novembre 1975

11 nov.

Comment vous remercier, mon cher ami ? Je suis touché et ému de votre pensée et de votre lettre.

Vous savez – n'est-ce pas ? – combien votre amitié m'est précieuse. Elle l'était hier. Elle l'est encore plus aujourd'hui, dans mon chagrin. Je vous en suis profondément reconnaissant.

Comme vous avez raison : plutôt souffrir qu'oublier ! Mais votre amitié m'aide à la fois à ne pas oublier et à moins souffrir. Merci !

Voulez-vous croire, mon cher ami, à l'affectueux et reconnaissant attachement de votre admirateur et ami ?

Jean d'Ormesson

Votre article est merveilleux. Je le dis parce que je le pense. Mais il lui faudrait une place dont je ne dispose hélas ! pas dans le journal tel qu'il est. Ne m'en veuillez pas ! Nous en reparlerons.

À Marcel Jouhandeau, 17 mai 1973

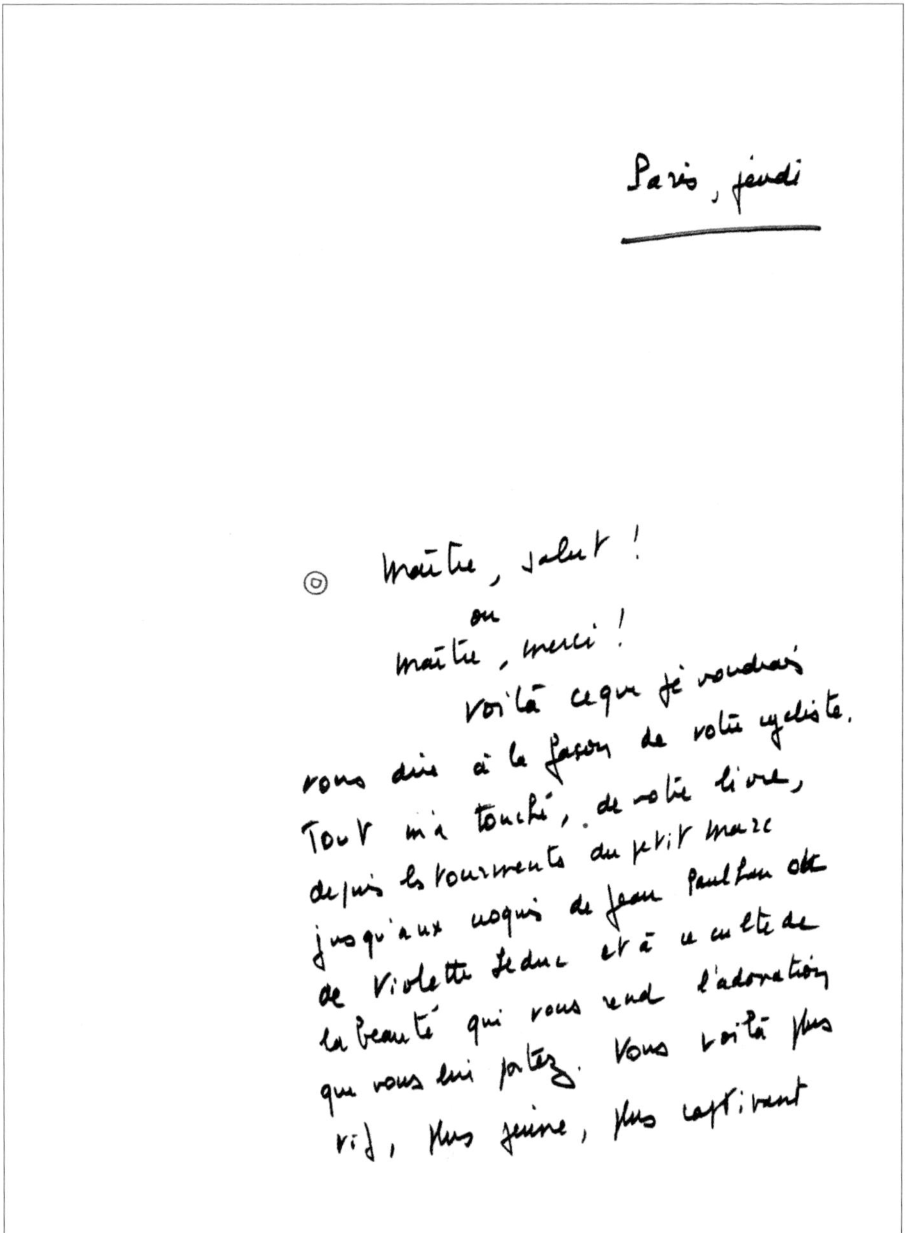

Paris, jeudi

Maître, salut !
ou
maître, merci !
voilà ce que je voudrais
vous dire à la façon de votre cycliste.
Tout m'a touché, de votre livre,
depuis les tourments du petit Marc
jusqu'aux croquis de Jean Paulhan et
de Violette Leduc et à ce culte de
la beauté qui vous rend l'adoration
que vous lui portez. Vous voilà plus
vif, plus jeune, plus captivant

que jamais. Il me semble, dans ce dialogue monologué que nous avons ensemble, grâce à vous, que je vous vois devant moi, plein de force et de justesse, le salut sur le visage. N'y a-t-il pas là de quoi vous remercier et vous assurer, de tout cœur, de mon fidèle attachement et de mon admiration?

Jean d'Ormesson

À Claude Roy, 1974

LE FIGARO

~~LE PRÉSIDENT DU DIRECTOIRE~~
~~DIRECTEUR DU JOURNAL~~

Mon cher Claude,

Merci de votre lettre, merci de vos livres. Je les ai lus – vite, mais avec délices. Votre "Chateaubriand" notamment m'a enchanté.

Je regrette <u>beaucoup</u> nos mardis.

Comme vous avez raison de ne pas écrire d'articles (chut!) Moi, j'en écris et, parce que ça m'ennuie, je me jette dans la polémique pour m'amuser – et après, je me dis ~~jamais~~ que j'ai pu blesser tel ou tel! Et vous me croirez si vous voulez, j'ai pensé à vous! Si Mitterrand passe, déchirez ce mot, je vous prie : je ne veux pas avoir l'air de courir après le

LE FIGARO

~~LE PRÉSIDENT DU DIRECTOIRE~~
~~DIRECTEUR DU JOURNAL~~

succès ! Mais s'il ne passe pas,
j'espère qu'il ne m'en voudra pas :
j'aime la polémique et j'ai horreur
de blesser ! Triste sort ! J'avais écrit
jadis des articles sauvages sur Poher
et je n'ai eu de cesse d'être bien

avec lui. Est-ce que ce sont – dites-
moi – de très bonnes dispositions
pour faire du "journalisme politique" ?

J'espère qu'en dehors des mardis
nous pourrons nous revoir. Cela
me ferait grand plaisir. Je garde un
souvenir délicieux de notre voisinage

Est-ce que je m'amuse ? Oui,
et non. "Il faut toujours être un peu
invraisemblable" dit Wilde. Mais à
vous mon amitié J.O

À Olivier Barrot, 19 mai 2008

Quoi ! 60 ans ! Comment as-tu réussi à avoir 60 ans en n'étant jamais là ? Est-ce qu'on a 60 ans quand on court comme un dératé de Sydney à San Francisco et de Marrakech à Bali ? C'est une chance inouïe que tu sois passé par Paris aujourd'hui pour te permettre d'avoir enfin 60 ans.

Pour fêter ces 60 ans, mon cher Olivier, Jules Renard t'aurait fait entrer dans son <u>Journal</u>, Tristan Bernard aurait inventé un mot d'esprit que nous aurions tous répété, André Gide aurait ajouté quelques lignes à <u>Paludes</u>, Sacha Guitry t'aurait consacré soixante vers éblouissants et Robert de Flers t'aurait écrit une pièce irrésistible que tu aurais pu jouer toi-même sous nos acclamations. Ils auraient tous reconnu en toi un esprit fraternel et ils t'auraient célébré comme un des leurs.

Un anniversaire, c'est du gâteau. Profite de ton adolescence, mon cher Olivier. Tes amis te doivent beaucoup. Voilà que tu leur rends encore le service de les réunir. Ils en profitent pour te remercier, pour te dire qu'ils t'aiment et pour t'embrasser de tout cœur sur ce terrain parisien où tu es venu pour quelques instants avec eux.

Jean

À Arthur Pauly, 4 octobre 2012

Merci de votre lettre, mon cher Arthur, et merci du crayon ! Le tout m'a beaucoup touché. Soyez sûr qu'un témoignage tel que le vôtre m'est plus précieux que toutes les reconnaissances officielles.

3, rue Rollin. 75005 Paris
eho@editions-heloisedormesson.com
Tél. 01 56 81 30 70 Fax 01 43 26 19 68
Éditions Héloïse d'Ormesson

Ainsi, vous êtes attiré par les planches... Mille vœux pour votre future carrière !

Sur la grande question que vous posez – Dieu, ce qu'il y a après la mort... – que vous dire ? Elle m'a beaucoup occupé et j'ai même écrit plusieurs livres là-dessus : *Dieu, sa vie, son œuvre* ; *La création du monde* ; ou *C'est une chose étrange à la fin que le monde*. Peut-être, un jour ou l'autre, vous jetterez un coup d'œil dessus.

Pour le moment, je suis occupé par la sortie d'un film où je joue le Président de la République et par une pièce de théâtre que j'ai donnée au théâtre Hébertot. Les premières représentations viennent de commencer. Je vous serre la main avec amitié. Jean d'Ormesson

À Marguerite Yourcenar, 3 juin 1980

western union **Telegram**

PBA062(1249)(1-126886G066)PD 03/06/80 1248

ICS IPMIIHA IISS

IISS FM RCA 06 1248

PMS OURCENAR NORTHEAST HARBOR ME

WUD6832 FUR259 ZYT550 YCC505

URWG CO FRXX 027

PARIS 27/25 6 1845

MADAME MARGUERITE YOURCENAR NORTHEAST

HARBOR/MAINE/04662

JE SUIS HEUREUX ET FIER ET JE VOUS PRIE D AGREER MES TRES

RESPECTUEUX ET TRES ADMIRATIFS HOMMAGES

JEAN D'ORMESSON

COL HARBOR/MAINE/04662 D'ORMESSON

NNN

NNNN

TEL. 276-3940 TO ____

B ____ TO BE ____

ATTEMPTS ____

SF-1201 (R5-69)

À Marguerite Hyppolite[1]

Paris, début des années 1970,

Madame,

Comme j'ai été touché de votre pensée et de votre lettre ! Rien ne pouvait me faire plus de plaisir : je vous en remercie de tout cœur.

Vous savez combien je reste attaché au souvenir de monsieur Jean Hyppolite[2]. Je lui dois beaucoup. S'il y a quelqu'un qui m'a appris quelque chose, c'est bien lui. Et ses qualités de cœur autant que d'esprit ont vraiment été pour moi, comme pour beaucoup, une espèce de révélation qui compte dans une vie.

Vous avez toujours été tous deux pour moi d'une bienveillance et d'une indulgence qui me touchent profondément. Je vous en garde, vous le savez, une fidèle gratitude.

1. Épouse de Jean Hyppolite.
2. Jean Hyppolite est mort brutalement en 1968 à l'âge de 61 ans.

À Marguerite Hyppolite

Ah ! vous me parlez des journalistes. J'ai dû les fréquenter un peu, ces derniers temps. Quelques-uns semblent vouloir donner raison à la constatation désabusée de Balzac, à propos d'un de ses personnages : « et, comble d'ignominie, il devint journaliste ».

Je vous prie d'agréer, Madame, avec l'assurance de ma très fidèle reconnaissance, l'expression de mes affectueux et respectueux hommages.

Jean d'Ormesson.

À Eugène Ionesco[1]

11 novembre 1975,

Comment vous remercier, mon cher ami ? Je suis touché et ému de votre pensée et de votre lettre.

Vous savez – n'est-ce pas ? – combien votre amitié m'est précieuse.

Elle l'était hier. Elle l'est encore plus aujourd'hui, dans mon chagrin. Je vous en suis profondément reconnaissant.

Comme vous avez raison : plutôt souffrir qu'oublier ! Mais votre amitié m'aide à la fois à ne pas oublier et à moins souffrir. *Merci !*

Voulez-vous croire, mon cher ami, à l'affectueux et reconnaissant attachement de votre admirateur et ami ?

Jean d'Ormesson.

1. Jean d'Ormesson et Eugène Ionesco (1909-1994) ont fait connaissance à l'Académie française où le dramaturge d'origine roumaine, auteur de *La Cantatrice chauve*, 1950, de *La Leçon*, 1951, et de *Rhinocéros*, 1959, a été élu en 1970. Jean d'Ormesson répond ici à une lettre écrite à l'occasion de la mort de sa mère, survenue le 17 octobre 1975.

À Eugène Ionesco

Votre article est merveilleux. Je le dis parce que je le pense. Mais il me faudrait une place dont je ne dispose hélas ! pas dans le journal tel qu'il est. Ne m'en veuillez pas ! Nous en reparlerons.

À Marcel Jouhandeau[1]

Paris, 1972,

Pardonnez-moi, je vous prie, de ne pas vous avoir encore remercié d'*Azaël*[2] et de *Gémonies*[3]. Je suis vraiment touché que vous ayez pensé à m'envoyer vos livres et je les ai lus avec beaucoup de plaisir et d'intérêt. Sur Proust, sur l'amour, sur Albert, sur vous, sur tant d'autres êtres et d'autres événements, vous m'avez appris beaucoup de choses. Je vous en remercie de tout cœur.

Voilà longtemps, évidemment, qu'il me semble vous connaître très bien, à force de vous lire sans

---

1. Écrivain chrétien, Marcel Jouhandeau (1888-1979) a produit une œuvre prolifique faite de recueils de pensées et aphorismes, de carnets intimes, de chroniques, d'essais sur soi-même et les autres, de traités de morale, de récits et de contes. Il est notamment l'auteur de *La Jeunesse de Théophile*, publié à la NRF en 1921, *Monsieur Godeau intime*, publié chez Gallimard en 1926 et des *Journaliers*, également publiés chez Gallimard de 1956 à 1982 en 28 volumes.

2. Marcel Jouhandeau, *Azaël*, Paris, Gallimard, 1972.

3. Marcel Jouhandeau, *Gémonies*, Paris, Gallimard, 1972 (cet ouvrage s'inscrit dans la série des *Journaliers*).

jamais me lasser. Je m'en serais voulu de ne pas vous dire ma gratitude vraie pour votre signe d'amitié.

Voulez-vous agréer, je vous prie, l'expression de mon très fidèle et très respectueux attachement ?

Jean d'Ormesson.

****

Paris, le 17 mai 1973,

Maître, salut !
ou
Maître, merci !

Voilà ce que je voudrais vous dire à la façon de votre cycliste. Tout m'a touché, de votre livre, depuis les tourments du petit Marc[1] jusqu'aux croquis de Jean Paulhan[2] ou de Violette Leduc[3] et à ce culte de la beauté qui vous rend l'adoration que vous lui portez. Vous voilà plus vif, plus jeune, plus captivant que jamais. Il me semble, dans ce dialogue monologué que nous avons ensemble, grâce à vous, que je vous vois devant moi, plein

1. Marc est un garçon que Marcel et Élise Jouhandeau ont adopté au soir de leur vie. Il est le fils de Céline, une jeune femme que le couple avait recueillie à la fin des années 1940 lorsqu'elle était encore une petite fille.

2. Marcel Jouhandeau et Jean Paulhan (1884-1968) étaient amis et ont entretenu une correspondance pendant près d'un demi-siècle, jusqu'à la mort du directeur de la *NRF*.

3. Marcel Jouhandeau comptait parmi les admirateurs de l'écrivaine Violette Leduc (1907-1972) qui ne fut révélée au grand public que tardivement, à la parution de *La Bâtarde*, premier volume de son autobiographie, chez Gallimard en 1964.

À Marcel Jouhandeau

de force et de justesse, le salut sur le visage. N'y a-t-il pas là de quoi vous remercier et vous assurer, de tout cœur, de mon fidèle attachement et de mon admiration ?

Jean d'Ormesson.

À Jacques Julliard[1]

Venise, avril 2000,

Mon cher Jacques,

Le mercredi 19 avril[2], sur les coups de 17 h 30, sonnées par les carillons de San Sebastiano et des Carmini, je m'arrêterai sur le pont du Rio de Le Romite, près de la Locanda Montin, d'où s'offre une des plus jolies vues de Venise, une des plus sereines, une des moins tonitruantes – et je penserai à toi.

Pour ennuyer Pierre Nora[3], qui n'a pas besoin de ça pour se tourmenter, je prononcerai, je le jure, à la stupéfaction des passants, quelques mots à ton inten-

1. Historien, spécialiste de la gauche française, essayiste et éditorialiste au *Nouvel Observateur* puis à *Marianne* et au *Figaro*, longtemps engagé dans l'action syndicale au sein de la CFDT, Jacques Julliard est d'une sensibilité politique tout autre que ne l'était Jean d'Ormesson, mais son épouse Suzanne et lui-même étaient devenus des amis très chers de l'écrivain.

2. Date à laquelle Jacques Julliard devait être élevé au rang d'officier de la Légion d'Honneur.

3. Jean d'Ormesson était très lié à Pierre Nora, éditeur, fondateur de la revue *Le Débat*, qu'il connut d'abord comme directeur de collection chez Gallimard puis à l'Académie française où l'historien entra en 2001.

tion. Je ne ferai ni l'historique de l'Ordre national de la Légion d'honneur, non, ni même un bref résumé de ta carrière et de vertus, qui me prendrait trop de temps et risquerait d'alerter cette police municipale de Venise dont je n'ai jamais rencontré le moindre représentant. Je dirai simplement que de tous mes amis, tu te ranges, par une heureuse conjonction et par un heureux paradoxe, parmi ceux qui sont à la fois les plus dignes d'estime et – comme c'est étrange ! – les plus charmants.

Je tâcherai de résumer en quelques mots les trois lettres de remerciements et de félicitations que je ne t'ai jamais envoyées – mais qui sont là, quelque part – sur tes trois derniers livres, que j'ai beaucoup aimés. Et la bonne quarantaine de lettres que je ne t'ai jamais écrites sur des articles épatants que j'aurais voulu avoir écrits. Je ferai l'éloge de ton caractère, de tes idées, de ta personne en soulignant combien tout cela qui est toi-même est proche d'un idéal qui est moi-même.

Épuisé par cet effort, ayant atteint les sommets de ce que je suis capable d'imaginer en matière de congratulation, je me tairai un peu. C'est alors que je me mettrai à penser vraiment à toi. Je ne trancherai pas le problème de savoir s'il y a une pensée sans langage. Je me laisserai aller à cette tendre et muette affection qui m'unit depuis longtemps à Suzanne et à toi. Elle est la poésie même. Tu es mon officier préféré.

J'aurai une pensée pour tous ceux qui souffrent, le mercredi 19 avril 2000, à 17 h 30. Tes amis, bien sûr, qui souffrent, comme moi, des honneurs qui vont à un autre qu'eux-mêmes – mais qui prennent sur eux, parce qu'ils t'aiment. Pierre Nora, bien sûr, qui n'en peut plus de dire du bien de toi, parce qu'il le pense et que dire ce qu'on pense est un effort et une souffrance. À toi enfin qui souffres parce que ta modestie légendaire est mise ce soir à rude épreuve.

Je ne suis pas avec vous ce soir, mais je pense sérieusement que c'est plutôt vous qui devriez être avec moi que l'inverse. Quelle fête ç'aurait été sur le pont des Romite ! Soyez heureux sans moi si vous le pouvez. Je suis triste sans vous.

Triste, et heureux. Triste, et fier. Je vous embrasse tous. J'embrasse Suzanne. Et, poussant un peu Pierre Nora, au nom du président de la République, je serre dans mes bras le nouvel officier. Le plus beau, le plus séduisant, le plus intelligent des officiers depuis le général de Gaulle, le plus cher à mon cœur. Et je lui roule un patin dont il se souviendra.

Jean d'Ormesson.

À Jacques de Lacretelle[1]

Paris, années 1960,

Mon cher Maître,

J'ai trouvé à mon retour de Casamance – où j'étais retourné à la vie de nature – un amoncellement assez impressionnant de livres et de lettres. Je n'ai eu de regard, je vous assure, que pour *Les Maîtres et les Amis*[2]. Quand j'ai ouvert le livre, Françoise m'a dit : « Pourquoi rougis-tu ? » C'est que je venais de lire la dédicace. Je vous en remercie de tout cœur. Je fais, naturellement, la part de votre indulgence et de votre bienveillance. Mais tout ce qui doit être retiré à l'une des deux appellations du titre ne peut

---

1. Romancier, auteur notamment de *Silbermann*, NRF, 1922 et d'*Amour nuptial*, Gallimard, 1930, ami de Marcel Proust et d'André Gide, Jacques de Lacretelle (1888-1985) est élu à l'Académie française en 1936. Membre de « l'équipe Brisson » qui permit la renaissance du *Figaro* à la Libération, il fut administrateur de la Société fermière du quotidien de 1950 à 1965 puis président-directeur général de 1965 à 1969.

2. Jacques de Lacretelle, *Les Maîtres et les Amis*, Namur, Westmael-Charlier, 1959.

être reporté que sur l'autre : c'est vous dire que ma gratitude n'en est que plus profonde.

J'ai passé une bonne partie de la nuit à composer *L'Œil de Bœuf*[1] entre Montherlant et vous, à voter pour Radiguet avec vous (et contre Giraudoux !) au prix du Nouveau Monde[2] et à me promener à Pontigny[3] en compagnie de Gide et de vous : je n'ai jamais eu d'aussi brillantes relations !

Tout m'a passionné. Je connais, je crois, un peu Barbey d'Aurevilly et Benjamin Constant et je les admire beaucoup. J'aurais mille choses à vous demander à leur propos. Mais ce sont sans doute les pages sur Proust qui m'ont le plus fasciné. Elles sont extraordinaires et elles m'ont plus appris que des chapitres entiers de « critique textuelle » ou « d'analyse linguistique »... Les rapports de Proust et de Péguy, les ballets autour du Goncourt, toute l'étonnante correspondance avec vous : impossible de parler de Proust sans se reporter à ces témoignages.

Je connaissais, naturellement, au moins une dizaine d'œuvres de vous. Mais, je l'avoue, je ne connaissais pas *Les Maîtres et les Amis*. Je vous suis profondément reconnaissant de m'avoir permis de

1. Revue littéraire créée par Paul Brach, publiée en 1920-1921, à laquelle contribuèrent Henry de Montherlant et Jacques de Lacretelle à leurs débuts.

2. Dont fut récompensé Raymond Radiguet pour *Le Diable au corps*, paru en 1923.

3. L'abbaye de Pontigny a accueilli de 1910 à 1914 puis de 1922 à 1939 des réunions intellectuelles animées par Paul Desjardins et dites « Décades de Pontigny ».

me plonger avec joie dans ces trésors de l'intelligence et de l'amour de la littérature.

Je m'étais permis de téléphoner, avant mon départ pour l'Italie, puis, directement pour l'Afrique, à madame de Lacretelle. Je sais que vous repartez à votre tour ces jours-ci. J'espère beaucoup que vous accepterez, à votre retour, madame de Lacretelle et vous, de nous faire l'honneur de venir passer quelques instants au fond de notre province de Neuilly. Rien ne nous ferait plus de plaisir, à Françoise et à moi.

Puis-je vous demander de dire mes très respectueux hommages à madame de Lacretelle ? Et veuillez agréer, je vous prie, mon cher Maître, l'assurance de ma profonde gratitude et de mon très fidèle, très respectueux, très admiratif attachement.

Jean d'Ormesson.

****

Paris, 1971,

Mon cher Maître,

Je ne voudrais pas tarder à vous remercier de votre lettre du 20 octobre. Et aussi de vos critiques qui m'ont poussé à m'interroger.

La Gloire de l'Empire était un projet ambitieux. On pourrait le dépeindre avec des mots savants – et des historiens de grand renom, Henri Marrou ou Jacques Le Goff, par exemple, ont bien voulu s'y essayer : « essai de typologie historique » ou « exercice d'épistémologie théorique » ! En fait, je crois qu'historiens et philosophes ont accueilli le livre avec bienveillance

– et je m'en réjouis beaucoup. Du côté de la littérature, je n'ai pas à me plaindre de la critique, mais enfin plusieurs m'ont reproché ce qui vous déplaît le moins dans mon livre : le lyrisme, la réflexion sur l'histoire et la culture, les « grands desseins ».

C'est que le terrain de la culture est aujourd'hui miné. Vous vous dépeignez, bien injustement, comme « l'homme qui a toujours écrit des livres un peu ennuyeux ». Sûrement pas. Rien de ce que vous avez écrit n'est ennuyeux. Mais comment ne pas voir qu'aujourd'hui la culture, toute la culture, est rejetée en bloc par un nombre croissant de jeunes gens. Je vous assure que le spectacle auquel il m'est donné d'assister presque professionnellement est affolant. Alors j'ai essayé d'allumer des contre-feux, d'utiliser la dérision au service de la culture et de mettre des rieurs de son côté : j'ai dû hélas ! y réussir très mal…

Certains adversaires ne veulent voir que le canular, qu'ils applaudissent, et condamnent évidemment le reste. Votre position serait plutôt l'inverse. Me permettez-vous de me défendre respectueusement ? Je crois que si la culture ne met pas l'allégresse, l'ironie, l'amusement de son côté, elle est perdue. Ce sont les seules armes que craignent nos ennemis.

Si je peux continuer mon plaidoyer, je dirai qu'il y a un mot qui m'a surpris : non le mot de « fariboles » ni de « pirouettes » – mais celui d'« indécent ». Voyez là mon aveuglement : j'avoue ne l'avoir même pas compris. J'imagine qu'il ne s'agit pas du domaine des mœurs ? Je vois peu de livres, dans la littérature d'aujourd'hui, plus innocents que celui-là.

Dans le domaine des idées, alors ? Là encore, je dois être un peu naïf : j'imaginais que ces pirouettes traduisaient avec évidence non seulement l'amour des lettres mais – et ceux de l'autre bord ne s'y trompent pas – le respect des valeurs de la tradition.

Enfin, je ne voudrais pas aller chercher des références dont mon livre n'est sûrement pas digne, mais il me semble que cette lignée de pirouettes et des fariboles est bien constante et classique dans la littérature française.

Pardonnez cette lettre ridiculement longue et cette tentative de défense maladroite. Et n'y voyez, je vous prie, que le regret de n'avoir pu convaincre un écrivain admiré.

Voulez-vous être mon interprète auprès de madame de Lacretelle et lui dire mes fidèles et respectueux hommages ?

Et veuillez agréer, je vous prie, mon cher Maître, l'assurance de mon respectueux attachement.

Jean d'Ormesson.

****

7 juillet 1973,

Mon cher Maître,

Vous m'aviez autorisé à vous écrire si j'apprenais quelque chose de nouveau à propos du 18 octobre[1]. Il serait bien surprenant que je sache quoi que cc soit avant vous – et j'ai trouvé un autre motif de

1. Date prévue pour élire un successeur à Jules Romains à l'Académie française.

vous écrire beaucoup plus amusant et intéressant et qui me plaît bien davantage. Vous remercier de tout cœur de *Portraits d'autrefois et Figures d'aujourd'hui*[1].

J'ai le livre à côté de moi et je l'ai lu avec délices – mais il a fallu l'arracher à tous ceux qui voulaient le lire autour de moi. Tout est passionnant et – puisque, de toute façon, quand vous parlez, j'essaie surtout de vous écouter sans interrompre et de me souvenir de ce que vous me dites – j'ai l'impression de m'entretenir avec vous. Vous avouerai-je que je me suis précipité sur votre *Jules Romains* ? En tout cas, ce que vous nous y confiez sera indispensable à Paul Guth, à Robert Aron ou à Maurice Schumann[2]...

Vos remarques sur l'introduction dans la fiction de personnages réels m'ont fait rêver. Je me rappelle que Kléber Haedens prenait la même position. Il soutenait que Clemenceau ou Jaurès devenaient alors moins importants que les personnages nés de l'imagination du romancier. Je me demande pourtant s'il n'y a pas de types de roman qui exigent la confrontation avec l'authentique. Elle ne s'impose pas, naturellement, dans *Le Grand Meaulnes*[3] – ni même dans Proust : car Proust dépeint bien une

1. Jacques de Lacretelle, *Portraits d'autrefois et Figures d'aujourd'hui*, Paris, Perrin, 1973.

2. Candidats à la succession de Jules Romains au même titre que l'auteur. Robert Aron et Maurice Schumann se retirent finalement mais sont élus l'année suivante. Paul Guth perd l'élection et ne sera jamais élu.

3. Roman d'Alain-Fournier, publié en 1913.

société, mais il la *recrée*, comme Balzac lui-même qui a ses propres duchesses et ses propres ministres des Affaires étrangères. Mais Jules Romains ? Et Romain Rolland ? Et Martin du Gard ? Ils ne recréent pas une société, ils cherchent à éclairer les problèmes de la société réelle. Comment faire sans Jaurès, sans la déclaration de guerre de 14 ? Je doute qu'avec l'orientation nouvelle du roman surtout – je veux dire non pas le Nouveau Roman, qui est mort, mais la montée des sciences humaines et surtout de l'histoire – de Gaulle, Staline, Hitler ne deviennent pas, sinon des héros de roman, du moins des références des héros de roman. J'oubliais parmi mes arguments le plus célèbre des dialogues réalité-fiction : *Guerre et Paix* : « *Ich bin der unglückliche Mack*[1]... » Ce que faisait Tolstoï, est-ce que nous, qui voudrions essayer de comprendre notre temps à travers la fiction, nous ne devrions pas le faire ? Mais je dois encore vous avouer que dans le roman[2] que j'essaie d'achever ces jours-ci, apparaîtront quelques noms des personnages célèbres de notre temps... Voilà peut-être la raison de ce plaidoyer *pro domo*.

Je ne sais pas grand-chose du quai Conti : j'ai eu un coup de téléphone de l'oncle Wladi[3]. Il pense

1. « Je suis le malheureux Mack. » Mot prêté par Tolstoï au général autrichien Karl Mack von Leiberich, défait à Ulm par les troupes françaises de Napoléon en octobre 1805, lorsqu'il se présenta à Mikhaïl Koutouzov, commandant en chef de l'armée russe.

2. *Au plaisir de Dieu*.

3. Wladimir d'Ormesson, oncle de l'auteur et membre de l'Académie française.

que Maurice Schumann n'a pas renoncé, mais il se demande s'il n'a pas laissé passer le bon moment, le K[1]. J'ai le sentiment – vague – d'être un peu au creux de la marée et que le gentil Paul s'agite beaucoup. On me dit que la duchesse[2] a annoncé une élection blanche…

Pardonnez ce bavardage. Dites, je vous prie, mes respectueux hommages à madame de Lacretelle. Et veuillez agréer, mon cher Maître, l'assurance des sentiments de respect et de gratitude de votre admirateur.

Jean d'Ormesson.

****

Paris, 1973,

Mon cher Maître,

Il m'est arrivé une chose étrange, et je vous ai téléphoné aussitôt, mais en vain, pour solliciter vos conseils : Jean Prouvost[3] m'a proposé la direction du *Figaro* – ou m'a plutôt pressenti à cette fin.

Je vous dis les choses très brièvement, mais elles se sont passées très brièvement. Je n'avais pas vu Jean Prouvost depuis des mois et des mois (je l'ai d'ailleurs vu cinq ou six fois dans ma vie), et il

1. Le *kairos*, mot grec désignant le « moment opportun ». « Les Grecs avaient un culte pour la maturation du temps, pour le moment opportun, qu'ils vénéraient comme un dieu – un dieu mineur sans doute, mais un dieu – sous le nom de Kairos. Il y a des avenirs qu'on devine et qu'il faut se garder d'imposer. Ils viendront mais en leurs temps. » (*Le vagabond qui passe sous une ombrelle trouée*, *op. cit.*, p. 202)

2. Sans doute la duchesse de La Rochefoucault.

3. Propriétaire du *Figaro*. Voir *supra*, p. 47, n. 1.

m'a reçu un quart d'heure ou vingt minutes. En sortant de chez lui, je n'avais qu'une idée : vous parler.

J'ai vu Louis-Gabriel Robinet[1] et Jean-François Brisson[2] qui ont été charmants l'un et l'autre. En deux mots, si vous me permettez ce schéma, voici ma position :

1) je n'ai pas écarté la proposition d'un revers de main comme j'aurais évidemment pu le faire. Diriger *Le Figaro* me paraît – après l'Académie ! – une des plus grandes choses du monde.

2) je n'étais pas candidat. Vous me croyez, n'est-ce pas, si je vous dis que je n'ai pas bougé le petit doigt et la proposition de J.P. m'est tombée sur la tête comme la foudre.

3) je ne veux rien faire de déplaisant à l'égard de personne – ni de l'actuel directeur.

4) enfin et surtout, je n'envisage l'affaire qu'avec *l'accord de tous*[3]. Je ne veux apparaître lié à aucun clan. Si un consensus général ne peut pas être atteint, je retourne avec joie à mes chères études[4] – que je n'ai pas encore quittées et qui m'attendent !

1. Devenu directeur du *Figaro* en 1965 après la mort de Pierre Brisson.

2. Alors directeur adjoint du *Figaro*. Voir *supra*, p. 187, n. 4.

3. Depuis près de dix ans, un conflit persistant opposait les propriétaires du *Figaro*, notamment Jean Prouvost, les proches de l'ancien directeur du quotidien, Pierre Brisson, mort le 31 décembre 1964, et les journalistes, au sujet de l'organisation du journal, alors fondée sur une indépendance stricte entre les propriétaires du titre et la rédaction.

4. C'est-à-dire aux responsabilités de secrétaire général adjoint du Comité international de la philosophie et des sciences humaines (CIPSH) qu'assume l'auteur à l'Unesco.

5) je me rends mieux compte que personne de mes limites et de mes incapacités diverses. Mais c'est presque, aujourd'hui, je crois, une question secondaire. L'essentiel reste le point 4 : si je me sens capable de jouer un petit rôle, c'est celui de la conciliation. Ma thèse serait qu'on peut être conciliateur avec fermeté, qu'il faut être du parti de l'extrême modération.

Pardonnez-moi, je vous prie, ce schématisme et cette hâte. Mais vers qui me tournerais-je – de toute évidence – sinon vers vous ? Si vous me permettiez de m'entretenir quelques minutes avec vous, ce serait une grande joie pour moi.

Je vous prie de bien vouloir agréer, mon cher Maître, l'assurance de mes sentiments très fidèles, très reconnaissants et très respectueux.

Jean d'Ormesson.

****

1974,

Je suis profondément touché, mon cher Maître, de votre pensée et de votre carte où je découvre avec joie le très beau château d'O[1]. Je vous envie d'y passer ces fêtes pour lesquelles je vous offre tous mes vœux.

Merci de tout ce que vous voulez bien me dire de trop indulgent. Quelle situation ! Je crains que Royer[2] ne vienne encore un peu plus désorganiser ce

---

1. Propriété de la famille Lacretelle.

2. Gaulliste, maire de Tours, ministre sous les deux derniers gouvernements Messmer, Jean Royer se présente à l'élection présidentielle de

désordre. On peut tout supposer – jusqu'au tiercé : Mitterrand, Royer, Giscard – Mitterrand, Giscard, Royer, mais plus vraisemblablement Mitterrand, Chaban, Giscard. Je donne en tout cas M. gagnant dans la première, mais seulement placé dans la deuxième !

Je serais bien heureux de venir vous voir dès votre retour pour vous dire différentes choses et recueillir vos conseils. Avec beaucoup de respectueux et affectueux hommages pour madame de Lacretelle, je reste votre fidèle et reconnaissant serviteur et admirateur.

Jean d'Ormesson.

****

1974,

Mon cher Parrain[1],

Permettez-moi de vous écrire ces quelques mots pour vous exprimer ma vive gratitude : c'est un grand honneur et une vraie joie pour moi d'entrer quai Conti à vos côtés. Merci de tout cœur.

J'ai essayé de vous téléphoner hier, samedi. J'ai peur d'avoir fait une erreur avec Bernard Pivot[2]. Sa nomination aurait apaisé une partie de la maison. Je

---

1974 comme le candidat de la loi et de l'ordre. Il obtient 3,17 % des voix au premier tour.

1. Jacques de Lacretelle a accepté de prendre l'auteur sous son parrainage lors de la réception de celui-ci sous la coupole du quai Conti le 6 juin 1974.

2. Pressenti comme directeur du *Figaro littéraire*, Bernard Pivot n'est finalement pas désigné et quitte *Le Figaro*.

n'ai pas pu m'y résoudre. J'ai peut-être eu tort. Me direz-vous, je vous prie, votre sentiment ?

Voulez-vous mettre mes respectueux hommages aux pieds de madame de Lacretelle ? Et croyez-moi, je vous prie, votre fidèle et reconnaissant filleul et admirateur.

Jean.

****

1977,

Mon cher Parrain,

J'ai lu *Les Vivants et leur ombre*[1] avec passion et avec un immense intérêt. Vous avez deviné que le mélange de souvenirs et de fiction m'enchanterait. Mais vous en tirez un parti exceptionnel. Tout, d'un bout à l'autre, saisit le lecteur, l'émeut et parfois le bouleverse.

J'ai un faible, pour ma part, pour la *Vie de Léone*. J'imagine que, même si les souvenirs n'en sont pas tout à fait absents, la part de la fiction y domine. Elle donne l'impression même de la vie. L'art y vainc la nature. Il y a des passages que j'ai lus presque avec une sorte de douleur. C'est un sentiment exquis : on souffre de ce qu'on aime, tant le scalpel va loin et fouille profondément la plaie.

Préoccupation futile : j'aimerais bien avoir quelques clés – ou du moins quelques-uns de ces souvenirs où s'accroche l'imaginaire…

---

1. Jacques de Lacretelle, *Les Vivants et leur ombre*, Paris, Grasset, 1977.

À Jacques de Lacretelle

J'ai été sensible aussi à la présence si discrète du narrateur : il est presque silencieux – mais non, certes, absent.

J'ai vu étonnamment peu de coquilles. Permettez-moi de vous signaler p. 41, avant-dernier paragraphe, 5e ligne : « … que lui laisse… », il me semble qu'il manque un *je*.

Je vous dois beaucoup de gratitude pour cette joie que vous m'avez donnée. Je pourrais vous en parler encore longuement. Mais je ne voudrais, pour l'instant, que vous prier de partager avec Yolande mes vœux très chaleureux et fidèles pour 1977 – et d'accepter l'assurance de mon admiration renouvelée et approfondie.

Jean d'O.

À Claude Lévi-Strauss[1]

Paris, années 1960,

Cher ami,

Me croirez-vous si je vous dis que, de toutes les lettres que j'ai reçues, aucune, aucune ne m'a fait plus de plaisir que la vôtre ? Je vous en remercie de tout cœur.

Elle m'a fait grand plaisir d'abord à cause de ce que vous me racontez de mon père. Je me souviens très bien que je connaissais votre nom très tôt, parce

1. Les premiers liens entre Claude Lévi-Strauss (1908-2009) et la famille d'Ormesson datent des années 1930. L'ethnologue conduisait ses premières recherches sur des peuples indigènes du Brésil lorsque André d'Ormesson, le père de Jean, fut nommé ambassadeur à Rio en 1936. Rentré en France après un séjour aux États-Unis pendant la Seconde Guerre mondiale, Claude Lévi-Strauss publie ses œuvres principales, parmi lesquelles *Les Structures élémentaires de la parenté,* aux PUF en 1949, *Anthropologie structurale*, chez Plon en 1958, et les *Mythologiques*, chez le même éditeur en 1964-1971, ainsi que *Tristes tropiques*, chez Plon également, en 1955, ouvrage plus personnel qui fut un grand succès public. Élu à la chaire d'Anthropologie sociale du Collège de France, il rejoint l'Académie française en 1973, quelques mois avant Jean d'Ormesson.

que mon père m'en avait parlé à plusieurs reprises. Et quand j'ai appris à vous connaître mieux, c'est moi qui parlais de vous à mon père, et il évoquait Rio.

Elle m'a fait plaisir aussi – évidemment – à cause de sa trop grande indulgence à mon égard, qui m'a beaucoup touché. Mais elle m'a fait plaisir surtout parce qu'elle venait de vous. Vous savez qu'il ne s'agit pas là de vaine flatterie. J'ai hésité à vous envoyer mon livre, tant il me paraissait léger, léger. L'accueil que vous voulez bien lui réserver est une grande joie pour moi.

De tout cela, je ne voulais plus tarder à vous remercier. J'imagine parfois que ceux qui, dans une époque, représentent beaucoup de choses ne se rendent pas toujours compte de ce que leur aide, leur sympathie apporte de force, d'encouragement. Je tenais en tout cas à vous dire ma profonde gratitude.

Et je vous prie d'agréer, cher ami, l'expression de mes sentiments de bien fidèle, cordial et reconnaissant attachement.

Jean d'Ormesson.

Dans l'égarement de mon égoïsme, je ne vous ai même pas félicité de vos récents succès américains, dont nous nous sommes tous ici vivement réjouis.

****

Paris, 1968,

Cher ami,

Permettez-moi de venir, parmi tant d'autres, vous dire de tout cœur combien je me suis réjoui de la médaille du CNRS qui vous a été attribuée[1]. On dit que les « intellectuels » sont envieux et jaloux. Peut-être. Je ne vois pourtant autour de moi que des gens qui se félicitent du choix effectué. C'est que vous avez réussi ce tour de force d'être d'abord un grand savant, ensuite d'être célèbre, et enfin de continuer à être admiré des autres savants ! C'est aussi que, parmi ces savants, vous avez beaucoup d'amis. Permettez-moi de me compter parmi eux – non parmi les savants, mais parmi les amis – et parmi les admirateurs.

Je tenais d'autant plus à vous le dire que j'ai donné au *Figaro littéraire* un mince article, assez superficiel, comme le veut le genre, sur les « deux cultures » et le grignotement de l'une par l'autre. À la fin de l'article entre en scène le quatuor inséparable des vedettes – hélas ! vous le connaissez ! – et je le traite (un peu irrévérencieusement) de Pieds-Nickelés et de frères Camberabero[2] (ce sont des rugbymen inséparables…). La moquerie va évidemment à ce groupe insécable qui s'est formé dans l'esprit des gens. Je faisais la différence en quelques lignes… et, l'article étant trop long, on les a coupées ! Ces explications sont bien superflues. Vous ne m'en voudrez pas, j'en suis sûr, d'avoir parlé, par exemple, des « quatre fils Aymon », vous savez dans quel esprit je le fais. Mais je tenais à

1. En 1967.

2. Lilian et Didier Camberabero, rugbymen membres de l'équipe nationale dans les années 1960.

vous en avertir avant que vous ne lisiez (si vous avez du temps à perdre) ces lignes immortelles dans *Le Figaro littéraire*.

À ces excuses qui n'en sont pas et à ces félicitations qui en sont vraiment, j'ajoute encore, s'il en est temps, mes vœux les plus chaleureux. Et je vous prie d'agréer, cher ami, l'expression de mes sentiments de bien fidèle et cordial attachement, d'où je n'expulse soigneusement que parce que je sais qu'elles vous déplairaient, toutes traces d'admiration.

Jean d'Ormesson.

****

Paris, 1973,

Cher ami,

Merci d'avoir pris le temps de m'écrire : je suis touché de votre pensée et de votre lettre.

Ai-je besoin de vous dire combien je vous félicite de votre décision ? Mais c'est surtout, en vérité, l'Académie que je félicite[1]. Pardonnez-moi ce rôle, évidemment modeste, mais sûrement ridicule, que j'ai joué. Il est né, vous le savez, de ma conviction que très peu de personnes peuvent donner à l'honorable maison cet éclat sans lequel elle n'est rien, alors qu'elle peut encore être beaucoup. Que vous soyez au tout premier rang d'entre elles, c'est une évidence qui crève les yeux. Je crois que tout le monde en est convaincu, ce qui réduit mon mérite à peu près à néant...

1. Claude Lévi-Strauss a été élu à l'Académie française le 24 mai 1973.

Je vous souhaite un très bon séjour au Canada et je vous prie d'agréer, cher ami, l'assurance de mes sentiments de très fidèle et admiratif attachement.

Jean d'Ormesson.

****

Paris, 12 juin 1973,

Cher ami,

C'est sans doute l'idée de vous savoir à l'Académie qui me précipite si vite sur vos traces. Je ne voudrais pas que vous puissiez apprendre la nouvelle par d'autres que par moi : je me présente aux suffrages de vos confrères – avec, hélas ! (mais à juste titre !) moins de chances que vous.

Je vous assure que je n'avais pas l'intention de précipiter ainsi les choses. Mais un ensemble de circonstances, dont je vous parlerai, j'espère, m'ont incité à me lancer dans l'aventure.

Je regrette beaucoup que vous ne soyez pas encore parmi les électeurs : non que je me permette de préjuger votre vote, mais j'aurais aimé, de toute façon, passer, en quelque sorte, en jugement devant vous. Je tenais, en tout cas, à vous faire part de cette mince nouvelle – en sollicitant, à défaut de votre appui qui me manquera (voilà que je préjuge à nouveau !), votre indulgence pour mon audace.

Voulez-vous dire mes respectueux hommages à madame Lévi-Strauss ? Et veuillez agréer, je vous prie, cher ami, l'assurance de mes sentiments de très fidèle attachement.

Jean d'Ormesson.

À Claude Lévi-Strauss

Ma mère a été bien touchée de votre lettre – et moi aussi.

****

18 septembre 1973,

Mon cher ami,

Je suis profondément touché de votre pensée et de votre lettre. Je vous en remercie de tout cœur.

Vous le savez, je crois : j'aimais mon oncle[1]. Je savais mieux que personne que sa bonté et sa générosité n'avaient pas de limite. Vous connaissiez peut-être plus mon père : ils s'aimaient tendrement. Et je ne suis pas infidèle au souvenir de mon père en éprouvant devant la mort de mon oncle la même détresse qu'à la mort de mon père.

J'avais vu mon oncle Wladi juste avant mon départ pour le Brésil. J'y allais par hasard dans le même avion qu'une de ses filles qui avait affaire à Brasilia et moi à Rio. Nous sommes aussi revenus, hier, dans le même avion… Jamais l'oncle Wladi ne m'avait paru plus jeune, plus gai, plus vivant qu'il y a quinze jours. Comme j'aurais aimé le revoir !

Mais il y a de l'égoïsme à se désoler. Il a eu une mort à l'image de sa vie : claire, transparente, je crois qu'on peut dire heureuse. Je suis plus égoïste encore que les autres : je n'ai pas pu m'empêcher de penser qu'il ne lirait pas un livre que je viens d'achever[2] et dont je lui avais parlé d'autant plus que j'avais souvent

1. Wladimir d'Ormesson vient de mourir, le 15 septembre 1973.
2. *Au plaisir de Dieu*, roman finalement publié en 1974.

pensé à lui en l'écrivant. Je voulais le lui montrer en manuscrit, et puis j'ai pensé qu'il le lirait plus commodément en épreuves. Voilà ce qui nous fait souvent tant de peine devant les morts : ce que nous n'avons pas fait pour eux ou avec eux. Du moins savait-il, je crois, l'affection et la gratitude que je lui portais.

Il m'avait parlé du déjeuner que vous évoquez. Il en était enchanté, il était très fier de vous avoir eu à Ormesson et il m'a dit qu'il était sous le charme de madame Lévi-Strauss. Je le vois et je l'entends encore me parler d'elle avec cette sensibilité enthousiaste et pleine de jeunesse qui faisait partie de son charme.

Votre pensée, je vous assure, m'a beaucoup ému. Soyez certain que je me ferai votre interprète auprès de mes cousins et cousines, veuillez partager ma gratitude avec madame Lévi-Strauss à qui je vous demande de présenter mes très respectueux hommages et veuillez agréer, mon cher ami, l'expression de mes sentiments de toujours très fidèle et très reconnaissant attachement.

Jean d'Ormesson.

****

Paris, 29 octobre 1973,

Cher ami,

Pardonnez-moi de ne pas vous avoir encore remercié d'*Anthropologie structurale II*[1]. Je me suis pourtant jeté dans votre livre avec passion. Tout y

---

1. Claude Lévi-Strauss, *Anthropologie structurale II*, Paris, Plon, 1973.

est excitant et admirable. J'y ai trouvé plusieurs réponses, claires et profondes, à des questions que je me posais. Je vous en suis vraiment reconnaissant. D'autant plus reconnaissant que votre livre a constitué pour moi une espèce d'oasis dans le désert assez aride des félicitations à répondre et des offres (flatteuses mais je les refuse !) de toute sorte qui me tombent sur la tête comme pluies d'orage. Ces pluies dans un désert font une image un peu baroque mais qui ne mène pas très loin de la dépression !...

Je voulais aussi vous dire une vraie gratitude pour votre présence l'autre soir : vous savez, n'est-ce pas, le grand plaisir que vous m'avez ainsi donné.

Voulez-vous dire mes affectueux et respectueux hommages à madame Claude Lévi-Strauss ? Et veuillez agréer, je vous prie, cher ami, l'assurance de mes sentiments de très fidèle et très reconnaissant attachement.

Jean d'Ormesson.

****

1974,

Merci de votre lettre, mon cher Maître et ami. Vous imaginez le plaisir qu'elle m'a fait – et l'honneur.

Il n'y a pas de témoignage, vous le savez, qui me soit plus précieux que le vôtre.

Je me suis fort mal exprimé si je peux laisser croire que votre candidature m'a empêché de me présenter au fauteuil Montherlant. C'est vrai que j'aurais aimé parler de lui – éloges et critiques mêlés, éloges surtout. Et j'ai d'ailleurs prononcé quelques mots à l'occasion d'une plaque qui rappelle son souvenir quai Voltaire. C'était un de mes premiers actes en qualité d'académicien ! Mais j'étais encore plus désireux, dans la mesure de mes moyens, de vous voir entrer quai Conti. Je vous assure qu'il était tout à fait impossible à mes yeux de mettre en balance votre candidature avec n'importe quelle autre – et d'abord, évidemment, il va sans dire, avec la mienne.

Avec beaucoup de gratitude et de vœux,
à vous, de tout cœur.

Jean d'Ormesson.

****

Paris, 1974,

Mon cher ami,

Peu de lettres m'ont fait autant d'honneur et donné autant de joie que la vôtre. Je vous en remercie de tout cœur.

Je me sens naturellement très indigne de ce parrainage dont vous voulez bien me parler. Vous savez, n'est-ce pas, la profonde admiration que je professe pour votre œuvre et pour votre personne. Et il y a quelque chose d'un peu bouffon à sembler parrainer votre entrée dans une compagnie que votre présence honore… mais la fierté d'être à vos côtés – modestement – l'emporte. Ce sera une grande joie pour moi d'assister dans cette position privilégiée à votre entrée sous la coupole et je vous suis profondément reconnaissant d'avoir pensé à moi.

Je suis vraiment touché et ému de cette marque d'amitié.

Je pense, moi aussi, en cette occasion, à mon oncle Wladimir. Il aurait été si heureux le 27 juin[1] !... Beaucoup seront heureux comme lui, ce jour-là, de voir enfin l'Académie digne de ses traditions et d'une ambition qu'il faut essayer de sauver. Vous êtes l'un des très rares qui puissent y réussir.

Voulez-vous dire mes très respectueux hommages à madame Lévi-Strauss et me croire, mon cher ami, votre très reconnaissant et très fidèle serviteur et admirateur ?

Jean d'Ormesson.

****

Paris, 1983,

Mon cher confrère et ami,

Mon ignorance aurait tant de questions à vous poser après la lecture de votre dernier ouvrage[2] que je voudrais me contenter de vous dire ma gratitude. Vos textes, si divers, tous passionnants, je les ai lus comme on lit, dans l'œuvre d'un grand romancier, un recueil de nouvelles. Du *Genji monogatari*[3] à la poésie française ou à vos réflexions – que je connaissais déjà – sur *Race et Histoire*, vous avez accompagné toute une partie de mon été. À la façon d'un puzzle, à petites touches, vous reconstituez, autrement, tout un univers

---

1. Jour de la réception de Claude Lévi-Strauss à l'Académie française.
2. Claude Lévi-Strauss, *Le Regard éloigné*, Paris, Plon, 1983.
3. *Le Dit du Genji*, légende japonaise du XIe siècle.

du sens et de la cohérence. Il m'a semblé, tout à coup, que je comprenais beaucoup de choses qui m'échappaient jusqu'alors. De temps en temps, je vous lisais comme on lit des nouvelles policières de Borges. J'ai aussi pensé, ici ou là, au moins pour la structure du livre, à *Cases d'un échiquier*[1]. Le livre fermé, c'est un sentiment d'unité qui naît de la diversité.

Je vous ai retrouvé dans les *Mémoires* d'Aron qui est l'autre ouvrage, ces derniers temps, qui m'a donné la même impression de rigueur et de hauteur.

Ai-je besoin de vous dire ce que vous savez déjà ? Que vous êtes pour moi un des rares, des très rares modèles de science et d'existence. Que votre présence est un réconfort et un point fixe dans un monde vacillant. Que, si je regrette quelque chose dans la vie, c'est de ne pas avoir été un de ceux qui ont eu la chance incomparable de travailler auprès de vous.

Je vous prie d'agréer, mon cher confrère et ami, l'assurance de ma profonde gratitude et de mon affectueuse admiration.

Jean d'Ormesson.

****

1988,

Je vous remercie de tout cœur, mon cher confrère et ami, de m'avoir envoyé *De près et de loin*[2] que j'ai lu avec délices. De Laugier à Georges-Henri

1. De Roger Caillois. Voir *supra*, p. 72-73.

2. Livre d'entretiens de Claude Lévi-Strauss avec Didier Éribon paru chez Odile Jacob en 1988.

Rivière et à tant d'autres, j'y ai retrouvé des figures, des événements, des idées qui m'étaient familières, mais qui prennent, grâce à vous, un relief et une dimension remarquables. Et Caillois, naturellement. Si vous saviez combien j'ai été tourmenté par tout ce que vous rappelez !... J'ai été particulièrement touché de ce que vous voulez bien dire à mon propos et qui me remplit de fierté. Grâce à *De près et de loin*, je vous connais un peu mieux. Je vous admire encore plus.

Dites, je vous prie, mes respectueux hommages à madame Lévi-Strauss et croyez-moi, comme toujours, vôtre avec gratitude et fidélité.

J.O.

****

1993,

Je m'en doutais depuis longtemps, mon cher Maître et ami, en vous lisant[1] à mon tour et en vous écoutant : vous auriez pu être linguiste, musicologue, historien de l'art ou de la littérature avec la même souveraineté. Les correspondances que vous établissez, les perspectives que vous ouvrez m'ont enchanté. À propos de Poussin ou de Rameau, de Diderot ou de Rimbaud. Mon ignorance me consterne quand je vous lis. Mais la joie se mêle au chagrin : avec quel plaisir j'ai suivi votre controverse avec Breton ! Elle jette une vraie lumière sur

1. L'auteur fait référence au livre de Claude Lévi-Strauss *Regarder, écouter, lire*, paru chez Plon en 1993.

l'art d'aujourd'hui. Je suis votre admirateur et, si vous le permettez, votre ami.

J.O.

****

Paris, années 1990,

Il n'y a pas de lettre, mon cher Maître et confrère, qui m'ait fait autant d'honneur et donné autant de joie que la vôtre. Je vous en remercie de tout cœur.

Je vous suis particulièrement reconnaissant d'avoir bien voulu me rassurer sur les passages où je me suis permis de parler de vous. J'étais très inquiet de mon audace ! Vous savez l'admiration que j'ai pour vous. Mais les bonnes intentions n'ont jamais empêché personne de se tromper. Me voilà, grâce à vous, rasséréné.

Un sage ? Un sage encore bien fou, je le crains. Je me rappelle que sir Ronald Syme[1], l'auteur de *The Roman Revolution* – l'avez-vous connu ? – que j'aimais beaucoup, me disait, avec un mélange de satisfaction, de mélancolie et d'ironie : « Je sens que je deviens un sage. » Il me semble, en tout cas, que les choses en moi et autour de moi regagnent lentement leur place.

La vôtre, à mes yeux, n'a jamais cessé d'être la plus haute. C'est vous dire ma gratitude. Partagez-la, je vous prie, avec madame Lévi-Strauss qui a été

1. Jean d'Ormesson a longtemps travaillé au sein du CIPSH au côté de Ronald Syme qui en a été le secrétaire général (1952-1971) puis le président (1971-1975). Voir *infra*, p. 424, n. 1.

ma première lectrice, dites-lui mes respectueux et reconnaissants hommages et veuillez agréer, mon cher Maître et ami, l'expression de mon fidèle et admiratif attachement.

Jean d'Ormesson.

****

Paris, décembre 1995,

Vraiment, je suis touché de votre pensée et de votre sympathie, chers amis.

Mon frère[1] était sauvage et intraitable. Je l'aimais. Ses roses poussaient en dedans.

À vous deux, beaucoup de gratitude et de vœux affectueux.

Jean d'Ormesson.

1. Henry d'Ormesson est mort le 24 décembre 1995.

À Jean-Marie Lustiger[1]

Paris, décembre 1999,

Monseigneur,

Votre livre[2], je l'ai lu dans les jours de Noël – et il les a illuminés. Je vous suis bien reconnaissant d'avoir bien voulu me l'envoyer.

Tout ce que vous dites des droits de l'homme, du libéralisme, de l'Europe m'a été au cœur. Mais c'est d'abord ce que vous écrivez de la religion qui m'a retenu et ému, et souvent bouleversé.

S'il fallait – difficile !... – ne retenir que deux thèmes de votre beau livre, je choisirais, je crois, la Genèse et le pardon. « Le pardon est la lumière de nos nuits... Il a le goût du bonheur. » Je crois

1. Jean-Marie Lustiger (1926-2007) fut archevêque de Paris de 1981 à 2005 et élevé par le pape Jean-Paul II au rang de cardinal en 1983. Auteur d'une vingtaine d'ouvrages, recueils de sermons, de prières et d'entretiens, il est élu à l'Académie française en 1995, au fauteuil du cardinal Albert Decourtray, archevêque de Lyon.

2. Jean-Marie Lustiger, *Pour l'Europe, un nouvel art de vivre*, Paris, PUF, 1999.

que le pardon est, avec l'amour dont il n'est que l'expression, ce qui peut donner un sens à l'existence des hommes.

Tout votre livre est une recherche du sens de l'existence. Qu'est-ce qui peut donner un sens à l'existence, sinon le pardon, c'est-à-dire l'amour – c'est-à-dire Dieu ?

Votre livre explique l'homme – et il l'élève. J'ai été heureux de passer ces jours de Noël avec vous, et je vous remercie.

Avec ma gratitude et mes vœux, je vous prie d'agréer, Monseigneur, l'expression de mon attachement et de mon respect.

Jean d'Ormesson.

À Gabriel Marcel[1]

Paris, 28 mai 1956,

Cher Maître,

Comment vous remercier de votre lettre que je trouve au retour d'une brève absence ? Ce que vous me dites est pour moi le plus vif des plaisirs, une joie, un honneur. Votre bienveillance à l'égard de mon livre[2] me touche profondément. Vous ne suspecterez pas, je pense, ma sincérité si je dis que, venant de vous, l'appréciation, pour moi, prend un sens plus profond. Je me souviens trop de tout ce que je vous dois, directement ou indirectement, des

---

1. Philosophe chrétien, auteur du *Journal métaphysique*, Gallimard, 1927, d'*Être et avoir*, Aubier, 1935, de *Du refus à l'invocation*, Gallimard, 1940, et d'*Homo viator*, Montaigne, 1945, Gabriel Marcel (1889-1973) fut également dramaturge, rencontrant un succès d'estime avec *Un homme de Dieu*, 1925, *La Chapelle ardente*, 1925, *Chemin de Crète*, 1936 et *Rome n'est plus dans Rome*, 1951. Jean d'Ormesson s'est rendu à plusieurs reprises chez lui, rue de Tournon à Paris, où il tenait le vendredi soir un salon philosophique.

2. *L'amour est un plaisir*, 1956, premier roman de Jean d'Ormesson, paru chez Julliard.

quelques réunions de la rue de Tournon auxquelles j'ai pris part, de trop brèves conversations, pour ne pas me réjouir profondément de votre indulgence pour mon livre.

Si, un jour, vous aviez quelques minutes à perdre, je serais heureux de recevoir vos conseils et aussi vos critiques : les uns et les autres me seront précieux.

Je vous prie d'agréer, cher Maître, avec l'expression de ma reconnaissance renouvelée, celle de mes sentiments les plus respectueusement dévoués.

Jean d'Ormesson.

****

Paris, années 1960,

Mon cher Maître,

J'ai été très touché de votre lettre : je vous en remercie de tout cœur. J'avais hésité, je vous l'avoue, à vous envoyer ces futilités, mais j'ai compté sur votre indulgence – et je ne me suis pas trompé. Oui, le jugement de François Nourissier m'a paru équitable – bienveillant mais équitable et, si on pouvait se juger soi-même, je crois que je serais assez d'accord avec lui sur moi-même. Je n'ai pas cherché à donner à mes personnages beaucoup de relief ni de vie : je souhaitais plutôt des situations où danseraient des marionnettes. Et je les vois très bien noyés dans cette lumière rougeâtre que vous évoquez si justement.

En vous renouvelant ma vive gratitude et en espérant pouvoir vous la redire bientôt de vive voix, je vous prie de bien vouloir agréer, mon cher Maître, l'expression de mes sentiments les plus fidèles et les plus respectueux.

Jean d'Ormesson.

****

Paris, mai 1969,

Mon cher Maître,

Je ne voudrais plus tarder à vous dire ma vraie gratitude pour la lettre si bienveillante que vous avez bien voulu m'adresser : elle m'a beaucoup touché. Je vous en remercie de tout cœur.

Ce que vous dites me paraît tout à fait convaincant. Sur les reproches à adresser au Général[1], j'écris moi-même un article pour *Le Figaro* du mardi 27 mai. Mais enfin la grandeur et, je persiste à le croire, la vraie démocratie par la parole donnée au peuple, sont du même côté. Ne parlons même pas du courage : nous savons où il est, comme nous savons où sont les rancunes et la mesquinerie.

Oui, bien sûr, j'étais à la séance du 27 mars[2], heureux de m'associer à l'hommage qui vous était rendu. Je n'ai pas voulu aller vous déranger après, vous aviez trop de mains à serrer, et l'important était d'être présent dans l'ombre pour vous manifester, même secrètement, attachement et admiration.

---

1. Charles de Gaulle vient de démissionner de la présidence de la République après la victoire du « non » au référendum du 27 avril 1969.

2. Vraisemblablement de l'Académie des sciences morales et politiques dont Gabriel Marcel était membre.

Je serais bien heureux de vous revoir. J'espère qu'une occasion de rencontre me sera donnée, et je la ferai même naître, si vous me le permettez.

Ma mère a été très sensible à votre pensée. Elle me charge de vous en remercier.

Je vous renouvelle l'expression de ma profonde gratitude et je vous prie de bien vouloir agréer, mon cher Maître, l'assurance de mon très fidèle, très respectueux et très reconnaissant attachement.

Jean d'Ormesson.

****

Paris, 1971,

Mon cher Maître,

Je voulais vous écrire pour vous dire combien j'avais été heureux de vous revoir et pour vous remercier une fois encore de votre accueil toujours si bienveillant, lorsque vous m'avez prévenu par votre lettre et votre texte sur le mystère de l'histoire dont je vous suis très reconnaissant.

J'ai lu vos réflexions avec le plus profond intérêt et j'ai admiré une fois de plus combien votre pensée, si souple, si ouverte, si interrogative, constituait en même temps une unité fondamentale : elle est ouverte, mais jamais hésitante, souple, mais infiniment ferme ; j'ai retrouvé dans nos lignes plusieurs thèmes dont on verrait sans peine le développement dans telle ou telle de vos œuvres. Ce serait un grand honneur pour moi de lire ces pages le 27.

À Gabriel Marcel

Si mon dernier livre[1] a un sens, il lui vient bien de cette fascination du mystère de l'histoire dont vous parlez mieux que personne. Mais peut-être ai-je poussé un peu loin l'effort d'imagination créatrice dont vous faites l'éloge !... Mais même dans cette imagination, la lumière de compassion et d'amour, que vous unissez si profondément à la vision d'ensemble de l'histoire, n'est pas absente.

J'aurais voulu aussi vous remercier mieux que je ne l'ai fait de votre lettre du 8 octobre qui m'a beaucoup touché. Vous m'y demandiez mon adresse et mon numéro de téléphone personnels ; les voici : 10, av. du Parc-Saint-James, 92, Neuilly ; Maillot 98 49. Mais je suis toute la journée à l'Unesco, 1, rue Miollis, 566 57 57.

Je vous suis bien reconnaissant de votre invitation pour le 27 au soir : je serais ravi de venir dîner chez vous et d'écouter *La Dimension Florestan*, alias *Die Wacht am Sein*. Merci.

Je vous prie de bien vouloir agréer, mon cher Maître, l'assurance de mes sentiments de bien affectueux et très respectueux attachement.

Jean d'Ormesson.

****

Paris, 1971,

Mon cher Maître,

Je suis tout à fait honteux d'avoir été précédé par vous. Je voulais naturellement vous écrire pour

---

1. *La Gloire de l'Empire*, *op. cit.*

vous remercier de votre accueil si charmant, du dîner délicieux et surtout de la lecture de la *Wacht am Sein*[1] (je me sers du titre allemand qui m'enchante).

Je garde le souvenir de cette soirée si charmante et agréable : la musique de Tartini et vos personnages rendus vivants par votre voix. Ah ! je comprends bien – ou je crois comprendre – l'hésitation imperceptible : « la poire poire et la pomme pomme ». Mais la prune ? Peut-on vraiment dire qu'elle prune ? L'analyse du comique dans cette situation me paraît très difficile. Mais le comique est certain – fait d'ironie, de feinte naïveté, de bon sens lui-même moqué... Je vous suis bien reconnaissant de m'avoir introduit vous-même à ce comique du théâtre de Gabriel Marcel dont j'étais trop ignorant.

Voilà ce que j'aurais dû vous écrire – et beaucoup plus – et me voilà prévenu par vos félicitations si bienveillantes ! Mais elles me font le plus grand plaisir et je vous en remercie bien vivement. Vous savez que, venant de vous, elles me sont infiniment précieuses.

J'ai donc beaucoup de titres à vous dire ma gratitude. Veuillez en accepter l'expression très

---

1. « La garde de l'Être », titre alternatif donné à la pièce de théâtre de Gabriel Marcel *La Dimension Florestan*, 1958, satire de l'influence qu'exerçait Heidegger sur ses disciples. Ce titre alternatif fait sans doute référence à *Die Wacht am Rhein* (« La garde du Rhin »), chant patriotique allemand écrit en 1840 par Max Schneckenburger et mis en musique en 1854 par Karl Wilhelm.

chaleureuse à laquelle je joins, mon cher Maître, l'assurance des sentiments de très fidèle et très respectueux attachement d'un déjà bien ancien admirateur.

Jean d'Ormesson.

****

Paris, 6 octobre 1972,

Mon cher Maître,

Je lis coup sur coup votre article de la *France catholique* et celui des *Nouvelles littéraires*. Je les admire l'un et l'autre. Vous dites avec force des choses vraies, vous remettez à leur place ce que tant d'autres essaient de mettre sens dessus dessous. Me permettez-vous d'exprimer une hésitation ?

Oui, naturellement, Montherlant, c'est d'abord « le sens des valeurs nobles ».

Mais, en même temps, ne trouvait-on pas vingt notations non équivoques qui l'inclinent vers le nihilisme ? Encore dans *La Marée du soir*[1], on peut relever plusieurs lignes où il se dit ouvertement nihiliste, mais naturellement l'alternance compose cette attitude avec ce que vous appelez si bien les valeurs nobles et qui déchaînent certains. J'ai relu *Le Maître de Santiago*[2]. Il me semble que, surtout le début et le milieu, la pièce est encore plus belle que

1. Carnets d'Henry de Montherlant publiés chez Gallimard en 1972 et couvrant la période 1968-1971.

2. Pièce de théâtre publiée chez Gallimard en 1947.

À Gabriel Marcel

La Reine morte[1]. Pardonnez-moi de vous ennuyer de la sorte. Ne voyez dans ces lignes, je vous prie, mon cher Maître, que l'occasion de vous dire ma fidèle et respectueuse admiration.

Jean d'Ormesson.

1. Publiée à Paris, chez Henri Lefèbvre en 1942, puis chez Gallimard en 1947.

À Madame Le Marois[1]

Paris, octobre 1978,

Comme je suis touché et ému de votre pensée et de votre lettre, Madame ! Je vous en remercie de tout cœur. Et je m'en voudrais de ne pas vous répondre aussitôt.

Je ne vois autour de moi que des hommes et des femmes qui regrettent la tendresse qu'ils n'ont pas donnée à leurs parents. Lisez, par exemple, le joli livre – il se passe en partie à Vevey – de Pascal Jardin sur son père, Jean Jardin, *Le Nain jaune*[2]. J'ai souvent envie de crier aux jeunes gens qu'ils ne savent pas ce qu'ils font en n'exprimant pas leur amour à ceux qui les aiment tant. Ils le sauront, bien sûr. Mais trop tard : les parents seront morts.

Je crois, heureusement, que mon père et ma mère auront su que je les aimais – et la gratitude tendre

1. Amie de la famille d'Ormesson, épouse de Jean Le Marois (1895-1978), romancier, dramaturge, poète et critique littéraire.

2. Pascal Jardin, *Le Nain jaune*, Paris, Julliard, 1978.

que je leur gardais. Mais on a toujours un doute, un remords, un scrupule. Je vous suis profondément reconnaissant d'avoir pensé, avec tant de délicatesse, à les effacer.

Ma mère me parlait souvent de vous avec l'affection que vous savez. Sa voix m'est plus chère encore puisqu'elle passe par vous.

La mort de Jean Le Marois m'a fait de la peine. Encore un témoin de ces années passées qui disparaît... Mais non pas entièrement puisque le souvenir nous reste.

Je vous prie d'agréer, Madame, l'expression de mes très fidèles, très respectueux et, si vous le permettez, très affectueux hommages auxquels je joins ma très profonde gratitude.

Jean d'Ormesson.

À Roger Massip[1]

Paris, 23 mars 1980,

Mon cher ami,

Non, vous n'êtes pas trop sévère, et je vous remercie de votre lettre. Elle m'a paru d'autant plus intéressante, je l'ai lue avec d'autant plus d'attention que je m'interrogeais depuis une semaine sur ce que j'avais écrit et qui me paraissait un peu trop indulgent. Vous aurez vu que mon article d'hier l'est déjà nettement moins.

Je partage beaucoup de vos vues. Le président m'irrite souvent prodigieusement. Et vous savez bien que je n'ai pas avec lui ces relations privilégiées qu'on me prête parfois. Ce qui est vrai, c'est que son intelligence me fascine. Ce qui me paraît vrai aussi – et à beaucoup de gaullistes aussi –, c'est qu'il mène une politique extérieure de type

1. Roger Massip (1904-1987) fut journaliste spécialiste de politique étrangère au *Figaro* de 1947 à 1974 et essayiste.

gaullien. Électoralisme ? Peut-être. Mais faut-il sonder les reins et les cœurs ? La politique n'est pas la morale : c'est ce qui apparaît qui compte.

Il faut ajouter que des gaullistes pure laine, bon teint, comme Couve de Murville[1], m'ont paru encore bien plus mous que Giscard sur le coup de Kaboul[2]. Il a fait ensuite des déclarations qui m'ont laissé pantois. Et ce qu'on peut, me semble-t-il, reprocher à François-Poncet[3], ce n'est pas de tourner le dos au gaullisme, mais d'emprunter, à petits pas évidemment, les mêmes chemins.

Sur Khomeiny : vous avez cent fois raison. Et un silence bizarre s'est fait sur ce point.

Sur Israël et les Palestiniens : j'y suis revenu hier.

Sur le vote de la majorité en 81. Faudra-t-il faire passer Mitterrand parce que Giscard nous a déçus ? Après tout, je ne suis pas sûr que j'étais farouchement pour le « Vive le Québec libre ! » et pourtant je votais de Gaulle. Il est vrai que Giscard n'est pas de Gaulle. Oh ! non. Mais Mitterrand… Rocard pourrait changer les choses[4]. Mais ni le PC ni même les siens ne le laisseront passer. Alors ? Giscard… et il sait très bien que la majorité est

1. Maurice Couve de Murville, ancien Premier ministre de Charles de Gaulle (1968-1969), alors député RPR.

2. L'intervention des troupes soviétiques en Afghanistan en décembre 1979.

3. Jean François-Poncet, alors ministre des Affaires étrangères dans le gouvernement de Raymond Barre.

4. Michel Rocard et François Mitterrand étaient alors en concurrence pour représenter le PS à l'élection présidentielle de 1981.

coincée. Je crains que Chirac[1] ne parvienne pas à la décoincer.

Sur Marchais[2] : je pense que Giscard fait coup double. Non seulement il stoppe l'offensive pour laisser Marchais bien solide, mais encore il a été bien content de voir cette offensive se déclencher *pour pouvoir la stopper* et pour mettre une digue à tous ces débordements de boue… Oh ! la la !…

Je crois que je n'ai jamais écrit une lettre aussi longue, c'est que ce qui vient de vous ne m'est jamais indifférent. Et je n'ai pas parlé de Renée Massip[3] pour qui j'ai tant de respectueuse et affectueuse admiration. Elle rend un peu d'honneur délicieux à ce qui s'écrit.

Je vous remercie de votre amitié et je vous prie de partager entre vous deux toute ma fidèle affection.

Jean d'O.

---

1. Jacques Chirac présidait à cette époque le RPR, principal parti de la majorité à l'Assemblée nationale, au sein duquel s'exprimaient de fortes réticences envers Valéry Giscard d'Estaing.

2. Georges Marchais, alors secrétaire général du PCF.

3. Épouse de Roger Massip, l'écrivaine Renée Massip reçut quelques mois plus tard le prix de l'Académie pour l'ensemble de son œuvre.

À François Mauriac[1]

Paris, juillet 1959,

Cher Maître,

Je ne voudrais pas tarder à vous remercier des lignes que vous avez bien voulu me consacrer dans

1. En 1965, Jean d'Ormesson consacra un long article de la revue *Arts* à François Mauriac (1885-1970), où l'irrévérence du jeune auteur dissimule mal son admiration. « Aujourd'hui, en tout cas, peu de voix résonnent encore aussi fort, dans ce pays, malgré tout mi-bourgeois, mi-chrétien, attaché à la famille et à la propriété, mais toujours prompt à la révolte, rongé en province par l'avarice et la jalousie et à Paris par l'ambition, que cette grande et belle voix de Mauriac, rauque et comme déchirée, dans un visage d'ascète traversé d'ironie et de douceur chafouine, toujours prêt, semble-t-il, à la double tentation de la perfidie et du remords, et où se traduisent successivement ou simultanément les délices de la flèche acérée et les affres du scrupule chrétien. » (« Allons, François Mauriac, nous ne nous serons pas ennuyés avec vous », *Arts*, 6 octobre 1965, repris dans *Jean qui grogne et Jean qui rit*, *op. cit.*, p. 308) L'auteur du *Nœud de vipères*, 1932, et du *Bloc-Notes* est, selon Jean d'Ormesson, « le dernier des romanciers du destin » et un écrivain « au confluent de la littérature vécue d'un bout à l'autre comme la plus impérieuse des vocations et du journalisme militant et engagé » (« François Mauriac ou Il ne faut pas prendre les enfants du bon Dieu pour des canards sauvages », *Le Figaro Magazine*, 29 mars 1980, repris dans *Jean qui grogne et Jean qui rit*, *op. cit.*, p. 325).

L'Express[1]. Non que j'y voie une espèce de tableau d'honneur et que je me sente plus léger ou plus lourd d'être ainsi passé dans les feuillets du « Bloc-notes ». J'aurais sûrement une tendance à cette vanité (qui n'est qu'un hommage à ce que vous représentez pour moi ou pour nous), mais j'essaye tant de lutter contre elle que je m'en suis, je crois débarrassé – tout en restant sensible à l'attention que vous voulez bien me porter, pour une œuvre bien menue.

Mais ce qui m'a frappé surtout, c'est que vous avez dit, par ces quelques lignes, l'essentiel de ce petit livre et peut-être (hélas ?) de moi-même. Avec une perspicacité redoutable vous avez pénétré en quelques mots au cœur de cette histoire.

Savez-vous que ce n'est pas à la télévision que nous nous sommes vus pour la première fois (à sens unique) ? J'étais venu vous voir chez vous, il y a de longues années (1947 ou 8, peut-être ?) pour vous faire dédicacer un de vos livres. Vous n'aviez pas approuvé mon choix : je vous apportais *Le Mal*. Aujourd'hui peut-être, ce sont *Les Chemins de la mer* que je mettrais le plus haut.

Mais voilà un insupportable bavardage pour qui voulait seulement vous assurer de sa gratitude et vous prier d'agréer, cher Maître, l'expression de

1. Dans son *Bloc-Notes* du 8 juillet 1959, François Mauriac évoque en ces termes *Du côté de Jean*, qui vient de paraître : « Ils se ressemblent beaucoup son livre et lui. Le désir de choquer, de scandaliser, d'être cynique, se mêle en eux à celui de plaire et d'être aimé qui l'emporte, bien sûr. Nous aimons l'auteur et le livre. »

sa très vive, très respectueuse, très fidèle admiration.

Jean d'Ormesson.

****

Paris, avril 1969,

Mon cher Maître,

Ai-je besoin de vous dire avec quelle joie et quelle reconnaissance j'ai reçu *Un adolescent d'autrefois*[1] ? Je vous en remercie de tout cœur.

Pardonnez-moi, je vous prie, de vous écrire avec tant de retard. Mais d'abord j'ai été assez longtemps absent de Paris. Et puis, il faut bien dire que cet adolescent a été l'objet, de toutes parts, de bien des appétits et de bien des convoitises : on lui souriait de tous côtés comme la jeune Jeanne d'Arc du Wéber à Alain Gajac, devant son assiette anglaise[2]. Quand j'ai pu enfin m'en emparer à mon tour – on croirait qu'il s'agit d'une espèce de *Théorème* littéraire et familial – j'ai voulu le lire et le relire avant de vous remercier.

D'autres vous auront dit mieux que moi combien ce livre est beau et à quel point on y retrouve, vives, frémissantes, l'inquiétude et la passion qui, tout au long de ses étapes, font la grandeur de votre œuvre. Je ne pense pas – mais peut-être le pensiez-vous ? – que, comme Alain[3] avec le journal de son ado-

1. François Mauriac, *Un adolescent d'autrefois*, Paris, Flammarion, 1969.
2. Personnages d'*Un adolescent d'autrefois* qui se croisent au Wéber.
3. Le philosophe Émile-Auguste Chartier, dit Alain (1868-1951).

lescence, vous auriez pu dire : « Quelle folie de jouer toute sa vie sur cette carte ! » L'eussiez-vous fait pourtant que vous auriez encore gagné. Il est beau que ce soit vous qui ayez montré mieux que personne que le roman classique était encore possible et que vous ayez répondu à Sartre après tant d'années.

Si je ne craignais d'être trop long – hélas ! c'est déjà fait ! – j'aurais bien des choses à vous dire ou à vous demander à propos de cette Hure[1] qui coule comme le temps, à propos du Sillon et du modernisme, à propos de la foi et du rire, à propos de la propriété, à propos de Laberthonnière et de Blondel[2] et de *L'Action* (est-ce que vous avez pu inventer le détail de la copie dactylographiée de *L'Action* qui vous avait été prêtée ? je ne pense pas)... Mais enfin, tout cela et mille autres choses, est-ce qu'on a le droit de vous interroger sans trêve à leur propos ? J'ai l'impression qu'on ennuie un peu trop les gens avec les livres qu'ils écrivent...

Un mot, peut-être, si vous me le permettez. Et je voudrais le présenter exprès d'une façon un peu brutale et sans doute exagérée. Il me semble que

1. Ruisseau qui traversait la propriété familiale de Saint-Symphorien, dans les Landes, et fit rêver François Mauriac à d'improbables expéditions.

2. Maurice Blondel, *L'Action. Essai d'une critique de la vie et d'une science de la pratique*, Paris, Alcan, 1893. Prêtre et philosophe chrétien, Lucien Laberthonnière (1860-1932) découvre avec enthousiasme en 1894 cet ouvrage tiré de la thèse de doctorat de Maurice Blondel (1861-1949). Commence alors une correspondance et une amitié de plus de trente ans entre les deux hommes.

les chrétiens vous paraissent indignes du christianisme. Il me semble même souvent que vous ayez plus d'estime ou d'amitié pour ceux que la passion ou l'inquiétude rejettent loin du christianisme que pour ceux que la routine ou la crainte maintient dans ces bornes. Exagérons encore un peu plus : il n'est pas tout à fait exclu que ce soient des imbéciles et des ignares qui croient ce que vous croyez et que ce soient les subtils et les savants qui le mettent en doute. Les imbéciles et les ignares ont tort, les subtils et les savants ont raison. Malheureusement – ou heureusement – c'est ce que croient les imbéciles qui est vrai. Et ce que savent les savants n'est qu'insignifiance et que ruine.

Merci, mon cher Maître, d'avoir fait briller à nouveau tant de flamme et de passion. Cet adolescent d'autrefois brûle. Il faut brûler. Il est le contraire de Rimbaud, mais il brûle comme lui.

Cette lettre vous parviendra au moment où une bonne partie des Français sera en train de se demander si le moment n'est pas bien choisi pour revenir à la médiocrité[1]. Ces chasses au lièvre, les moustiques de Bordeaux, ces arpents de pins, ces assiettes anglaises de Wéber, par quel mystère sont-ils, dans leur banalité quotidienne, le contraire de la médiocrité ? Et pourtant ils le sont.

1. Allusion au référendum du 27 avril 1969 à la suite duquel le général de Gaulle démissionne de ses fonctions de président de la République.

À François Mauriac

Puis-je vous demander d'être mon interprète auprès de madame François Mauriac et de lui transmettre mes très respectueux hommages ?

En vous demandant de me pardonner cette lettre ridiculement longue, je vous prie de bien vouloir agréer, mon cher Maître, l'expression de mes sentiments de très respectueuse, très fidèle, très reconnaissante admiration.

Jean d'Ormesson.

À Jean Mauriac[1]

Mars 1974,

Comme je suis touché de votre pensée et de votre lettre ! Elles me vont au cœur : merci !

Tout ce que vous dites m'émeut. Oui, le problème du temps, du temps d'écrire, me tourmente beaucoup plus que je ne le dis.

Peut-être, à la fin, ne sera-ce plus supportable… Je me donne un temps raisonnable – mais limité.

Mais vous-même, pourquoi ne vous rapprocheriez-vous pas du *Figaro* ? Rien ne me ferait plus de plaisir. Voudriez-vous que nous en parlions un jour ?

---

1. Âgé de vingt ans à la Libération, Jean Mauriac (1924-2020) entra à l'Agence France-Presse comme journaliste politique et fut immédiatement affecté auprès du général de Gaulle qu'il suivit jusqu'à sa démission de la présidence de la République en avril 1969. Fils de François Mauriac, il est l'auteur de *Mort du général de Gaulle*, Grasset, 1972, *L'Après-de Gaulle. Notes confidentielles 1969-1989*, Fayard, 2006, et *Le Général et le journaliste, conversations avec Jean-Luc Barré*, Fayard, 2008, ouvrage dans lequel il évoque aussi ses relations avec son propre père.

Moi aussi, j'ai souvent parlé de vous avec Maurice[1]. Ce qui fait que je crois presque vous connaître : miracles de l'amitié.

À vous.

J.O.

****

Avril 1975,

Quoi de plus naturel que d'avoir parlé de votre père ? Impossible d'évoquer les problèmes marocains sans le citer[2].

Merci de tout ce que vous voulez bien me dire.

La situation n'est pas commode, ici, ces jours-ci…

À vous, avec toute ma fidèle amitié.

J.

****

1975,

Merci de votre lettre, mon cher Jean ! Je la lis avec des sentiments mélangés : affection, naturellement, gratitude, bien sûr – et un peu de fureur (amicale !) : voilà comment la vie vous coince ! Je ne suis pas un journaliste – mais j'aimerais bien être un écrivain… Je reste persuadé que le devoir est dans le refus…

Bien cordialement.

Jean.

---

1. Maurice Druon, écrivain et homme politique gaulliste, membre de l'Académie française depuis 1966.

2. François Mauriac s'est clairement engagé en faveur de l'indépendance du Maroc à partir de 1953 en signant la préface de *Justice pour le Maroc* du journaliste Robert Barrat, paru au Seuil en 1953.

À Jean Mauriac

****

Juin 1975,

Merci, mon cher Jean (vous me permettez, n'est-ce pas, de vous appeler ainsi ?) de votre lettre qui me touche et m'émeut.

Je suis dans une situation infernale[1]. Que faire ? J'ai rarement – jamais, je crois – été autant déchiré.

Merci de tout cœur, en tout cas, de votre amitié. Vous savez si elle m'est précieuse.

Affectueusement à vous.

Jean.

****

1976,

Merci de votre lettre, mon cher Jean, et de votre amitié. Quelqu'un disait : « L'ennui, en vieillissant, c'est qu'on est de plus en plus loin, à table, des jolies jeunes personnes. » Alors, vous voyez... Franchement, j'avais marqué un étonnement feint, et pour m'amuser.

J'ai vu Claude[2]. Il n'est pas encore arrêté par l'autorité militaire. Il s'en désole un peu. Je lui ai dit qu'il y avait peu d'espoir pour lui d'être jeté sur la feuille humide des cachots, il m'a parlé de son compte en banque qui était vide. Je me suis désolé à mon tour. Je lui ai parlé de vous avec amitié. Il n'a rien dit.

---

1. Au mois de juin 1975, la rédaction du *Figaro* est divisée au sujet de la perspective du rachat du journal par Robert Hersant, qui intervient finalement le 2 juillet.

2. Claude Mauriac, frère de Jean Mauriac, alors très engagé aux côtés des mouvements et des intellectuels d'extrême-gauche.

Pardonnez-moi d'être si mauvais correspondant.
Affectueusement.

J.

****

2 juin 1977,

Mon cher Jean,
Viens.
Quand tu veux.
Affectueusement.

Jean.

****

Novembre 1977,

Merci de ta lettre, mon cher Jean. Tu sais quel plaisir me fait toujours un signe de toi. Et ton indulgente amitié m'est précieuse.

J'ai relu avec admiration deux volumes de ton père où sont recueillis ses *Bloc-notes*[1]. Comme il nous manque ! J'ai participé (modestement) à la rediffusion de son émission radio avec Amrouche[2].

J'aimerais bien te revoir.

Je t'ai aperçu l'autre jour parmi la foule (laquelle ?...).

Où en sont les relations avec Maurice D. ?

Affectueusement.

Jean.

---

1. Les *Bloc-notes* de François Mauriac, journal politique et littéraire publié dans *L'Express* et *Le Figaro littéraire* de 1952 à 1969. D'abord parus en volumes chez Flammarion, ils sont aujourd'hui réédités en deux tomes dans la collection Bouquins.

2. En 1952, François Mauriac s'était livré au cours d'un entretien radiophonique de plusieurs heures avec Jean Amrouche.

À Jean Mauriac

****

Paris, 6 mars 1980,

Merci, mon cher Jean, de ta lettre du 4 mars qui me fait un immense plaisir.

Pardonne-moi de ne pas te répondre à la main : je me suis abîmé le pouce en skiant.

Sois sûr – mais tu le sais – que ton amitié m'apporte beaucoup. Je retrouve toute ton élégance de cœur dans ton attitude à l'égard du Chah[1], hier adulé et aujourd'hui vilipendé…

Merci de cette amitié qui m'est chère.

Très affectueusement.

Jean.

****

Paris, 10 mars 1980,

Mon cher Jean,

J'ai été heureux de te parler au téléphone.

Non, comme je te l'ai dit, je ne me suis pas *moqué* de toi et je ne pense pas que tes prévisions sur le nombre de voix qui iraient à Michel Droit[2] étaient ridicules. C'étaient, en tout cas, les miennes. Ta réaction m'a peiné car c'est celle de beaucoup – et de beaucoup de mes amis. Croient-ils vraiment que Chamson et Dutourd ont voté pour Marguerite Yourcenar ? Et croient-ils vraiment que je me serais

1. Mohammad Reza Pahlavi fut contraint de s'exiler en France le 16 janvier 1979 après avoir été renversé par les révolutionnaires iraniens.

2. Michel Droit et Marguerite Yourcenar ont tous deux été élus à l'Académie française quatre jours auparavant, le 6 mars 1980.

livré à un échange de cet ordre[1] ? Si mes amis eux-mêmes croient cela, ils peuvent croire n'importe quoi.

Malgré le succès de Marguerite Yourcenar que j'ai presque imposée à mes confrères, je suis très pessimiste pour l'avenir de l'Académie.

Bien affectueusement à toi, mon cher Jean.

Jean.

****

Paris, avril 1980,

Mon cher Jean,

Tu m'as écrit une lettre passionnante. Je t'en remercie de tout cœur. Et je la garde dans mes archives (en désordre…) pour les jeunes gens fiévreux qui se pencheront, non sur moi, mais peut-être sur notre temps.

Tout ce que tu me dis me semble frappé du sceau de la ténacité. Maurice Druon m'a dit à peu près exactement les mêmes choses, servi les mêmes arguments. Au moins est-il constant dans l'erreur. Tu es si exact que je croyais l'entendre en te lisant… Et je partage tous tes sentiments – réserve faite pourtant de ton indulgence à mon égard. Ah ! Si je pouvais être seulement un *écrivain*, je n'aurais pas perdu ma vie.

À propos de grand écrivain, je consacre ma chronique de samedi à ton père, via le livre de Lacou-

1. Lors de cette double élection, le bruit courut que Maurice Druon avait noué une entente entre les soutiens de Michel Droit et de Marguerite Yourcenar afin d'additionner leurs voix.

ture[1] où je t'ai souvent trouvé. J'aimerais bien que tu me parles du livre et de ce que tu en penses. Je l'ai lu, pour ma part, avec un très grand intérêt.

J'espère tant que tu ne trouveras pas que j'ai dit trop de bêtises sur ton père !... Tu me diras, avec franchise, ta réaction.

Être le fils de François Mauriac ! Quelle gloire – et quelle charge ! Le fils de Paul Valéry est mon voisin ici. Et les enfants de Claudel ont partie liée avec l'apothéose de leur père.

Les démêlés de ton père avec l'Académie m'ont enchanté. Point n'était besoin d'attendre Druon et Droit. Il est vrai que Maurras – et même les deux Abel[2], et même Chaumeix[3] peuvent, en comparaison, apparaître comme des géants. Merci de ton amitié, mon cher Jean, et mille affections.

Jean.

****

Paris, 8 mai 1980,

Mon cher Jean,

Merci de ta lettre qui m'apprend ton entrée en clinique. Tu auras su que j'ai téléphoné à ta femme pour lui dire que je pense à toi avec fidélité et affec-

1. Jean Lacouture, *François Mauriac*, Paris, Seuil, 1980.

2. À la Libération, Abel Bonnard et Abel Hermant, collaborateurs notoires, démissionnèrent de leurs fonctions d'académiciens. Quant à Charles Maurras, il conserva son fauteuil mais ne se rendit plus jamais quai Conti.

3. Dans sa réponse au discours de réception à l'Académie française de François Mauriac, André Chaumeix dissimula mal son antipathie pour le nouvel immortel, le qualifiant de « grand maître de l'amertume ».

tion. Elle m'a dit que tu souffrais, ce qui m'a tourmenté. J'espère que tout s'arrangera vite et bien.

Je dois t'avouer que j'ai ri en lisant ton passage sur Michel Droit. Déshonoré !... mais non. Peut-être le serais-tu si tu étais l'auteur de ces lignes, mais, chut !

Tu me parleras du livre de Lacouture. Je voudrais bien savoir comment tout cela s'est fait, et j'imagine tes sentiments.

Je voudrais bien aussi lire ton texte sur Olivier[1]. J'aime beaucoup son livre et je suis sûr que ton papier est excellent.

Je pense à toi avec beaucoup d'affection.

Je t'embrasse.

Jean.

****

Paris, 18 septembre 1980,

Merci de ton mot, mon cher Jean, que j'ai lu avec intérêt. Il m'a fait réfléchir. Tu liras, samedi, la suite de mon feuilleton sous forme de cartes postales. J'espère qu'elle t'amusera.

J'ai été heureux, comme toujours, d'avoir des nouvelles de toi. Comment vas-tu ? Je crois que nous devons commencer à nous ménager... mais ne cessons pas tout à fait de nous amuser.

Affectueusement.

Jean.

---

1. En 1980, Olivier Guichard, chef de cabinet du général de Gaulle de 1951 à 1958, député RPR, ancien ministre, publie chez Grasset *Mon général*, biographie nourrie de souvenirs personnels. Olivier Guichard et Jean Mauriac étaient très liés.

****

Paris, 18 décembre 1980,

Mon cher Jean,

Merci de ton mot – et de cette galerie de fantômes que tu m'envoies. Eh oui ! les années ont passé sur nous tous !

Ne sois pas trop dur pour notre ami Maurice. Il est chaleureux et fidèle. J'ai toujours tendance à croire qu'il est malheureux parce que j'imagine qu'il devrait l'être, n'écrivant plus – mais peut-être ne l'est-il pas vraiment. Ce serait pire.

Merci de ton amitié. Tu sais ce qu'elle représente pour moi.

Mon livre[1] sort dans trois semaines. J'y parle de ton père, mais c'est un roman.

Bonne année !

Mille affections.

Jean.

****

Paris, 9 avril 1981,

Merci, mon cher Jean, de ta lettre du 4 avril que j'ai lue, comme toujours, avec un immense plaisir.

Elle m'a fait aussi beaucoup rire. Ton exclamation sur ta vie m'a amusé et touché. Te voilà dur pour Droit[2] – mais membre de son comité de l'épée !

1. *Dieu, sa vie, son œuvre*, Paris, Gallimard, 1981.

2. La réception de Michel Droit sous la coupole eut lieu le 26 mars 1981.

Te voilà sur le point de voter aux deux tours pour Giscard – mais membre du comité de soutien à Michel Debré[1] !

Pour ma part, je me sentirais plutôt indulgent pour tout le monde, mais je n'étais pas à la cérémonie, l'autre jour, et je n'ai fait partie d'aucun comité de soutien. La vie est rude !

Je partage un peu tes sentiments sur l'Académie, mais il faut bien reconnaître qu'il y a trois cents ans qu'elle se trompe et qu'elle est toujours en vie. Disons tout d'un seul mot : c'est une institution. Elles ne valent rien, mais elles tiennent.

J'attends avec beaucoup d'impatience le livre de ta femme[2] – et de ton père. Je me réjouis de le lire.

À bientôt, mon cher Jean, et mille affections très fidèles auxquels je joins, pour Caroline, nos hommages respectueux et impatients.

Jean.

****

Paris, 27 mai 1982,

Mon cher Jean,

Merci de ta lettre qui me fait plaisir et me tourmente en même temps.

---

1. Candidat divers droite à l'élection présidentielle de 1981, ne disposant du soutien d'aucun parti, Michel Debré réunit 1,7 % des suffrages.

2. François Mauriac, *Lettres d'une vie (1904-1969)*, Paris, Grasset, 1981, édition réalisée par Caroline Mauriac. Mauriac aujourd'hui disponible dans la collection Bouquins dans une édition augmentée, parue sous le titre *Correspondance intime*.

Elle me fait plaisir puisqu'elle me donne de tes nouvelles.

Elle me tourmente car ce que tu me dis de ton opération m'a beaucoup ému. Sois sûr que je pense à toi avec une vive et fidèle affection.

Merci de tout ce que tu me dis et que j'ai lu avec gratitude et intérêt.

Je crains de te démentir une fois de plus sur l'Académie. Je ne m'apprête pas vraiment à voter l'autre jeudi... car je ne serai très probablement pas à Paris. Ce sera la première élection que je manquerai mais je n'y peux rien.

À vrai dire, je ne pense pas que l'on puisse prendre en considération des opinions politiques dans les choix de l'Académie. Ces opinions nous ont fait faire trop de bêtises dans le sens positif. Essayons d'éviter qu'elles nous en fassent faire aussi dans le sens négatif.

Le Général n'aimait pas non plus Morand et il avait certainement raison politiquement – mais il avait tort littérairement.

À l'Académie au moins – je te le dis très franchement – je crois qu'il est temps de rétablir un peu une littérature en capilotade. Tu devrais, je crois, être triste et indigné de voir le recrutement actuel plutôt que de pleurer sur la fidélité ou non au Général – que j'admire plus que personne. Mais, littérairement, je préfère Aragon, Gide et Morand à ceux qui ont le culte du gaullisme sans être des écrivains. Fondons une association de fidélité, mais ne parlons pas de l'Académie !

Peyrefitte : une ordure, une ignominie, une nausée. Je ne sais pas comment se passera *Apostrophes*[1], mais si l'occasion m'en est donnée, dût même l'émission en pâtir, je dirai franchement et nettement ce que je pense du personnage et de ses déjections.

Mille vœux, mon cher Jean !

Affectueusement à toi.

Jean.

****

Paris, avril 1983,

Jean,

J'apprends la terrible nouvelle et je pense à toi avec toute l'affection que tu sais. Je suis passé par la même épreuve que toi et je n'en connais pas de plus cruelle. Ta mère a joué un rôle considérable non seulement dans la vie des siens, mais dans celle de beaucoup. J'évoque mes rencontres avec elle – il y a déjà de longues années. J'imagine ton chagrin et je le partage de tout cœur.

Je pars dans quelques instants pour Jérusalem, où je vais remettre à l'université l'épée de Jeff Kessel[2].

---

1. Au cours de l'émission *Apostrophes* du 28 mai 1982, Roger Peyrefitte présenta son livre *L'Illustre Écrivain*, paru chez Albin Michel la même année, peinture ironique du monde des lettres à travers le portrait d'un écrivain catholique sous les traits duquel on pouvait imaginer François Mauriac. Également invité, Jean d'Ormesson exprima ouvertement son hostilité à ce livre, qualifiant son auteur de « madame pipi qui se prend pour Saint-Simon ».

2. Joseph Kessel avait exprimé le souhait qu'à sa mort, intervenue le 23 juillet 1979, son épée d'académicien, ornée d'un lion, d'une étoile de David, de l'étoile Polaire, de la Croix du Sud et de la croix de Lorraine, revienne à l'Université hébraïque de Jérusalem. Lorsqu'en avril 1983, Jean d'Ormesson remit l'arme au président de l'université au cours d'une

Je voulais te dire avant mon départ ma tristesse et ma vieille affection.

À bientôt, mon cher Jean. Je t'embrasse.

Jean d'Ormesson.

****

Paris, 19 juin 1990,

Merci, mon cher Jean, de ton signe d'amitié. Je pense souvent à toi.

En ces temps où brille dans la rue et sur les places publiques la gloire de De Gaulle, resplendit dans les cœurs la gloire de Mauriac.

Affectueusement.

Jean.

****

Paris, 1er janvier 1991,

Merci de ta lettre, mon cher Jean ! Tu sais combien ton amitié m'est précieuse.

Je ne suis pas loin de partager ton opinion sur plus d'une « Chronique du temps qui passe[1] ». Tout le monde n'a pas le talent, le génie de ton père – ni cette structure morale si forte qui impose l'unité à la diversité ambiguë du journalisme. Plus d'une fois, je me suis demandé s'il ne fallait pas renoncer au

---

cérémonie officielle, tenue à la maison de France à Jérusalem, il déclara : « On demande parfois : "À quoi sert l'Académie française ?" À rien. Tout comme cette épée. Pourtant cette épée est un instrument de combat, un instrument de paix. Je crois que Jeff Kessel aurait voulu qu'elle s'appelât "Shalom". »

1. Chronique tenue par Jean d'Ormesson dans *Le Figaro littéraire*.

journalisme. Mais il est peut-être plus difficile de quitter les choses que de les atteindre…

Tu sais tous les vœux que je forme pour toi et les tiens, mon cher Jean, au seuil de cette année qui s'ouvre, si étrangement, sur toutes les incertitudes. Nous nous sommes beaucoup amusés avec l'incertitude. Peut-être serait-il temps de cultiver quelques certitudes. Choisissons-les avec soin.

Bonne année !

Je t'embrasse.

Jean (d'Ormesson).

****

Juin 1992,

Savais-tu, mon cher Jean, que mon tableau préféré est *Sur l'eau* de Manet ? J'ai eu un choc délicieux en recevant ta carte. Que c'est beau, cette eau qui monte jusqu'à l'extrémité de la toile !

Maastricht… nous aurons vécu aussi, après Munich, Dantzig, Sedan, Stalingrad, Berlin, Jérusalem, Moscou… sous le poids de ces syllabes-là…

J'aime ta passion. Tu n'es pas un tiède.

Je t'embrasse.

Jean.

****

Paris, avril 1995,

Je sais bien que tu m'avais dit de ne pas te répondre, mon cher Jean, mais je m'en voudrais tout de même de ne pas te remercier – même avec un an de retard ! – de la lettre délicieuse que tu m'avais écrite à propos de *La Douane de mer* et que je retrouve dans mes papiers !

J'espère que tu vas bien et que le monde te fait sourire. Je me demande souvent ce que dirait ton père aujourd'hui ? et le Général ? et Aron ? On a le sentiment d'être dans moins de réalité que de leur temps. Tout sonne un peu vide.

Pardonne-moi mon retard à te dire ma gratitude.

Je t'embrasse.

Jean d'Ormesson.

****

Paris, avril 1995,

Merci, mon cher Jean !

Réponse à la réponse à la réponse...

Sais-tu que mon article[1] a eu un peu de mal à passer au *Figaro* et que tout un paragraphe, consacré à l'affaire de l'Observatoire, a été coupé[2] ? Tabou – même au *Figaro*...

Merci de ton aide à la diffusion !

Mon Dieu ! Vieillir est le seul moyen de ne pas mourir. Et la mort, qu'est-ce donc, sinon le couronnement de la vie ?

Je t'embrasse.

Jean d'Ormesson.

****

1. Vraisemblablement sur François Mitterrand.

2. Probablement à la demande de Robert Hersant dont les liens avec le président de la République remontaient à l'époque de la Fédération de la gauche démocratique et socialiste (FGDS, 1965-1968).

À Jean Mauriac

1996,

Tes lettres sont toujours ouvertes et lues avec gratitude et amitié, mon cher Jean. Pardonne-moi mon retard à te remercier.

Oui, Caillois aimait les masques, les fêtes, le XVe arrondissement – et les pierres. C'était un grand styliste – oublié.

J'ai lu ta lettre à ta nièce, mais je n'ai pas lu son livre[1]. Mon cher Jean, c'est une chance merveilleuse d'être le fils de François Mauriac – avec tous les tourments qu'entraîne toute famille.

Ne te tourmente pas.

Je t'embrasse.

Jean (d'Ormesson).

****

Novembre 1999,

Merci de ta lettre, mon cher Jean.

Elle m'a fait grand plaisir. Plus de plaisir sans doute que l'émission elle-même. Quand on sort d'une émission de télévision, on ressent toujours une sorte de malaise. J'ai eu le malheur d'écrire un jour qu'en sortant de la télévision j'avais toujours l'impression de sortir d'un bordel (allusion évidemment au mot de Gide sur les salons) – et j'ai été brouillé pendant deux ans avec Pivot[2] (qui n'était bien sûr pas visé) !

---

1. Anne Wiazemsky, *Hymnes à l'amour*, Paris, Gallimard, 1996. Jean Mauriac avait réagi à la publication de ce livre autobiographique de sa nièce par une lettre incendiaire qui, sans être publiée, avait été largement diffusée.

2. Voir *infra*, p. 387-388.

À Jean Mauriac

L'émission de l'autre jour, j'aurais voulu la ramener davantage à ton film, mais les questions posées ne laissaient pas beaucoup de marge. J'espère au moins que ton film aura été, au moins indirectement, servi par la discussion avec Gallo, à qui j'ai assuré que tu étais bien vivant.

Et malgré ce que tu me dis (et ce que j'écris), j'espère que tu le resteras longtemps encore – et moi aussi, du même coup.

Julot ! Comment l'ai-je oublié, celui-là ! Auguste, je m'en souvenais. Mais Julot[1] ! À mettre, évidemment, aux côtés d'Ernest dans le club des Rantanplan.

Merci de tout ce que tu me dis de mon livre[2]. J'ai été heureux de te voir et de t'entendre parler du Général. Où en sommes-nous aujourd'hui !...

Je t'embrasse.

Jean (d'Ormesson).

****

Années 2000,

Oh là là, mon cher Jean, j'ai souvent parlé du chien de saint Augustin – que beaucoup prennent

---

1. Julot, Auguste et Ernest sont des personnages de la série de bande dessinée humoristique *Bicot* que dévorait l'auteur dans son enfance. Avec le héros éponyme, ils forment le club des Rantanplan. « *Bibi Fricotin boit l'obstacle, Bicot président de club* ou *Les Aventures des Pieds-Nickelés* enchantaient mes jours et mes nuits. Je me réveillais pour les retrouver en secret, à la lueur d'une lampe de poche, dissimulé sous mes draps. J'étais vif en ce temps-là. C'était une fête sans pareille. Ni Stendhal ni Spinoza ne me l'ont fait oublier. » (*Le Rapport Gabriel*, *op. cit.*, p. 79)

2. *Le Rapport Gabriel*, *ibid.*

pour saint Jérôme, alors qu'il apprend, par un rai de lumière qui stupéfie le chien, la mort de son collègue…

Merci de ta lettre qui m'a fait plaisir. Pardon de mon retard. J'ai été un peu débordé ces temps-ci. Je n'ai pas pu te donner un conseil pour ton article sur Malagar.

Je t'embrasse en hâte, mais avec beaucoup de fidèle affection.

Jean (d'Ormesson).

À André Maurois[1]

****

Paris, mars 1960,

Mon cher Maître,

J'ai préparé au cours des derniers mois un petit livre[2], dérisoire par le contenu comme par les dimensions, sur Chateaubriand. En y travaillant, je n'ai pu que le comparer bien souvent, avec une admiration mélancolique, au livre merveilleux[3] que vous avez consacré à notre grand homme. Avant

1. Romancier, essayiste et biographe, André Maurois (1885-1967) rencontre un large public avec des romans psychologiques comme *Climats*, Calmann-Lévy, *ca.* 1928 et *Le Cercle de famille*, Grasset, 1932. Ses œuvres les plus singulières sont néanmoins ses biographies d'hommes illustres, d'abord romancées comme *Ariel ou la Vie de Shelley*, Grasset, 1923, *René ou la Vie de Chateaubriand*, Grasset, 1938, puis, dans un style beaucoup plus dépouillé, *À la recherche de Marcel Proust*, Hachette, 1949, *Lélia, ou la Vie de George Sand*, Hachette, 1952 ou *Prométhée ou la Vie de Balzac*, Hachette, 1965. Il est élu à l'Académie française en 1938.

2. Resté inédit.

3. André Maurois, *René ou la Vie de Chateaubriand*, Paris, Grasset, 1938.

que vous receviez mon opuscule, je voudrais vous dire, – comme je compte d'ailleurs le dire publiquement – combien je suis conscient de tout ce que je vous dois.

Vous écrivez quelque part, dans votre *Vie de Chateaubriand* précisément, que l'imitation est une forme extrême et sans doute exagérée de l'admiration. J'espère n'avoir pas trop donné dans cette admiration-là, malgré la fascination véritable exercée sur moi par la lecture de toutes vos biographies. En vérité, au lieu de me fasciner, cette lecture aurait dû sans doute me décourager : je reconnais très volontiers ma folie de m'attaquer – même très modestement – à un sujet que vous aviez traité.

Outre tout ce que je vous dois directement et qui est considérable, il m'est arrivé plus d'une fois de m'enchanter d'une découverte que je croyais avoir faite : et je ne tardais pas à constater que cette prétendue découverte figurait déjà dans votre livre !

Après Chateaubriand, c'est de Byron que j'aurais voulu parler. Mais instruit cette fois par l'expérience, je n'oserai pas ! Permettez-moi de vous dire combien chacune de vos biographies me paraît dans ce genre un chef-d'œuvre d'honnêteté, de brillant et de pénétration.

Le Chateaubriand que je dépeins très brièvement est un peu gauchi par une thèse avouée : plus que l'ennui et l'orgueil, ce qui m'a frappé chez le grand homme, c'est un goût de la contradiction, lié d'ailleurs à l'ennui et à la mélancolie, et qui tire ses origines d'une *indifférence* fondamentale, paradoxalement unie à la passion.

J'espère que vous voudrez bien être également indulgent pour ce qui a quelque valeur dans ce livre mais qui vient de vous et pour ce qui n'en a aucune et qui vient de moi.

Voulez-vous, je vous prie, transmettre mes hommages à madame André Maurois et veuillez agréer, mon cher Maître, l'expression de ma très fidèle et très respectueuse admiration.

Jean d'Ormesson.

****

Paris, 25 avril 1960,

Mon cher Maître,

Je vous reste extrêmement reconnaissant d'avoir bien voulu accepter de prendre connaissance de mes quelques pages sur Chateaubriand. J'espérais pouvoir vous les envoyer – sur épreuves, comme vous me l'aviez demandé – très rapidement, mais un retard est intervenu. Voici pourquoi : j'ai eu l'imprudence de dire à Julliard qu'il y aurait avantage à sortir assez vite le Chateaubriand parce que j'avais un roman[1] en voie d'achèvement. Il a aussitôt dressé une oreille avertie, a insisté pour que je termine le roman et a fini par obtenir de moi que le roman paraisse avant le Chateaubriand. Il a avancé une marée d'arguments qui m'ont laissé muet et pantois.

1. Jean d'Ormesson, *Un amour pour rien*, Paris, Julliard, 1960.

À André Maurois

Me permettez-vous de vous envoyer les placards du Chateaubriand vers l'automne, quand les exigences démesurées du roman se seront apaisées ?

Je serais ravi de vous envoyer dès à présent le manuscrit dactylographié, mais vous m'avez dit que vous préfériez les épreuves imprimées. Je ferai naturellement comme vous le désirerez.

Permettez-moi de vous redire ma très vive gratitude pour la bienveillance que vous voulez bien me témoigner : j'y suis extrêmement sensible.

Voulez-vous transmettre mes respectueux hommages à madame André Maurois ?

Et veuillez agréer, je vous prie, mon cher Maître, l'expression de mes sentiments très fidèles et très respectueux.

Jean d'Ormesson.

À Jean-Marie Messier[1]

Avril 2001,

Eh bien, monsieur le Président, j'ai lu votre article du *Monde* avec beaucoup d'intérêt. Puisque vous voulez bien me demander ma réaction, laissez-moi vous dire tout de suite que je me sens assez d'accord avec vous.

Le thème de la mondialisation est évidemment au cœur – vous le savez mieux que personne, et sûrement mieux que moi – des préoccupations non seule-

---

1. Alors président-directeur général du groupe Vivendi Universal, Jean-Marie Messier avait publié une tribune dans *Le Monde*, le 10 avril 2001, intitulée « Vivre la diversité culturelle ». Il s'y élevait contre l'idée selon laquelle la mondialisation produit une uniformisation des cultures et favorise, en ce domaine, l'hégémonie américaine. Il s'opposait en outre à une conception de la diversité culturelle excluant les influences mutuelles : « La diversité culturelle n'est pas la juxtaposition hermétique de revendications identitaires plus ou moins nationalistes. Elle reflète la vitalité de sociétés de plus en plus métissées, de patrimoines revisités, de créations à racines multiples. » En conclusion, le président de Vivendi Universal affichait l'ambition que son groupe incarne et symbolise cette conception de la diversité culturelle.

ment économiques mais culturelles. Ce qui m'étonne, dans l'affaire, c'est que la mondialisation, thème évidemment de gauche, est combattue aujourd'hui par une coalition hétéroclite de droite ultra-conservatrice et d'extrême gauche. Si la droite est peut-être dans son rôle, la gauche ne l'est sûrement pas.

De toute façon, la mondialisation est en route, et on ne l'arrêtera pas. Tout le problème est dans son bon usage.

Votre distinction entre le « global » et l'« universel » me paraît très intéressante[1]. J'ai toujours été convaincu que l'universel sortait du particulier. Pour rester dans le seul domaine que je connaisse un peu, ce n'est pas le volapük, pour se servir d'un terme gaulliste, qui donnera naissance à de grandes œuvres. Ce sont des œuvres enracinées dans le concret qui atteindront à l'universel. Deux exemples très simples : rien de plus universel que les livres d'Isaac B. Singer, attaché à une rue du quartier juif de Lublin, et rien de plus universel que le monde de Proust qui tourne exclusivement autour de caricatures (géniales) du faubourg Saint-Germain. L'un atteint à l'universel par le Yiddish et l'autre, par le snobisme. Il y a beaucoup d'appartements privés dans la demeure du Père Universel.

J'ai été heureux de vous voir réticent à l'égard de l'exception culturelle française, pont aux ânes

---

1. « Je ne crois pas à une "culture globale". Je crois, en revanche, à des cultures locales capables de s'enrichir mutuellement et qui peuvent donner naissance à des succès ou des mythes universels. »

et vache sacrée de nos intellectuels – dont je suis. Nous ne sommes naturellement pas pour l'hégémonie américaine – il s'agit même de trouver les moyens les meilleurs pour lutter contre elle –, mais il est impossible de se dire européens et universels en s'accrochant, pour l'agriculture, pour la banque, pour l'économie, pour les retraites, pour la culture à une exception française qui n'est que culte de la routine, du corporatisme le plus étriqué et, souvent hélas ! de la médiocrité. Laissons fleurir mille fleurs.

Je pourrais encore vous dire beaucoup de choses. Les artistes, les intellectuels, les écrivains ne vivent que d'opposition. Je me sens souvent, moi aussi, très hostile à beaucoup d'institutions – auxquelles je participe parfois. La culture est à la fois continuité et rupture. Elle est nécessairement rupture. C'est ce qui rend si difficiles ses relations avec le politique et l'économique.

Mais je crains d'être déjà trop long. Vous avez demandé une « réaction personnelle ». Je ne voudrais pas que vous vous repentiez de ce bon mouvement à la lecture d'un roman-fleuve.

Je me souviens avec plaisir de notre rencontre chez Stéphane et Laurence[1].

Avec beaucoup de vœux, très cordialement à vous.

Jean d'Ormesson.

---

1. Stéphane Lissner et Laurence Meyer.

À François Mitterrand[1]

3 juillet 1989,

Monsieur le Président de la République,

Vous avez eu la bonté de m'inviter au dîner que vous donniez en l'honneur du président Gorbatchev. Je vous en suis très reconnaissant.

---

1. Éditorialiste de droite, Jean d'Ormesson fut un opposant et un critique farouche de François Mitterrand (1916-1996). Cependant, les deux hommes n'en entretenaient pas moins une relation cordiale marquée par une estime réciproque. À la veille de l'élection présidentielle de 1974, Jean d'Ormesson reçut chez lui, en tête à tête, et presque en secret, le candidat de la gauche qui devait être battu de peu au second tour. Il fut également invité à plusieurs reprises à l'Élysée, notamment en 1988, à l'occasion de l'élection de Michel Debré quai Conti. Selon le protocole, il incombait à Jean d'Ormesson de présenter officiellement au président l'académicien nouvellement élu. François Mitterrand s'ingénia à ignorer l'ancien Premier ministre pendant la totalité de l'entretien : « Pendant une vingtaine de minutes, il déploya des trésors de charme et d'érudition sans jeter un seul regard au nouveau confrère que j'étais venu lui présenter. » (*Le Rapport Gabriel*, *op. cit.*, p. 343) Jean d'Ormesson fut également la dernière personnalité reçue par François Mitterrand au terme de son second mandat. S'interrogeant sur ce dernier entretien et sa teneur, qu'il révèle dans *Le Rapport Gabriel*, l'auteur estime avoir été davantage invité comme « écrivain » que comme « journaliste d'opposition ».

Non seulement j'ai été élevé dans l'idée, à laquelle je reste fidèle, qu'on ne refuse pas une invitation du président de la République, mais j'aurais été très heureux d'assister à cette réception historique à l'Élysée. J'étais malheureusement loin de Paris. J'ai fait des efforts pour rentrer. Ils n'ont pas pu aboutir.

Je tenais à vous écrire pour vous prier de me pardonner de n'avoir pu me rendre à votre invitation à laquelle j'ai été très sensible.

Avec mes vives excuses et mes remerciements renouvelés, je vous demande de bien vouloir agréer, monsieur le Président de la République, l'assurance de ma très haute considération et de mes sentiments respectueux.

Jean d'Ormesson.

****

Paris, 1994,

Ai-je besoin de vous dire, monsieur le Président de la République, le bonheur que m'a donné votre lettre ? Je vous en remercie de tout cœur.

Pardonnez-moi mon retard à vous répondre. Je mène, à travers la France, et au-delà, le métier à peine honorable de voyageur de commerce de moi-même[1].

Ce serait un grand honneur pour moi d'être reçu par vous, si vous trouvez un instant dans un emploi du temps que je devine.

---

1. Jean d'Ormesson présente alors son dernier roman, *La Douane de mer*, Paris, Gallimard, 1994.

À François Mitterrand

Oserais-je vous avouer qu'après quinze jours de représentant-placier et pour oublier un peu la mer, sa douane et ses douaniers, je me proposais d'aller faire un peu de ski dans la semaine du 6 au 13 mars ? Je serai, avant et après, avec beaucoup de gratitude et de joie, tout à vos ordres.

Je vous prie de bien vouloir agréer, monsieur le Président de la République, l'expression de mes sentiments très respectueux et très reconnaissants.

Jean d'Ormesson.

****

Paris, années 1990,

Permettez-moi de vous remercier de votre accueil, monsieur le Président. Il m'a beaucoup touché.

Que vous ayez trouvé le temps, en un jour dont le moins qu'on puisse dire est que les occupations n'y manquaient pas, de me recevoir avec tant de spontanéité et de sérénité m'a, non pas sans doute surpris, mais frappé plus que je ne saurais vous le dire.

Tout ce que vous m'avez dit m'a passionné. Je vous aurais écouté des heures, mais j'avais déjà, je le sais, abusé de votre hospitalité.

Avec ma très vive gratitude et mes vœux chaleureux – et confiants – pour votre santé, je vous prie de bien vouloir agréer, monsieur le Président, l'assurance de mon respect.

Jean d'Ormesson.

À Michel Mohrt[1]

Paris, 3 novembre 1980,

Mon cher Michel,

Il me semble que je te dois une – ou des – lettre depuis bien longtemps... Voilà une bonne occasion de m'acquitter de ma dette : j'ai lu avec les sentiments que tu imagines (et que je ne décris donc pas, car ils sont plus faciles à... etc.) la

1. Romancier « catholique » et « breton », Michel Mohrt (1914-2011) fut chargé par le comité de lecture de Gallimard d'apprécier le manuscrit de *La Gloire de l'Empire*. Le rapport favorable qu'il rédigea permit la publication en 1971 de ce roman qui rendit Jean d'Ormesson célèbre et lança véritablement sa carrière littéraire. Les deux hommes nouèrent une amitié étroite que Jean d'Ormesson décrivit en ces termes lors de la réception de Michel Mohrt à l'Académie française : « Solitaire, sauvage, ennemi de toute concession, vous êtes l'ami le plus fidèle et le plus loyal, le compagnon le plus gai, un de ceux dont on recherche, plus que de personne, la familiarité et la confiance. » (*Réponse au discours de réception à l'Académie française de Michel Mohrt*, 27 février 1986) Michel Mohrt est l'auteur de nombreux romans dont *La Prison maritime* et *La Maison du père*, parus chez Gallimard, respectivement en 1961 et 1979.

note de lecture que tu as eu la gentillesse de me passer[1].

En un mot comme en mille, c'est merveilleux d'avoir un ami comme toi. Peut-être, entre une longue absence et les fêtes de Noël, peut-on se laisser aller à ce que les Anglo-Saxons traiteraient sans doute d'hystérie ? C'est une grande chance pour moi que tu sois là.

J'ai bien peur que l'échange ne soit très inégal entre nous. Je suis un peu épouvanté en pensant au nombre de fois où nous parlons de ce que je fais – et si peu de ce que tu fais ! Tu sais pourtant combien je crois dans ce livre qui t'a donné tant de peine (ce qui est plutôt bon signe, j'en suis sûr). Je voudrais tant que tu le termines et je suis convaincu que tu parviendras au succès.

Mon cher Michel, je te remercie pour tout de tout mon cœur – et surtout d'être mon ami.

Bon Noël à Françoise[2] et à toi ! Et bonne année !

À bientôt.

Je t'embrasse.

Jean.

Je trouve *Dieu reconnaîtra les siens* un titre superbe. C'est un signe pour tout le livre.

---

1. Aux côtés de Roger Grenier, Michel Mohrt était l'un des lecteurs de Jean d'Ormesson chez Gallimard. Directeur de la collection de littérature anglo-saxonne, il a traduit et fait connaître de grands noms de la littérature américaine comme Robert Penn Warren, William Styron, Philip Roth, Ernest Hemingway et William Faulkner.

2. Épouse de Michel Mohrt.

À Michel Mohrt

****

1985,

Merci, mon cher Michel, de ton inépuisable amitié. Je n'ai pas besoin de te dire combien elle me touche. Tu es pour moi un bienfait des dieux. Je leur rends grâce – et à toi aussi.

Affectueusement.

Jean.

****

12 octobre 1987,

Mon cher Michel,

J'ai été enchanté de notre lune de miel sur le Bosphore et de nos noces d'argent sur la mer de Marmara. Les autres nous ont un peu gênés, mais nous étions seuls dans la foule.

J'ai naturellement oublié la corbeille de la mariée. Je te supplie de me dire si la dot est exacte et si le compte est bon.

Je pars pour la Chine. Il me semble que tu as une comptine sur les choses mystérieuses que font, dans les palanquins, les femmes de mandarins. Espérons.

Je t'embrasse.

Jean.

J'embrasse aussi Françoise. Qu'elle ne soit pas trop jalouse. Ni toi non plus.

****

Paris

Merci, une fois de plus, mon cher Michel ! Je pars dans quelques minutes et je voulais que mon dernier mot fût pour toi… Je te raconterai dès mon retour tout ce que m'auront fait les filles de mandarins. J'ai déjà hâte de te retrouver sur les moleskines du Voltaire[1]. Prends bien soin de toi.

Affectueusement.

Jean.

****

7 janvier 1988,

Tu es le meilleur des amis, mon cher Michel !

Moi aussi – pour toi !

Je t'embrasse.

Jean.

Mon cher Michel,

J'ai relu tout mon fourbi. Et j'ai fait quelques modifications dans le sens souhaité par Claude[2]. Mais moins que la première fois, quand c'était toi qui m'avais fait des remarques très judicieuses dont je m'étais empressé de tenir compte.

Je n'ai pas résisté à glisser une citation de Voltaire, cueillie dans le volume de la correspondance de la Pléiade et où Voltaire se plaint de son « libraire »…

Je crois que nous sommes arrivés à peu près au bout du chemin. Je sens que je ne suis plus capable de corriger grand-chose. Et quand je change un détail, je le rechange ensuite dans l'autre sens. Bonne ou mauvaise, l'affaire est mûre.

---

1. Restaurant où les deux hommes se retrouvaient régulièrement, non loin du quai Conti.

2. Claude Gallimard, directeur des éditions du même nom.

Et, je corrige encore, je finirai par traiter Claude comme je traite Hersant. *Di avertant omen*[1] !

Pardon de t'ennuyer avec tout cela. Merci pour ta patience et ton amitié.

Très affectueusement.

Jean.

****

Mon cher Michel, j'ai pris une carte de Khajurâho parce que je n'y suis pas allé (par décence) et je te l'envoie parce que je pense à toi tout le temps. Que n'étais-tu avec moi sur le lac d'Udaipur et le long du golfe du Bengale ! Cette fois, l'Inde m'a plu à la folie. Gare aux Chinois ! Je crains qu'ils ne répondent que trop à nos espérances et qu'ils ne nous battent sur notre propre terrain, après avoir tourné le dos à nos adversaires… Je reviens les yeux bridés, transformé en Bouddha et en Khrishna, tout semblable au roi des singes. À bientôt, affectueusement *as ever.*

Jean.

****

1990,

Mon cher Michel,

Un petit poème pour toi, qui es si loin.

Affectueusement.

Vois où la tradition se niche :
Là où siégeait un Rabutin

1. « Que les dieux détournent ce présage. »

À Michel Mohrt

Qui baisait comme un lapin,
Siège aujourd'hui un Cabaniche[1].

****

17 février 2003,

Comme j'ai été heureux de te parler, mon cher Michel ! Tu ne sais peut-être pas l'affection et l'admiration que j'ai pour toi. Pour « gentil » que je sois, ce ne sont pas des mots que j'emploie très souvent. Je n'aime plus qu'un nombre très restreint d'amis et je n'admire plus guère personne. Mais toi, oui !

Je n'ai pas encore reçu ta lettre. Une lettre de Paris vers ma province[2] peut mettre… quatre ou cinq jours !

J'avais peur de te téléphoner parce que j'avais honte de mon absence jeudi. Merci de m'avoir pardonné mon involontaire (et ridicule) absence.

Grâce à Dieu, les pitreries sont finies. Je pars encore mardi pour Bruxelles et j'enchaîne directement vers l'Asie… mystérieuse, bien entendu !

Je pense à Françoise. Et à toi.

Je vous embrasse tendrement tous les deux.

---

1. Élu au fauteuil 20 de l'Académie française en 1990, José Cabanis est le lointain successeur de Roger de Bussy-Rabutin, entré quai Conti en 1665.

2. Jean d'Ormesson désigne ainsi Neuilly-sur-Seine. Il déplorait souvent le temps mis par le courrier envoyé de Paris pour lui parvenir dans cette ville pourtant voisine.

À Pierre Moinot[1]

1997,

Je t'ai lu d'une traite[2], mon cher Pierre, et avec beaucoup de plaisir. J'achève ma lecture à l'instant et je ne veux pas tarder à te féliciter. L'intrigue est très bien menée, elle est servie par un style délicieux et on ne s'ennuie pas une minute. Te voilà auteur de romans policiers et confrère d'Agatha Christie ! Avec évidemment quelque chose en plus : l'analyse de la passion et de ses poisons violents.

Est-ce l'ombre de M. Pomme de Mirimonde[3] que tu ressuscites pour la transformer en assassin ? J'ai

---

1. Haut fonctionnaire, Pierre Moinot (1920-2007) publie ses premiers romans dans les années 1950. Il est notamment l'auteur de *Sable vif*, Gallimard, 1963, et du *Guetteur d'ombre*, Gallimard, 1979. Il est élu à l'Académie française en 1982.

2. Il est question du roman de Pierre Moinot, *Attention à la peinture*, paru chez Gallimard en 1997.

3. Président de chambre à la Cour des comptes de 1957 à 1967, Albert Pomme de Mirimonde (1897-1985) fut également un critique d'art prolifique, membre du Conseil des musées nationaux.

vu passer toute la Cour des comptes dans ta salle Drouot. Et j'ai retrouvé le nom de Philippe[1] à la première page.

La modestie*, la probité, le talent, l'amour de l'art se donnent la main pour notre plus grand plaisir. Longue vie à *Attention à la peinture !*

Je t'embrasse.

Jean (d'Ormesson).

Merci de ton mot – et surtout de tes corrections dont je fais bon usage. Tu me chanteras *La Jeune Garde*[2].

* L'irruption de ton petit-fils à la fin est irrésistible !

****

1999,

Merci, mon cher Pierre, de ta pensée et de l'envoi de ton livre[3].

Le titre est superbe – et le livre aussi. Une espèce de magie s'en dégage. La profondeur, jamais lourde, des personnages et des situations a quelque chose de fascinant, et souvent de bouleversant. Il me semble que ce livre est un de tes meilleurs.

Il y a une filière de roman criminel, chez toi. Et puis la filière qu'on pourrait appeler du bois

---

1. Sans doute Philippe Baer, magistrat à la cour des comptes, gaulliste fervent, intime de Pierre Moinot et de Jean d'Ormesson.

2. Chant révolutionnaire entonné tant par les Jeunesses socialistes que communistes pendant l'entre-deux-guerres, puis associé plus particulièrement aux mouvements communistes.

3. Pierre Moinot, *Le matin vient et aussi la nuit*, Paris, Gallimard, 1999.

– au double sens du mot : la forêt et le bois dont sont faits les instruments des compagnons. Le tout est emporté par le temps qui noue et dénoue les destins.

Il y a aussi un phénomène assez curieux. À travers tes personnages, si forts, si attachants, on se met à reporter sur l'auteur – qui apparaît pourtant si peu – l'estime et l'affection qu'ils suscitent. Ce que tu écris est aux antipodes de ces livres de truqueurs qui fleurissent aujourd'hui. On aime tes personnages entrecroisés – et on aime le créateur, derrière eux, silencieux et immobile.

Françoise m'arrache ton livre à son tour et, tous les deux, nous vous embrassons tendrement tous les deux, dans le souvenir, dans l'estime et dans l'affection.

Jean (d'Ormesson).

À Nine de Montesquiou[1]

Fin des années 1940,

Mon Nine,

Je t'écris tout tristement fâché plus contre moi que contre toi ; fâché contre moi seulement, puisque je t'aime. Je ne veux plus penser à maintenant qui est triste parce que je suis seul et que tu es dans une belle voiture avec un monsieur comme il faut qui te parle, ou occupée à grignoter des ortolans sauce mousseline, ou encore en train de rire en voyant la Nine sur un bateau à voiles avec un foulard autour

1. Nine de Montesquiou est un amour de jeunesse de Jean d'Ormesson. Plus âgée que lui d'une dizaine d'années, mère de trois enfants, elle avait été quittée par son mari dont elle était toujours amoureuse. Rentrée d'Argentine où elle avait rejoint Philippe Baer, ami de Jean d'Ormesson, elle s'était laissé séduire par le jeune normalien. « Je l'amusais peut-être, je la distrayais – comme Philippe – de son chagrin d'amour, elle faisait un peu plus que de me supporter : elle m'aimait bien, je crois. Elle m'acceptait auprès d'elle. Elle me faisait perdre la tête. J'étais fou d'elle. » (*Je dirai malgré tout que cette vie fut belle*, *op. cit.*, p. 172) L'idylle s'achève en 1950 lorsque Nine quitte Jean d'Ormesson pour Maurice Herzog.

de la tête et faisant des grimaces au soleil, ou en train de pleurer parce que tu te laisses raconter des bêtises. Je pense à lundi quand tu verras cette lettre et que tu auras reconnu l'écriture et où tes battements de cœur (s'il y en a) auront déjà donné une réponse à toutes les questions que je te pose et qui t'ennuyent [*sic*] tant. Si ton cœur bat en ouvrant cette lettre, si tu t'es dit « Mon Dieu », alors, d'avance, dans un temps qui n'existe pas encore, et qui s'il existait, serait à peu près exactement le contraire du futur antérieur (n'essaye pas de comprendre, c'est extrêmement difficile à imaginer), d'avance je suis content – je pense aussi à il y a une heure, quand tu es partie, comme ça, comme une Sauvage qui aurait cédé cette fois, avec le monsieur bien élevé, qui a un chauffeur et un manteau d'O'Rossen et qui trouve sûrement que tout s'arrange toujours si bien. Comme tu étais contente de partir, tout d'un coup. Tu as dit « au revoir » vite, vite et tu es partie sans tourner la tête – car tu n'as pas tourné la tête. Et moi aussi je suis parti vite parce que j'avais peur que Victoire[1] ne se moque de moi qui restais la tête collée à la vitre sans dire un mot. Et tu vois comme je suis méchant et égoïste, non, je ne le suis pas ; je suis content que tu partes, que tu t'amuses, que tu oublies tout, mais je suis impossible, exigeant et peut-être, comme on me l'a déjà dit « stupidement sentimental ». J'attends trop de l'amour, plus, je sais bien, que tu ne peux me donner.

1. Victoire de Montesquiou, fille de Nine, née en 1934.

À Nine de Montesquiou

Je pense à ce que tu m'as dit, mon Nine, à tout ce que tu m'as dit depuis que nous nous connaissons (pas encore six mois !) et c'est gentil, et c'est triste. Je pense à cet après-midi où tu m'as dit : « Bien sûr si je t'aimais, je ne verrais que toi. » Et je pense à ce que tu m'as raconté sur Alphand et toi – alors ?

Mon Nine, je ne veux pas parler avec toi sérieusement parce que tu es slave et que cela pourrait, je le sais bien, te faire de la peine et avant tout, je ne veux pas te faire de la peine. Mais il faut te dire ceci : tu m'aimes. Je ne sais pas pourquoi n'étant ni beau, ni culte, ni très subtil, ni très riche, ni princier, ni communiste, ni pédéraste. Mais enfin, c'est comme ça, ça ne se discute pas, tu m'aimes. (Ou si tu ne m'aimais pas, ce serait tellement monstrueux que, telle que je te connais, j'écarte immédiatement cette hypothèse.) Ne crois pas que je sois d'une prodigieuse fatuité car voici aussitôt le revers de la médaille : tu ne veux pas l'avouer, ni à moi ni à toi-même. Je vois, au fond, que tu vis dans un monde d'illusions que tu entretiens et qu'il faudrait quand même détruire puisqu'elles te rendent malheureuses absolument pour rien (exemple : « Si je t'aimais, je ne verrais personne »).

Si tu m'aimes, il faudrait donc au moins te l'avouer à toi et ne pas rendre malheureux et toi et moi. Si moi je ne t'aimais pas, tu comprends bien que rien ne serait plus simple pour moi que de prendre de toi le plus possible, sans me préoccuper de ce que tu peux faire d'ailleurs ; et quand je ferai ainsi, c'est que je ne t'aimerai plus. Mais comme je t'aime et que tu m'aimes, il faut non pas du tout que tu changes ta vie, mais qu'il règne entre nous le minimum de confiance, qui semble tant te coûter, et qui fait qu'on se traite l'un l'autre comme autre chose que des objets qu'on prend plaisir à contempler ou à utiliser quelques heures par semaine et dont on ne se préoccupe plus après. Et ne me dis pas « mais tu es libre, fais ce que tu veux », car tu sais parfaitement d'abord que tu parles contre ton gré et que tu joues avec le feu, et ensuite que c'est moi, je l'avoue, qui estime qu'à mon égard, tu n'es plus libre. *I am your rascal, you know it ; you are my Queen. And of course, it is easy to grumble at a rascal. But what can I say to you ? only : if you love me (and you do) why dont you say it, why do you make us both unhappy*[1] *?*

Écoute-moi, mon Nine : Si tu ne m'aimes pas, si tu t'es moquée de moi (ce serait très drôle, bravo), si tu ne vois en moi qu'un parmi d'autres, si tu es une femme du monde comme celle de « *but I love you both*[2] », alors, je te le dis avec désespoir, tu peux me croire, mais je te le dis, il vaut mieux ne plus nous voir.

J'attends trop de l'amour, j'attendais trop de toi pour supporter, et je le dis autant pour ton bonheur que pour le mien, de voir abîmer ce que je croyais

1. « Je suis ton vaurien, tu le sais ; tu es ma Reine. Et bien sûr, c'est facile de houspiller un vaurien. Mais que te dire ? si ce n'est : si tu m'aimes (et tu m'aimes), pourquoi ne le dis-tu pas, pourquoi nous rends-tu tous les deux malheureux ? »

2. « Mais je vous aime tous les deux. »

pouvoir être bien plus et bien mieux. Je m'excuse de t'ennuyer avec ce qui te paraîtra probablement absurde. Je voudrais que tu comprennes ce que ça représente d'amour vrai, plus vrai peut-être que si je te prenais comme la paresse ou le manque de lucidité m'inclineraient à le faire. Si tu comprends ce que je te dis, téléphone-moi, écris-moi, télégraphie-moi, envoie-moi des messages, des gages inférieurs, des matelots, des animaux sauvages apprivoisés. Mon lundi ne sera qu'une attente. Sinon je t'aimerai seul, sans même toi. Mais je serai toujours ton

rascal

****

Florence, villa di Quarto, 28 décembre 1948,

Ô mia cara,

Je suis ici entre des salles de bains Porcher, des Ghirlandaio et ton souvenir. Je pense fort souvent à vous, madame, avec une grande affection et une grande piété. J'ose espérer qu'il en est de même de votre part et que les absents, à défaut de ces privilèges qu'il est bien courant et bien juste de réserver aux présents, ont droit, parfois, à ces bonheurs qu'ils ignorent eux-mêmes, à ces consolations – les plus médiocres ou les plus belles ? – que sont une pensée distraite ou un souvenir égaré. Je vous vois très bien, madame, devant votre feu, les cheveux dénoués, les yeux dans le vide, partagée entre ce que vous avez et ce que vous n'avez pas, ne voulant renoncer à rien, ne trouvant de valeur qu'à l'impossible, ignorante de vous-même, égarée, triste, heureuse de votre tristesse, inquiète de votre bonheur, hésitante sur vos désirs, folle, belle, triste toujours, – et sans moi. Moi, je suis sans cesse avec vous, je vous retrouve partout et je vois Florence de cette façon même que France appelait stupide et Proust exquise, en train de vous reconnaître dans les longs cheveux de Vénus, dans le dos plat et presque creux de Psyché, dans cette servante modeste, au dernier plan, toute petite, à moitié cachée, que personne ne remarque et que je suis seul à voir dans cette *Annonciation*. J'ai même reconnu Beistegui[1], costumé, en Cosme de Médicis. Comment va Marsan[2], les gens qui te disent « Eh bieng, Mâdamme la Duchessse » et qui ont le droit de te voir, et ta ferme d'Armagnac ?

J'ai failli oublier le motif de cette lettre : je t'envoie tous mes vœux les plus affectueux et les plus sincères pour 1949. J'ai peur de m'être trompé dans ma dernière lettre : ces vœux-là étaient pour Noël.

Le courrier va partir. Je t'embrasse bien affectueusement, comme si tu étais là, à côté de moi et je veux que tu sois gaie et heureuse.

Jean.

1. Charles Beistegui (1895-1970) était un riche collectionneur.

2. Situé dans le Gers, le château de Marsan est la propriété de la famille Montesquiou.

À Paul Morand[1]

19 octobre 1973[2],

Moi qui réponds à tant de raseurs que je n'ai jamais vus, comment ne pas vous dire, du fond du cœur, ma gratitude ? Vous le savez : votre voix m'était précieuse, mais votre amitié me l'est mille fois plus.

Non, je ne vais pas en faire une habitude qui vous agacerait, mais ce soir encore, permettez-moi de vous embrasser.

Jean.

---

1. Jean d'Ormesson rencontra Paul Morand (1888-1976) par l'intermédiaire de François Nourissier. Il se lia avec lui malgré l'hostilité que vouait son père à cet ancien collègue, nommé ambassadeur de Vichy à Bucarest et connu pour son antisémitisme. « J'aimais les livres de Paul Morand. Je le voyais en cavalier mongol, les jambes un peu arquées, en train d'ouvrir toutes grandes à la littérature les portes du monde moderne. Ses nouvelles m'éblouissaient. *Milady* ou *Parfaite de Saligny* me paraissaient des chefs-d'œuvre. » (*Je dirai malgré tout que cette vie fut belle*, *op. cit.*, p. 275) Les nombreuses lettres que Jean d'Ormesson et Paul Morand ont vraisemblablement échangées ont été perdues.

2. Lendemain de l'élection de Jean d'Ormesson à l'Académie française.

À Cécile Nourissier[1]

Novembre 1996,

Ton chagrin est le mien, mon Toto[2], et je pense à toi. Je sais ce qu'est l'épreuve que tu traverses. Il n'en est pas de plus dure. Tous ceux qui t'aiment sont à tes côtés pour t'aider à la supporter et pour te dire leur tendre affection.

Pardonne-moi de n'être pas venu avec toi à Montmartre. C'est ma faute : j'étais parti pour le Yémen et j'étais revenu deux jours (!) avant une réunion que j'étais censé organiser à l'Unesco. Il y avait ce matin-là la dernière réunion préparatoire (j'avais raté les deux premières...). Ne pas y être aurait été impossible : une claque, une déclaration de guerre. Je peux te dire que pendant toute cette corvée, j'ai pensé à toi, à ta mère et à ton chagrin.

1. Cécile Nourissier (1936-2007), artiste peintre signant ses œuvres de son nom de jeune fille, Cécile Muhlstein, était une amie de Jean d'Ormesson et l'épouse de François Nourissier.

2. Cécile Nourissier était surnommée Totote par tout son entourage. Toto est une variante affectueuse propre à Jean d'Ormesson.

À Cécile Nourissier

Je vous aime beaucoup tous les deux, tu le sais. Nous avons eu des jours merveilleux ensemble, et des nuits lumineuses. Dans la tristesse aussi, nous sommes unis. La barbe de François et tes jolis cheveux blonds, j'y suis lié par quelque chose d'inexplicable qui me rend joyeux quand vous l'êtes et tristes quand vous l'êtes.

J'aimerais bien vous voir l'un et l'autre, un de ces jours, si tu en as le courage. Nous parlerions de ce qui était bien et nous essayerions à la fois de garder et de chasser les souvenirs de tristesse.

Je t'aime, mon Toto, et je t'embrasse très fort. Et François aussi.

Jean.

À François Nourissier[1]

Paris, 4 avril 1957,

Cher François,

Je vous remercie de tout cœur de votre sympathie. Elle m'est très précieuse.

1. Jeune romancier proche des « hussards » dans les années 1950, François Nourissier (1927-2011) devint rédacteur en chef de *La Parisienne* en 1956. C'est à cette époque que Jean d'Ormesson, qui contribuait à la revue, fit sa connaissance et que débuta une amitié qui dura plus de cinquante ans. Éditeur, notamment chez Grasset de 1958 à 1996, François Nourissier était parfois surnommé le « pape des lettres » en raison de son activité de critique et de son rôle au sein de l'académie Goncourt qu'il rejoignit en 1977, avant d'en devenir le secrétaire général en 1985 puis le président de 1996 à 2002. « Ses articles dans *La Parisienne*, dans *Le Point*, dans *Le Figaro littéraire*, dans *Le Figaro Magazine* tombaient comme des oracles. Le Nourissier était toujours attendu avec impatience et avec une pointe d'angoisse par les jeunes écrivains – et par les moins jeunes. Nourissier savait manier avec une science accomplie l'encens et le fer rouge, l'éloge et la pointe assassine. » (hommage de Jean d'Ormesson, paru dans *Le Figaro* le 17 février 2011, après la mort de son ami) François Nourissier ne s'aimait pas et ce sentiment traverse ses romans, parmi lesquels *Le Maître de maison*, Grasset, 1968, *La Crève*, Grasset,

J'avais la faiblesse, le ridicule d'aimer profondément mon père[1]. Cela m'a rendu incompréhensible un certain nombre de beaux mythes sur les pères et les enfants.

Dans ces circonstances cruelles pour moi, votre amitié ne m'est pas indifférente.

En vous en remerciant de tout cœur, je vous assure de la mienne, qui est fidèle et vive.

Jean.

****

Fin des années 1950,

Cher François,

Je ressasse depuis hier soir des ruminations ridicules. Mais peut-être est-il encore temps de satisfaire un maniaque.

Puisque je n'appelle pas *lui* « Paul », est-il justifié (p. 6 de mon texte) d'appeler *elle* « Françoise » ? Mettons donc, si vous voulez bien, à la place de Françoise de Rimini : Francesca da Rimini.

Les Malheurs de Justine, ça n'existe pas (p. 3). Je m'en voudrais de déconsidérer *La Parisienne* par une fausse citation. Il faut mettre, évidemment,

---

1970, *Le Gardien des ruines*, Grasset, 1992, ou encore *À défaut de génie*, Gallimard, 2000, long essai autobiographique. « Ce qu'il préférait, c'était s'attaquer lui-même plus encore que les autres, fouiller ses propres plaies, présenter des faiblesses dont il tirait sa force. » (Jean d'Ormesson, *ibid.*) Il fut durement affecté à la fin de sa vie par une maladie de Parkinson qu'il surnommait « Miss P » et qui lui inspira le *Prince des berlingots*, Gallimard, 2003.

1. Le père de l'auteur, André d'Ormesson, est mort quelques jours plus tôt, le 29 mars 1957.

Justine ou les Malheurs de la vertu. Mais puisqu'on corrige, je préférerais : *Juliette ou les Prospérités du vice*. Dans le genre, c'est mieux.

À la dernière ligne de mon texte, on pourrait, si vous le souhaitez, introduire : « Et à la littérature » avant : « Et à l'amour, etc. »

Cette dernière phrase est une chute un peu pompier. J'espère qu'on reconnaîtra (un peu télescopé) le dernier vers de la *Divine Comédie*. Si vous voulez, on pourrait mettre l'*amour qui meut les étoiles*[1] en italique.

Voilà un billet ridicule, digne – le génie en moins – encore une fois des petits bleus de Proust.

Affectueusement.

Jean.

****

Paris, 1964,

Mon cher François,

Je viens de recevoir ton livre[2] dont je te remercie. Ne crois pas que je t'écrive avant de l'avoir lu pour me débarrasser d'une corvée. J'en ai parcouru une page et puis deux et je viens de passer la journée à tout savoir de toi. Sans doute suis-je un peu partial. Un seul placard dans *Le Monde*, puis un article, m'avaient déjà alléché. Non seulement parce que c'était toi. Mais encore un flair. Figure-toi que je

1. « *L'amor che move il sole e l'altre stelle* », dernier vers du « Paradis » dans la *Divine Comédie*.

2. François Nourissier, *Un petit bourgeois*, Paris, Grasset, 1964.

disais même : Il ne me l'a pas envoyé : je vais l'acheter ! Tu te rends compte !

Maintenant que tu me l'as envoyé et que je l'ai lu, je vais te dire : non seulement c'est ton meilleur livre, mais c'est un bon, un très bon livre. Je ne suis même pas tout à fait sûr que ce ne soit pas un grand livre. Enfin, bref, moi il m'a énormément touché. Le ton, ce que tu dis, la façon de le dire, je me suis dit tout le temps : ah, c'est bien. Je ne sais pas si tu as voulu ça, mais on se dit que le livre est bon et puis aussi on est pris d'une espèce de sympathie irrésistible pour l'auteur. Il y aurait beaucoup à dire là-dessus. Sans doute, il y a tout dans *Un petit bourgeois* pour me plaire particulièrement, mais je ne peux pas ne pas croire d'avance tout le monde de mon avis ! (C'est un peu la vacherie du type qui dit : « Moi, je trouve ça beau, mais vous savez, j'ai mauvais goût ! ») J'espère de tout cœur que tu vivras très vieux et que tu écriras encore beaucoup de choses très simples et très belles.

Bien fidèlement et cordialement.

Jean d'Ormesson.

****

Paris, 20 novembre 1966,

Mon cher François,

Je viens de tomber par hasard sur un vieux numéro de cette *Parisienne*[1] où nous collaborâmes. Un article

---

1. Revue littéraire fondée par Jacques Laurent, *La Parisienne* paraît de 1953 à 1958 avec pour ambition de rassembler les adversaires de Jean-Paul

de moi y figure. La dernière phrase en est celle-ci : « Il n'y a pas plus d'imbéciles à l'Académie française qu'ailleurs. » Cette intuition géniale, la voilà confirmée avec éclat. Il me semble même que cette honorable institution ne compte plus que des esprits éclairés et des juges perspicaces, puisqu'ils savent récompenser le talent[1]. Toute ironie à part, je n'ai pas besoin de te dire combien je me réjouis de cette distinction si méritée. Je t'en félicite de tout cœur.

Bien affectueusement à vous deux.

Jean d'Ormesson.

Je suis passé par le Gard où il n'est bruit que de tes fastes de châtelain.

****

Paris, 1968,

Mon cher François,

L'échange était bien inégal entre ton livre et le mien : je restais – et de loin – ton débiteur. Et puis, j'avais envie de t'écrire un mot parce que je commence à croire que j'ai à peu près compris. J'avais commencé à comprendre avec *Un malaise général*[2] (quel beau titre ! je regrette presque un peu

---

Sartre et de l'existentialisme. Jean d'Ormesson et François Nourissier font partie des jeunes contributeurs. Le second devient directeur de la rédaction de la revue en 1956.

1. En 1965, François Nourissier a reçu le grand prix du roman de l'Académie française pour *Une histoire française*, paru chez Grasset la même année.

2. Ensemble formé par les trois romans *Bleu comme la nuit*, 1958, *Un petit bourgeois*, 1964, et *Une histoire française*, 1965 – tous ces titres parus chez Grasset.

qu'il ait été écrasé par les trois sous-titres). Avant, c'était bien, très bien. Mais *Un malaise général*, c'était autre chose. Tu sais combien j'avais aimé surtout *Un petit bourgeois* qui est un très grand livre. Avec *Le Maître de maison*[1], c'est cette grande lignée qui se poursuit magistralement. Voilà donc pourquoi je t'écris – et tu me pardonneras ce ton de docteur.

J'imagine le tout comme une espèce de lutte contre l'espace et le temps. L'espace : l'enracinement quelque part contre ces déménagements dont tu parles si bien. Le temps : la lutte pour se recréer, non seulement un avenir comme tout le monde, mais surtout un passé – le tout irrésistiblement rattrapé par la montée de « l'arrière-saison ».

À la croisée de tous ces chemins, mi-solides, mi-chimériques, toi, comme une fêlure, comme un interstice, comme une mince blessure. Avec toi, le salut ne passe pas, il te reste au travers de la gorge. Il y a, je crois, une espèce de fascination du stable, de l'arrêt au milieu du fluent, de la halte après les exodes, – et puis, tout à coup, un recul : à tout cela, je suis extraordinairement sensible. À tout cela – et au *ton* qui le soutient. Je vais te dire quelque chose d'un peu ridicule – et que tu me pardonneras : ce qu'il y a, ce que je ressens, c'est un élan irrésistible vers cette tristesse, vers cette brisure. C'est ce qu'il n'y avait finalement pas chez Frank[2] : c'était un

1. Paru en 1968 chez Grasset.

2. Vraisemblablement, un personnage d'un roman antérieur de François Nourissier.

écorché qui faisait peur. L'assiégé du Losson[1], on a envie de se jeter avec lui dans ses batailles perdues.

Est-ce qu'elles sont perdues, ces batailles ? La vraie question n'est sans doute même pas là. La vraie question, c'est peut-être celle-ci : est-ce qu'il faut les gagner ? Ce que nous cherchons sans doute tous, c'est à fermer nos blessures et puis – surtout, surtout – à les laisser ouvertes. Alors, c'est la paix et la guerre, la solidité et les chimères, le bonheur et l'attente. J'ai bien peur (et quand je dis que j'ai bien peur, ça veut dire, naturellement, que j'en suis bien content) que tu ne restes toujours ce maître de maison qui voudra prendre ses distances.

Je n'ai encore rien dit de tout ce qui m'a – plu, n'est pas le bon mot, il faudrait dire : vrillé ou atteint – tout au long du livre : les maisons qu'on traverse, le délire et le désintérêt, les mots pointus et tristes contre l'éternelle rentrée des classes des bons sentiments, la halte au bord des jours et les rêves à goût de bile, – et puis, tout à coup, comme ça, les gens du refus, la montée du malaise et les pétards des cabriolets. Tout ça m'a, à la fois, enchanté et désespéré : est-ce qu'il y a un plus grand éloge ?

Et je n'ai rien dit du ton qui est simple, gai, triste, souverain. L'évidence est que *Le Maître de maison* est un beau et grand livre. Tu te souviens du salon de Centuri[2] où tu me disais (il ne faisait pas très

1. Personnage principal et narrateur du roman *Le Maître de maison.*
2. Petit village du cap Corse où les Ormesson louèrent une villa.

beau) que tu ne savais pas si tu étais content de ton livre ? Eh bien, je crois que tu peux être rassuré.

Voilà quelques années que nous nous connaissons, mon vieux François, et ni toi ni moi nous ne nous reconnaissons plus guère dans les glaces, dans les miroirs, dans les vitrines où nous nous croisons. Mais si chacun de nous ne se reconnaît plus, nous, maintenant, nous commençons à nous connaître l'un l'autre. Ça me fait plaisir. Je souhaite de tout cœur au *Maître de maison* tout le très grand succès qu'il mérite. Je lui souhaite les plus hautes récompenses, puisque ça compte aussi. J'espère bien qu'il aura le Goncourt – parce qu'il mérite de l'avoir et qu'il doit l'avoir.

Embrasse Totote pour moi.

Affectueusement.

Jean.

****

Paris, hiver 1968,

Mon vieux François,

Un mot pour te dire que j'ai été désolé comme s'il s'était agi de moi-même : j'ai été un peu crispé dimanche et très écœuré lundi. Il n'y a pas de justice, nous le savions. J'ai lu le « Goncourt » et je m'obstine : le *Goncourt*, c'est toi[1]. Tout cela est peut-être à peine digne d'attention, mais, tout de

1. En 1968, *Le Maître de maison* de François Nourissier, soutenu par Louis Aragon, était en lice pour le prix Goncourt, mais c'est Bernard Clavel qui fut finalement récompensé pour *Les Fruits de l'hiver*, paru la même année chez Robert Laffont.

même, c'est agaçant. On tient, décidément, à ne nous laisser aucune illusion. Ah ! tant pis pour *eux* !

Nous vous embrassons tous les deux tous les deux.

Jean d'O.

****

Paris, automne 1970,

Mon cher François,

Benoît Magellant[1] le sait bien : les livres, ce n'est pas très gai. Je commence à les recevoir (puisque je les reçois, l'âge venant...) avec une espèce de terreur. L'angoisse s'est dissipée lorsque j'ai vu ton nom. Elle s'est réintroduite un peu lorsque je me suis jeté dans le livre : mais tu entends bien que ce n'était pas la *même* : c'était cette angoisse que tu voulais susciter et que tu combines merveilleusement avec l'allégresse de l'écriture. Merci, mon cher François, de m'avoir donné cette *Crève* dont nous parlions, je m'en souviens, sur les pelouses de Vogelshaus[2] et que j'ai lue avec enchantement.

J'aurais voulu t'écrire très vite : pardonne-moi d'avoir tant tardé. Mais je suis parti une dizaine de jours pour une réunion de mon bureau qui a pris tout mon temps et d'où je ne suis rentré qu'il y a quelques jours – et je ne voulais pas t'écrire sans

1. Personnage de *La Crève,* paru chez Grasset en 1970, Benoît Magellant est éditeur, comme François Nourissier, l'auteur de ce roman.

2. Les Nourissier avaient un chalet en Suisse dans le Vaud et la famille d'Ormesson une maison dans le canton de Fribourg. Les deux hommes se croisaient ainsi souvent l'été.

avoir – comment dit-on ? : vécu un peu avec la crève. La voilà maintenant qui m'est bien familière.

Laisse-moi te dire d'abord que tu es bien sévère envers toi-même. J'entends que tu n'es pas Benoît, mais enfin ce rouquin aux pilules roses et qui a du mal à se réveiller n'a pas seulement quelques traits communs avec le petit bourgeois d'illustre mémoire, mais il est entouré de manuscrits et il entretient beaucoup de relations littéraires… J'imagine quelquefois que tu te bats de tant de verges pour ne surtout pas les lâcher un instant, de peur que, profitant de la moindre inattention, un autre ne s'en empare et ne te les applique lui-même : voilà une besogne dont tu préfères te charger directement. Le calcul est bon. On l'aime, ton rouquin, on se sent pris d'une irrésistible sympathie, presque d'une tendresse pour cette passion du déchirement, pour cette horreur du miroir, pour cet échec-salut.

La réussite inégalable, c'est la combinaison de ce scalpel sans indulgence avec un style éclatant. Éclatant, mais contenu, toujours maître de lui, jamais indulgent, lui non plus, mais qu'on sent capable de toutes les virtuosités, même s'il s'y refuse, par un autre – par le même – excès de coquetterie – qui est en même temps et indissolublement vraie mesure et dignité.

J'ai relevé ici et là – pardonne la pédanterie : elle est d'admiration – plusieurs exemples éclatants où le succès est total : quand je dis « ici et là », c'est par envie et jalousie, car on en trouve à chaque page. « Six cent quatre-vingt-cinq places de parking – par exemple – offertes par la Ville de Paris, bientôt, demain, l'an prochain. Jérusalem bagnoleuse et souterraine. » Il y en a des choses, là-dedans ! Le mot sauvage, cher à notre ami Maurice[1] ; la chronique au vitriol ; la satire sociale ; « l'an prochain » assurément « Jérusalem » par un vague souvenir de « l'an prochain à Jérusalem[2] » (?) ; Jérusalem tombant justement comme nous en carême par l'opposition de la Jérusalem souterraine à la Jérusalem céleste… C'est un chef-d'œuvre en trois lignes. J'en ai d'autres à ton service : la description de la queue au guichet de la poste avec l'écriture hébraïque des ordinateurs, les mots de l'amour, les vieilleries négociées aux puces littéraires, etc. C'est le brillant du quotidien, tout l'éclatant de la vie, mais avec quelque chose de vulnérable qui sans doute vient du cœur. Mais, chut !

Pour ne pas faire que des éloges qui lasseraient, j'ai tout de même tiqué sur les pilules qui se font *fortes* de dissiper la fatigue… J'ai bien vu la contamination ironique par le biais de : « elle est forte de l'amour de son mari » mais je doute que Logophile[3] ou autre Le Bidois[4] te signent à ce propos une décharge les yeux fermés…

---

1. Maurice Rheims est l'auteur d'un *Dictionnaire des mots sauvages* paru chez Larousse en 1969.

2. Formule rituelle concluant la cérémonie de la Pâque juive et le service du jour du Grand Pardon (*Yom Kippour*).

3. Personnage allégorique dont le nom signifie littéralement « qui aime le verbe, la langue ou le discours ».

4. Georges Le Bidois et son fils Robert étaient des linguistes, auteurs d'une *Syntaxe du français moderne* en deux volumes parue en 1935 et 1938. Robert Le Bidois était en outre un collaborateur du dictionnaire *Le Robert*.

Jacqueline Piatier[1] m'a paru peu équitable. Mais quoi ! tu as parlé mieux que personne des rapports du critique et de l'auteur et ils te font occuper une place à la fois enviable et très difficile. J'ai apprécié ce que tu disais dans *France-Soir* de ces livres où le mot *livre* est plus proche du verbe pronominal que du substantif…

Pardonne cette lettre trop longue et pédante. N'y vois que le plaisir que j'ai pris à ce qu'un écrivain peut offrir de mieux : la transformation de tourments en délices, de la grisaille quotidienne en intelligence et en subtilité, du *cas* en œuvre d'art. Le rouquin Magellant découvrira l'Amérique. Et *La Crève* confirmera ce que tous savaient déjà : c'est que l'auteur se situe au premier rang des écrivains d'aujourd'hui. Je l'en félicite et je m'en réjouis.

Non pas : mes hommages à la belle Hélène – mais embrasse Totote pour moi. Et crois, mon cher François, à toute ma fidèle amitié et à notre affection à tous deux.

Jean d'O.

J'ai passé ton livre à plusieurs de mes professeurs – et amis – de l'Unesco : il a eu un vif succès dans ce public souvent difficile – auquel Françoise est en train de succéder.

****

1. Journaliste et critique littéraire, fondatrice en 1967 du *Monde des livres*.

À François Nourissier

Paris, 1971,

Mon cher François,

Vraiment, j'ai été touché de ton article, de ton amitié et de ton talent. On ne saurait être plus intelligent et en même temps plus indulgent. Je souscris à chaque mot de ton texte – et surtout aux ombres de critique que tu as gommées. Merci de tout cœur : franchement, je suis heureux que ce soit toi qui aies parlé de mon pavé[1], et que tu en aies parlé si bien. Je suis comblé.

Et je me rassure petit à petit : parce que, tout de même, j'avais un peu peur...

Je t'avais téléphoné hier (avant l'article !!) pour t'inviter à déjeuner : parce que Bourin[2] vient à la maison. Mais tu es au Canada. Nous serons en tête à tête.

J'espère bien que tu viendras bientôt à Neuilly : il est interdit d'inviter les critiques « avant » : *captatio benevolentiae !* Mais « après »...

Je suis mal placé pour juger : mais, en dehors de moi (si possible), ton papier m'a paru très brillant, très net, fort et subtil.

Merci, merci.

Je t'embrasse.

Jean.

****

1. *La Gloire de l'Empire*, *op. cit.*

2. André Bourin, alors rédacteur en chef des *Nouvelles littéraires*, et critique à la *Revue des deux mondes*, au *Quotidien de Paris* et au *Figaro.*

Été 1974,

Mon cher François,

Ta lettre est parvenue sur mon bureau à l'instant où je raccrochais. Elle me fait le plus grand plaisir. Voilà une nouvelle qui me donne plus de confiance que tout dans l'avenir du *Figaro*. Nous allons faire un grand journal et tu régneras sur le monde (fascinant) des vedettes et des coulisses ! On va bien s'amuser. Bravo !

Je m'occupe des questions matérielles, qu'il ne faut pas négliger.

Je te confirme naturellement que tu seras aussi libre que possible dans l'organisation de ton secteur. Mais tu seras en titre *le* critique du *Figaro* (ce qui ne sera peut-être pas le cas pour le cinéma).

Avec beaucoup de joie et d'affection.

Jean.

****

Été 1975,

Mon cher François,

Deux lignes pour te dire à la fois que j'étais content de te voir et malheureux de l'échec de notre projet. Les échecs ne sont jamais gais. Celui-là me touche beaucoup – il me désole. Ne m'en veux pas. J'ai sûrement été maladroit et trop rapide. J'ai eu quatre heures et demie de directoire où le problème a été reposé. Je crois vraiment qu'une sympathie générale entourait la proposition mais, dans le climat actuel – car il faut replacer l'affaire dans un ensemble, évidemment –, il a paru impossible de se mettre encore une affaire sur les bras. Voilà comment se décident les affaires… Pour le reste, la réunion a d'ailleurs été une sorte de cauchemar, à peine climatisé car les autres trouvaient qu'il faisait trop froid dans mon bureau ! Après les quatre heures et demie de débats, j'ai dit ouf et Hersant a ajouté : « C'était une bonne détente. » J'en suis resté pantois.

J'ai lu le Remy[1] (en diagonale). Il y a un personnage inspiré de moi. Mais j'ai été un peu déçu. Tu me diras ton avis ?

J'ai dîné avec Maurice Rh. : il m'a trouvé de méchante humeur. Je le suis. Je t'embrasse. Et Totote aussi.

Jean.

****

Années 1970,

Mon cher François,

Je t'ai écrit hier pour te remercier. Hélas ! c'est encore moi, obligé de te dire qu'il y a eu un article au moins aussi bon que le tien : mais c'est le tien.

Le plaisir que j'en éprouve et la gratitude que je te garde ne sont pas en progression mathématique – mais géométrique ! Franchement, tu m'as comblé. Avec une perspicacité, une allégresse, (à mon sens) une intelligence de ce que je voudrais faire – et avec une amitié qui me vont au cœur.

Merci.

1. Pierre-Jean Remy, *Rêver la vie*, Paris, Gallimard, 1975.

Je voudrais te voir vite pour te raconter pas mal de choses : Académie, *Figaro* et amis – et pour te remercier.

Quand vous revenez, appelez et nous tâcherons – au mois de mai-juin, quelle audace ! – de trouver quelques heures où le cinéma, la presse et tout le bataclan nous laisseront à nous-mêmes.

Je t'embrasse.

Jean.

****

Paris, 29 septembre 1981,

Mon cher François,

D'abord, pardonne-moi. Je suis resté longtemps silencieux. N'y vois ni indifférence, ni réserve, ni même paresse – ni même fureur ou jalousie, encore que ces derniers sentiments soient bien plus honorables et pour moi et pour toi. Mais le moyen de mettre la main sur ton livre[1], même si plusieurs exemplaires flottaient autour de moi ? Ils disparaissaient à peine apparus et l'empire des nuages finissait par être peuplé par tous ceux que je connais. Je ne voulais ni t'écrire ni te parler avant de pouvoir te dire quelque chose.

Maintenant, je peux – encore que je ne sois pas au bout de ma lecture. Mais j'en sais assez pour te dire ce que je pense.

C'est ton meilleur livre. Et je crois que c'est un grand livre. Tu as réussi ce qui est peut-être la tâche d'un écrivain d'aujourd'hui : écrire quelque chose

1. François Nourissier, *L'Empire des nuages*, Paris, Grasset, 1981.

qui soit au confluent de la littérature et du roman. Au confluent aussi de l'imaginaire et de toi-même. Tu crées un monde – c'est un monde, avec tous ces personnages, ces événements, cette histoire, la société, tous les mouvements de notre temps – et tu y es tout entier. C'est détaché de toi, mais on t'y retrouve à chaque page. C'est le roman de la création et c'est un roman d'amour, mais il ne pouvait être écrit que par toi. Ce ne sont plus des variations, des gammes, des fusées, c'est un monument. Il est autonome. Et pourtant, c'est toi.

Tout, et d'abord Burgonde[1], a un poids, une densité qui saisit, entraîne, envoûte. Il y a une unité très forte dans le livre, mais toute une époque y entre. Il part dans toutes les directions, et tout est ramené vers un centre dont tu ne t'écartes jamais. « Ah ! c'est très fort ! » dirait un personnage de Proust. Maurice m'a parlé de Zola. Tu es plus présent – même absent – que Zola. Quelquefois, ne hurle pas, par la multitude des personnages et des milieux, j'ai même pensé à Jules Romains. Mais, évidemment, ce n'est pas ça : parce que c'est toi.

J'imagine le livre publié sous le nom d'un jeune auteur inconnu. Bien sûr : coup de tonnerre mais je crois que je me serais dit : il y a du Nourissier là-dessous. J'aurais senti le Gary sous l'Ajar romanesque. C'est un éloge. Tu es entré plus que jamais, et peut-être pour la première fois, dans l'autonomie du romanesque. Mais la musique est là. Elle est

1. Personnage principal du roman de François Nourissier.

triste, mais forte. On se demande d'ailleurs pourquoi elle est triste : elle devrait être triomphante. Mais elle triomphe sans doute parce qu'elle est pénétrée de doutes, d'inquiétudes, de cauchemars.

Tu me donnes l'impression, il y a quelque chose d'intimidant là-dedans, d'être entré dans un autre monde. Mais tu y es entré avec tant de puissance que tu l'as meublé aussitôt de ta présence. Reste à se poser mille questions qui m'assaillent : comment se fait un livre comme celui-là ? J'imagine que tu y penses depuis très longtemps. Est-ce qu'il est fait de mots, d'observations, de souvenirs, ou est-ce que tout est recréé ? Les deux, sans doute. Aurais-tu pu aussi le construire, par exemple, autour d'un musicien ? Ou est-ce que deux ou trois noms qui viennent aussitôt à l'esprit – et Totote – t'ont nourri de ces éléments qui font l'épaisseur de ton sujet ?

Je serais toi, j'abandonnerais les bananes. C'est ce que tu vas faire, je pense. Tu es passé au stade des nourritures fortes, des plénitudes, des accomplissements. Je ne te vois pas triomphant, encore qu'il s'agisse d'une espèce de triomphe. Mais les vents coulis ne t'atteindront plus. Il te faudra des tempêtes. Tu es entré dans les grands ensembles.

Bref, et je suis sûr que tu le sais, parce qu'on sait ces choses-là, c'est formidablement réussi. Il y a un personnage, il y a un monde, il y a une musique, il y a une histoire – mais à tous les sens du mot. Je suis bien curieux de ce que diront nos amis, les médias ? On sent une espèce d'hésitation, le morceau est gros, mais le mot de chef-d'œuvre court de bouche à oreille. Il est dans ma tête et dans mon cœur : ça te fait une belle jambe.

Je t'embrasse.

Jean.

****

Cher François,

En hâte sous le soleil, entre « lady Diana » et Charlie Chaplin, la princesse Faiza (un poème) et la sœur Bardot (dont son père dit, paraît-il, qu'elle est un peu plus putain que sa sœur).

Voici les pages que tu m'arraches. Je pars pour Rhodes.

Affectueusement.

Jean.

Corrige, s'il te plaît, ce qu'il y aurait à corriger. Merci.

****

Paris, été 1983,

Mon cher François,

Je pense souvent à toi – plus encore depuis mon retour du Japon (où j'ai échappé successivement aux missiles russes et au typhon de Hong Kong !...) J'ai appris en débarquant la mort de Java[1] et j'imagine votre chagrin à tous les deux. Je l'imagine d'autant mieux que j'ai lu ton joli album et, plus

1. Berger allemand de François Nourissier, qui était profondément attaché à ses chiens.

récemment, ton article du *JDD*[1]. Pour tous ceux qui ont de l'affection pour vous, Java était une sorte de totem, objet à la fois de plaisanteries et de tendresse. Je le vois encore dégringolant à travers les forêts de Caux sous nos yeux irrités et ravis. Je le vois encore en train de renverser de frêles et illustres académiciens et je l'entends aboyer selon des rites immémoriaux auxquels nous nous pliions avec joie. Dis à Totote que j'ai été triste pour elle et embrasse-la pour moi.

À bientôt.

Affectueusement.

Jean.

****

Paris, printemps 1984,

Il y a deux choses que tu ne mesures peut-être pas, mon cher François. La première est ma gratitude. J'ai été transporté par ton article. Il m'a paru merveilleux. Je ne crois pas, sincèrement, que, parlant de moi-même, j'aurais pu faire aussi bien ni parler du livre[2] avec tant d'amitié. Je t'en suis profondément reconnaissant.

La seconde est ton influence. On dit souvent qu'un critique de la presse écrite n'a plus beaucoup d'échos. Je peux t'assurer du contraire. L'effet de ton article a été immédiat et mesurable. J'ai pensé que cela te ferait plaisir. À moi, oui !

1. *Journal du dimanche.*
2. *Jean qui grogne et Jean qui rit, op. cit.*

L'article était superbe. Plus encore que d'écrire sur un ami, lire ce qu'un ami écrit sur vous-même est un exercice difficile. Il m'a semblé que c'était un chef-d'œuvre. Un chef-d'œuvre d'amitié, naturellement. Mais aussi de sensibilité et d'intelligence. J'ai failli me ruer chez le libraire pour acheter le livre.

À bientôt.

Je vous embrasse tous les deux de tout mon cœur.

Jean.

****

Paris, février 1985,

Mon cher François,

Je t'ai très mal remercié de ta lecture de mon manuscrit[1] et de ce que tu m'en as dit. Sois sûr que je t'en suis bien reconnaissant. Je n'imagine que trop le poids que doit représenter cette masse de lecture – surtout au moment où on est soi-même engagé dans un travail. Je ne t'en garde que plus de gratitude.

J'éprouvais du scrupule, tu le sais, à prendre de ton temps. Mais ton jugement, sûr et amical, m'était trop précieux pour que je me laisse arrêter par des considérations touchant *ton* travail et *tes* besoins ! Pardonne-moi.

Ce que tu m'as confié m'a paru, comme toujours, juste et indulgent. J'aimerais bien profiter de tes conseils et de tes critiques. Ne crois pas que

1. Qui paraîtra sous le titre *Le Vent du soir*, chez Lattès, en 1985.

j'aie pris à la légère tes remarques. L'apparence de légèreté cache parfois un peu d'angoisse. Je suis bien impatient de suivre les avis que tu pourras me donner. Bien impatient aussi de te remercier mieux que je ne l'ai fait.

À bientôt, mon cher François. *Merci encore.* Embrasse Totote pour moi. L'égoïsme ayant des limites, même pour moi – mais oui ! – j'aimerais bien savoir aussi comment va ton ouvrage. Je t'envoie beaucoup de vœux affectueux – mais je ne suis pas inquiet : ils sont confiants et je suis sûr, une fois de plus, de ta victoire sur toi-même et de ton succès auprès des autres. Je t'embrasse.

Jean.

****

Août 1987,

Toute la nuit, je t'ai lu, mon cher François. Il était très près de 6 heures quand Mme Lordanchet a déchiré d'un geste brusque la fiche d'Hector Vachaud d'Arcole[1]. J'ai trouvé ton livre en rentrant de Suisse (où nous vous avons téléphoné plusieurs fois en vain) et je ne l'ai plus lâché. J'y ai trouvé Héloïse – en cheval –, Paule de B. en Marthe vieillie, ravinée par le soleil, une ombre de Modiano dans Léonce Garfunkel[2] – et un immense plaisir.

1. Tous deux des personnages du roman de François Nourissier, *En avant, calme et droit*, paru chez Grasset en 1987.

2. Selon Jean d'Ormesson, Héloïse d'Ormesson, Paule de Beaumont et Patrick Modiano ont inspiré ces personnages à François Nourissier.

À François Nourissier

Le livre est multiple – et rond. C'est un livre sur le cheval, bien sûr – les chevaux remplacent les maisons, ce sont des maisons mises en mouvement, dont on change et auxquelles on revient –, mais aussi sur le temps et l'amour – et surtout sur le changement. En un sens, et dans un portrait de la société, *En avant, calme et droit* est une montée du soir.

Il y a du Montherlant dans cette vie corsetée, d'où Morand, évidemment, n'est pas absent non plus. Il y a surtout toi, à la même hauteur. Il n'y a pas une bavure, pas un temps mort, pas une faiblesse d'écriture. Le livre m'a paru déchirant – et, d'un bout à l'autre, c'est un enchantement. Cette perfection sombre, cette drôlerie aussi, à mi-voix, est ta marque de fabrique. Plus le monde est sinistre, plus ton talent l'exalte.

Deux minuscules questions, pour te montrer que je t'ai lu : le baron de la Houlette (p. 63) est-il colonel ou commandant ? Peut-être a-t-il usurpé son grade comme Hector son nom ? Et les bottes d'Hector, les belles bottes qui finissent leur carrière à La Brugne (p. 106), est-ce Jeanne qui les a données à Hector ? Ou serait-ce, par hasard (p. 37), la pauvre mademoiselle Andrée, un peu oubliée ?

Après s'être beaucoup inquiété de sa santé, le Petit Bourgeois[1], fatigué de traîner de maison en maison, a fini par monter à cheval. Il avait toujours aimé les chiens. Il est passé à la taille au-dessus.

1. Personnage de l'ouvrage *Un petit bourgeois* de 1964, inspiré de François Nourissier, qui, de roman en roman, semble revenir sous une forme nouvelle.

La société est toujours là, un peu derrière, mais présente. Les enfants aussi, les siens ou ceux de la femme qu'il aime. Les relations avec eux ne sont pas transparentes. Forcément, avec cette manie qu'ont les enfants de vouloir être heureux. Le bonheur, comme l'ordre, est une sacrée tentation. Mais Hector n'est pas fait pour le bonheur. À aucun moment, il n'est pleinement heureux. Je ne suis même pas sûr qu'il soit vraiment fait pour les chevaux ; ils mettent seulement un peu d'ordre et de lumière dans sa vie.

La vraie chance d'Hector, petit bourgeois monté, c'est d'avoir trouvé pour le peindre un très grand écrivain, au sommet de son style et de ses pouvoirs. Le salut d'Hector, c'est d'être peint, le salut du peintre, c'est de peindre. Un de ces jours, tu nous écriras quelque chose sur un peintre… Mais non ! c'est déjà fait. D'une sorte de malédiction sur un univers gris et terne sort une espèce de comédie humaine – ou de musée de l'homme. Ce sera, εις αει[1], un témoignage sur notre temps – et sur nos passions.

Je vous embrasse tous les deux.

J.

****

Mon cher François,

Je t'ai très mal dit combien ton article m'avait plu. Et combien je t'en suis reconnaissant.

---

1. « Pour toujours ». D'après la formule grecque *ktêma eis aei*, « un bien pour toujours », « un trésor », « une acquisition définitive ».

À François Nourissier

Avec Marcel[1] ou sans Marcel, sur la neige ou sans neige, nous dévalons tous les deux, côte à côte, nos pistes vertes ou bleues, rouges, et parfois noires. Je suis content que tu sois là, merci.

Je vous embrasse tous les deux.

Jean.

****

Octobre 1988,

Merci de tes deux lettres, mon cher François. J'ai été enchanté de parler de toi à Philippe Roberts-Jones[2], qui est charmant. C'est un poète. Mon Dieu !... Il y a autant d'académies en Belgique que de doctorats *honoris causa* pour M'Bow ou pour Hélène Ahrweiler[3]. Et le tout est multiplié par deux, à cause des langues. Je tâcherai de t'expliquer tout cela un jour, si je peux !

Sais-tu que Bastide viendrait remplacer François Valéry, Gisèle Halimi et Mme Cabana à l'Unesco[4] ?

---

1. Moniteur de ski de l'auteur. Jean d'Ormesson et François Nourissier ont beaucoup skié ensemble.

2. Historien de l'art, conservateur en chef des Musées royaux des Beaux-Arts de Belgique, Philippe Roberts-Jones est alors membre de l'Académie royale des sciences, des lettres et des beaux-arts de Belgique et de l'Académie royale de langue et de littérature françaises de Belgique. Il est également membre de l'Institut de France (associé de l'Académie des beaux-arts).

3. Directeur général de l'Unesco de 1974 à 1987, Amadou-Mahtar M'Bow a été ministre de l'Éducation et ministre de la Culture du Sénégal dans les années 1960. Il est effectivement docteur *honoris causa* d'une quinzaine d'universités, tout comme l'historienne Hélène Ahrweiler, spécialiste des études byzantines, qui est à l'époque recteure de l'académie de Paris.

4. Nommé délégué permanent de la France auprès de l'Unesco en 1988, François-Régis Bastide succède dans ces fonctions à François Valéry (1976-1981), Jacqueline Baudrier (1981-1985), Gisèle Halimi (1985-1986) et Marie-Claude Cabana (1986-1988).

Tillinac[1] : excellente idée. Je te suis – comme toujours.

Phlegmon ? Horreur. J'espère que tu n'as pas eu trop mal et que tu vas mieux. Soigne ta voix, si utile en ces temps de consultations populaires – et viens dîner.

Totote pourrait arranger une rencontre au sommet avec Françoise.

Je t'embrasse.

Jean.

****

Septembre 1989,

Merci, mon cher François. C'était rudement gentil à toi de venir – et de rester si longtemps. Il y a bien des imperfections dans le film – genre : « Tiens ! que faites-vous donc à Londres ? – Je suis arrivé hier, 17 juin, mon général – Ah ! nous sommes le 18 juin ? Je devrais bien lancer un appel aux Français » ou : « Je t'aime à la folie... je vais te préparer un petit-déjeuner ». Mais enfin, l'indulgence aidant... J'aime beaucoup Mazoyer[2], Ludmila Mikaël, Cyrielle Claire et Danièle Lebrun[3]. D'autres

1. Denis Tillinac, écrivain, éditeur et journaliste, dont l'ouvrage *La Corrèze et le Zambèze. Les masques de l'éphémère* paru chez Robert Laffont en 1990 reçut la même année le prix Chardonne, attribué par un jury que présidait François Nourissier.

2. Robert Mazoyer a réalisé l'adaptation télévisée du roman de l'auteur *Mon dernier rêve sera pour vous, op. cit.* Elle est diffusée sous la forme d'un feuilleton en six épisodes en 1989.

3. Ludmila Mikaël interprète Pauline de Beaumont, Cyrielle Claire, Juliette Récamier et Danièle Lebrun, Céleste de Chateaubriand.

moins... C'est à moi de m'excuser de m'être si peu occupé de vous. J'ai hâte de vous revoir.

Je vous embrasse tous les deux.

J.

****

Paris,

Évidemment, mon cher François, si tu veux dormir tranquille le matin, tu n'écriras plus d'article sur moi. C'est un risque que j'ai pris. Mais à peine t'avais-je lu que je me suis senti soulevé par un enthousiasme juvénile qui faisait fi du sommeil – des autres, bien entendu.

Ton article est merveilleux. À mes yeux au moins, c'est le plus beau que tu aies écrit ! Il est plein de talent, de gaieté, d'amitié. Je suis fier d'avoir fourni le prétexte à ce texte dont je te remercie de tout cœur. Allons ! j'ai bien fait d'écrire mon livre !

Embrasse Totote pour moi. Roule mes excuses à ses pieds et couche-la de bonne heure pour qu'elle rattrape les heures que ma gratitude a arrachées à son sommeil.

Je pars pour la Roumanie. Quelle idée ! mais le temps d'un aller et retour, le temps de parler de toi aux hospodars. Voyons-nous à mon retour. Ma lettre est pleine de ratures : « Ma main tremble en vous écrivant[1]... » Ah ! ah ! citation...

Je vous embrasse tendrement tous les deux.

Jean.

---

1. Citation de Philippe Louis Gérard, *Le comte de Valmont ou les égarements de la raison* (1774-1778) que Chateaubriand considérait comme un exemple de roman chrétien.

À François Nourissier

****

Paris, février 1990,

Mon cher François,

Bratislava[1] m'a emporté, submergé, lessivé. *Bratislava* lave plus noir : peut-être une bonne formule de publicité ? Je me suis beaucoup amusé, comme tu m'y invitais, en lisant ton livre. Je ne passe plus place Fontenoy sans penser à toi. Et l'affaire des titres et bien d'autres m'ont enchanté. Mais, au-delà de l'amusement, et peut-être même au-delà de la littérature (nous l'aimons), j'ai été pris par *Bratislava* comme rarement je l'ai été. J'ai senti, entre les mots, passer le temps et les années. *Bratislava*, c'est le *Petit Bourgeois* mis en mouvement et emporté par le temps qui passe. Tout est d'une précision de chirurgien, d'une intelligence épouvantable – rien n'est niaiseux, comme tu dirais. C'est un sombre éblouissement.

En annexe à ton livre, je peux t'apporter une modeste contribution. À mon frère (cinq ans de plus que moi), une dame (du monde) demande : « Êtes-vous le fils de J.O. ? » Et l'autre jour, au cimetière où nous voulions entrer en voiture, la gardienne, s'adressant à mon frère (comme si j'étais déjà gâteux) lui dit, me montrant : « Peut-être Monsieur a-t-il plus de soixante-dix ans ? » Je n'ai cessé de penser à « Sur l'âge », à « Sur le retour[2] », à la misère du temps et à *Bratislava*.

1. François Nourissier, *Bratislava*, Paris, Grasset, 1990.
2. Titres de chapitres de *Bratislava*.

Les années, en tout cas, n'ont pas attaqué le style. Jamais plus clair, plus sombre, plus dépouillé, plus fort. Aucun chiqué, pas de trucs, pas de complaisance, ni dans un sens ni dans l'autre. Ce sera bien intéressant de voir si les dames se diront que tu es sur l'âge puisque tu le dis ou que tu ne l'es pas puisque tu le dis si bien.

Je me sépare de toi, naturellement. *Wie es auch sei, das Leben ist gut*[1]. Je me suis beaucoup interrogé pour savoir si vraiment il n'y avait de bon que l'attente dans ce que nous appelons l'amour. Peut-être. Mais alors cette attente est si forte qu'elle colore de bonheur et d'exaltation ce qui est à la fois son sommet et sa fin. Nous sommes comme deux personnages comiques dont l'un dirait (et ils se trompent tous les deux) : « Quel malheur que ça finisse si mal ! » et l'autre : « Quel bonheur que ça ait si bien commencé ! »

Quelle chance surtout d'avoir un ami qui ait tant de talent. J'ai toujours pensé que les écrivains étaient plus dangereux que personne parce qu'ils tenaient moins au bonheur qu'à écrire un beau livre. Tu pousses les choses à bout. On dirait que plus la réalité est sombre, plus le style est éclatant. On finit par se demander si tu ne rends pas le monde plus affreux encore qu'il n'est pour que le livre soit plus beau.

---

1. Vers du poème de Goethe *Der Bräutigam* (*Le Marié*, 1824) que l'auteur commente en ces termes : « Quelle qu'elle puisse être, médiocre, perdue, cruelle, mauvaise, la vie est bonne. Quelle qu'elle soit, la vie est belle. » (*Qu'ai-je donc fait ?*, *op. cit.*, p. 119)

À François Nourissier

Le livre m'a paru parfaitement réussi. Les chapitres courts, le mélange des genres, une espèce de simplicité qui se met souvent en abîme (en « *abysme* » !), la profondeur de l'effroi, l'angoisse dans les yeux et l'absence d'adjectifs : une espèce de leçon, très rude et très lumineuse.

Je t'embrasse.

Jean.

****

Paris, 1990,

Ton livre m'a enchanté, mon cher François. Tu as souvent parlé de toi. Voilà que, caché dans les caisses de tes voitures successives, tu nous parles de nous tous, de nos rêves, de nos départs – et des bosses au front de nos passagères d'occasion. *Bratislava* était superbe et sinistre. *Autos graphie*[1] est allègre et charmant. Je distingue bien la mélancolie derrière le vrombissement des moteurs. Mais c'est la mélancolie d'un passé (pour une fois) enchanté.

J'ai tout retrouvé, des souvenirs, des émotions, des attentes. Oh ! La Rochepot, dont les toits en contrebas étaient comme l'annonce encore lointaine des platanes et des cyprès ! Tu fais, à propos de ces machines imbéciles qui nous ont tant occupés, ce que Descartes appelait « une revue si complète » que presque rien n'y échappe de ce

1. François Nourissier, *Autos graphie*, Paris, Albin Michel, 1990.

qui en faisait le décor, les accessoires, le paysage et la musique.

J'ai ri, j'ai été ému, je me suis moqué de notre bon Bernichon de Belgique, enfin rien ne manquait à ces plaisirs subtils tirés avec beaucoup de science et de talent de notre civilisation mécanique. Tu parles des voitures comme des maisons et des maisons comme des jeunes filles. Ce n'est pas peu dire.

Je t'embrasse.

Jean.

****

1992,

Merci, mon cher François ! Ils sont indécrottables, mais ça m'a fait du bien, à l'effroi, je crois, du *Figaro*, de dire ce que tout le monde pense. Ce serait bien d'être les derniers à se rallier à Mitterrand, au moment où tout le monde le quitte !... On regarde d'un côté, ça vous rejette de l'autre. On regarde de l'autre, on en revient au premier. Je rentre de Yougoslavie : on a honte de nos problèmes quand on voit les leurs. Vivre, survivre, y est déjà un triomphe.

Je vous embrasse.

Jean.

****

Paris, 1992,

Oui, je m'y suis mis tard, pardonne-moi, mon cher François. Mais l'enthousiasme rattrape le retard. Je t'ai lu vite[1], et puis je t'ai lu lentement. Vite, parce qu'on est précipité en avant par les personnages, par la construction, si savante, si simple, si élégante, à aucun moment, comme chez d'autres : « Hé ! regardez comme je sais y faire… », par le style.

Lentement, parce que, évidemment, on a envie de revenir sur les grands moments – les trois voyous… – et sur tant de détails qui m'ont laissé pantois d'admiration – mais, va, je ne te hais quand même pas. À vrai dire, il y en a presque à chaque page. Par exemple, et pourquoi parler de ce passage-là plutôt que d'autres ? les bras de Clémence croisés sur la poitrine quand elle se promène avenue Victor-Hugo, jusqu'à ce qu'elle entre dans la maternité ou dans la vie active. Inouï. Il y a là quelque chose à la fois de si moderne et de si classique que j'en ai été enchanté. Je crois que le comble de l'art, c'est de donner de l'inattendu qui soit en même temps évident.

Ce qui m'a évidemment le plus séduit, c'est l'introduction du monde autour de nous dans une seule journée d'un seul personnage. C'est admirablement réussi. On ne voit jamais la couture, les joints de suture. Et la subtilité… ! Quand tout se noue, presque trop bien, dans les caves d'Angleville et que Louisette, Vera, Corine se rattachent déjà à Clémence et à Fargeau ! Tu as dû bien t'amuser. Et c'est rudement savant.

À propos, et j'ai tant de choses qui me viennent à l'esprit que je les prends au hasard, est-ce que,

1. François Nourissier, *Le Gardien des ruines*, Paris, Grasset, 1992.

par hasard, les trois jeunes gens à la table voisine, place d'Auteuil, sont les trois voyous du soir ?

Tu es le Paganini de la déjection, le Mozart du gâtisme purulent. J'ai retrouvé, bien sûr, la grande ligne du *Petit Bourgeois* – avec trente ans de cicatrices en plus. Le tout est une réussite éclatante et tu as bien mérité les dix francs de la dame de La Charité de Maussade.

Tout l'éclat du livre vient de la double trace laissée chez le lecteur par le passage du temps de l'histoire qui afflue de partout – et dont témoigne la liste des personnages à la fin du volume –, et du temps biologique qui est le sujet apparent – et qui contraste si fort avec la virtuosité du narrateur, spécialiste du gâtisme et encore exempt de ses atteintes.

Moi, je me suis reconnu à chaque page – j'imagine tout de même que ce n'est pas par hasard que le héros s'appelle (saint) Fargeau[1] – mais mes ongles de pied sont encore très décents.

Toi, tu peux maintenant te laisser aller à ce que tu dépeins si bien et qui nous attend tous : ça n'a plus d'importance puisque tu as écrit *Le Gardien des ruines*. C'est une cure, une confession, un exercice spirituel, une exploration du répugnant – et une exaltation.

Je vous embrasse tous les deux.

Jean.

---

1. Le château de Saint-Fargeau dans l'Yonne, modèle du Plessis Vaudreuil dans *Au plaisir de Dieu*, était la propriété de la famille de l'auteur qui y a demeuré quelque temps pendant sa jeunesse.

À François Nourissier

****

Paris, janvier 1994,

Merci, mon cher François !

Voyons-nous sans cesse ou ne nous voyons jamais, disait Drieu. Écrivons-nous tous les jours.

Je reçois le texte de ton article. Grâce à Dieu, le texte du *Fig-Mag* me paraît conforme à l'original. Merci.

Il fait un froid de gueux. Je te vois au bord de ta piscine, en plein soleil. Le Roy Ladurie pleure. Favier rit[1]. Le gouvernement patauge. Balladur monte. Voilà les mystères de Paris.

Je t'embrasse.

Jean.

****

Paris, 1994,

Non, mon cher François, je ne me suis pas débarrassé d'une corvée en te téléphonant ! J'avais envie de te parler et d'entendre ta voix, *mais* j'ai beaucoup aimé ton livre[2]. Il redonne à la littérature ce qui lui manque le plus aujourd'hui : sa dignité et son bonheur.

Tout ce que tu dis, non seulement de toi, mais d'Aragon, de Chardonne et de Morand, de la cri-

1. Emmanuel Le Roy Ladurie a été administrateur général de la Bibliothèque nationale (BN) de 1987 à 1994. En janvier 1994, c'est pourtant Jean Favier que le conseil des ministres nomme président de la Bibliothèque nationale de France, nouvelle institution fondée pour succéder à la BN.

2. François Nourissier, *Mauvais Genre*, entretiens avec Frédéric Badré et Arnaud Guillon, Paris, Quai Voltaire, 1994.

tique et de la littérature est vif, juste, je crois, et revigorant. Pour une « bête de tristesse », tu donnes à ceux qui te lisent beaucoup de plaisir. Je suis toujours heureux de te lire comme je suis heureux d'être ton ami.

Je vous embrasse tous les deux.

Jean.

****

Paris, 1996,

Mon cher François,

Pardonne-moi d'abord mon retard à te remercier. Mais je ne voulais pas t'écrire avant d'avoir vraiment lu ton livre et je ne voulais pas te lire en hâte, dans le train, entre deux descentes avec Marcel, la tête aux champs (de ski) et ailleurs. J'ai pris un jour et je t'ai lu d'une traite.

Roman volé[1], tu le sais très bien, est parfaitement réussi. Le ton est juste d'un bout à l'autre, la construction est simple et subtile, avec une vraie intrigue intérieure où ne font défaut ni retournements ni coups de théâtre. Tu imagines avec quel plaisir je t'ai lu, moi qui, comme Maurice[2], et quelques autres, et en fin de compte beaucoup d'autres, ai été le témoin de l'aventure.

Il me semble d'ailleurs que les critiques, celles du moins que j'ai lues, ont rendu justice au livre. Celle de Maurice n'était pas indigne de celle de Christine

1. François Nourissier, *Roman volé,* Paris, Grasset, 1996.
2. Maurice Rheims.

Arnothy (ou Arnoty ?) dont tu m'as parlé et que j'ai lue et de tant d'autres. Tout le monde a salué la construction de l'œuvre à partir de sa disparition et l'absence se changeant en présence. Au passage, la fidélité à l'autocritique et à l'autoflagellation, le doute croissant à l'égard d'un livre d'amour (au fait, j'aimerais bien le lire, ce livre ! Personne ne semble avoir réclamé sa publication. Figurera-t-il dans tes œuvres complètes ou est-il définitivement remplacé par sa déploration ?) et le chagrin de la bonne surprise après le chagrin de la mauvaise. Au fond, ce qu'il faut, c'est un support plausible à un chagrin magnifié par le style.

Le style est là, bien sûr. À mon sens, *Roman volé* est un de tes meilleurs livres. Il tient tout seul par la magie des mots qui s'entraînent les uns les autres et on veut la suite comme s'il s'agissait d'un roman. Ce récit-là est soutenu tout entier par un style qui se confond, aurait-on dit il y a un siècle, avec un état d'âme.

Un état d'âme. Un état du corps aussi. Tu en parles avec une grande dignité. J'ai été ému par le chapitre « L'écriture fout le camp ». Il m'a rappelé un coup de téléphone de toi qui m'avait bouleversé. En forçant un peu le trait, peut-être pourrait-on dire que tu étales ce que tu inventes et que tu caches ce dont tu souffres. Il y a un mélange étonnant et détonant de mise à nu et de pudeur, de sincérité et de retenue.

Il y a une chose, il me semble, et autant que je sache, dont les critiques n'ont pas parlé et qui m'a paru bien intéressant. Derrière le livre que tu ne veux plus publier, je me demande s'il n'y a pas d'autres livres que tu ne veux pas publier. En ce sens, *Roman volé* serait peut-être quelque chose comme ton *Fleuve Alphée*[1]. La sortie de la bulle. Un incident qui remet en question bien autre chose qu'un manuscrit évaporé et qui, hélas ! se refuse à disparaître complètement comme on le souhaite en secret. *Roman volé* ne serait alors plus seulement le livre d'un manuscrit dérobé, mais d'une littérature qui se dérobe.

Peut-être vais-je trop loin. Allons encore un peu plus loin. Un manuscrit est volé. Chagrin, incidents, regards sur soi, travail du deuil. Sur le manuscrit volé s'édifie une autre œuvre qui ne repose que sur l'absence de l'autre œuvre dont elle parle, dont elle pleure la fuite avant de pleurer le retour. Derrière le roman d'amour volé, c'est l'auteur lui-même et tous ses livres qui sont mis – superbement – en question. Et si, derrière l'ensemble de l'auteur et de ses livres, c'était la littérature en général qui était en train de se dérober ? Elle reparaît, bien sûr, et parfois sous notre plume, mais n'est-ce pas un autre – et plus cruel… – motif de désolation ?

Le rat sur la couverture, c'est comme cela seulement que je me l'explique.

Allons ! cette fois-ci, je vais trop loin ! Sur l'absence, en tout cas, et sur la présence ambiguë, tu as

1. Allusion au livre de Roger Caillois, *Le Fleuve Alphée*, paru chez Gallimard en 1978.

écrit – comme pour le charme de Totote et le bonheur d'être avec elle : pas de mondanités ! – un de tes plus beaux livres. Il rejoint, en un retour aux origines – le fleuve Alphée ? –, *Un petit bourgeois*. En plus simple en plus dépouillé, en plus littéraire bien sûr, et peut-être en plus implacable encore. Tu es la plaie et le couteau[1] – j'imagine que je ne dois pas être le premier à employer la formule – et tu introduis dans la noire modernité le thème si classique dans notre littérature du procès où l'auteur est à la fois le coupable, son avocat, son juge et surtout son procureur.

Ton livre est superbe, ma lettre est trop longue, je vous aime beaucoup tous les deux et je vous embrasse tendrement.

Jean.

****

Merci de ton mot, mon cher François. Je le trouve au retour d'un voyage au Yémen. Superbe. Le retour est rude. Adouci par ce prix que je te dois et dont je te remercie. Tu as eu bien raison de ne pas être là. Les prix sont de ces choses délicieuses qui, comme le ruban rouge, ne se demandent pas, ne se refusent et dont on ne parle pas. (Jean Chalon[2] en a parlé, malheureusement : il évoque « ma voyante » !)

J'ai reçu deux jeunes filles, licenciées ès lettres, qui font un travail sur la littérature du début du

---

1. Allusion au poème de Baudelaire « L'Héautontimorouménos » paru dans le recueil *Les Fleurs du mal*, 1857.

2. Écrivain, journaliste au *Figaro*.

siècle. J'ai prononcé le nom de Barrès. Elles m'ont demandé comment ça s'écrivait.

Comment était la fête de Toulon ? Le discours de Pierre, à Paris, était superbe. Il a parlé de Proust qui écrivait sur ses cahiers : « Être Chateaubriand ou rien. »

Au Yémen, l'ambassadeur est un ancien méhariste qui parle l'arabe comme le français. Irrésistible. Ah ! que ne sommes-nous militaires…

Je me réjouis de vous revoir et je vous embrasse tous les deux.

Jean.

****

Paris,

Mon cher François,

Tu es un ami merveilleux. C'est ce que je me disais en lisant ton article sur Maurice[1], si brillant et si juste, où tu le montrais en train de s'acheter lui-même pour embellir sa collection. C'est ce que je me suis dit encore bien plus fort, jusqu'à pousser des cris de joie, en tournant la page. Quoi ! je publie de vieux livres – et tu écris un article neuf, plein d'affectueuse indulgence.

Merci, mon cher François ! Tu m'as comblé une fois de plus. On écrira sur ma tombe : « Il eut des articles de F.N. » comme Mahomet II souhaitait qu'on marquât sur la sienne : « Il eut une grande envie de voir Rome. »

1. Maurice Rheims.

À François Nourissier

C'est bien de te voir. C'est bien de te lire. C'est bien de t'avoir pour ami. Je rêve déjà de janvier mais j'espère te dire avant, de vive voix, ce que je t'écris aujourd'hui.

Est-ce que Totote rit ? Sans moi ? Je vous embrasse tous les deux.

Jean.

****

Paris, années 2000,

Un mot inutile, mon cher François, mais peut-être plus utile que les autres, pour te dire mon affection. C'est merveilleux : on vieillit, et on découvre des choses très fraîches et très fortes qui sont encore capables de faire plaisir, même si elles se manifestent, en général, dans les difficultés et au milieu des problèmes. Par exemple : je t'aime beaucoup.

Je te dois beaucoup, bien sûr. Mais au-delà de la gratitude, de l'habitude, du ski, des repas en commun, voilà que je découvre que ce qui t'arrive de bien m'enchante et que ce qui t'arrive de moins bien me désole. Et, dans cette désolation, je sens une sorte de consolation ; je me dis : « Tiens ! c'est drôle. Ce qui l'ennuie m'ennuie comme si ça m'arrivait à moi-même. » Je ne cesse guère de penser à toi. Ça m'assombrit – et, en un sens, me fait plaisir. Car je découvre, je m'en doutais à vrai dire, que je t'aime beaucoup.

Déjà, quand tu écrivais un bon livre, je m'en réjouissais beaucoup. C'était anormal. Maintenant, je suis tourmenté, mais moins, mon cher François, que je ne l'ai été. Quand tu m'as téléphoné et que tu m'as parlé avec tant d'amitié et de confiance, mon sang, je te le jure, s'est arrêté. J'ai cru que tu allais prononcer un de ces mots qui, comme le cancer, ou la leucémie, ou l'infarctus, épouvantent pour soi-même et pour ceux qu'on aime. Je crois bien, mais garde ça pour toi, que les larmes me sont venues aux yeux et que j'ai dû bredouiller n'importe quoi. J'ai ressenti un immense soulagement quelques secondes plus tard.

Alors, voilà, je suis embêté pour une raison : parce que, peut-être, tu l'es. Et je suis content pour deux raisons : d'abord, parce que rien n'est perdu. C'est une espèce de rhume des foins ou de rhumatisme en plus agaçant. Tout va, je ne dis pas bien, mais aussi bien que possible. Tu écriras encore de beaux livres. Tu ne joueras peut-être plus au tennis avec autant de précision et tu seras gêné dans tes travaux de couture et pour emplir ton verre à plein bord comme tu en as l'habitude, mais tout l'essentiel sera préservé.

Et puis, l'autre raison, c'est que j'ai vu et senti combien je tenais à toi. N'en multiplie pas trop les preuves. Mais tu peux écrire, par exemple, encore un très bon livre : tu verras ; je serai très content. De quelque bout qu'on le prenne, j'ai de l'affection pour toi. Prends soin de toi.

Ajoutons encore à l'auréole. Non seulement je suis un bon ami, mais encore je suis très discret. Pas un mot, évidemment, à personne.

Pardonne cette longue lettre. Quelle plaie de recevoir un pavé comme ça ! Celui de l'ours, oui. Celui qui mène à l'enfer des bonnes intentions et des bons sentiments. Qu'est-ce que tu veux ! on vieillit.

Je t'embrasse.

Jean.

****

Printemps 2003,

Mon cher François,

Le déjeuner du dimanche de la semaine dernière était délicieux. Bon, gai, amical. J'étais désolé d'avoir dû partir trop tôt pour l'infernal salon. Partage mes remerciements et mes excuses avec Totote.

La fin de la semaine a été rude avec l'opération de Françoise. Le moins qu'on puisse dire est qu'elle n'était pas en grande forme samedi matin. J'espère que son état va s'améliorer chaque jour.

J'ai terminé jeudi et vendredi mon tour de France, avec Françoise Rossinot[1] à Nancy et le Furet du Nord à Lille. Je ne suis pas mécontent que ce soit fini.

Pris et repris sans cesse, ton livre[2] m'a accompagné depuis trois semaines. Il est magnifique et à peine supportable. À plusieurs reprises, je te l'avoue, j'ai eu beaucoup de peine à poursuivre. « Peine », non pas au sens de « mal » – il se lit très

1. Françoise Rossinot a lancé en 1994 les rencontres Le Livre sur la place, tenues à Nancy et au cours desquelles des écrivains sont invités à débattre avec leurs lecteurs.

2. François Nourissier, *Prince des berlingots*, Paris, Gallimard, 2003.

facilement –, mais de « chagrin ». Tu parles de toi et de ta maladie – te souviens-tu d'un coup de téléphone que tu m'as donné à l'Unesco il y a déjà pas mal d'années et que je n'ai jamais oublié ? – avec une force, une violence, une allégresse funeste qui atteignent leur but avec une terrible justesse. C'est un bonheur sinistre. Tu n'as sûrement pas pour dessein d'attendrir, mais le lecteur est sans cesse partagé entre l'admiration pour la forme et une pitié horrifiée pour ce que tu décris. C'est un triomphe. Et un effroi.

Le style est tellement pur, sans aucune graisse, sans la moindre trace de boursouflure qu'on le dirait travaillé sur l'os. Il vieillira sur l'os, comme ces femmes très belles. Le mot qui vient à l'esprit, c'est le mot d'écorché. Peut-être au triple sens du mot : un style dépouillé, une de ces pièces d'anatomie qu'on voit dans les cabinets, et une façon d'être.

Il est possible que critiques et lecteurs aient été si impressionnés par la description clinique et par le personnage qu'ils en aient un peu négligé la réussite formelle. Plus concentré sur un seul thème qu'*À défaut de génie*[1], *Prince des berlingots* va peut-être plus loin encore dans le dépouillement, non seulement de la chair, mais du style.

On n'en finirait pas de relever ce qui met à la fois au bord des larmes et dans une joyeuse exaltation. C'est un livre bref et sans fin.

1. Ouvrage de François Nourissier, paru chez Gallimard en 2000.

Voilà longtemps que tu ne t'aimes pas. J'ai repris *Un petit bourgeois* que j'ai toujours admiré. Miss P[1]. te donne l'occasion – et des motifs – de te déchaîner contre toi-même. C'est à tes amis que revient toute la charge de t'aimer (alors que tant d'entre nous s'occupent très bien eux-mêmes de s'aimer sans retenue). Ils le font avec bonheur, avec tristesse et avec admiration.

Je t'embrasse.

Jean.

****

2005,

Oui, mon cher François, j'ai lu ton livre[2] avec plaisir.

Avec mélancolie, bien sûr, mais avec un vrai et grand plaisir. Un peu triste et profond.

J'y ai retrouvé tant de figures et d'épisodes dont tu m'avais parlé : Edmond Colon, d'Agoult, Saint-Priest d'Urgel ; ou la benne aux livres ; ou Castel-Novel ; ou l'un ou l'autre de ces tabellions immobiliers aux allures hallucinantes…

À chaque page – y en a marre d'Olympia – se lèvent pour moi les ombres de ce qui a fait notre vie.

Jamais, je crois, tu n'as écrit aussi bien. Le rythme de ces courts chapitres qui sont comme des domi-

1. Nom que François Nourissier donne à la maladie de Parkinson qui le frappe à partir du début des années 2000 et qu'il évoque dans *Prince des berlingots*.

2. François Nourissier, *La Maison Mélancolie*, Paris, Gallimard, 2005.

nos de souvenir et de souffrance, comme les pièces d'un puzzle enchanté ; les mots, évidemment ; les fugues soudaines vers autre chose – sujet ! s'il vous plaît ! – qui nous emporte à toute allure sur un air aragonesque ; les allusions fugitives (beaucoup échapperont à beaucoup et quelques-unes sûrement m'ont échappé à moi-même), les litotes du bord extrême du silence, les ruptures subites au bord du précipice.

Je pourrais faire une thèse, j'imagine, sur tes livres – et sur toi. J'en dirais du bien, figure-toi. De temps en temps, au-delà des amis et des lieux familiers, il m'a semblé reconnaître un souvenir, un livre, un film – peut-être *Aguirre ou la Colère de Dieu*[1] : il y a deux pages qui pouvaient l'illustrer merveilleusement.

Je m'arrête pour ne pas t'ennuyer. Je t'en ai dit assez des assez forts sentiments et presque violents que j'ai éprouvés en te lisant. Que peut rêver de mieux un écrivain ? Quelle chance pour toi d'éveiller des passions par les mots ! Quelle chance pour moi, pour nous, de voir une si vieille amitié résister, dans la mélancolie sans doute, mais aussi dans l'allégresse, du temps qui, etc. et à tous les obstacles !

Je t'embrasse.

Jean.

****

1. *Aguirre ou la Colère de Dieu*, film réalisé par Werner Herzog, 1972.

À François Nourissier

Paris,

Mon cher François,

C'est bien d'avoir un ami comme toi.

Peut-être, plus tard, quand on tombera sur un de nos deux noms, on pensera aussi à l'autre.

Une ombre de paranoïa ne messied pas.

Merci.

Je t'embrasse.

Jean.

À René de Obaldia[1]

2011,

Quel bonheur, mon cher René, de retrouver votre théâtre[2] et de savoir, en même temps (presque…) tout de vous !

J'ai passé mon week-end avec vous et je me suis beaucoup amusé, j'ai ri et je me suis réjoui d'avoir un voisin[3] et un ami tel que vous.

---

1. Écrivain et dramaturge, René de Obaldia est connu pour la fantaisie et la verve de ses pièces de théâtre, montées notamment au Théâtre national populaire (TNP) de Jean Vilar, au théâtre de la Gaîté-Montparnasse et au théâtre de l'Œuvre. Il est notamment l'auteur de *Génousie*, L'Arche, 1960, *Du vent dans les branches de sassafras*, L'Avant-Scène Théâtre, 1966 ou encore de *Monsieur Klebs et Rozalie*, L'Avant-Scène Théâtre, 1975 et *Les Bons Bourgeois*, L'Avant-Scène Théâtre, 1980. Il est élu à l'Académie française en 1999.

2. L'auteur fait vraisemblablement référence au *Théâtre complet* publié par René de Obaldia chez Grasset en 2011.

3. Jean d'Ormesson et René de Obaldia étaient assis l'un à côté de l'autre à la commission de l'Académie, où ils siégeaient le jeudi.

À René de Obaldia

Dites, je vous prie, mes respectueux hommages à madame de Obaldia. À vous, ma gratitude et mon affection.

Jean.

Petite annexe à ma lettre, mon cher René !

Je ne vais pas souvent au théâtre parce que, depuis de longues années déjà, je n'entends pas assez bien. Je connaissais naturellement *Du vent*[1]..., mais je ne connaissais ni *Monsieur Klebs et Rozalie*, ni *Les Bons Bourgeois*, ni les délicieux *Impromptus*[2] : *Merci d'être avec nous*, etc.

Ce sont tout simplement des chefs-d'œuvre.

J'ai tout lu avec un bonheur constant. Mon Dieu ! comme je suis content d'être à côté de vous !... Maintenant, vous êtes mon hêtre.

À vous.

Jean.

(Si cette dernière phrase vous étonne... « Un seul hêtre nous manque et tout est peuplier. »)

---

1. *Du vent dans les branches de sassafras*, Paris, *op. cit.*
2. Parus en 2009 chez Grasset.

À Arthur Pauly[1]

4 octobre 2012,

Merci de votre lettre, mon cher Arthur, et merci du crayon ! Le tout m'a beaucoup touché. Soyez sûr qu'un témoignage tel que le vôtre m'est plus précieux que toutes les reconnaissances officielles.

Ainsi, vous êtes « attiré par les planches »... Mille vœux pour votre future carrière !

Sur la grande question que vous posez – Dieu, ce qu'il y a après la mort... – que vous dire ? Elle m'a beaucoup occupé et j'ai même écrit plusieurs livres là-dessus : *Dieu, sa vie, son œuvre* ; *La Création du monde* ; ou *C'est une chose étrange à la fin que le monde*[2]. Peut-être, un jour ou l'autre, vous jetterez un coup d'œil dessus.

---

1. Passionné de théâtre, Arthur Pauly est élève au collège de Meudon lorsqu'il écrit pour la première fois à Jean d'Ormesson. L'année suivante, il présente malicieusement sa candidature à l'Académie française. Dany Laferrière est finalement élu au fauteuil d'Hector Bianciotti, tandis que le candidat de quinze ans obtient une voix.

2. Parus respectivement en 1981 chez Gallimard, [et en 2006 et 2010 chez Robert Laffont].

À Arthur Pauly

Pour le moment, je suis occupé par la sortie d'un film où je joue le président de la République[1] et par une pièce de théâtre[2] que j'ai donnée au théâtre Hébertot. Les premières représentations viennent de commencer.

Je vous serre la main avec amitié.

Jean d'Ormesson.

****

8 novembre 2013,

Merci de votre belle lettre, mon cher Arthur. Et merci de ce que vous voulez bien m'y dire.

Je vous félicite d'avoir quinze ans et je vous envie d'avoir le monde devant vous.

Vous savez peut-être que la tradition exige des candidats le rite des visites académiques, que le règlement interdit. J'applique le règlement et ne reçois pas les candidats. Mais mes vœux vous accompagnent.

Je vous serre la main.

Jean d'Ormesson.

---

1. *Les Saveurs du palais* de Christian Vincent, sorti en 2012, avec Catherine Frot.

2. *La Conversation,* Paris, Éditions Héloïse d'Ormesson, 2011.

À Louis Pauwels[1]

1976,

Un mot pour vous féliciter de votre article – si brillant – du *Journal du dimanche*. « Gouverner c'est pleuvoir[2] », m'a enchanté. Et « ayant payé pour un printemps, je ne suis pas disposé à payer pour un été », également ! Je voulais déjà vous écrire pour *Blumroch*[3] – mais j'ai eu peur d'être raseur. Mais cette fois-ci, je cède !

---

1. Écrivain, journaliste et éditorialiste, figure de la « nouvelle droite », Louis Pauwels (1920-1997) a lancé en 1978 *Le Figaro Magazine*, supplément du quotidien inspiré des grands titres de la presse anglo-saxonne, qu'il dirige jusqu'en 1993.

2. Dans cet article de septembre 1976, Louis Pauwels soutenait les mesures prises par le gouvernement pour venir au secours des agriculteurs, mis en difficulté par la sécheresse, mais critiquait leur financement. À ses yeux, mieux valait avoir recours à l'emprunt qu'augmenter l'impôt sur le revenu, solution privilégiée par le gouvernement.

3. Louis Pauwels, *Blumroch l'admirable ou le Déjeuner du surhomme*, Paris, Gallimard, 1976.

À Louis Pauwels

La solidarité annonce des temps médiocres pour les meilleurs. Mais il n'y aura jamais eu autant avantage à être un laissé-pour-compte.

À vous.

J.O.

****

Fin des années 1980,

J'ai été enchanté par tes *Jeunes filles*[1], mon cher Louis ! Tu as fait un travail merveilleux d'intelligence et de sensibilité. Elina[2] et Jean Piat et Mlle Folliot sont excellents. Et Riva aussi. Le succès m'a paru complet et des années ont passé sur le film sans laisser une ride.

J'espère que tu as pu te reposer, c'est-à-dire travailler – et travailler, c'est-à-dire te reposer.

Beaucoup d'affection à vous deux.

Jean.

****

Paris, 1990,

Mon cher Louis,

Je suis un peu tourmenté. Je viens d'avoir un conciliabule avec Alain Peyrefitte, Michel Droit et Jean Dutourd. J'ai surtout appris avec surprise la candidature de Cau. J'espérais, je l'avoue, qu'il ne

---

1. Louis Pauwels a adapté pour la télévision la série romanesque d'Henry de Montherlant *Les Jeunes Filles*, 1936-1939. Réalisé par Lazare Iglesis, le téléfilm est diffusé en deux parties en 1978.

2. Élina Labourdette, épouse de Louis Pauwels, partageait notamment l'affiche avec Jean Piat, Yolande Folliot et Emmanuelle Riva.

se présenterait pas. Et je le croyais. Il se présente, bien sûr, à un autre fauteuil. Mais les deux élections sont liées. Dutourd est persuadé que vous passerez tous les deux. Je le souhaite de tout cœur. Mais j'aurais préféré qu'il attende.

Il n'est plus question, bien entendu, de changer de fauteuil. Coppens reste très modéré et convenable. Le petit groupe que tu sais est déchaîné. Les choix des membres du Collège de France pèseront lourd. Ce qui m'irrite, c'est l'appui un peu mou d'un certain nombre de nos amis. À mon sens, les choses se joueront à un petit nombre de voix près. Peut-être deux ou trois. Peut-être une ou deux. Je suis un peu moins optimiste que lors de notre dernier coup de téléphone et de ma dernière lettre.

Il y a un avantage : c'est que l'élection au fauteuil de T.M[1]. se fera la première. La position du Perpétuel[2] reste obscure.

Il n'y a pas de quoi se décourager. Tout change assez vite et nous continuons les opérations. Mais il faut ouvrir l'œil. Je te tiendrai au courant.

Je t'embrasse en hâte.

Jean d'Ormesson.

****

1. Thierry Maulnier, mort le 9 janvier 1988. Son successeur au fauteuil 20, José Cabanis, est élu le 21 juin 1990 contre Louis Pauwels.

2. Maurice Druon, alors secrétaire perpétuel de l'Académie française.

À Louis Pauwels

Années 1990,

Tes amis ne t'oublient pas, mon cher Louis[1]. J'ai passé quelques jours, délicieux, avec François Nourissier, en bateau, et les oreilles ont dû te tinter.

J'ai essayé, mais en vain, de te téléphoner à mon retour. J'imagine que tu t'es absenté quelques jours. Appelons-nous à ton retour.

J'espère que tu vas bien. Après deux mois (ou plus !) d'absence, se replonger dans Paris est un peu éprouvant…

Dis mes hommages affectueux à Elina.

Je vous embrasse tous les deux.

Jean (d'Ormesson).

---

1. Cette lettre est sans doute postérieure au départ de Louis Pauwels, en 1993, du *Figaro Magazine*.

À Bernard Pivot[1]

Mon cher Bernard,

Je m'apprêtais à vous écrire un mot pour vous remercier de votre accueil quand m'est parvenu l'écho de votre mécontentement devant quelques mots que j'avais prononcés à propos de la télévision.

Je pourrais me retrancher derrière Kafka qui passait devant le bordel comme devant la maison de sa bien-aimée. Mais ce n'est pas le ton que je voudrais employer.

J'ai beaucoup de défauts. Mais je ne crois pas cultiver l'ingratitude. Je vous dois beaucoup, mon cher Bernard, et probablement plus qu'à personne.

---

1. Entré au *Figaro littéraire* en 1958, Bernard Pivot est chef du service littéraire du *Figaro* depuis 1971 lorsque Jean d'Ormesson prend la direction du quotidien en 1974. Déçu de ne pas se voir confier la direction de l'ensemble du service culture, il quitte le journal. À partir de l'année suivante, il lance l'émission littéraire *Apostrophes* sur Antenne 2 à laquelle succède en 1991 *Bouillon de culture*. Critique littéraire, notamment pour le *Journal du dimanche*, il est élu à l'académie Goncourt en 2004 et la préside de 2014 à 2019.

À Bernard Pivot

Je n'ai jamais manqué de dire, en public et en privé, le bien que je pensais d'*Apostrophes* et de *Bouillon de culture*. L'idée de ne pas leur rendre justice ne m'a jamais traversé l'esprit.

Il y a des émissions de télévision, en revanche, d'où j'aurais préféré être absent. Je ne peux m'en prendre qu'à moi et je me rappelle que vous-même m'avez recommandé d'être plus exigeant.

En aucun cas, je ne pensais à l'une ou l'autre de vos émissions en prononçant les paroles que vous me reprochez. J'aurais plutôt opposé ce que vous faites à ce que je dénonçais. Je suis même un peu triste que vous ayez pu me croire capable d'autant d'ingratitude et de muflerie. J'ai toujours été heureux d'être avec vous et je ne dis pas en votre absence le contraire de ce que je dis en votre présence. Vous avez servi mieux que personne la cause des livres à la télévision et je m'en voudrais cruellement de ne pas le reconnaître, moi qui ai été invité sur votre plateau plus souvent que personne. Si, bien involontairement, je vous ai blessé, je vous prie de me pardonner.

Affectueusement.

Jean d'Ormesson.

À Yves Pouliquen[1]

Paris, décembre 1994,

Mon cher Professeur,

Vous m'avez écrit une lettre délicieuse. Je vous en remercie de tout cœur.

Les résultats de l'autre jeudi m'ont désolé – et surpris. J'aurais parié que vous auriez au moins une douzaine de voix. Il est vrai que je pensais aussi que Delors se présenterait. Et l'Académie est un milieu plus vicieux encore que la politique.

Ne vous laissez pas atteindre par ces fariboles. L'intrigue s'y mêle au hasard. Hugo[2] le disait déjà :

« Je ne voterai pas du tout
Car l'intrigue a semé d'embûches.
Pour le talent et pour le goût

1. Professeur de médecine, ophtalmologue, Yves Pouliquen (1931-2020) fut candidat à la succession d'Eugène Ionesco à l'Académie française contre Jean Favier en 1994. Aucun des deux aspirants n'obtint le nombre des suffrages nécessaires. Yves Pouliquen fut finalement élu en 2001 au fauteuil de Louis Leprince-Ringuet.

2. Victor Hugo avait été élu à l'Académie française en 1841.

À Yves Pouliquen

Cette urne d’où sortent des cruches ».
Bon Noël !
Bonne année !
Très cordialement à vous.

Jean d’Ormesson.

À Jean-Claude Renard[1]

Paris, 18 avril 1983,

Cher Jean-Claude Renard,

Comme vous avez bien fait de m'écrire et de m'envoyer votre beau livre où j'ai retrouvé beaucoup de textes de vous que j'avais tant aimés.

Soyez sûr que je serai votre interprète et votre avocat pour le grand prix de poésie. Je ferai tout mon possible.

Vous devriez envoyer un exemplaire de vos *Cent Plus Belles Pages*[2] à Jean Mistler[3] et un autre à Mlle de Bosson, chef du secrétariat de l'Académie française, qui joue un rôle important. Adresse de l'un et de l'autre : 23, quai de Conti.

---

1. Poète chrétien, auteur notamment des recueils *Métamorphose du monde*, Points et contrepoints, 1951, *La Terre du sacre*, Seuil, 1966, et *Dieu de nuit*, Seuil, 1973, Jean-Claude Renard (1922-2002) reçut le grand prix de poésie de l'Académie française en 1988.

2. Présenté par Georges Jean, ce volume est publié chez Belfond en 1983.

3. Alors secrétaire perpétuel de l'Académie française.

Je vous envoie beaucoup de vœux et j'y joins, cher Jean-Claude Renard, l'assurance de mes sentiments les plus cordiaux.

Jean d'Ormesson.

Je viens de me renseigner sur un domaine que je connais peu, ne faisant pas partie de la commission chargée de proposer le lauréat du grand prix de poésie : les choses sont déjà très avancées pour cette année[1]. Ne soyez donc pas déçu si vous apprenez qu'un autre nom que le vôtre est avancé, mais j'ai déjà agi sérieusement pour l'année prochaine ; les circonstances me paraissent favorables.

À vous, cordialement.

Jean d'Ormesson.

****

Paris, 3 juillet 1985,

J'ai été très touché de votre mot, cher Jean-Claude Renard. D'autant plus que je me sentais bien coupable à votre égard.

Il s'est passé quelque chose dont j'ai eu plusieurs exemples quai Conti. Tout le monde a toujours été d'accord sur la nécessité de vous décerner le grand prix de poésie. Ensuite, surgissait Francis Ponge[2] ou quelque autre et la décision unanime vous concernant était remise à l'année suivante. Vous aurez

---

1. C'est le poète Jean Grosjean qui fut primé en 1983.

2. Francis Ponge reçut le grand prix de poésie en 1984 et Jean-Claude Renard le prix de l'Académie en 1985.

compris le sentiment de culpabilité – et presque de honte – que j'éprouvais à votre égard.

J'ai fini par me rallier, un peu de mauvaise grâce, je l'avoue, au grand prix qui vous a été attribué. Il ne rend justice qu'imparfaitement, à mon sens, à l'éclat de votre œuvre. Mais je ne voulais pas retarder une fois de plus l'hommage qui vous était dû.

Bon été !

À vous de tout cœur.

J. d'Ormesson.

****

Paris, 12 décembre 1988,

Merci de votre lettre, cher Monsieur. J'ai été très heureux de voir le grand prix de poésie décerné à votre œuvre. Vous savez qu'il y a déjà plusieurs années que je me battais. Ne m'en veuillez pas de ce retard !

Les relations avec l'Académie posent toujours des problèmes difficiles. Je n'ai pas besoin de vous dire combien je serais heureux de vous voir vous présenter. Il y a naturellement toujours une part d'aléatoire. Vous pouvez, en tout cas, compter sur l'aide de vos amis.

Vous savez l'admiration que j'ai pour votre œuvre. Je vous prie d'accepter, avec mes vœux chaleureux, l'assurance de mon très cordial attachement.

Jean d'Ormesson.

****

15 décembre 1988,

Merci de votre mot, cher Monsieur et ami. Ce prix n'est que justice et, à mon sens, il a trop tardé. Je suis heureux, en tout cas, de vous voir si justement distingué.

La candidature. Question toujours difficile. J'ai poussé Jacqueline de Romilly et José Cabanis, et, à ma honte, sans succès. D'où ma prudence. Personnellement, je vous suis tout acquis. Je parlerai à Senghor et à quelques amis.

Mille vœux, en tout cas.

Très fidèlement et cordialement à vous.

J.O.

****

Merci, cher Jean-Claude Renard !

Je serai toujours votre obligé puisque vous êtes Poète.

Vous l'êtes plus que jamais dans ces poèmes que j'ai lus avec ferveur.

À vous.

J.O.

À Jean-François Revel[1]

Paris, 14 mai 1957,

Cher Ricard,

Je suis très heureux que tu m'aies fait parvenir *Pourquoi des philosophes*[2] *?* Je t'en remercie très vivement.

Tu sais combien j'avais aimé et apprécié les passages que j'avais lus dans *La Parisienne*. Je me réjouis vraiment de pouvoir te suivre plus loin. Sans doute ne suis-je pas d'accord absolument avec toi sur tous les points (je suis moins dur pour Bergson, moins indulgent pour Freud), mais quel plaisir, après

1. Lorsque Jean d'Ormesson écrit en 1957 à Jean-François Revel (1924-2006), celui-ci n'a pas encore entamé sa carrière journalistique et porte encore son nom de naissance, Ricard. Le philosophe a connu Jean d'Ormesson à l'École normale supérieure où il a été admis en 1943. Reçu à l'agrégation de philosophie en 1956, il publie l'année suivante, chez Julliard, *Pourquoi des philosophes ?*, essai qui connaît un grand succès public et qu'évoque ici Jean d'Ormesson.

2. Jean-François Revel, *Pourquoi des philosophes ?*, Paris, Julliard, 1957.

tant d'inepties prétentieuses qui s'accumulent sur nos bureaux, de lire ces pages vives et brillantes !

Roger Caillois m'a dit tout le bien qu'il pensait de ton livre. Il partage, comme moi, la plupart de tes indignations. Ce sera amusant de voir les réactions qui te parviendront.

Je n'ai pas lu encore *Histoire de Flore*[1]. Mais je ne veux plus tarder à le faire.

À bientôt, j'espère. Merci encore.

Cordialement à toi.

Jean d'Ormesson.

---

1. Premier ouvrage publié par Jean-François Revel, également chez Julliard, en 1957.

À Jules Romains[1]

Paris, 2 mars 1959,

Cher Maître,

Je ne peux pas vous dire quelle joie m'a causée la lettre que vous avez bien voulu m'écrire et que je trouve au retour d'une brève absence. Je vous en remercie de tout cœur.

---

1. Jean d'Ormesson était très attaché à Jules Romains (1885-1972), écrivain à l'origine de la doctrine de l'unanimisme, auteur de la vaste fresque du romancier, *Les Hommes de bonne volonté.* « *Knock ou le Triomphe de la médecine, Volpone, Donogoo Tonga, Les Copains,* surtout, avaient enchanté mes jeunes années. » (*Je dirai malgré tout que cette vie fut belle*, *op. cit.*, p. 279.) Dans l'éloge prononcé en l'honneur de Jules Romains à qui il succédait à l'Académie française, Jean d'Ormesson rappela la place du romancier dans l'histoire littéraire : « Avec Jules Romains, tout change. L'homme s'efface, et les hommes s'avancent. Dans la brèche laissée par l'homme se précipitent les masses. La crise de l'humanisme et la mort de l'homme chantée autour de nous, de Picasso à Michel Foucault, par tant d'artistes et de philosophes, Jules Romains, pour sa part, la ressent profondément. Il éprouve qu'un dieu s'écroule. Il cherche, de toute son âme, à le remplacer par un autre : le groupe, la société, tout ce qui est lié à ce phénomène formidable, vieux maintenant de cinq mille ans, mais dont l'importance et le poids n'ont cessé de s'accentuer jusqu'à l'écrasement. »

À Jules Romains

Sous le ton irritant qui est désormais le mien à *Arts*[1], dont je ne vois plus comment me débarrasser et qui souvent m'exaspère moi-même, vous avez senti et vu que ce n'est pas seulement la sympathie mais bien l'admiration qui se révèlent. Vous le savez : entre les fariboles d'une « avant-garde » ivre de suffisance et d'insuffisance et votre œuvre, certes, je n'hésite pas ; mais je n'aurais jamais osé vous l'écrire ainsi, de moi-même, sans votre lettre si bienveillante.

Il reste que je ne me sens pas blanc comme linge (notre correspondance est sous le signe des détergents puisque vous me parlez de la « blancheur Persil »). Non pas sur le fond des choses, mais sur une espèce d'ambiguïté dans l'expression. On écrit des articles ironiques ou légers sur ce qu'on connaît bien parce qu'on l'admire et qu'on l'aime et on ne dit jamais leur fait aux faiseurs, hâbleurs, charlatans de la soi-disant aile marchante du jeune théâtre ou de la jeune poésie. Pourquoi ? Parce qu'ils ne fournissent même pas matière à la satire ou par une espèce de lâcheté ?

Je ne voudrais rien ajouter en privé à ce que j'ai écrit publiquement. Permettez-moi cependant une précision : les titres des articles de *Arts* ne sont jamais le fait des auteurs mais toujours de la rédaction. Et le titre choisi contribue parfois

1. Revue qui parut de 1952 à 1967 à laquelle collaboraient Jean d'Ormesson et plusieurs contributeurs de *La Parisienne* dès lors que celle-ci cessa de paraître en 1958.

à gauchir l'article. J'en ai fait plus d'une fois l'expérience !

Avez-vous lu dans un hebdomadaire le récit d'un des héros de l'affaire dite « Lacaze » ? Voilà une de vos prévisions de votre article de *L'Aurore* qui commence à se réaliser !

En vous redisant ma très profonde et sincère gratitude, je vous prie d'agréer, cher Maître, l'expression de ma fidèle et respectueuse admiration.

Jean d'Ormesson.

****

Paris, 1971,

Mon cher Maître,

Comment vous remercier de votre lettre si indulgente ? Ai-je besoin de vous dire l'immense bonheur qu'elle m'a donné ? Laissez-moi vous assurer que, quand je vous ai envoyé mon livre[1], ce n'était pas par une routine sans signification. Je me souvenais de cet accueil si charmant que vous aviez bien voulu me réserver, un jour – déjà lointain – où j'étais venu, rue de Solférino, vous dire timidement mon admiration. Cette admiration n'a jamais faibli. Elle se double seulement aujourd'hui de la plus profonde gratitude.

Ce serait naturellement pour moi un grand honneur et un grand plaisir de recevoir le prix de l'Académie[2]. Mais si je ne le reçois pas, le bonheur et

1. *La Gloire de l'Empire*, *op. cit.*

2. Jean d'Ormesson reçut finalement comme il l'espérait le grand prix du roman de l'Académie française pour son livre.

l'honneur que me font vos lignes bienveillantes ne me seront en tout cas pas retirés : et je ne peux guère en imaginer de plus grands. Laissez-moi vous dire très simplement que, venant de *vous*, ils me sont la plus belle récompense que j'aurais jamais pu rêver.

Je vous prie de bien vouloir agréer, mon cher Maître, l'expression des sentiments d'admiration que vous porte votre reconnaissant serviteur,

Jean d'Ormesson.

****

Paris, 1971,

Mon cher Maître,

Le grand prix du roman de l'Académie m'a fait beaucoup de plaisir et d'honneur. Mais c'est votre indulgence à mon égard qui m'a donné le plus de joie. J'en ai été profondément ému. Permettez de vous exprimer, mieux que je n'ai pu le faire au milieu de la cohue, ma vraie gratitude.

Ce n'est pas d'aujourd'hui que j'éprouve pour votre personne et votre œuvre une immense admiration. Toute mon adolescence a été enchantée par toutes ces pages merveilleuses que – des *Copains*[1] aux *Hommes de bonne volonté*[2] – je savais souvent par cœur. Pardonnez-moi cet amour naïf de la littérature : les conversations de Jerphanion et Jallez[3]

1. Roman de Jules Romains paru en 1913.

2. Suite romanesque de Jules Romains en vingt-sept volumes publiés de 1932 à 1946.

3. Personnages des *Hommes de bonne volonté*, élèves de l'École normale supérieure.

sur les toits de l'École n'ont pas été étrangers à la direction que j'ai donnée à ma vie.

C'est vous dire combien j'ai été véritablement bouleversé en apprenant que *La Gloire de l'Empire* ne vous paraissait pas trop méprisable. J'avais fait de mon mieux. Mais le gouffre, l'abîme qui sépare mes cinq ou six cents pages de quelques paragraphes impérissables me paraissait si énorme qu'il me semblait impossible de vous voir les traiter autrement que par le dédain. Je ne sais comment vous exprimer mes remerciements. Peut-être simplement en vous disant que votre bienveillance a donné beaucoup de bonheur à un déjà très ancien et très fidèle admirateur.

Vous vous souvenez peut-être vaguement d'une visite qu'un (encore) jeune normalien était venu vous rendre il y a quinze ou vingt ans : une parmi beaucoup d'autres. Il n'avait jamais rêvé, dans ses rêves les plus fous, qu'il vous remercierait un jour de votre jugement sur un de ses livres : c'est avec bonheur qu'il le fait et qu'il vous exprime, du fond du cœur, sa reconnaissance.

Veuillez agréer, je vous prie, mon cher Maître, avec ma gratitude renouvelée, l'assurance de mes sentiments de très respectueux attachement et de fidèle admiration.

Jean d'Ormesson.

À Lise Romains[1]

Paris, 1972,

Madame,

Mon oncle Wladimir – je ne crois pas qu'il ait commis une indiscrétion – m'a dit quelques mots de votre récente rencontre. Il m'a dit notamment les paroles indulgentes que vous aviez eues à mon égard : je vous en suis profondément reconnaissant. Laissez-moi pourtant vous assurer que certains bruits qui ont couru et certaines intentions qui m'ont été prêtées ne correspondent pas à la réalité. Je n'aurais jamais caressé l'ombre du projet de me présenter au fauteuil illustré par Jules Romains sans vous en parler auparavant, sans vous demander votre accord. Agir autrement m'aurait paru d'une grande incorrection à votre égard, qui m'avez toujours témoigné

1. Lise Romains fut la deuxième épouse de Jules Romains. Après la mort du romancier en 1972, elle s'attacha à perpétuer son souvenir, accompagnant notamment la création d'un musée en son honneur à Saint-Julien-Chapteuil, son village natal. Elle fit cadeau de sa cape d'académicien à Jean d'Ormesson qui lui succédait quai Conti.

une bienveillance à laquelle je suis, vous le savez, extrêmement sensible.

Beaucoup de raisons m'auraient d'ailleurs détourné, si je l'avais eue, d'une telle intention. Permettez-moi de vous en citer une seule, et à elle seule décisive : il n'est pas convenable que des nains succèdent aux géants, et la perspective – grisante, je le reconnais – de faire l'éloge de Jules Romains ne suffirait pas à m'autoriser à m'asseoir dans son fauteuil. Il est d'autres motifs pour m'abstenir. Mais celui-là suffit.

En revanche, la *Revue des deux mondes* m'avait demandé depuis longtemps de lui envoyer un texte. La lutte contre le temps m'en avait empêché. Mais j'ai été heureux de lui donner quelques pages où je reprends les thèmes de mon intervention aux Amis de Balzac. C'est un hommage d'admiration sincère, mais plus modeste et qui correspond mieux, je le crains, à la distance qui me sépare d'un des maîtres de notre temps, pour lequel j'éprouve les sentiments que vous savez.

Si vous acceptiez un jour de venir à la maison, au fond de Neuilly, nous en serions, Françoise et moi, très heureux. J'espère beaucoup vous revoir bientôt et je vous prie d'agréer, Madame, l'expression de mes très respectueux et très reconnaissants hommages.

Jean d'Ormesson.

****

À Lise Romains

Paris, 1972,

Madame,

Comme je suis touché de votre lettre ! Elle me fait un immense plaisir et je vous en remercie de tout cœur. Je la crains pourtant bien indulgente. Je me rends compte, je vous assure, de l'imperfection de mon petit texte[1] qui ne fait qu'effleurer un immense sujet. Oui, naturellement, il suffit d'aborder l'œuvre gigantesque de Jules Romains pour qu'on se sente irrésistiblement attiré sous un approfondissement de tant de thèmes capitaux pour la compréhension de notre époque, de sa littérature, de sa vie collective, de ses rêves et de ses réalisations. Il y a eu des études sur elle. Il y en aura encore bien plus dans l'avenir et les thèses et les biographies et les sommes ne manqueront pas. Je sens cruellement que mes petites notes sont ridiculement insuffisantes. Mais il y a quelque chose de vrai dans le mot de « compréhension fraternelle » que vous employez avec trop de bienveillance : j'ose croire que mon admiration pour Jules Romains finit peut-être par m'aider à le comprendre un peu.

J'ai tout de même beaucoup hésité à prononcer le mot de mystique. Je vous promets que j'ai pensé à vous en l'écrivant. Je me demandais si vous l'accepteriez, si Jules Romains l'aurait accepté. Mais je crois difficile de ne pas voir dans l'illumination de

1. « Un mystique de la société », texte paru en décembre 1972 dans *La Revue des deux mondes.*

la rue d'Amsterdam[1] un événement de type mystique. Vous comprenez, naturellement, le sens que je donne à ce mot. Et je suis bien heureux qu'il ne vous ait pas choquée.

Je suis, en revanche, désolé des soucis et des réflexions déprimants dont vous me parlez. Allons ! Ce n'est pas vous qui pouvez dire « à quoi bon ? » Vous avez beaucoup de grandes et belles choses à faire et vous ne devez pas vous laisser aller à un découragement, dont je comprends les causes, mais qu'il faut chasser, résolument.

Je pars faire des conférences (!) à Nice et Monaco. Mais j'ai invité M. et Mme Jean Mistler à déjeuner le 19. Voudriez-vous venir ? Cela nous ferait un très grand plaisir. Vous m'avez dit que les déjeuners coupaient un peu votre journée, mais je n'ai pas osé déranger M. Mistler le soir. Je ne sais d'ailleurs pas s'il pourra venir. Mais nous pourrions, en tout cas, si vous voulez bien, déjeuner ensemble ce jour-là ?

Ne vous inquiétez pas de l'œuvre de votre mari, à laquelle j'apporte à peu près l'équivalent d'un centième de compte-gouttes dans le Pacifique. *Les Copains* est un chef-d'œuvre assuré d'avance de l'immortalité et les enfants des écoles apprendront par cœur dans cent ans la promenade du petit Louis Bastide avec son cerceau, à travers Paris. Et leurs parents auront encore la gorge serrée en lisant le passage où la

1. Au tournant du XXe siècle, alors qu'il se promenait à Paris, rue d'Amsterdam, près de la gare Saint-Lazare, le jeune Louis Farigoule, futur Jules Romains, eut pour la première fois l'intuition de l'unanimisme.

mère achète des souliers jaunes à son petit garçon et où elle comprend – mais personne n'a rien dit – que lui comprend que les souliers sont trop chers.

Je vous prie d'agréer, Madame, l'expression de mes affectueux et respectueux hommages.

Jean d'Ormesson.

****

Paris, années 1970,

Ma chère Lise,

Je n'ai pas besoin de vous dire combien votre lettre m'a touché, et même ému. Je vous en suis profondément reconnaissant. Vous savez que la bien modeste collaboration que je vous apporte dans le grand souvenir de Jules Romains m'est un honneur insigne et, en vérité, une joie.

J'aime beaucoup ma mère et j'aimais beaucoup mon père (sentiments évidemment ridicules), mais je serais ravi d'être un peu votre fils, et celui de Jules Romains ! Pouvoir mêler l'affection et l'admiration, quelle chance !

Allons, voyons ! comment est-ce que des gens peuvent me craindre ! Je ne crois pas à d'autre « situation » que celle que vous font vos œuvres, l'amitié, chère aux copains, et la bonne volonté. Voilà peut-être, entre autres, pourquoi j'admire Jules Romains.

Vous êtes gentille d'excuser ma remarque sur le comité du musée[1]. Je vous assure que je me suis pris

1. Ce comité était voué à la constitution du musée Jules-Romains qui vit le jour en janvier 1976 à Saint-Julien-Chapteuil.

par la main pour vous la confier. Mais on m'a tant dit qu'il fallait défendre la dignité de la compagnie que je me fais, vous le savez, je crois, une espèce de violence. Il ne faut surtout pas que M. Gaume m'écrive ! Il n'y a pas de gaffe du tout, mais un ajustement dû à la force des choses – mettons : aux grandeurs d'établissement…

J'ai écrit, comme convenu, à monsieur François-Poncet[1]. J'étais heureux de cette occasion de prendre de ses nouvelles.

Merci de ce que vous me dites à propos du petit texte de la *Revue des deux mondes*.

Je vous souhaite un très heureux séjour dans le Midi, je vous redis toute ma gratitude et je vous embrasse de tout cœur.

Jean d'O.

1. André François-Poncet, membre de l'Académie française et chancelier de l'Institut de France.

À Jean-Marie Rouart[1]

1975,

Mon cher Jean-Marie,

J'ai pris hier soir votre livre[2]. Je l'ai abandonné très tard dans la nuit. C'est un beau livre. Je l'ai lu avec amitié (vous n'en serez pas surpris), avec une vraie joie, avec surtout ce mélange de pincement au cœur et de bourdonnement d'âme qui me prend quand je lis – enfin ! – quelque chose qui me plaît.

---

1. Auteur de nombreux essais et romans, dont *Les Feux du pouvoir, Avant-guerre*, *Ils ont choisi la nuit* ou *L'Invention de l'amour*, Jean-Marie Rouart était jeune journaliste au *Figaro* lorsque Jean d'Ormesson fut nommé directeur du quotidien en 1974. Ils devinrent amis et leur collaboration se prolongea au *Figaro littéraire* que Jean-Marie Rouart dirigea de 1986 à 2003. « J'ai toujours connu Jean-Marie charmant, chaleureux, enthousiaste, épris de littérature, grand lecteur, admirateur de Drieu, incapable de conduire une voiture, couvert de femmes qui conduisaient à sa place et se débattant comme il pouvait entre leurs charmes et leurs exigences. » (*Je dirai malgré tout que cette vie fut belle*, *op. cit.*, p. 322)

2. Jean-Marie Rouart, *La Blessure de Georges Aslo*, Paris, Grasset, 1975.

À Jean-Marie Rouart

Je préférais vos chroniques à votre premier livre. Je préfère votre deuxième livre à vos chroniques.

Tout est net, simple, bien construit et pourtant, à chaque page, il y a des fraiseuses qui descendent un peu en nous pour nous secouer. Ah ! comme je vous ai reconnu – frémissant, mais très contrôlé. Avec ces coups au cœur dans les drames et les délices trompeurs de l'ascension sociale…

J'ai pensé de temps en temps – mais je ne sais trop pourquoi – à un Scott Fitzgerald sur qui seraient passés tous les torrents de l'évolution sociale.

Il y a un mastic sérieux (une ligne répétée deux fois) vers le premier quart du livre.

Je me disais, en vous lisant, qu'il y avait un autre jeu encore derrière ce jeu de la société qui cache un jeu du cœur (attention ! un train peut en cacher un autre !) : c'est celui de nos relations. Lui aussi, il est difficile, subtil, amer. J'y pensais à chaque page. Et le livre prenait pour moi une profondeur effrayante, comme ces couvercles de fromage (vous savez ?…) qui s'en vont vers l'abîme. Vous pouvez avoir confiance en vous, je crois. Vous pouvez aussi (mais cela vous sera sans doute plus difficile[1]) croire à ma fidèle affection.

J.O.

****

1. Jean d'Ormesson et Jean-Marie Rouart sont alors brouillés à la suite du rachat du *Figaro* par Robert Hersant. Chroniqueur et reporter depuis 1967, Jean-Marie Rouart a démissionné tandis que Jean d'Ormesson conservait ses fonctions.

À Jean-Marie Rouart

7 avril 1989[1],

Je suis enchanté mon cher Jean-Marie que *La Femme de proie*[2] t'ait fait autant souffrir pour notre plus grand bonheur lettre suit je te félicite et t'embrasse.

Jean d'Ormesson.

****

7 avril 1989,

Mon cher Jean-Marie,

J'ai beaucoup, beaucoup aimé ton livre. Il est le comble du romantisme puisqu'il s'agit de toi. Et un chef-d'œuvre du classicisme puisque l'unité d'action y est strictement observée. J'ai aimé cette simplicité et cette profondeur de la passion. Après les éparpillements des courses à travers l'Europe, le retour à soi et à la douleur. Le livre est maîtrisé, dominé, achevé, parfaitement réussi. On décorera l'héroïne de l'ordre des Arts et Lettres pour t'avoir fait tant souffrir. Et toi, on t'aimera à sa place, puisqu'elle n'a pas su le faire, pour avoir écrit un si beau livre.

Il est bien supérieur à tous ceux dont tu parles avec tant de talent. Je te félicite, mon cher Jean-Marie, et je t'embrasse.

Je me précipite à la maison pour te voir chez Pivot[3].

Jean.

---

1. Ce message a été adressé à Jean-Marie Rouart par télégramme.
2. Jean-Marie Rouart, *La Femme de proie*, Paris, Grasset, 1989.
3. Jean-Marie Rouart était invité le jour même dans l'émission de télévision *Apostrophes* pour évoquer *La Femme de proie.*

À Jean-Marie Rouart

****

1994,

Mon cher Jean-Marie,

Je rentre de Corse – et j'y repars (via Cannes !...).

J'ai été enchanté de ton triomphe. Je voudrais faire quelque chose – encore que Suffert[1] (et Catherine Nay[2] !) ait été excellent.

Dis-moi, je te prie, quand ce sera le bon moment.

Bravo !

Toujours égoïste et mythomane (comme tel ou tel de nos amis...).

Je suis fier d'être l'ami de Zola[3].

Je t'embrasse.

Jean.

****

11 février 1997,

Un mot, mon cher Jean-Marie, pour te remercier de tout ce que tu as fait, avec tant d'amitié et d'efficacité, pour ce malheureux Casimir[4]. Je ne pouvais rien rêver de mieux. Et je sais tout ce que je te dois. Merci.

---

1. Georges Suffert.
2. Journaliste politique et écrivain.
3. Dans son livre *Omar : la construction d'un coupable*, Paris, Fallois, 1994, Jean-Marie Rouart a défendu l'innocence d'Omar Raddad, condamné pour meurtre. Jean d'Ormesson fait un parallèle entre son engagement et celui de Zola en faveur d'Alfred Dreyfus.
4. Personnage principal du roman de Jean d'Ormesson, *Casimir mène la grande vie*, paru chez Gallimard en 1997.

À Jean-Marie Rouart

Je pense aux héros de ton *Invention de l'amour*[1]. Et je les vois s'avancer dans la neige, [...] à main avec Éric, Casimir et le Membre[2]. Ils sont tous frères dans ce royaume insensé où nous nous sommes installés.

Je t'envoie mille vœux affectueux et beaucoup de gratitude fraternelle

et je t'embrasse.

Jean.

****

26 juillet 2002,

J'ai passé des heures délicieuses avec toi, mon cher Jean-Marie, et je te remercie tendrement de ton amitié et de ton talent.

Les écrivains sont merveilleux : voilà un de tes meilleurs livres[3], et tu as hésité, je crois, à le publier. Franchement, tu as bien fait. Le titre est magnifique. Et tout le livre, tu le sais bien, est très réussi.

Je ne te lis jamais, évidemment, comme je lis les autres livres. Il y a des pages – et même des chapitres – que j'aborde avec de drôles de sentiments. En lisant d'abord ta table des matières – après avoir lu la quatrième de couverture –, j'ai d'abord cru, évidemment, que l'Enchanteur était Chateaubriand et que j'allais me retrouver dans « l'Ogre aux yeux bleus[4] ».

---

1. Jean-Marie Rouart, *L'Invention de l'amour*, Paris, Grasset, 1997.

2. Sous-entendu : « de l'Académie française ». Éric et le Membre sont des personnages de *Casimir mène la grande vie*.

3. Jean-Marie Rouart, *Nous ne savons pas aimer*, Paris, Gallimard, 2002.

4. En réalité, l'Enchanteur est inspiré de Jean d'Ormesson et l'Ogre aux yeux bleus de Robert Hersant.

Ah ! j'espère bien que nous continuerons encore longtemps à échanger des messages portés par les nuages. Et que nous ne nous abandonnerons pas dans l'autre monde comme j'ai pu te faire croire que je t'avais abandonné dans celui-ci.

Je t'embrasse tendrement.

Dorsac[1]

PS : Tes portraits sont irrésistibles, dans l'affection et dans la distance. Oh ! le portrait de Jamet !... Je n'ai jamais pu le piffer.

****

Début des années 2000,

Cher Jean-Marie,

J'ai réfléchi – mais oui ! – à ce que je t'ai dit un peu légèrement à propos du *Figaro*.

Je comprends bien la tentation de se libérer. Je crois tout de même qu'il faut, pour beaucoup de raisons, que tu tiennes le coup.

D'une certaine façon, tu es irremplaçable. Si tu partais, je crains que tout un pan – énorme – du journal ne s'écroule. J'ai eu des remords de t'avoir parlé trop vite, en ne pensant qu'à ton plaisir. Je pense qu'il faut que tu sois solide et que tu sauves ce qui peut l'être.

À toi.

J.

---

1. Jean d'Ormesson avait inspiré à Jean-Marie Rouart Dorsac, le personnage principal de son roman, *Les Feux du pouvoir*, Grasset, 1977. Depuis, il signait souvent de ce patronyme fictif les lettres qu'il adressait au romancier.

À Jean-Marie Rouart

****

2003,

Mon cher Jean-Marie,

Je ne veux pas t'ennuyer à nouveau au téléphone. Entre deux télévisions – grâce à Dieu, c'est fini ! –, j'ai relu *Ils ont choisi la nuit*[1]. C'est un beau, un très beau livre. Et peut-être un grand livre. Je le dis à qui veut l'entendre. Pourquoi ne pas le dire à toi ?

Le premier chapitre, le chapitre sur Samos sont bouleversants. Tous les autres, excellents. Les pages sur Mohrt, merveilleuses. Je ne dirai rien de celles où tu parles de moi. J'avais les larmes aux yeux.

Je n'ai pas besoin de te féliciter, c'est bien au-dessus de ça. Mais je voulais, une fois encore, t'embrasser tendrement.

À toi.

Jean.

Le livre de Dominique Bona sur Maurois est drôlement bien. Elle a un grand talent.

****

2006,

Mon cher Jean-Marie,

J'ai trouvé pas mal de lettres et de livres à mon retour de l'Inde où les grands moghols nous ont accueillis avec magnificence. Je n'ai lu qu'un livre : le tien.

Avec un très grand plaisir. Il me semble qu'il représente chez toi quelque chose de nouveau.

---

1. Jean-Marie Rouart, *Ils ont choisi la nuit*, Paris, Grasset, 2003.

À Jean-Marie Rouart

Autant que je sache, tu n'as guère parlé de l'Amérique, des Noirs, des séquelles de la Sécession. Et tu n'apparais pas dans *Le Scandale*[1].

Le livre se situe pourtant à la croisée de tes thèmes favoris, jusqu'alors séparés : les intrigues amoureuses et la lutte contre l'injustice, les battements de cœur et Omar ou les prostituées[2]. Tu as repris ces deux lignes de crête et tu les as fondues très habilement.

Je suis sûr que Jim et Angela[3] vont connaître un grand succès. Je te le souhaite de tout cœur. Je t'ai lu, en tout cas, non seulement avec l'affection que tu sais, mais avec un vrai intérêt.

J'admire ton activité. Et, pour un peu, mais je me retiens, j'envierais ton succès ! Un livre, des articles qui, au lieu de suivre l'actualité, la précèdent et la font (Ségolène Royal !) et l'exposition où tu rends si merveilleusement hommage à ton père[4] ! Quel triplé !

Est-ce toi qui as trouvé la formule du « réalisme magique » ?

Épatant.

Je te félicite, je me réjouis pour toi et je t'embrasse tendrement.

Jean.

1. Jean-Marie Rouart, *Le Scandale*, Paris, Gallimard, 2006.

2. Jean-Marie Rouart a notamment préfacé en 2000 *Le Livre noir de la prostitution*, ouvrage collectif paru chez Albin Michel.

3. Personnages du roman *Le Scandale*.

4. Le peintre Augustin Rouart, mort en 1997.

À Claude Roy[1]

1974,

Mon cher Claude,

Merci de votre lettre, merci de vos livres. Je les ai lus – vite, mais avec délices. Votre « Chateaubriand[2] » notamment m'a enchanté.

Je regrette *beaucoup* nos mardis. Comme vous avez raison de ne pas écrire d'articles (chut !). Moi, j'en écris et, parce que ça m'ennuie, je me jette dans

1. Claude Roy (1915-1997) est d'abord un poète, auteur notamment des recueils *Clair comme le jour*, Julliard, 1943, et *Le Verbe aimer*, Gallimard, 1968. Il est critique dramatique et littéraire, grand reporter pour la presse aussi bien que dans ses grands livres-témoignages sur la Chine et les États-Unis. Il publie également des romans, comme *La nuit est le manteau des pauvres*, Julliard, 1948, et *Léone et les siens*, Gallimard, 1963. Membre du Parti communiste français de 1943 à 1956, il se rapproche des penseurs antitotalitaires et, dans les années 1970, s'oppose à tous les régimes oppressifs, critiquant notamment avec virulence la fascination exercée par Mao sur une partie de l'intelligentsia parisienne.

2. Claude Roy évoque l'écrivain auquel Jean d'Ormesson consacrera plus tard *Mon dernier rêve sera pour vous*, *op. cit.*, dans *Les Soleils du romantisme*, Paris, Gallimard, 1974.

la polémique pour m'amuser – et après, je me dis que j'ai pu blesser tel ou tel ! Et, vous me croirez si vous voulez, j'ai pensé à vous ! Si Mitterrand passe, déchirez ce mot, je vous prie : je ne veux pas avoir l'air de courir après le succès ! Mais s'il ne passe pas, j'espère qu'il ne m'en voudra pas : j'aime la polémique et j'ai horreur de blesser ! Triste sort ! J'avais écrit jadis des articles sauvages sur Poher[1] et je n'ai eu de cesse d'être bien avec lui. Est-ce que ce sont – dites-moi – de très bonnes dispositions pour faire du journalisme politique ?

J'espère qu'en dehors des mardis, nous pourrons nous revoir. Cela me ferait grand plaisir. Je garde un souvenir délicieux de notre voisinage.

Est-ce que je m'amuse ? Oui, et non. « Il faut toujours être un peu invraisemblable », dit Wilde. Amitiés.

J.O.

1. Président du Sénat de 1968 à 1992, Alain Poher (1909-1996) fut président de la République par intérim à deux reprises après la démission du général de Gaulle et après la mort de Georges Pompidou.

À Aniela Rubinstein[1]

Paris, 21 décembre 1982,

Madame,

Quelle tristesse ! Il était le talent même et le génie de la vie. Tous ceux, innombrables, qui avaient pour lui, comme moi, de l'admiration et de l'affection, avaient fini par le croire immortel. Nous nous imaginions, à chaque saison, qu'Arthur serait toujours là. La nouvelle de sa mort m'a frappé au cœur. Je pense à vous.

J'évoque tant d'instants passés avec vous deux, ici ou là, avenue Foch[2] ou ailleurs. Je ne l'ai jamais vu qu'éblouissant. S'il n'avait pas été un immense musicien, il aurait été un acteur exceptionnel, un grand écrivain, un entraîneur des cœurs et des âmes. Il était irrésistible. Avec une chaleur et une drôlerie

1. Aniela Rubinstein (1908-2001) était l'épouse du pianiste de renommée mondiale Arthur Rubinstein.

2. Bien que voyageant beaucoup, le musicien polonais, naturalisé Américain, avait peu à peu fixé sa résidence principale à Paris, avenue Foch.

qui le faisaient aimer aussitôt de tous ceux qu'il rencontrait. L'avoir connu est pour moi, au milieu de la tristesse, une grande joie et un grand honneur.

Ce qui est dit bien souvent de tant de disparus est strictement vrai pour Arthur : c'était un homme exceptionnel. Il rendait le monde plus beau et plus gai. J'imagine votre chagrin en mesurant le mien. Françoise se joint à moi pour vous dire notre tristesse et notre affection.

Comme tant de milliers et de milliers d'hommes et de femmes à travers le monde, nous garderons son souvenir. Lumineux et fidèle, Arthur Rubinstein est de ces êtres qui laissent une trace de feu chez ceux qui ont eu le bonheur de le croiser.

Je vous prie d'agréer, Madame, l'expression de mes hommages très respectueux et très attristés.

Jean d'Ormesson.

À Marcel Schneider[1]

Paris, 1978,

Cher ami,

Votre lettre[2] m'a fait un immense plaisir et je ne veux plus tarder à vous en remercier de tout cœur. Soyez sûr que, venant de vous, tout ce que vous m'écrivez me touche. Je mets bien volontiers mon ombrelle sous le soleil un peu noir, mais tout de même délicieux du romantisme allemand.

Je pars dans quelques heures pour Anadolu Hisar[3] et je suis ravi que l'une de mes dernières pensées parisiennes soit pour vous – avec beaucoup de gra-

1. Écrivain et critique musical, né dans une famille ayant quitté l'Alsace après sa conquête par l'Allemagne en 1870-1871, Marcel Schneider (1913-2009) travaille à une biographie de l'écrivain romantique et compositeur allemand Ernst Theodor Amadeus Hoffmann à l'époque où intervient l'échange de lettres dont il est question ici.

2. Cette lettre portait vraisemblablement sur *Le vagabond qui passe sous une ombrelle trouée*, *op. cit.*

3. Forteresse à Istanbul qui donne son nom au quartier environnant.

titude –, à qui j'avais confié le secret de ma naissance[1].

J'ai aussi pensé à vous en lisant, avec joie, le récit de vos légitimes honneurs alsaciens.

Merci, cher ami. Soyez assuré de ma gratitude et de ma fidèle amitié.

Jean d'Ormesson.

1. Plaisanterie de l'auteur visant à rendre ses origines plus intéressantes. « J'ai longtemps essayé de faire croire que j'étais né à Rumeli Hisar, en face d'Anadolu Hisar, sur le Bosphore, ou mieux encore dans l'Orient-Express qui a bercé tant de mes rêves de jeunesse. Je suis né à Paris comme tout le monde, mais, à quelques semaines à peine, je suis parti pour Munich où, chargé par nos illusions de séparer la bonne Bavière de la mauvaise Prusse, mon père était en poste. C'était le premier de ces longs voyages qui n'ont jamais cessé. » (*Qu'ai-je donc fait ?*, *op. cit.*, p. 148)

À Sébastien Studer[1]

2004,

Merci de votre lettre, Monsieur. Elle m'a fait grand honneur et plaisir. Et elle m'a touché.

Je ne me souviens plus de l'interview dont vous me parlez – et dont vous n'avez vous-même, je pense, vu qu'un très court extrait, puisqu'il s'agissait d'un « zapping ».

Je dois vous dire qu'aussi loin que nos souvenirs collectifs puissent remonter, les miens n'ont jamais rien fait d'autre que servir l'État. J'ai plusieurs fois, dans différents livres, raconté le culte que nourrissait mon père pour le service de l'État[2]. Il ne me

1. Sébastien Studer est conservateur du patrimoine aux Archives nationales. Lorsqu'il écrit à Jean d'Ormesson, en 2004, il est encore élève à l'Institut national du patrimoine, mais déjà en poste en tant que conservateur stagiaire.

2. « S'il fallait résumer d'un mot, d'un seul, ce qui dominait notre existence dans le deuxième quart de ce siècle, c'était l'État. On ne plaisantait pas chez nous avec le service de l'État. Mon père le poussait, chose incroyable, jusqu'à une vraie tendresse pour les impôts. Il incarnait à merveille, sous sa gaieté naturelle, cette vertu ombrageuse que Montesquieu

serait pas venu à l'esprit de jamais rien faire d'autre. Quand je suis entré à Normale et que j'ai passé l'agrégation, je n'avais pas d'autre ambition que de servir l'État à mon tour – de devenir fonctionnaire.

Ce n'est donc pas moi qui vous reprocherais d'avoir embrassé la carrière administrative. Et aucun des miens ne vous le reprocherait.

Ce qui est vrai, c'est que Rimbaud, les surréalistes, Aragon et beaucoup d'autres n'ont pas été sans influence sur moi. J'ai été déchiré entre le culte et le service de l'État et, sinon la rébellion, du moins la tentation de l'indépendance la plus échevelée.

En fin de compte, j'ai toujours considéré qu'écrire des livres qui pouvaient toucher quelques personnes était une façon encore de servir sa langue et son pays. J'ai été un fonctionnaire *in partibus*, *at large*, comme disent les Anglo-Saxons – mais le service de l'État m'a toujours été cher. Je l'ai toujours mis très haut.

Si une formulation maladroite a pu vous blesser, je vous prie de me pardonner.

À vous, avec gratitude et beaucoup de vœux amicaux.

Jean d'Ormesson.

Soyez sûr que je pense sincèrement qu'être conservateur du patrimoine est un métier merveilleux. On s'occupe du passé en pensant à l'avenir. « Dieu a donné une sœur au souvenir et il l'a appelée l'espérance » (Michel-Ange).

---

assignait pour fondement à la république. » (*Le vagabond qui passe sous une ombrelle trouée*, *op. cit.*, p. 20)

À Ronald Syme[1]

Paris, 18 mai 1967,

Cher Sir Ronald,

J'espère que vos déplacements se sont tout à fait bien passés, et que Lyon vous laisse un bon souvenir.

Je vous ai quitté trop vite à l'École[2], et je n'ai pas pu vous dire combien votre discours m'avait paru proprement éblouissant. Votre entrée en matière et votre refus de la modestie traditionnelle au bénéfice de la clairvoyance des organisateurs, qui avaient bien vu que vous raffoliez du lieu commun, m'ont

1. Ronald Syme (1903-1989) est un historien britannique, spécialiste de l'Antiquité romaine, de Salluste et de Tacite. Il occupe successivement les fonctions de secrétaire général (1952-1971) et de président du CIPSH (1971-1975). Jean d'Ormesson travailla à ses côtés pendant plus de vingt ans : « J'ai parcouru avec lui le Mexique, la Chine, l'Égypte, l'Inde – et surtout l'Italie. Voyager à ses côtés était un enchantement. Il savait tout. Il s'amusait de tout. […] Je dois à sir Ronald une certaine vision d'un gai savoir où un perpétuel amusement ne cesse de se mêler aux exigences de la science. » (*Je dirai malgré tout que cette vie fut belle*, *op. cit.*, p. 226)

2. L'École normale supérieure où Ronald Syme avait été invité à donner une conférence.

enchanté. Et de même tout ce que vous avez dit si habilement de Proust, en l'introduisant dans votre discours. Et je ne suis pas le seul, je le sais, de mon avis. Je voulais vous le dire.

Je me réjouis beaucoup de vous revoir bientôt. Avec mes vœux toujours bien chaleureux, je vous prie d'agréer, cher Sir Ronald, l'expression de mes sentiments [*fin manquante*].

****

Paris, 24 novembre 1967,

Cher Sir Ronald,

Merci de votre lettre du 16. Elle m'a fait bien plaisir. Je suis surtout content de voir l'année [19]67 tenir avec tant de docilité les serments que vous, que nous lui avons fait prêter ! Il est bon de la trouver si sérieuse, si soumise et si plaisante. C'est une bonne petite. Espérons que sa sœur prendra exemple sur elle.

La citation de Juvénal[1] m'a enchanté. Ce sont des dieux malins qui exaucent nos vœux. Disons, pour nous consoler, que si certains de nos espoirs sont aussi rejetés, c'est peut-être alors par des dieux bienveillants…

Du musst das Leben nicht verstehen,
Dann wird es werden wie ein Fest[2]…

1. Poète latin, auteur des *Satires,* œuvres poétiques composées entre 90 et 127.

2. Vers de Rainer Maria Rilke par lesquels débute le poème « Du musst das Leben nicht verstehen » (1898) : « Ne cherche pas à comprendre la vie/Elle deviendra alors comme une fête. »

Mais je crois que dans le cas présent vos collègues – pardon ! vos confrères – de l'Institut ont fort bien compris la vie et ils ont eu raison.

L'autre citation, j'en connaissais le début – l'ambition – mais j'ignorais la fin – admirable : le pain aux canards !... Qui l'a dit ? Vous, non ?

Je serai ravi, comme toujours, de vous retrouver soit le 1er, soit le 3, soit le 4 décembre. Tout me va également bien. Dites-moi votre jour et heure d'arrivée pour que j'aille vous chercher. Le trop court trajet d'Orly à Paris me rappellera les meilleurs souvenirs que je dois au CIPSH.

Bien fidèlement.

Jean.

****

17 décembre 1970,

Cher Sir Ronald,

Merci de votre lettre que je reçois à l'instant. Je suis un peu effrayé de ce que vous dites de votre pays d'adoption[1] et du chaos qui le menace... Mais les choses ne marchent guère mieux ici : il devient impossible de téléphoner entre neuf heures et midi !

Canberra : si vous êtes pris dans la première semaine de janvier et si vous devez être le 13 en Californie, pourquoi n'iriez-vous pas à Canberra disons du 8 au 11 ? Deux jours en N.-Z.[2] et retour direct le 13 en Californie ? Ne serait-ce pas bien ? Pensez-y.

1. Le Royaume-Uni.
2. Nouvelle-Zélande.

Bordeaux : vous avez reçu, au moment d'envoyer votre lettre, ma deuxième lettre. Je viens de téléphoner à Mlle Ernst – notre Juliette : les 750 dollars auxquels renoncent les Allemands et qu'Étienne voulait pour combler ses trous administratifs iront bien aux Actes. Voilà donc déjà quelque chose de fait par le CIPSH. Je voulais vous le dire aussitôt pour votre lettre à Chastagnol[1]. Ne vous inquiétez donc pas trop *and don't feel guilty*[2]...

Merci de tout cœur de vos références dantesques. J'aurais *dû* les trouver moi-même. Mais vous savez toute la *Comédie*[3] par cœur...

Vous nous manquez. Si nous nous retrouvions à Canberra ? Les orientalistes veulent à tout prix (!) que j'y aille. Je devrais dire : j'y vais si vous n'y allez pas. Je préfère dire : j'irai si vous allez [*sic*] !...

Ne renoncez pas à votre beau rôle de sage ! Que deviendrons-nous si le sel s'affadit ?

Je me taille un succès énorme avec « ... *to utter the name of the Redeemer without whistling*[4] » ! Mais je cite mes sources...

Toujours très fidèlement et très affectueusement à vous,

Jean.

---

1. André Chastagnol, historien spécialiste de l'Empire romain.
2. « Ne vous sentez pas coupable. »
3. La *Divine Comédie* de Dante Alighieri, poème composé entre 1303 et 1321. L'adjectif « divine » fut attribué à l'œuvre par Boccace et est adjoint pour la première fois au titre dans une édition imprimée en 1555.
4. « Invoquer le nom du Sauveur sans siffler. »

Je joins, si vous me *jurez* de ne *pas* répondre, des vœux chaleureux pour cette nouvelle année qui nous réunira, j'espère.

****

Paris, 14 janvier 1974,

Cher Sir Ronald,

C'est plutôt à moi de dire : « J'aurais dû vous écrire plus tôt » ! Pardonnez-moi, je vous prie, mon honteux retard à vous remercier de votre bonne lettre du 12 décembre qui m'a fait grand plaisir. J'ai été accablé de mille obligations, d'où ce trop long délai. Ne m'en veuillez pas.

Je suis content que le procès-verbal vous ait plu. Au moins n'a-t-il pas trop traîné...

Je vous ai envoyé la lettre de Klindt[1], parce qu'elle allait dans le sens de nos réflexions... Nous en reparlerons.

J'admire tous vos déplacements américains : Boston, Phila[2], Princeton, etc. J'imagine qu'aujourd'hui vous êtes à Washington pour l'ACLS[3]. J'ai vu que Bernhardt se retirait. Dommage.

J'aurais été heureux de vous voir à Paris en février, en route vers Israël. Est-ce abandonné ? Et

1. L'archéologue Ole Klindt-Jensen (1918-1980), Secrétaire général de l'Union internationale des sciences préhistoriques et protohistoriques (UISPP), affiliée au CIPSH depuis septembre 1955.

2. Philadelphie.

3. Vraisemblablement la rencontre annuelle de l'American Council of Learned Societies, fondé en 1919.

Wolfson[1] ? J'espère que ce n'est pas une nouvelle proposition à la R. Lee ?…

Je vous confirme que le colloque d'Accra a été repoussé, sur la proposition de Kwapong lui-même, non pas jusqu'en mars, comme vous le suggérez, mais en [19]75. Il pourrait se tenir, si cela vous convient en janvier [19]75 ?

Je suis en train de penser à mon discours sur Jules Romains à l'Académie ! vers le printemps, je pense. Pourriez-vous me rappeler la formule dont vous m'aviez parlé et qui concernait le début des discours romains – la *deprecatio*, je crois, mais n'y avait-il pas un autre mot après ? Si vous pouviez me l'indiquer, vous me rendriez service.

Il faut enfin que je vous parle d'un problème assez sérieux dont je vous avais dit quelques mots dans le restaurant chinois où nous avons pris notre dernier déjeuner parisien ensemble. À la suite de mon élection, une foule de propositions plus ou moins intéressantes m'ont été faites et je les ai toutes repoussées. Mais il y en a une qui est plus sérieuse : on m'a offert la direction du *Figaro*. C'est une lourde tâche et une rude charge, mais je ne suis pas sûr que je puisse la refuser. C'est aussi une affaire affreusement compliquée (opposition du propriétaire et des journalistes, lutte de clans différents, etc.) et je pense que les négociations prendront de longs mois – quatre ou six mois, peut-être un an, peut-être

1. Ronald Syme fut membre du Wolfson College à Oxford de 1970 à la fin des années 1980.

plus. Mais il n'est pas impossible que la question se pose et je voulais naturellement vous informer le plus vite possible. Nous nous retirerons peut-être ensemble du CIPSH à Dubrovnik – comme je l'avais souvent pensé ! Ou peut-être partirai-je avant vous ! Ce qui posera quelques problèmes ? Enfin, il est aussi possible que toute l'affaire tombe à l'eau et que ce ne soit qu'agitation pour rien. Mais je tenais à vous tenir au courant. Nous en parlerons à notre prochaine rencontre, que j'espère prochaine.

Je ne vous ai pas envoyé de ridicule carton, mais je fais mille vœux pour vous, cher Sir Ronald. Et je reste très fidèlement à vous,

Jean.

****

Paris, 5 mars 1974,

Cher Sir Ronald,

Merci de votre lettre du 28 février.

Je quitte à l'instant le directeur général. Je crois que nous sommes tous d'accord et je m'en réjouis. Je vous avoue que je ne pouvais imaginer mon départ brutal du CIPSH. Nous voilà donc embarqués encore sur le même bateau !

Je crois qu'on peut n'avoir aucune inquiétude pour l'administration quotidienne. Je réponds de la nouvelle formule[1] comme si j'étais constamment présent moi-même.

---

1. Désireux de ne pas quitter immédiatement le CIPSH lorsqu'il devint directeur du *Figaro*, Jean d'Ormesson avait obtenu de conserver son titre

Je me réjouis bien de vous voir vers la fin du mois ou au début d'avril.

Il ne faut pas que nous finissions notre bref passage sur cette terre sans nous lancer de nouveau ensemble sur les routes d'Autriche, d'Italie et de Yougoslavie.

Avec beaucoup de fidèle affection.

Jean d'Ormesson.

****

2 décembre 1975,

Cher Sir Ronald,

Un mot pour accompagner le billet d'Henriette. J'ai été content d'avoir de bonnes nouvelles de vous et je vous suis de Wolfson à Cardiff (« ville lointaine et inconnue ») et en Amérique. Ah ! Proust serait content s'il savait que vous le trahissez pour le vieux France[1] !

Très fidèlement à vous, comme toujours.

Jean.

****

Paris, 15 avril 1976,

Oui, cher Sir Ronald, je crois que vous avez bien fait de persister à vivre. Et nous sommes quelques-uns – assez nombreux je crois – à nous en réjouir et à nous en féliciter.

---

de secrétaire général et que l'administration quotidienne soit prise en charge par une petite équipe de proches collaboratrices. Henriette Ciurea, entrée au Conseil en 1953, reçut le titre d'assistante administrative et fut secondée dans ses fonctions par Marie-Hélène Bayle et Marguerite-Antoinette Decamme.

1. Anatole France.

Je ne suis pas jaloux de voir vos activités partagées entre Flaubert, Tristan Bernard[1] et moi – sans compter quelques classiques latins.

J'espère beaucoup vous revoir très bientôt. Je vous souhaite un heureux séjour aux États-Unis. Je compte y passer moi-même quelques jours à partir du 8 mai. Nous nous croiserons, malheureusement !

Vous recevrez prochainement des nouvelles de moi – plus officielles. À la suite de mon article du *Figaro*, l'Unesco m'a demandé de réunir une table ronde sur la coopération culturelle et intellectuelle internationale au plus haut niveau : quelques chefs d'État et prix Nobel… vous figurez naturellement parmi eux.

Les dates : Paris, 23 au 25 juin prochain. J'espère bien que vous pourrez venir.

Très fidèlement.

Jean d'Ormesson.

****

Paris, 7 avril 1983,

Cher Sir Ronald,

« *It is no small thing to have been alive to hear Callas sing* Lucia di Lammermoor*, to see Ken Rosewall's backhand, to read a new poem by Auden ; and to be taught by Ronald Syme*[2]. »

1. Romancier et auteur dramatique, Tristan Bernard (1866-1947) est notamment connu pour ses mots d'esprit.

2. « Ce n'est pas peu de chose que d'avoir entendu de son vivant Callas chanter *Lucia di Lammermoor*, vu un revers de Ken Rosewall, lu un nouveau

Avec quelle joie – et quelle fierté ! – j'ai lu ces lignes dans le *Times* ! Je n'ai pas entendu la Callas dans *L. di L.* Je n'ai jamais vu Rosewall et je connais hélas ! assez mal Auden. Mais j'ai eu le privilège de profiter de vos leçons et vous savez combien je vous vénère. Je m'associe de tout cœur à la page d'hommage du *Times* et à toutes les marques d'admiration et d'affection qui vont pleuvoir sur votre tête.

Je ne me console pas de ne pouvoir venir à Oxford. Si je peux tourner nos (infects) règlements, je le ferai.

Toutes ici se joignent à moi pour vous dire notre attachement.

Jean.

****

28 avril 1988,

Vos lettres sont des délices, cher Sir Ronald. Nous les lisons à haute voix, nous les gardons pour la postérité – qui sera bien contente – et nous évoquons le passé. J'ai parlé encore de vous hier, à la séance de l'Académie, en citant une de vos formules (« *never answer letters*[1]... »).

---

poème d'Auden ; et d'avoir reçu l'enseignement de Ronald Syme. » Par cette phrase commence le portrait de Ronald Syme, « The noblest Roman of them all », paru dans le quotidien britannique *The Times* le 4 avril 1983.

1. « Ne répondez jamais à une lettre. » Jean d'Ormesson avait reçu de Ronald Syme ce conseil humoristique au tout début de leur collaboration au CIPSH : « La première fois que je le rencontrai, il me fit comprendre sans ambiguïté qu'il n'interviendrait jamais dans le travail quotidien d'une administration qui l'ennuyait à périr et que je prendrais seul toutes les décisions, qui, il faut bien l'avouer, n'allaient jamais empêcher la planète de tourner. Je lui demandai ses instructions. Il regarda avec surprise et

À Ronald Syme

Quelle épreuve, Côme ! Et que de souvenirs, Bergame ! Hélas, Jacqueline[1] et Henriette vont nous quitter un de ces jours… Je ne leur survivrai guère. Sans vous, sans elles, le CIPSH aura perdu sa saveur.

Le 20 octobre, qu'il pleuve, qu'il vente, qu'il neige ou qu'il fasse beau, je serai avec vous.

Je vois souvent J. de R[2].

Je voudrais tant l'attirer sous la coupole (où elle est déjà !), mais c'est difficile : la *tra-di-tion*[3] !

À bientôt, cher Sir Ronald.

Mille vœux bien affectueux.

Jean.

Merci encore pour les textes. J'en espère d'autres…

---

avec une indifférence chagrinée ce subalterne hystérique et obtus qui faisait preuve de zèle et me lâcha : "*Never look beneath the surface ; never take long views ; never answer letters : people might die.*" » (*Le Rapport Gabriel*, *op. cit.*, p. 225)

1. Assistante de Roger Caillois dès 1951, Jacqueline Gallay était chargée de la préparation et de la fabrication de la revue *Diogène*.

2. L'helléniste Jacqueline de Romilly (1913-2010).

3. Jacqueline de Romilly sera élue quelques mois plus tard à l'Académie française, le 24 novembre 1988.

À Jacques-Paul Viardot[1]

24 septembre 1979,

Mon Dieu, Monsieur, comme votre lettre me touche et m'inquiète !

Elle me touche parce que vous êtes le petit-fils de Pauline Viardot[2] qui représente pour moi comme une sorte de mythe enchanteur.

Elle m'inquiète, parce qu'il faut que je vous l'avoue : la lettre de Tourgueniev à Pauline Viardot est entièrement inventée, et Balkh et Tsarkozy-Wilozlav n'existent pas. Je crois que j'ai dû les trouver quelque part sur une carte. Mais je n'ai choisi ces noms qu'à cause de leur sonorité.

Ne m'en veuillez pas, je vous prie et pardonnez à l'imagination du romancier.

---

1. Jacques-Paul Viardot (1908-1990) est le petit-fils de la cantatrice Pauline Viardot (1821-1910) et le fils du violoniste et musicologue Paul Viardot (1857-1941).

2. Liés par une longue amitié, Pauline Viardot et l'écrivain russe Ivan Tourgueniev furent également amants. Jean d'Ormesson évoque leur relation dans *La Gloire de l'Empire* en s'accordant une licence poétique dont témoigne cette lettre.

J'ai dû ainsi écrire à plusieurs personnes – un prince allemand, un cardinal et Cohn-Bendit – qui m'avaient écrit des lettres très courtoises disant qu'ils ne se rappelaient pas bien les épisodes où ils étaient mêlés et que je rapportais dans un de mes livres.

Platon avait raison d'exiler les poètes en les traitant de menteurs. Je ne me ferai pas passer pour un poète, mais je suis tout de même un menteur.

Avec ma gratitude et mes excuses, je vous prie d'agréer, Monsieur, l'assurance de mes sentiments les plus attentivement dévoués.

Jean d'Ormesson.

****

14 octobre 1981,

Je vous remercie, Monsieur, de votre lettre du 10 octobre.

Je me souviens naturellement fort bien de notre correspondance à propos de Tourgueniev et de Pauline Viardot, votre grand-mère. Je vous remercie aussi de votre indulgence et de ne pas m'en vouloir d'avoir laissé vagabonder mon imagination à propos de leurs relations.

Je suis heureux de savoir que votre collection ira à la Bibliothèque nationale.

Vous avez naturellement raison : tout le monde sait que Calmette[1] a été revolvérisé rue Drouot. J'ai

1. Directeur du *Figaro*, Gaston Calmette fut tué à coup de revolver par Henriette Caillaux, épouse du ministre des Finances, Joseph Caillaux, le 16 mars 1914.

déjà assez de mal à prendre la responsabilité de ce que je signe. J'ai définitivement renoncé à me sentir responsable des interviews qui me font parler. Ce qui est vrai, je crois, c'est que le bureau – je veux dire le meuble – de Calmette avait été transporté aux Champs-Élysées, comme la statue de Figaro dont vous parlez.

Votre lettre m'a replongé dans un passé lointain mais toujours cher. Je vous en remercie. Je vous suis bien reconnaissant aussi de ce que vous voulez bien me dire de mon dernier livre.

Avec ma gratitude et mes vœux chaleureux, je vous prie d'agréer, Monsieur, l'assurance de mes sentiments

de très fidèle et cordial attachement.

Jean d'Ormesson.

À Louise de Vilmorin[1]

1960,

Chère Louise, au pas de course,
je vous dis ma vocation :
vous servir en toute occasion.
À vos pieds je mets mes deux *bourses*[2].

****

Paris, 12 mars 1965,

Chère Louise,

Je ne vous ai pas encore remerciée comme je le souhaitais du si joli cadeau que vous m'avez fait. Je voudrais que vous sachiez le grand plaisir, la joie

1. Femme de lettres, Louise de Vilmorin (1902-1969) fut poétesse et romancière, auteure notamment de *Madame de*, Gallimard, 1951. Elle entretint une abondante correspondance, en particulier avec Jean Cocteau, et fit partie du cercle mondain de la Café society au sein duquel se retrouvèrent des décennies durant aristocrates, milliardaires et artistes. À l'époque où elle rencontre Jean d'Ormesson, elle vit avec André Malraux et réside le plus souvent au château de Vilmorin, à Verrières, au sud de Paris.

2. Le manuscrit comporte l'annotation suivante de la main de Louise de Vilmorin : « Jean d'Ormesson, pendant une réunion du conseil de la "bourse de la Vocation" », octobre 1960.

que vous m'avez ainsi donnés. Je n'ai plus besoin maintenant, à force de me les répéter, de relire les lignes tracées de votre main : je les garde cependant – avec la précieuse dédicace – comme un souvenir qui m'est cher. Quant au poème lui-même, vous savez que ce que je vous en ai dit n'était pas politesse mondaine : je l'égale à ceux que je préfère et je me redis souvent, en vous remerciant de les avoir écrits pour moi, ces vers dignes d'admiration[1].

Je vous prie d'agréer, chère Louise, l'expression de mes très reconnaissants, très respectueux, très affectueux hommages.

Jean d'Ormesson.

****

1. Dans *Le Rapport Gabriel*, Jean d'Ormesson livre un extrait de ce poème après avoir raconté les circonstances dans lesquelles il lui avait été offert : « J'ai été reçu à Verrières par Louise de Vilmorin et par André Malraux. Il dessinait des "dyables" et des chats. Ses chats s'appelaient Fourrure et Essuie-plume. Il m'a confié que le Commandeur était caché dans le placard. Il est parti sur saint Jean et sur l'Apocalypse. Il appuyait sa main contre sa joue et il hoquetait en parlant. Il était éblouissant. Je n'ai pas compris grand-chose : c'était mon habitude. Louise, pour me consoler, me griffonna un poème sur du papier quadrillé. Il commençait par ces vers :

J'ai vu plus d'un adieu se lever au matin
J'ai vu sur mon chemin plus d'une pierre blanche
J'ai vu parmi la ronce et parmi le plantain
Plus d'un profil perdu plus d'un regard éteint
Et plus d'un bras la nuit que me tendaient les branches.

Il se terminait par ceux-ci :

Ces mains ces bras ces yeux où passa mon destin
Ces profils éperdus ne pesant plus une once
Je les revois dans l'onde et l'ombre et le plantain
Et je vois mon destin dans l'entrelacs des ronces. »

(*Le Rapport Gabriel*, *op. cit.*, p. 210-211)

À Louise de Vilmorin

Paris, 4 décembre 1967,

Chère Louise,

J'apprends avec beaucoup de peine la mort de ton neveu. Je sais ce qu'a été pour toi l'affreuse épreuve de ces dernières semaines. Ton chagrin est le nôtre et nous pensons à toi. J'aurais voulu pouvoir aller à Verrières mais une réunion ici me l'a interdit. Je me rappelle ton inquiétude, ton angoisse devant cette fin inéluctable. Quelle cruauté ! Laisse-moi seulement te dire combien nous sommes tous bouleversés par la disparition de cet être que tous aimaient et dont tous garderont le souvenir. Tu sais toute l'admiration et l'affection que j'ai pour toi dans ce bonheur de la vie que tu exprimes si merveilleusement. C'est cette même affection qui voudrait t'entourer dans les jours du malheur.

Françoise et moi nous t'embrassons de tout cœur.

Jean d'Ormesson.

À Marcelle Wahl[1]

1974,

Madame,

Je mesure à mon chagrin la profondeur du vôtre. Ai-je besoin de vous dire la part que j'y prends ? La disparition de Jean Wahl est un coup affreux pour tous ceux qui l'admiraient et qui l'aimaient. Vous savez si je me rangeais parmi les uns et parmi les autres ! La nouvelle de sa mort m'a bouleversé.

Pardonnez-moi de n'avoir pu me joindre à vous – comme je l'aurais voulu – le jour de l'inhumation. La vie que je mène, et qui est parfois difficile, ne me l'a pas permis. Soyez assurée que je pensais à vous et que j'étais en tout cas parmi vous par le cœur et par l'esprit. J'évoque tant d'instants passés ensemble et la place immense qu'il tenait dans

1. Épouse du philosophe Jean Wahl (1888-1974), un des maîtres de Jean d'Ormesson à la Sorbonne. Jean Wahl fonda en 1947 le Collège philosophique et dirigea à partir de 1950 la *Revue de métaphysique et de morale*. Il n'a pas été retrouvé de lettre adressée par Jean d'Ormesson au philosophe lui-même.

À Marcelle Wahl

l'existence de beaucoup. Je lui dois beaucoup. Je ne l'oublie pas. Nous serons nombreux à ne pas l'oublier. Le grand universitaire, le philosophe, le poète, l'ami, tous resteront vivants pour nous. Je voulais vous le dire de tout cœur, à vous et à vos enfants, en vous priant d'accepter mes condoléances très émues et mes hommages respectueux et profondément attristés.

Jean d'Ormesson.

À Marguerite Yourcenar[1]

Paris, 14 septembre 1976,

Madame,

Ce n'est pas tant le directeur du *Figaro* qui vous écrit ces quelques lignes qu'un admirateur de toujours qui a lu avec passion vos romans et vos nouvelles et qui serait bien heureux si vous acceptiez de lui envoyer de temps en temps une chronique pour le *Figaro*.

Ne dites pas non tout de suite. Vous devez être accablée de requêtes de tous genres. Mais réfléchissez

1. Romancière et nouvelliste, auteure des *Mémoires d'Hadrien*, Plon, 1951, des *Nouvelles orientales*, Gallimard, 1938, et de *L'Œuvre au noir*, Gallimard, 1968, Marguerite Yourcenar (1903-1987) est élue à l'Académie française en 1980. Jean d'Ormesson lui suggéra de présenter sa candidature et la défendit avec détermination. Son élection fut obtenue de haute lutte car l'Académie n'avait jamais admis de femme, et nombre d'académiciens n'envisageaient pas qu'il en fût autrement. C'est Jean d'Ormesson qui accueillit la romancière sous la coupole : « S'il fallait à tout prix caractériser d'un seul mot l'ensemble de votre œuvre, je n'hésiterais pas longtemps. Yourcenar ou le savoir, bien sûr. Yourcenar ou la sérénité, sans doute. Mais surtout : Yourcenar ou l'élévation. »

à celle-ci. Ce serait un grand bonheur pour nos lecteurs de pouvoir vous lire dans leur journal et ce serait une grande joie pour moi de vous accueillir.

Je vous prie d'agréer, Madame, [*fin manquante*].

Jean d'Ormesson.

****

Paris, 12 octobre 1977,

Madame,

Je voudrais vous remercier très chaleureusement de votre lettre du 26 septembre qui m'a fait un très grand plaisir puisqu'elle venait de vous.

Vous savez la grande admiration que je vous porte et un témoignage comme le vôtre m'est particulièrement précieux.

Je vous écris pour vous remercier, pour vous dire les sentiments que m'inspire votre œuvre, mais aussi pour une troisième raison qui est un peu plus délicate. Et je ne peux naturellement parler ici qu'à titre personnel – encore que je sache avec certitude que je suis le porte-parole de plusieurs.

J'ai dit et j'ai écrit, ici ou là – notamment à la télévision française et à la télévision canadienne – que je souhaitais ardemment que vous acceptiez d'entrer à l'Académie française. Ce vœu se heurte à un certain nombre d'obstacles. Le premier est que vous n'habitez pas la France et que la résidence à Paris est – en principe – une condition. Elle paraît un peu archaïque. Ensuite l'Académie n'a jamais compté de femmes. Je ne vous dirai pas ce que je pense de cette coutume. Mais vous le savez.

Ce qu'on peut dire, c'est que si la tradition est rompue, comme je le souhaite, il faudrait qu'elle le soit au profit d'un grand écrivain.

Mais le grand et seul point d'interrogation sérieux est celui-ci : accepteriez-vous d'entrer à l'Académie ? Nous sommes quelques-uns, quai Conti, à tourner inlassablement autour de ce problème sans que personne ait le courage de vous écrire pour vous poser la question.

Je prends donc le risque. Après tout, cette question n'est pas vraiment malhonnête et la réponse n'a rien d'embarrassant. Je comprendrais parfaitement bien que vous estimiez que l'Académie est une perte de temps, ne signifie plus rien et que vous n'envisagiez même pas cette éventualité.

J'ai aussi hésité à vous écrire car il faut bien reconnaître que cette étonnante maison est capable de toutes les folies et de toutes les surprises. Il est inimaginable que vous ne soyez pas accueillie avec enthousiasme. Mais il faut naturellement que je précise ici que je ne vous écris qu'à titre personnel.

Si vous me donniez une réponse qui ne soit pas décourageante, je prendrais toutes les précautions nécessaires pour qu'on ne vous engage pas à la légère dans une aventure.

Voilà ce que je voulais vous dire, aussi simplement que possible, en vous priant de me pardonner si vous trouvez ma démarche indiscrète et en vous demandant de n'y voir que l'expression d'une admiration que vous connaissez et à laquelle je joins l'assurance de mes très respectueux et reconnaissants hommages.

Jean d'Ormesson.

****

20 février 1979,

Madame,

Je vous suis bien reconnaissant de votre lettre et de votre signe d'amitié.

J'ai bien imparfaitement témoigné de mon admiration pour ce que vous écrivez.

J'ai reçu plusieurs lettres à la suite de l'émission[1], notamment une lettre très intéressante d'une correspondante qui m'envoyait deux textes de vous assez longs que vous avez écrits pour remercier une personne qui avait effectué un travail critique sur *L'Œuvre au noir*.

L'Académie ne me ferait guère plaisir si je m'y intéressais vraiment. Mais plusieurs de ses réactions récentes m'ont mis de mauvaise humeur. Tant que, en dépit de quelques obstacles aisés à franchir, vous n'en serez pas, elle ne m'intéressera plus guère.

Avec ma gratitude et mes vœux chaleureux, je vous prie d'agréer, Madame, l'expression de ma très fidèle et respectueuse admiration.

Jean d'Ormesson.

****

1. Il s'agit de l'émission de télévision *Livres en fête*, diffusée le 30 janvier 1979, au cours de laquelle Jean d'Ormesson a proposé une lecture des *Nouvelles orientales* de Marguerite Yourcenar.

À Marguerite Yourcenar

Paris, 2 octobre 1979,

Madame,

Nous sommes, vous le savez, quelques-uns à l'Académie française – assez nombreux, en vérité, et de plus en plus nombreux – à souhaiter ardemment votre entrée dans cette compagnie. Ne m'en veuillez pas de revenir sur cette question.

La succession de Roger Caillois, avec qui j'étais étroitement lié, fournit, je crois, une occasion nouvelle. Je ne suis pas sûr – je vous le dis à titre confidentiel – qu'aucun des candidats actuels – quels que soient leurs titres ou leurs mérites – puisse faire l'unanimité. Je crois, en revanche, que vous la feriez. Il me semble qu'un mouvement spontané de plus en plus important se fait sentir dans ce sens.

Je voudrais vous indiquer aussitôt qu'il ne serait pas question pour vous de faire acte de candidature. Nous pourrions très bien suivre la même procédure que pour Montherlant, par exemple. Il suffirait que vous acceptiez de faire part à n'importe quel membre de l'Académie de votre acceptation éventuelle d'une élection. Il serait naturellement maladroit de notre part d'exprimer un vote que vous n'accepteriez pas. Mais je vous ai lue et entendue à la radio, et j'avais bien cru comprendre que, peu disposée à poser votre candidature, vous ne refuseriez pas un vote qui vous élirait.

Je ne parle même pas du problème, qui ne se pose pas, de l'élection d'une femme à l'Académie : aucun texte ne s'y oppose. L'éloignement de Paris ne crée pas non plus de grave problème. Peut-être accepteriez-vous, à l'occasion d'un voyage à Paris, de venir prononcer l'éloge de Roger Caillois ?

Une seule question doit être posée, en plus de celle, évidemment, de l'acceptation du vote : c'est celle de la nationalité. Vous êtes française et non pas belge comme le soutiennent certains. Mais, ayant acquis, je crois, la nationalité américaine, avez-vous conservé quelque part dans un tiroir un passeport français ?

Pardonnez-moi de vous ennuyer avec ce petit jeu de questions – et, peut-être, de vous irriter. Mais n'y voyez qu'une admiration obstinée. Ce serait pour beaucoup d'entre nous – et, je le crois sincèrement, pour tous – une grande joie et un grand honneur de vous avoir parmi nous.

Si vous acceptiez de nous aider à vous accueillir dans cette maison et à y succéder à Roger Caillois, je m'en réjouirais plus que je ne peux vous le dire ici.

Voudriez-vous que nous considérions – pour peu de temps, j'espère – cette lettre comme un peu confidentielle ? Si vous me répondiez négativement, nous reprendrions le mot de Paulhan : « Mettons que je n'aie rien dit. » Mais j'espère ardemment une réponse positive.

Je vous prie d'agréer, Madame, l'expression de mes respectueux et admiratifs hommages.

Jean d'Ormesson.

****

À Marguerite Yourcenar

Paris, 1980[1],

Madame,

J'ai reçu avec beaucoup de joie et de gratitude votre télégramme qui me fait grand honneur. Je vous en remercie.

Je n'ai pas voulu, tous ces derniers mois, vous accabler de lettres ou de coups de téléphone. Je n'imagine que trop votre vie et les parties de cache-cache que vous devez jouer avec journalistes et photographes. J'ai préféré laisser les choses aller leur train – sans d'ailleurs trop m'en occuper. Je dois vous avouer que je n'ai pas vraiment mené campagne. J'ai posé la question, c'est tout, en pensant simplement qu'une réponse négative était impossible. Elle l'était.

Je dois préciser, notamment, que je ne me suis livré à aucun « marchandage » où votre nom aurait été engagé. Avec émerveillement ou dédain, certains parlent de « stratégie ». Aucune stratégie ; aucune manœuvre. Je n'ai fait, en présentant votre nom avec votre autorisation, que résister à une pression – il est vrai assez forte. C'est rigoureusement tout.

On a un peu hâte de quitter ces basses eaux et de retourner un peu vers le soleil, vers la mer – ou la littérature. J'espère que votre existence n'est pas trop bouleversée par les événements – heureux ou tristes – de ces derniers temps et que vous pourrez

1. Cette lettre est postérieure au 6 mars 1980, date de l'élection de Marguerite Yourcenar à l'Académie française.

trouver le temps et le calme nécessaires pour écrire. La tâche doit être difficile pour vous puisqu'elle l'est déjà pour moi. Je hais le téléphone, l'atroce courrier du matin et les déjeuners auxquels il est difficile d'échapper. Tout le reste, je l'ai rayé. Malgré ces coupes, l'agitation et la turbulence subsistent.

Je n'ai pas voulu vous débusquer à bord du *Mermoz*. Vous trouverez un télégramme de moi dans les piles qui vous attendent chez vous…

Avec tous mes vœux chaleureux, je vous prie d'agréer, Madame, l'expression des respectueux hommages de

votre admirateur,

Jean d'Ormesson.

****

Printemps 1980,

Je ne veux plus tarder, Madame, à vous remercier de votre longue et bonne lettre du 10 avril. J'ai déjà trop attendu et j'espère que vous me pardonnerez. J'ai été absent de Paris et j'ai pensé aussi, je vous l'avoue, que vous étiez enfouie sous des tombereaux de correspondances : peut-être valait-il mieux vous laisser respirer un peu !…

Vous me parlez de Jean Delay et d'Étienne Wolff : j'ai pour l'un et pour l'autre beaucoup d'affectueuse amitié et une grande estime. Jean Delay est venu voter pour vous alors que sa santé est encore chancelante. Il nous livre ses archives dans un style très différent du vôtre, mais l'entreprise est intéressante.

Merci de tout cœur de ce que vous voulez bien me dire pour moi-même et qui me touche profondément.

Les « intrigues » : je vous en ai déjà dit un mot. En vérité, je crois qu'elles se combinent surtout avec quelques réactions passionnelles et avec un de ces mouvements collectifs qu'on appelle « coup de chapeau » et qui laisse pantois ceux-là mêmes qui l'ont donné… et souvent celui qui le reçoit.

Ah ! je comprends vos sentiments ! Quelle que soit l'amitié, la sympathie, l'estime – ou même l'admiration –, un discours académique – lâchons le mot –, c'est une corvée. Je le dis sans flagornerie : je pense que vous écrivez sur Caillois des pages qui feront date. Mais cette impression de travail obligé et de liberté conditionnelle est pénible. J'avais moi-même « viré[1] » Jules Romains – et je sais que la préparation demande de l'effort et du temps.

Sentez-vous pourtant aussi libre que possible. On peut tout dire, absolument tout et, quant au temps, vous êtes juge et maîtresse. Un an me paraît très convenable. Mais si vous préfériez huit mois, ou dix-huit, aucune difficulté. Novembre serait très bien – et mars, parfait.

Je vous suis très reconnaissant de vous être d'abord adressée à moi : j'en suis sincèrement flatté. Et je vous aiderai tant que je peux. Je crois qu'il faut

1. Façon humoristique et provocatrice de dire qu'il a succédé à Jules Romains à l'Académie française et qu'il occupe le fauteuil auquel celui-ci avait été élu.

pourtant que vous discutiez des dates avec le secrétaire perpétuel. Mais il fera, j'en suis sûr, ce que vous voudrez. Le duc de Castries, qui était directeur, m'a cassé les pieds (il n'y a pas d'autre mot) pour votre présentation au « protecteur[1] » de l'Académie. J'ai fini par répondre qu'il présente Michel Droit et que le président de la République (avec lequel je n'ai eu aucun contact vous concernant...) vous recevrait quand vous serez à Paris. Ils adorent les détails de protocole !

Il faut – pardonnez-moi ! – que je vous parle de deux ou trois détails. Odette Laigle[2], chez Gallimard, moi-même et beaucoup d'autres encore, je pense, sont assaillis (ou sommes assaillis, je pense !) de bonnes volontés qui veulent vous faire des cadeaux !

Naturellement, j'ai pris sur moi d'écarter l'épée. Mais désirez-vous une broche, un collier, un diadème, un éléphant vivant, une piscine de porphyre ? Tout est possible, et vous pourriez renflouer les finances nationales. Voulez-vous réfléchir et dire un mot à ce propos soit à Claude Gallimard soit à moi ?

La réception. J'imagine bien que c'est une corvée pour vous, pire encore que le discours, qui au moins relève de l'activité intellectuelle. On peut simplifier les choses. Après le discours, la coutume est de recevoir les amis. C'est terrible. Je vous conseille,

1. Valéry Giscard d'Estaing, en tant que président de la République.
2. Secrétaire du comité de lecture des éditions Gallimard.

si vous me le permettez, de renoncer purement et simplement à ce rite mondain – qui prendrait évidemment pour vous des allures d'émeute.

Reste le discours même. Surtout parce qu'il s'agit de Caillois dont j'étais très proche, je suis heureux que ce soit vous qui le prononciez. Mais dans quelles conditions ? J'imagine que vous préféreriez un petit comité. Je vous comprends, je vous assure. Les arguments pour, je ne les reprends même pas. Les arguments contre : Montherlant a fait ainsi ; mais il est vrai qu'il souffrait, physiquement, de la foule. Et puis, je pense à madame Caillois (que vous connaissez, dont nous pourrions parler longtemps – mais qui me touche souvent) : est-ce qu'elle n'aurait pas l'impression qu'on escamote un peu le dernier grand hommage à Roger ?

Ne m'en veuillez pas de réfléchir ainsi à haute voix. La décision, naturellement, dépend de vous. Mais il faut, de toute façon, que vous en parliez avec le Perpétuel.

J'ai le sentiment que M. Mistler serait très flatté si vous lui écriviez pour traiter tous les problèmes avec lui. Je reste naturellement à votre disposition pour vous informer, pour infléchir, pour agir comme vous voudrez (mais je ne suis pas sûr d'être toujours efficace !).

Je crois aussi qu'il faut envoyer à Mistler une sorte de biographie et de bibliographie, aussi complètes que possible.

J'ai reçu une longue lettre et un texte sur vous d'un de vos neveux, je crois : Georges de Crayencour.

Il semble très sympathique – peut-être un peu confus.

Vous me parlez de mon Maître, Maurice de Gandillac[1]. Je lui garde beaucoup de fidèle et affectueuse gratitude. Comme à quelques autres – Jean Hyppolite, Merleau-Ponty, Althusser… – je lui dois beaucoup.

Pardonnez cette lettre si ridiculement longue et veuillez agréer, Madame, avec mes excuses renouvelées pour mon retard, l'expression de mes très fidèles, très respectueux et très admiratifs hommages.

Je me permets de vous donner mon adresse personnelle : 10, avenue du Parc Saint-James, 92200 Neuilly-sur-Seine.

****

Paris, 23 juin 1980,

Madame,

Je vous remercie de votre lettre du 20 mai que j'ai reçue et lue avec beaucoup de joie. J'ai été très touché de l'invitation que m'a adressée le Consul général de Boston. Pardonnez-moi de n'avoir pu venir : j'ai pensé à vous de loin avec fidélité.

Pour la date de la réception[2], ce que vous déciderez sera bien. Il me semble qu'entre décembre et

1. Philosophe, professeur à la Sorbonne de 1946 à 1977, Maurice de Gandillac dirigea notamment les premiers travaux de Louis Althusser, mais aussi de Michel Foucault, Jacques Derrida et Gilles Deleuze lorsque ceux-ci étaient encore étudiants.

2. À l'Académie française.

mars, ce serait parfait. Naturellement, pas question de je ne sais quel uniforme. Là encore, ce que vous déciderez sera accepté sans restriction ni murmure !

La seule question : le cadre. J'en ai parlé, très discrètement, à madame Caillois. Elle préférerait, évidemment, qu'un peu de solennité contribue à perpétuer le souvenir de Roger. Mais je m'en voudrais de peser si peu que ce soit sur vos projets.

Je comptais vous envoyer cette lettre par les voies normales quand j'apprends que Claude[1] s'envole pour vous voir. Je la lui remets donc avec tous mes vœux chaleureux pour vous.

Vous pourrez notamment régler avec lui la question du cadeau que voudraient vous offrir vos (innombrables) admirateurs. J'ai lu avec délices vos idées à ce propos. Le plus simple serait, j'imagine, d'inviter les volontaires à s'inscrire rue Sébastien-Bottin[2]. Et on pourrait choisir ensuite la destination finale de ces témoignages d'affection et d'admiration : dieu, table ou cuvette.

Au moment de clore cette lettre et de la remettre à Claude, téléphone de Mistler[3] : il a reçu une lettre de vous dont il semble tout à fait heureux. Tant mieux ! Et merci de vous être mise directement en relation avec lui. Oserais-je timidement vous suggérer d'écrire un jour quelques lignes à madame Caillois ? Claude

1. Claude Gallimard.

2. Adresse des éditions Gallimard. En 2011, la rue Sébastien-Bottin a été renommée rue Gaston-Gallimard.

3. Jean Mistler, alors secrétaire perpétuel de l'Académie française.

vous dira qu'elle est parfois un peu... encombrante – mais touchante aussi dans sa fidélité à son mari.

Pardon de vous ennuyer avec tous ces détails ! Je me cache derrière une de vos phrases qui m'a fait soupirer : « Hélas ! on écrit aux écrivains. » On ferait mieux de les laisser écrire. C'est ce que je m'empresse de faire en vous priant d'accepter l'expression renouvelée de nos très fidèles et respectueux hommages.

Jean d'Ormesson.

****

Paris, juillet 1980,

Madame,

Pardonnez-moi de vous ennuyer encore. Mais jeudi dernier M. Mistler a parlé de vos projets et a évoqué la possibilité d'une séance de réception en janvier. Il m'a demandé si j'accepterais de vous répondre. J'ai dit que je n'étais pas candidat à cet honneur, mais que je ne m'y déroberais certes pas.

Je ne sais pas quelles sont vos intentions et je ne voudrais pas que vous puissiez croire que je me suis poussé en avant pour vous forcer la main.

En principe, c'est le directeur de l'Académie au moment de la mort du prédécesseur – ou de la vacance, les interprétations diffèrent – qui reçoit le nouvel élu. Mais, en fait, c'est en général un accord qui prévaut et une grande liberté est laissée au récipiendaire dans le choix de son interlocuteur.

Je voudrais donc que vous vous sentiez aussi libre que possible. Ce serait une grande joie pour moi de vous recevoir, mais je comprendrais très bien que vous ayez d'autres préférences.

Voilà ce que je voulais vous dire, un peu en hâte, ne voulant surtout pas que vous vous trouviez devant un fait accompli – qui n'existe pas.

J'aurai, je pense, de vos nouvelles par Claude à son retour et je vous prie d'agréer, Madame, l'expression de mes bien fidèles et respectueux hommages.

Jean d'Ormesson.

Pardonnez le désordre et les répétitions de cette lettre écrite un peu vite et dans la crainte d'être précédée par une communication officielle qui pourrait vous surprendre !

Remerciements

Cet ouvrage doit beaucoup à l'aide précieuse de Malcy Ozannat et d'Héloïse d'Ormesson dans la recherche des lettres qui le composent et dans la présentation de celles-ci.

Nous tenons également à remercier pour leur concours Hugues Bachelot, Olivier Barrot, Vivien Barro, Elizabeth Baxter, Dominique Bertinotti, Bernard Billaud, Yoann Brault, Thomas Cazentre, Alexandre Coutelle, Philippe Delerm, Alice Déon, Barbara Dieterich, Freddy Dressen, Anaïs Dupuy-Olivier, Guillaume Fau, Hélène Favard, Tom Gagnaire, Corinne Gibello-Bernette, Alfred Gilder, Émilie Hache, Achmy Halley, Stéphane Hoffmann, Marie-France Ionesco, Sandrine Iraci, Anne de Lacretelle, Laurence Le Bras, Julie Le Men, Jean Mauriac, François Mohrt, Gilles Moinot, Jacques Munier, Pierre Nouilhan, René de Obaldia, Françoise d'Ormesson, Arthur Pauly, Bernard Pivot, Adrien Renaudet, Olivier Revol, Vivien Richard,

Remerciements

Catherine Rizéa-Caillois, Jean-Marie Rouart, Dominique Schnapper, Sofia Semprún, Sébastien Studer, Constance de Vergnette de Lamotte, Pascale Vincette et Gonzague Williate qui, à titre professionnel ou privé, ont veillé à la conservation de ces textes et nous les ont fait connaître.

Lieux de conservation et crédits

Archives et papiers privés, avec l'aimable autorisation de leurs détenteurs : Olivier Barrot, Bernard Billaud (lettres adressées à lui-même et à Georges Bidault), Philippe Delerm, Alice Déon (lettres à Michel Déon), Stéphane Hoffmann, Anne de Lacretelle (lettres à Jacques de Lacretelle), Jean Mauriac, François Mohrt (lettres à Michel Mohrt), Pierre Nouilhan (lettres à José Cabanis), René de Obaldia, Françoise d'Ormesson (lettres à Nine de Montesquiou), Héloïse d'Ormesson (lettres à Édouard Balladur, Pierre Brisson, Carlos Chagas, Jacques Chirac, Jean Daniel, Frédérique Deniau, Jean-François Deniau, Guy Dumur, Valéry Giscard d'Estaing, Jean-Yves Haberer, Jean-Edern Hallier, Jacques Julliard, Madame Le Marois, Roger Massip, Jean-Marie Messier, Cécile Nourissier, Yves Pouliquen, Aniela Rubinstein et Marguerite Yourcenar), Arthur Pauly, Bernard Pivot, Jean-Marie

Rouart, Sébastien Studer et Gonzague Williate (lettres à Jean Guitton).

Archives nationales : fonds Michel Debré ; fonds Alfred Fabre-Luce ; archives présidentielles de François Mitterrand, avec l'aimable autorisation de Dominique Bertinotti.

Archives de l'Unesco (archives du Conseil international de la philosophie et des sciences humaines) : lettres à Christian Bourgois, Henri Gouhier, Jacques Havet, Max Horkheimer et Ronald Syme.

Bibliothèque de l'Institut de France : fonds Georges Dethan ; papiers d'André Maurois et de Simone André-Maurois.

Bibliothèque des lettres et sciences humaines de l'École normale supérieure : fonds Jean Hyppolite.

Bibliothèque littéraire Jacques Doucet – Chancellerie des universités de Paris ; fonds Marcel Jouhandeau, avec l'aimable autorisation d'Hugues Bachelot (Association des lecteurs de Marcel Jouhandeau et des amis de Chaminadour) ; fonds François Mauriac, avec l'aimable autorisation de Jean Mauriac ; fonds Claude Roy, avec l'aimable autorisation de Sofia Semprún ; fonds Louise de Vilmorin, avec l'aimable autorisation d'Elizabeth Baxter.

Bibliothèque nationale de France (BnF) : fonds Raymond Aron, avec l'aimable autorisation de Dominique Schnapper ; fonds Emmanuel Berl ; papiers Jean-Jacques Gautier ; fonds Jean Guéhenno ; fonds Eugène Ionesco, avec l'aimable autorisation de Marie-France Ionesco ; fonds Claude Lévi-Strauss ; fonds Gabriel Marcel ; fonds Pierre Moinot, avec l'aimable autorisation de Gilles Moinot ; fonds Paul Morand ; fonds François Nourissier ; fonds Louis Pauwels ; fonds Jean-François Revel ; fonds Jules Romains ; fonds Marcel Schneider ; papiers de Paul Viardot.

Houghton Library, Harvard University : Marguerite Yourcenar Papers.

Institut Lustiger : archives de Jean-Marie Lustiger.

Institut Mémoires de l'édition contemporaine (IMEC) : archives Jean-Paul Aron ; archives Guy Dumur ; archives Françoise Giroud ; archives Jean-Claude Renard ; archives Jean Wahl.

Médiathèque Valery-Larbaud de Vichy : fonds Roger Caillois, avec l'aimable autorisation de Catherine Rizéa-Caillois.

Zentralbibliothek Zürich : fonds Jeanne Hersch.

DU MÊME AUTEUR

Aux Éditions Gallimard

Du côté de chez Jean
Un amour pour rien
Au revoir et merci
La Gloire de l'Empire
Au plaisir de Dieu
Le vagabond qui passe sous une ombrelle trouée
Dieu, sa vie, son oeuvre
Album Chateaubriand *(« Bibliothèque de la Pléiade »)*
Garçon de quoi écrire *(entretiens avec François Sureau)*
Histoire du Juif errant
La Douane de mer
Presque rien sur presque tout
Casimir mène la grande vie
Le Rapport Gabriel
C'était bien
Œuvres *(« Bibliothèque de la Pléiade »)*
Je dirai malgré tout que cette vie fut belle
Guide des égarés (coéd. Héloïse d'Ormesson)
Et moi, je vis toujours

Aux Éditions J.-C. Lattès

Mon dernier rêve sera pour vous *(une biographie sentimentale de Chateaubriand)*
Jean qui grogne et Jean qui rit
Le Vent du soir
Tous les hommes en sont fous
Le Bonheur à San Miniato

Aux Éditions Robert Laffont

Voyez comme on danse

ET TOI MON COEUR POURQUOI BATS-TU
UNE FÊTE EN LARMES
LA CRÉATION DU MONDE
QU'AI-JE DONC FAIT
DISCOURS DE RÉCEPTION DE SIMONE VEIL À L'ACADÉMIE FRANÇAISE ET RÉPONSE DE JEAN D'ORMESSON
C'EST UNE CHOSE ÉTRANGE À LA FIN QUE LE MONDE
UNE JOUR JE M'EN IRAI SANS EN AVOIR TOUT DIT
DIEU, LES AFFAIRES ET NOUS
CES MOMENT DE BONHEUR, CES MIDIS D'INCENDIE

Aux Éditions NiL

UNE AUTRE HISTOIRE DE LA LITTÉRATURE FRANÇAISE *(deux volumes)*

Aux Éditions Julliard

L'AMOUR EST UN PLAISIR
LES ILLUSIONS DE LA MER

Aux Éditions Grasset

TANT QUE VOUS PENSEREZ À MOI *(entretiens avec Emmanuel Berl)*

Aux Éditions Héloïse d'Ormesson

ODEUR DU TEMPS
SAVEUR DU TEMPS
L'ENFANT QUI ATTENDAIT UN TRAIN *(conte pour enfants)*
LA CONVERSATION *(théâtre)*
COMME UN CHANT D'ESPÉRANCE
UN HOSANNA SANS FIN
L'ESPÉRANCE EN HÉRITAGE (trilogie)

Table

Table

Composition et mise en pages
Nord Compo à Villeneuve-d'Ascq

MIXTE
Papier issu de
sources responsables
FSC® C003309

L'éditeur de cet ouvrage s'engage dans une démarche
de certification FSC® qui contribue à la préservation
des forêts pour les générations futures.

Pour en savoir plus :
www.editis.com/engagement-rse/

Imprimé en France par CPI
en février 2021

N° d'édition : 60699/01 – N° d'impression : 3042799